Winter in Berlin. In einer Kleingartenkolonie liegt – wie für einen Film inszeniert – eine tote junge Frau. Sie war die Assistentin eines bekannten Showmasters und angeblich auch die Geliebte seines Konkurrenten. Ein Mord aus Eifersucht? Aus Eitelkeit? Die Ermittlungen von Hauptkommissar Breschnow und seinem Team verheddern sich schnell in einem Geflecht aus offensichtlichen Lügen und intrigantem Schweigen. Als kurz darauf eine zweite Leiche ähnlich zugerichtet im Schnee gefunden wird, liegt der Verdacht nahe, dass die beiden Morde zusammenhängen. Aber das heißt auch, dass Breschnows Team in eine andere Richtung ermitteln muss und dass der Mörder für seine nächste Tat einen beunruhigenden Vorsprung gewonnen hat ...

Connie Roters studierte Publizistik und Germanistik, arbeitete als freie Journalistin und Veranstalterin für Kleinkunst, als Modellbauerin und Innenrequisiteurin beim Film und als Sozialarbeiterin. Mittlerweile hat sie sich ganz dem Schreiben zugewandt und lebt als freie Autorin in Berlin.

CONNIE ROTERS

DAS GRAB IM SCHNEE

Kriminalroman

Berlin Verlag Taschenbuch

FSC
www.fsc.org
MIX
Papier aus verantwortungsvollen Quellen
FSC® C083411

November 2015

Umschlaggestaltung: ZERO Werbeagentur, München
unter Verwendung der Motive von
mauritius images/BY, plainpicture/BY und
FinePic®, München
Gesetzt aus der Scala von psb, Berlin
Druck und Bindung: CPI books GmbH, Leck
Printed in Germany
ISBN 978-3-8333-1049-2

www.berlinverlag.de

Für Elke und Waltraut.

Was uns ganz sicher bleibt,
ist die Vergänglichkeit.

Zuerst hatte sie geschrien. Aber nach den Schlägen war sie verstummt.
Jetzt hörte er sie weinen.
Sie hatten das Mädchen hinter der verfallenen Scheune getroffen. Es war der letzte Tag der Sommerferien und sie wartete dort auf ihre einzige Freundin. Kurz danach zog sie allein mit den großen Jungs in Richtung Dorfausgang. Ihn hatten sie nach Hause geschickt. Er sei noch zu jung, um an den geheimen Ort zu gehen.
Aber er war ihnen heimlich gefolgt.
Durch die Äste hindurch sah er die Jungs. Breitbeinig standen sie über ihr. Sie rissen dem Mädchen die Hosen herunter. Einer von ihnen packte ihre Beine und drückte sie auseinander, der andere legte sich auf sie.
Er hörte das Stöhnen des Jungen und das Schluchzen des Mädchens.
Es erregte ihn und er schämte sich dafür.
Das Mädchen drehte den Kopf, blickte in seine Richtung und sah ihn Hilfe suchend an. Er erschrak und schlich leise rückwärts aus dem Gebüsch heraus. Ein Ast knackte und er erstarrte.
Niemand hatte ihn gehört.
Erleichtert rannte er zurück ins Dorf.

MONTAG

Ein schöner Winter, dachte sie und blickte in den Garten. Der Schnee hatte alle Konturen verwischt und Rasen und Beete zugedeckt. Kleine geheimnisvolle Hügel waren entstanden und sie bedauerte, dass es nicht so bleiben würde.

Ihr Blick folgte einer Amsel, die sich zögernd der Terrasse näherte. Der Vogel verharrte einen Moment, taxierte sie mit schwarzen Augen und schnappte sich dann blitzschnell eines der Körner, die sie heute Morgen verstreut hatte. Sie lächelte und sah ihm nach, wie er davonflog und sich mit seiner Beute auf der Tannenspitze niederließ. Schnee rieselte herab, lautlos wie Federn. Ihr Blick glitt von der Tanne zum Himmel, der sich verfinstert hatte. Bald würde es wieder schneien und sie konnte es kaum erwarten.

Ein lautes Klacken ließ sie zusammenzucken. Der Wasserkocher hatte sich abgestellt. Unwillig verließ sie ihren Platz am Fenster und durchquerte die Küche. Sie griff den Topf, goss das heiße Wasser in die Teekanne und schwenkte sie aus.

Ihr Mann hatte heute Morgen versprochen, zum Tee zu Hause zu sein, und sie hatte noch nicht entschieden, ob sie den Tisch in der Küche oder im Wohnzimmer decken sollte.

Ihr Blick streifte die Uhr. Sie hatte noch Zeit. Zufrieden

schlenderte sie zurück zum Fenster. Jetzt schneite es. Sie öffnete die Terrassentür, sog die frische kalte Luft ein und trat hinaus. Im Schnee sah sie die kleinen Tapse der Amsel. Noch hatte der neue Schnee sie nicht verdeckt. Sie lächelte und folgte ihnen weiter hinein in den Garten. Ihre Hausschuhe tranken den Schnee und hingen kalt und schwer an den Füßen. Aus der Ferne hörte sie das Klingeln des Telefons. Sie erwog, es einfach klingeln zu lassen, hielt es dann aber nicht aus und eilte zurück ins Haus.

Als sie die Küche erreichte, verstummte der Ton. Der Anrufbeantworter schaltete sich ein und sie hörte die Stimme ihrer Tochter.

»Mama?«

Sie versuchte zu rennen, rutschte auf dem glatten Steinboden aus und hielt sich an der Küchenkommode fest.

»Mama«, schluchzte ihre Tochter.

»Mama, es ist so kalt.«

Endlich erreichte sie das Telefon und riss den Hörer vom Apparat.

»Nina, mein Kind.«

Am anderen Ende blieb es still.

»Nina? Nina, was ist los?«

Es klackte leise, dann kam das Freizeichen.

Mit zitternden Händen hielt sie den Hörer vor ihr Gesicht und starrte ihn ungläubig an. Dann legte sie ihn vorsichtig zurück auf die Gabel und ließ sich auf das Telefonbänkchen sinken. Ihr Blick glitt zu der alten Standuhr. In einer halben Stunde würde ihr Mann nach Hause kommen.

Sie legte ihre Hände übereinander in den Schoß und wartete.

Die Amsel flog von der Tannenspitze herunter und schnappte sich ein weiteres Korn.

***

Eine schwarze Limousine kreuzte seinen Weg und er trat hart auf die Bremse. Der alte VW schlingerte auf der verschneiten Straße, aber Breschnow hielt dagegen und hatte ihn kurz danach wieder im Griff. Er fluchte und fingerte nach seinen Zigaretten auf dem Beifahrersitz. Die Limousine hatte ihm die Vorfahrt genommen, aber sicher war er sich nicht. Er war für eine Zehntelsekunde am Steuer eingenickt. Er steckte die Zigarette zwischen die Lippen und beugte sich ein wenig vor, um das Handschuhfach zu öffnen. Der Flachmann blitzte kurz im Licht der Straßenlaterne. Er nahm ihn heraus, klemmte ihn zwischen die Oberschenkel und schraubte den Verschluss auf. Kurz nahm er auch die linke Hand vom Steuer und die Zigarette aus dem Mund, setzte den Flachmann an und trank. Danach wischte er sich mit dem Handrücken über die Lippen und warf die leere Flasche auf die Rückbank.

Er gähnte und streckte den schmerzenden Rücken. Die vergangenen fünf Nächte, die er am Krankenbett seiner Nichte Mona verbracht hatte, steckten ihm in den Knochen. Das fünfjährige Kind lag mit hohem Fieber auf der Intensivstation und die Ärzte waren ratlos. Vorhin waren ihm im Sitzen die Augen zugefallen und seine Schwester hatte ihn aus dem Zimmer gejagt und ihm befohlen, dass er endlich mal wieder schlafen müsse. Als er nicht gehen wollte, hatte sie gedroht, ihn vom Sicherheitsdienst hinauswerfen zu lassen.

Sein Handy klingelte. Er fingerte es aus der Jackentasche und lenkte mit einer Hand.

»Paul hier.«

Breschnow grunzte.

»Du hast wieder die Lesung vergessen?«

»Hmm.«

»Stefan, das ist das zweite Mal. Die Leute kommen wegen dir und ich ...«

Er ließ den Satz unvollendet.

»Du hast was gut bei mir«, knurrte Breschnow.

»Dann will ich, dass du beim Lyrikfestival liest.«

Breschnow stöhnte. »Das haben wir doch schon tausendmal durchdiskutiert. Ich kann das nicht.«

»Ich hab was gut bei dir, schon vergessen? Lass dir was einfallen.«

»Ich könnte mit Burka lesen«, schlug Breschnow vor.

Sein Freund lachte. »Gute Idee!«, sagte er und legte auf.

Breschnow warf das Handy auf den Beifahrersitz und zündete sich noch eine Zigarette an.

»Verdammter Mist«, schrie er und schlug mit der flachen Hand gegen das Lenkrad. »Verdammtes Festival!«

Der Wagen zuckte kurz nach links und die Zigarette fiel auf den Boden. Er trat sie aus. Vor ihm trödelte ein Golf. Er ging vom Gas, und überlegte, ob es Burkas für ein Meter neunzig große Menschen gab.

Sein Handy klingelte wieder.

»Gibt's was Neues von Mona?«, erkundigte sich seine Kollegin.

»Nein, ich bin auf dem Weg nach Hause.«

»Du musst zum Revier kommen.«

»Wieso?«

»Eine Vermisstenmeldung«, antwortete Regina.

»Vermisstenmeldung?«

»Ja, Nina Sebastian. Die Eltern haben einen Anruf bekommen und es klingt, als ob die Tochter ... Komm einfach her und hör's dir an.«

Sie legte auf.

Er wendete den Wagen und schaltete das Radio an, hoffte, dass die Musik ihn wach halten würde. Sie spielten »Radar Love«, einen Hit aus seiner Jugend. Er drehte auf und grölte mit.

***

Lautlos glitt die Limousine durch die Nacht. Karsten Movara lehnte im Fond und starrte auf den Nacken seines Fahrers. Ein ruhiger Mann, das mochte er. Nur vorhin, als der VW fast in sie hineingefahren wäre, war er ein wenig nervös geworden. Das hatte er an dem Blick gesehen, mit dem er sich umgedreht hatte, um zu sehen, ob im Fond alles in Ordnung war.

Sie fuhren stadtauswärts. Nach und nach erstarb das quirlige Treiben der Großstadt, der Verkehr wurde lichter, die Straßen dunkler und menschenleer. Es hatte wieder zu schneien begonnen, kleine eisige Flöckchen trieben im Wind. Er mochte diese Jahreszeit. Der Januar in diesem Jahr war besonders schön. Es war bitterkalt, schneite oft und Hochnebel ließ die Tage trübe vergehen. Die dunklen Monate gaben ihm Ruhe und Konzentration.

Sie stoppten vor einer Villa im Bachstelzenweg im südlichen Dahlem. Der Chauffeur hielt die Fernbedienung aus dem Fenster, das schmiedeeiserne Tor glitt langsam zur Seite und gab den Weg zur Auffahrt frei. Movaras Grundstück war das kleinste in der Nachbarschaft, genauso wie sein Haus. Aber mehr konnte er sich mit seiner Show nicht leisten. Noch nicht.

Sie hielten vor dem roten Klinkerbau mit den mahagonifarbenen Holztüren und Fenstern. Der Fahrer sprang aus dem Wagen, öffnete mit einer leichten Verbeugung die Tür und spannte einen Schirm auf. Movara stieg aus, ließ sich zum Eingang begleiten und befahl dem Mann, ihn am nächsten Morgen um neun Uhr abzuholen. Der Chauffeur nickte und verabschiedete sich höflich.

Movara betrat die geräumige Eingangshalle seiner Villa, die leicht nach Parfüm roch. Der Fußboden war mit weißem Marmor gefliest, von dem jeder Schritt widerhallte. Auch die Wände waren weiß gestrichen und betonten die Größe des fast unmöblierten Eingangsbereichs. Rechts und links führten geschwungene schwarze Marmortreppen in den ersten Stock hinauf. Er hob den Kopf und sah wie immer seine Frau auf der Empore stehen. Von ihrer Schönheit fasziniert, starrte er sie an. Sie trug ihr schulterlanges schwarzes Haar offen, ihre Haut war hell und eben, ihre Augen tiefblau.

Wie Schneewittchen, dachte er.

Und wer bin ich? Der Zwerg?

Der Gedanke nährte seine immerwährende Wut auf seine ein Meter achtundsechzig. Er bemühte sich, ihn sofort zu verdrängen und lächelte.

»Nadine, willst du nicht herunterkommen und mir bei einem Glas Wein Gesellschaft leisten?«

»Wenn du das möchtest.«

Langsam schritt sie die Treppe hinab. Sie trug ein eng anliegendes rotes Kostüm, dazu die passenden Pumps und eine schwarze Kette. Sie humpelte leicht, hatte sich bei einem Sturz die Hüfte verletzt.

Er nahm sie kurz in den Arm, roch an ihrem Haar und gab ihr einen Kuss auf die rechte Wange. Nadine hakte sich bei ihm ein und sie schlenderten gemeinsam ins Wohnzimmer. Dort löste sie sich behutsam, nahm eine Karaffe Rotwein und zwei Kristallgläser von der Anrichte und drehte sich zu ihm hin.

»Die Haushälterin ist schon gegangen«, sagte sie. »Ich habe sie nach Hause geschickt. Frau ...«

Er fiel ihr ins Wort. »Keine Namen, mein Schatz. Das macht die Beziehung zu den Hausangestellten zu persönlich.«

Nadine lächelte. »Frau Kurca ist erkältet und ich möchte mich nicht anstecken.«

Er bedachte sie mit einem missbilligenden Blick und deutete auf das Sofa. »Setz dich doch.«

Noch immer lächelnd, ging sie eng an ihm vorbei, reichte ihm die Karaffe und ein Glas, ließ sich langsam auf das weiße Sofa gleiten und schlug die Beine übereinander.

Er stellte sich vor sie hin. »Wie war dein Tag?«

»Nichts Besonderes«, antwortete sie beiläufig und sah zu ihm hoch. »Und bei dir?«

»Ich habe heute meinen neuen Raum bezogen. Meine Assistentin hat ihn geschmackvoll eingerichtet.«

Er goss zuerst ihr, dann sich selbst Wein ein, stellte die Karaffe auf das Marmortischchen und ging zum Kamin. Dort hatte die Haushälterin ein Feuer angezündet und das Holz knisterte laut. Er setzte sich in einen der beiden Sessel und gab

Nadine ein Zeichen, sich in den anderen zu setzen. Sie folgte widerspruchslos. Als sie saß, griff er ihre Hand, drückte sie leicht und prostete ihr zu.

***

Der neue Club in Mitte war wie immer am Montagabend hoffnungslos überfüllt. Firstday – die ersten zwei Getränke zum halben Preis.

Die Bässe dröhnten aus den Lautsprechern und Cosma hatte das Gefühl, ihr Herz dröhnte mit. Sie konnte sich auf der überfüllten Tanzfläche kaum bewegen und wunderte sich, warum sie trotzdem jeden Montag wieder hierherkam. Aus den Augenwinkeln sah sie einen jungen Mann mit schwarzer Jeans und weißem Hemd. Automatisch verdeckte sie mit der Hand ihre linke Gesichtshälfte mit dem Tattoo, eine kleine grünbraune Echse, die sich von den Wangenknochen bis hoch zur Schläfe zog, und sah sich noch einmal um. Hauptkommissar Drass war nicht mehr zu sehen. Sie atmete erleichtert auf.

Bei dem nächsten Versuch zu tanzen rempelte sie eine Frau mit High Heels an, die ihr als Reaktion die spitzen Ellbogen in die Rippen stieß. Entnervt gab Cosma auf und kämpfte sich entschlossen durch die Menge zum Rand der Tanzfläche, wo sie ihren besten Freund Robert vermutete. Sie entdeckte ihn mit seinem Mann ins Gespräch vertieft in einer der Nischen, die die Tanzfläche umrundeten, und wunderte sich, dass die beiden sich bei diesem Krach überhaupt verständigen konnten. Sie bahnte sich einen Weg durch die Grüppchen und stellte sich vor die Nische. Robert sah kurz auf, lächelte und reichte ihr ein Bier. Dankbar drückte sie sich die kühle Flasche ins Gesicht, warf ihm einen Kuss zu und trank. Dann drehte sie sich wieder der Tanzfläche zu und suchte den Raum nach Nina ab. Ihre Kollegin war vor drei Wochen neunzehn geworden und wollte heute mit ihr nachfeiern. Nina war die Assistentin eines anderen Showmasters, aber im Gegensatz zu ihr war sie stolz darauf, denn sie liebte das Showbusiness.

Am Anfang habe ich mich auch toll gefühlt, dachte Cosma. Assistentin von Karsten Movara, all die wichtigen Leute …

Aber dann hatte sie die Wirklichkeit eingeholt. Als Assistentin war sie nur Mädchen für alles. Sie kochte Movaras Kaffee, sie kaufte den Wein, sie schmierte seine Brötchen oder besorgte ihm Pizza, wenn er sich proletarisch geben wollte. Sie telefonierte, vereinbarte die Termine und sagte sie auch wieder ab, wenn er unpässlich war. Sie hörte sich seine Klagen über die Welt im Allgemeinen und das Showbusiness im Besonderen an und ertrug seine Eitelkeit.

Anfangs war er noch aufmerksam gewesen, aber inzwischen war sie seine unsichtbare Rund-um-die-Uhr-Assistentin geworden. Er gab Befehle und ignorierte sie ansonsten, was auf lange Sicht hin gesehen vielleicht auch Vorteile haben würde. Weil sie für ihn nicht existierte, erfuhr sie all seine schmutzigen Geheimnisse. Er telefonierte mit Prostituierten, surfte auf Pornoseiten und tratschte ungeniert über andere Größen des Showgeschäfts.

Vielleicht würde sie eines Tages ein Buch über ihn schreiben. Das gab ihr ein Ziel und die Kraft, diese elende Sklaverei stoisch zu ertragen. Außerdem brauchte sie das Geld und wusste im Moment nicht, womit sie es sich sonst verdienen sollte. Als Journalistin war sie vorerst gescheitert. Sie hatte sich immer wieder mit den falschen Leuten angelegt, sich hinter ihrem Zorn verschanzt, um ihre Unsicherheit nicht spüren zu müssen und die Angst, die seit jener traumatischen Nacht ihre ständige Begleiterin geworden war.

Cosma sah noch einmal auf die Uhr, schob sich mühsam zurück auf die Tanzfläche und versuchte das ungute Gefühl, das sie beschlichen hatte, wegzutanzen.

Nina war noch nie zu spät gekommen.

***

Endlich erreichte er das Polizeipräsidium am Columbiadamm, bog in die Golßener Straße ab und stoppte vor der Schranke. Sein alter dunkelblauer Passat war hier bekannt und meistens hob sich der Hebebalken quasi von selbst. Aber heute tat ein ihm unbekanntes Gesicht Dienst. Der junge Wachhabende in seiner gefütterten, unförmigen Dienstjacke streckte den Arm aus, um Breschnows Ausweis zu kontrollieren, und starrte ihn dabei an, als ob er sich das verknitterte Gesicht des Kriminalhauptkommissars für immer einprägen wollte. Dann trat er plötzlich einen Schritt zur Seite und öffnete die Schranke. Breschnow ließ den Wagen langsam auf den verschneiten Parkplatz des Präsidiums rollen. Als er ausstieg, überraschte ihn eine ungewöhnliche Stille.

Der Schnee dämpft die Geräusche, dachte er und dass er das jedes Jahr dachte.

Weiter hinten auf dem Gelände sah er den Hausmeister Schnee schippen. Er winkte ihm zu, eilte zum Hintereingang des Gebäudes und drückte die schwere Tür auf. Der kleine Flur und die daran anschließende Eingangshalle waren menschenleer. Der Hall seiner Schritte auf den kalten Steinfliesen klang hart. Er ließ den Aufzug rechts liegen, nahm die Treppe in den ersten Stock und hastete den langen Gang der Mordkommission entlang.

Die Tür zum Besprechungsraum war nur angelehnt und ließ einen Spalt Licht in den dunklen Flur. Breschnow konnte drei Stimmen unterscheiden, die sich leise unterhielten, und trat ein. Seine Kollegin Delego saß an einem der weißen Resopaltische, die zu einem Rechteck aufgestellt waren, und begrüßte ihn. Sie hatte sich Perlen in ihre schwarzen krausen Haare geflochten und trug ein dunkelrotes Samtkleid. Vor ihr stand ein schwarzes Abspielgerät, neben ihr saß ein junger Mann aus der kriminaltechnischen Abteilung. Er trug trotz der Kälte nur ein kurzärmeliges T-Shirt und sprang auf, um ihn mit Handschlag zu begrüßen. Breschnow klopfte ihm auf die Schulter und sah zu dem zweiten Mann im Raum. Der Uniformierte lehnte am Fensterbrett und nickte ihm zu.

Breschnow setzte sich an das Kopfende der Tische und deutete auf Delegos Kaffee. »Gibt's noch welchen?«

Sie schüttelte den Kopf und schob ihm ihren halb vollen Becher zu. Er leerte ihn in einem Zug und wandte sich an den Techniker.

»Also, was habt ihr?«

Bevor der junge Mann antworten konnte, hatte sich der Uniformierte neben Breschnow gestellt und las von einem Zettel ab: »Um 17:30 Uhr ging ein Anruf in der Zentrale ein. Ein Herr Sebastian wollte seine Tochter Nina als vermisst melden.«

»Wie lange ist sie schon weg?«

»Das konnte er nicht sagen. Sie wohnt nicht mehr zu Hause.« Breschnow sah ihn fragend an.

»Am Telefon sagte der Mann, dass seine Tochter eine halbe

Stunde vorher angerufen hatte. Der Anrufbeantworter ist angesprungen, weil seine Frau nicht schnell genug am Apparat gewesen war. Wir haben den Fall dann an die Vermisstenabteilung weitergeleitet.«

»Und wieso haben die ihn nicht bearbeitet?«, fragte Breschnow den Kriminaltechniker.

»Sie haben sich besprochen und dann mich hinzugezogen. Wegen der Aufzeichnung. Sie dachten, dass das Mädchen vielleicht ..., ach, hör es dir selber an. Und sie mussten noch auf ihren Vorgesetzten warten. Deswegen hat sich das alles etwas verzögert.«

Breschnow grinste. »War er auf dem Tennisplatz?«

»So ungefähr.«

»Und du hast das Telefonat mitgebracht?«

Der Techniker nickte und deutete auf das Abspielgerät. Breschnow lehnte sich zurück, verschränkte die Arme vor der Brust und gab ihm ein Zeichen zu starten.

»Mama?«

Die leise Frauenstimme füllte den Raum und Breschnow hielt unwillkürlich die Luft an.

»Mama«, schluchzte die Stimme.

»Mama, es ist so kalt.«

Dann brach die Aufnahme ab.

»Ist das alles?«

Der Techniker nickte.

»Und ihr habt gedacht, dass sie bei uns besser aufgehoben ist.«

»So wie sie sich anhört, könnten sie recht haben«, sagte Delego.

Breschnow ließ sich die Aufnahme noch einmal vorspielen.

Danach starrte er schweigend auf den kleinen schwarzen Apparat, bis der Uniformierte sich räusperte und fragte, ob er jetzt gehen könne. Breschnow nickte. Nach einer Weile verabschiedete sich auch der Techniker und Delego stand auf und schloss die Tür hinter ihm.

»Wo ist Regina?«, fragte Breschnow.

»Weiß ich nicht. Sie hat mich gebeten, sie abzulösen. Irgendwas Dringendes. Aber sie war noch im Haus, als die Vermisstenabteilung angerufen hat.« Sie sah an sich herunter. »Eigentlich wollte ich gerade ausgehen.«

Delego setzte sich wieder und ließ das Band noch einmal durchlaufen. Breschnow griff nach dem Zettel mit der Adresse und sprang auf.

»Wir fahren hin«, entschied er und eilte zur Tür.

***

»Schatz, lass uns hochgehen«, sagte Karsten Movara und stellte sich vor seine Frau.

Nadine blickte zu ihm auf und nickte. Das Feuer war fast heruntergebrannt, nur ein Scheit glimmte noch schwach und verströmte einen letzten Rest Wärme.

Movara ließ den letzten Schluck Wein genießerisch durch die Kehle rinnen und hielt seiner Frau die Hand hin. Der gemeinsame Abend hatte ihm Kraft gegeben und seine Lust geweckt. Er freute sich auf die Nacht, die vor ihm lag.

Er war schon länger nicht mehr allein mit seiner Frau zu Hause gewesen. Meistens nahmen sie die unentwegt eintreffenden Einladungen wahr und fielen danach erschöpft ins Bett. Die langweiligen Dinnerpartys in der Nachbarschaft reihten sich an die nicht minder ereignislosen Geburtstagsfeiern der Kollegen. Und dann gab es natürlich noch die Gelegenheiten, bei denen man sich zeigen musste. Die Opernaufführung für den guten Zweck, die Gala gegen Aids, der Presseball.

Nadine streckte sich wie eine Katze, griff seine Hand und ließ sich von ihm hochziehen. Eine Sekunde lang konnte er ihr Parfüm riechen, bevor sie sich von ihm wegdrehte und den Flur entlangschlenderte. Er ging ihr nach und nahm sie bei der Hand.

Wie zwei frisch Verliebte, dachte er.

Vor den Treppen trennten sie sich. Die rechte führte zu ihrem, die linke zu seinem Bad. Er beugte sich zu ihr, berührte mit seinen Lippen fast ihr Ohr und flüsterte:

»Heute wünsche ich mir das Schulmädchen.«

Sie nickte kaum merklich, löste ihre Hand von seiner und stieg langsam die Treppen hinauf. Er sah ihr sehnsuchtsvoll hinterher, bis sie in ihrem Bad verschwand.

Nadine schloss die Tür, atmete aus und lehnte einen Moment an dem kühlen Holz, bevor sie sich die Kleider auszog und sich unter die Dusche stellte. Das Wasser umspielte ihren wohlgeformten Körper und entspannte sie ein wenig. Sie seifte sich sorgfältig ein und wusch sich die Haare. Durch das Wasserrauschen hindurch hörte sie sein ungeduldiges Klopfen und seufzte. Langsam drehte sie den Hahn zu, stieg aus der Dusche, trocknete sich sorgfältig ab und föhnte sich die Haare. Das Klopfen wurde fordernder und sie verzichtete auf das Eincremen. Stattdessen betrat sie den begehbaren Kleiderschrank und nahm die frisch gewaschene und gestärkte Schuluniform vom Bügel. Sie zog sie über den nackten Körper, stellte sich vor den Spiegel, flocht sich zwei ebenmäßige Zöpfe und zog die flachen schwarzen Lackschuhe an. Prüfend drehte sie sich um ihre eigene Achse und betrachtete sich dabei im Spiegel. Sie war zufrieden mit dem, was sie sah.

Dann öffnete sie langsam die Tür zum Schlafraum.

Das Zimmer lag zwischen ihren Bädern und Ankleideräumen. Es war mit einem dicken hellblauen Teppichboden ausgelegt, der alle Laufgeräusche erstickte, und die Wände strahlten in einem frischen, mit Silberglanz durchsetzten Apricotton. Eine geschwungene Stuckleiste zierte den Rand der Zimmerdecke und verband die vier Putten, die in den Ecken saßen und neckisch heruntersahen. Von der Deckenmitte hing, in eine Stuckrosette eingebettet, ein festlicher Kristallleuchter. Er gab dem Raum ein warmes Licht und beleuchtete das riesige Bett darunter. Das Podest war aus Kirschholz und seine Umrundung mit unzähligen in Handarbeit gefertigten Schnitzereien verziert. Die vier vergoldeten Säulen an den Ecken hielten einen mit Fresken bemalten Baldachin. Die goldene Bettwäsche schimmerte im Licht der überall im Raum verteilten Kerzen.

Karsten Movara erhob sich langsam und ging lächelnd auf sie zu. Sie sah die Lust in seinen Augen, spürte die Gänsehaut auf ihren Armen und atmete tief ein. Er streckte beide Hände nach ihr aus.

»Komm zu mir, meine Kleine, und erzähl mir von deinem ersten Schultag«, flüsterte er zärtlich.

***

»Durch die Stadt oder über die Autobahn?«, fragte Breschnow, als sie vor seinem Wagen standen.

»Seit wann fragst du mich?«, antwortete Delego überrascht und musterte den klapprigen Passat skeptisch. »Sollen wir nicht lieber meinen nehmen?«

»Stadt oder Autobahn?«, ignorierte Breschnow sie und schloss die Türen auf.

»Die Autobahn ist wahrscheinlich schneller«, sagte Delego und ließ sich seufzend auf den Beifahrersitz sinken.

Breschnow fummelte am Schloss der Fahrertür herum und fluchte leise, bis es knackte und die Tür aufsprang. Dann ließ er sich in den Sitz fallen und deutete mit dem Zeigefinger auf ihren Schoß.

»Du sitzt gerade meine Zigaretten platt.«

Delego zuckte die Achseln, zog die zerknüllte Zigarettenpackung unter ihrem Hintern hervor und legte sie auf das Armaturenbrett. Breschnow startete den Wagen, gab zweimal kräftig im Stand Gas und rollte vom Hof. Er bog rechts in den Columbiadamm ab, fuhr um den ehemaligen Flughafen herum und auf dem Tempelhofer Damm bis zur Auffahrt zur Stadtautobahn. Es waren nur wenige Fahrzeuge unterwegs und die Straßen schneefrei. Breschnow beschleunigte auf neunzig und hielt das Tempo, Delego starrte aus dem Fenster.

»Du siehst müde aus«, sagte sie nach einer Weile, ohne ihn anzusehen.

Breschnow brummte eine Antwort, die sie nicht verstand, und sie traute sich nicht, nachzufragen. Verstohlen musterte sie ihren Chef von der Seite. Sein faltiges Gesicht schien heute noch zerfurchter und wirkte fast grau im fahlen Licht der Straßenlaternen. Die müden grünen Augen waren untermalt von schwarzen Augenringen und um seinen Mund lag ein angestrengter Zug, den er sonst nicht hatte. Er schien ihren Blick nicht zu bemerken und starrte konzentriert auf die Fahrbahn. In seiner rechten Hand brannte eine Zigarette. Delego lehnte sich tiefer in den Sitz.

Eine halbe Stunde später lenkte Breschnow den Wagen auf die Ausfahrt Waidmannsluster Damm und fuhr weiter in Richtung Lübars auf die Landstraße nach Schildow. Sie durchquerten den kleinen Dorfkern und holperten über ein altes Kopfsteinpflaster und eine unbefestigte Piste zur Victoriastraße. Das Auto rutschte auf dem schneebedeckten Weg hin und her und Breschnow drosselte das Tempo.

Verdammte Sommerreifen, dachte er.

»Zu Fuß wären wir schneller«, stellte Delego fest und lotste ihn durch die Hausnummern. »Hier ist es.«

Sie hielten vor einem kleinen alten Herrenhaus aus der Zeit der Jahrhundertwende. Breschnow stieg aus und streckte sich. Die kalte Luft roch gut und er atmete tief ein.

Noch bevor sie die Haustür erreicht hatten, wurde sie aufgerissen und ein Mann um die fünfzig stand im Türrahmen. Er trug einen dunkelbraunen Anzug und ein rostrotes Hemd. Maßanzug, dachte Breschnow.

»Sie kommen spät«, beschwerte sich der Mann.

Breschnow hielt ihm seinen Dienstausweis unter die Nase.

»Ich bin Hauptkommissar Breschnow und das ist Kommissarin Delego. Und wer sind Sie?«

Der Mann winkte sie, ohne einen Blick auf die Dienstausweise zu werfen, ungeduldig ins Haus. Sie gelangten in einen kleinen Windfang und anschließend in einen Flur. Vor dem Anrufbeantworter stoppte er und deutete auf das Gerät.

»Ich bin Ninas Vater«, sagte er.

»Können wir?«, fragte Breschnow.

Herr Sebastian nickte und drückte auf den Abspielknopf.

Es knackte.

»Mama?«

»Mama«, schluchzte die Tochter.

Sie hielten die Luft an.

»Mama, es ist so kalt.«

Dann war es still.

Sie hörten, dass der Hörer abgenommen wurde.

»Nina, mein Kind«, sagte die Frau.

Wieder Stille.

»Nina? Nina, was ist los?«

Am anderen Ende klackte es leise, als die Leitung unterbrochen wurde.

»Ihre Frau hat sich noch gemeldet«, stellte Breschnow fest.

»Aber zu spät«, schluchzte eine Stimme hinter ihm. Er drehte sich um. Frau Sebastian trug ein blaues Kostüm und schwarze Pumps.

Delego legte eine Hand auf ihre Schulter und redete tröstend auf sie ein.

»Gehen wir ins Wohnzimmer«, sagte Herr Sebastian und ging voran.

Der Raum war groß und sehr ordentlich. Breschnows Blick fiel auf einen Glasschrank mit kostbarem Porzellan und ein Bücherregal mit sehr alten Büchern. Der Fußboden war gekachelt und er spürte die Wärme der Fußbodenheizung durch die dicken Sohlen. Herr Sebastian war stehen geblieben und deutete auf die Sofagarnitur, die den Raum dominierte, schwarzes Leder in weißem Holz. Breschnow und Delego setzten sich auf die eine Seite, Herr Sebastian und seine Frau auf die andere.

»Wir nehmen den Anruf sehr ernst«, begann Breschnow mit Blick auf die Frau.

»Deswegen sind wir sofort gekommen«, ergänzte Delego.

Breschnows Blick wanderte zu dem Mann. »Wir möchten so viel wie möglich über Ihre Tochter erfahren.«

»Was heißt hier erfahren, Sie sollen sie suchen«, sagte Herr Sebastian ungehalten.

Seine Frau strich ihm beruhigend über den Arm.

»Wenn wir die Gewohnheiten und Freunde Ihrer Tochter kennen, ist es leichter, sie zu suchen«, fuhr Breschnow fort und sah dem Mann fest in die Augen. Er hielt seinem Blick stand.

»Aber nachher ist es vielleicht zu spät und ...«

Herr Sebastian ließ den Satz unvollendet und legte den Arm um seine Frau, die leise schluchzte.

Breschnow räusperte sich. »Ihre Tochter ist neunzehn Jahre alt und bei Ihnen gemeldet. Hat sie hier gewohnt?«

Das Ehepaar wechselte einen Blick.

»Bis vor Kurzem war sie noch da«, murmelte die Frau.

»Wie meinen Sie das?«

»Unsere Tochter wohnt bei uns«, übernahm der Mann, »aber in den letzten Wochen war sie nicht mehr oft zu Hause.«

»Wo war sie?«

»Bei einer Freundin und Kollegin, hat sie gesagt. Nina arbeitet seit drei Monaten als Assistentin von Peter Polen.«

»Peter Polen?«, erkundigte sich Breschnow.

»Der Showmaster von ›Spielen und Gewinnen‹, die Quizshow«, antwortete Delego.

»Nina arbeitet also seit drei Monaten als Assistentin, wohnt aber erst seit wenigen Wochen nicht mehr hier. Ist das korrekt?«

Herr Sebastian nickte.

»Seit wann genau?«

Das Ehepaar sah sich an.

»Drei«, sagte die Frau.

»Vier«, sagte der Mann.

»Also, seit drei oder vier Wochen wohnt Ihre Tochter nicht mehr hier. Wissen Sie, warum?« Breschnow presste die Lippen fest aufeinander, um ein Gähnen zu unterdrücken. Die schlaflosen Nächte am Bett seiner Nichte forderten ihren Tribut.

»Nina sagte, dass sie eine neue Show vorbereiten müsste«, antwortete Frau Sebastian mit leiser Stimme. »Und deswegen wollte sie lieber in der Stadt schlafen ... Wir wohnen ja auch wirklich weit draußen«, fügte sie entschuldigend hinzu.

»Kennen Sie den Namen der Kollegin?«

»Cosma«, antwortete Frau Sebastian.

Breschnow stöhnte leise, Delego warf ihm einen tadelnden Blick zu.

»Kennen Sie sie? Müssen wir uns Sorgen machen?«, erkundigte sich der Mann. Seine Stimme vibrierte leicht.

»Haben Sie auch einen Nachnamen?«, fragte Breschnow.

Die Eheleute schüttelten den Kopf.

»Nein, nur Cosma.«

»Wissen Sie, wo Cosma wohnt?«

»Sie wohnt in der Nähe des Studios. Nina sagte, dass sie nicht lange fahren müssten.«

»Die Studios in der Oberlandstraße?«

Frau Sebastian nickte.

Breschnow ließ den Stadtplan vor seinem inneren Auge auftauchen. Tempelhof, Kreuzberg und Neukölln.

Verdammtes Maybachufer. Nicht schon wieder, dachte er.

Delego musterte ihren Chef.

»Hat Ihre Tochter noch andere Freunde?«, fragte sie, als Breschnow stumm blieb.

»Es gibt eine kleine Clique hier in Schildow. Sie kennen sich schon seit der Schulzeit. Die meisten wohnen hier nicht mehr, sind in alle Winde verstreut und studieren, aber ab und zu kommen sie an den Wochenenden wieder zusammen.«

»Können Sie uns bitte die Namen aufschreiben?«, bat Delego.

»Jetzt gleich?«

Die Kommissarin nickte.

Frau Sebastian erhob sich langsam und verließ den Raum. Delego folgte ihr. Nachdem sie die Tür hinter sich zugezogen hatte, beugte sich der Mann vor und flüsterte.

»Es ist ihr doch nichts passiert, oder?«

»Das wissen wir nicht«, sagte Breschnow, »aber ich verspreche Ihnen, dass wir alles tun werden, um sie zu finden.«

»Tot oder lebendig«, murmelte der Mann.

Breschnow nickte und wunderte sich über die Theatralik des Satzes. Fast hätte er ihn wiederholt.

Frau Sebastian kehrte zurück in den Raum und zeigte ihrem Mann die Liste. Er fügte noch einen Namen hinzu.

»Fällt Ihnen sonst noch irgendetwas ein, was wir wissen sollten?«, erkundigte sich Breschnow.

Das Ehepaar schüttelte erneut synchron den Kopf.

»Gut. Dann möchte ich jetzt ihr Zimmer sehen.«

»Wie viel Zeit wollen Sie denn noch verschwenden?«, schimpfte Herr Sebastian und sprang auf.

Breschnow folgte ihm hinaus in die Diele und die Treppe hoch in den ersten Stock.

Vom Flur oben gingen drei Türen ab. Das Elternschlafzimmer, das Bad und das Zimmer von Nina. Der Vater blieb vor der letzten Tür stehen und öffnete sie einen Spalt weit.

»Ich kann da jetzt nicht rein«, sagte er.

Breschnow nickte und zwängte sich an ihm vorbei. Das kleine Zimmer strahlte eine wohlige Wärme aus. Die meisten Möbel und der Fußboden waren aus hellem Holz, die Wände in einem leichten altrosa Ton gestrichen. Vor dem Fenster stand ein schmales Bett mit einigen Kuscheltieren, am Kopfende eine rosa gestrichene Kommode mit einem Spiegel, einem Schminktablett und einem silbernen Fotorahmen. Breschnow kämpfte erneut gegen ein Gähnen an und griff nach dem Bild. Es zeigte zwei junge Frauen, lachend, eine schwarzhaarig, die andere blond.

»Welche ist Ihre Tochter?«

»Die Dunkelhaarige, die andere ist ihre beste Freundin.«

»Wie heißt die Freundin?

»Knöller, Barbara Knöller.«

»Wann wurde das Foto gemacht?«

»Ich glaube, im Oktober. Barbara war zu Besuch.«

»Ich brauche ein aktuelles Foto für die Suche. Kann ich das hier mitnehmen?«

Herr Sebastian nickte und Breschnow ließ den Rahmen in seiner Jackentasche verschwinden. Dann ging er zu dem Kleiderschrank im hinteren Winkel des Zimmers und öffnete die schwere Tür. Das Möbelstück war alt und massiv, sein Inneres mit kleinen Wurmlöchern durchsetzt. Ninas Kleidung lag ordentlich zusammengelegt in den vier Regalen. Auf dem Boden standen ein Paar weiße Turnschuhe und ein Paar feste Wanderschuhe.

»Ist Ihre Tochter gerne gewandert?«, erkundigte sich Breschnow.

»Ja, auch mit uns. Erst vor vier Wochen waren wir im Elbsandsteingebirge.«

Breschnow sah sich die Garderobe an. »Und sie hat Wert auf Klamotten gelegt?«

Herr Sebastian nickte. Er war nun doch ins Zimmer getreten und betrachtete es, als ob er es zum ersten Mal sähe.

»Wo hat sie ihre Notizen aufbewahrt? Ich sehe hier keinen Schreibtisch.«

Der Vater deutete auf eine schmale Tür.

Breschnow öffnete sie und blickte in eine geräumige Kammer mit zwei Regalen, die bis zur Decke reichten. Die meisten Sachen waren in bunten Kartons verstaut. Er fand Wolle, Stoffe, Fotos, Kerzen und Andenken, die wahrscheinlich nur der Besitzerin etwas sagten.

»Den würde ich gerne mitnehmen«, sagte er und deutete auf den Fotokarton.

»Das geht nicht«, sagte Herr Sebastian, »da ist ihr Leben drin.«

»Eben deshalb«, erklärte Breschnow. »Ich bringe ihn hundertprozentig wieder zurück.«

Er ging in die Hocke, warf einen Blick auf die Aktenordner im untersten Regal, blätterte sie oberflächlich durch und entschied, dass Delego sie sich später sorgfältig ansehen sollte.

Dann warf er einen letzten Blick auf die Regale und verließ rückwärts die Kammer.

»Sie hat gar keine Bücher«, stellte er fest, nachdem er sich noch einmal im Zimmer umgesehen hatte.

»Sie hat lieber Fernsehen geschaut«, antwortete Herr Sebastian, der jetzt wieder im Türrahmen stand.

Breschnow schob sich mit dem Karton an ihm vorbei.

Frau Sebastian wartete am Fuß der Treppe.

Sie sehen sich sehr ähnlich, dachte Breschnow, Nina Sebastian mit vierzig. Aber wird sie das überhaupt noch? Oder finden wir sie ...

Er schnitt diesen Gedanken rabiat ab und hielt den Karton hoch. »Soll ich Ihnen quittieren, dass wir den mitnehmen?«

Frau Sebastian schüttelte den Kopf. »Sie können den Karton behalten«, flüsterte sie. »Bringen Sie mir lieber meine Kleine wieder nach Hause.«

Schluchzend griff sie nach dem Arm ihres Mannes. Breschnow und Delego verließen schnell das Haus.

***

Als er das Dorf erreichte, sah er, dass ihre Freundin auf der Bank am Platz wartete. Er ging zu ihr hin und setzte sich neben sie. Sie fragte ihn nach dem Mädchen. Er errötete und sie lachte ihn aus.

Nach einer Weile ging er nach Hause. Seine Eltern waren noch nicht da. Oben in seinem Zimmer legte er eine Platte auf. Er hörte immer dieselben Scheiben. Dann legte er sich auf sein Bett, dachte an das Mädchen und spürte die Erregung.

***

DIENSTAG

Er flanierte mit Iris und Mona durch den Tierpark. Der sonnige Frühlingstag war mild und er trug das Kind auf seinen Schultern. Die kleinen Füße traten ihn leicht in die Rippen, weil Mona ihm Tempo geben wollte, so wie sie es bei *Lucky Luke* gesehen hatte. Iris lief ein kleines Stückchen voraus und drehte sich lachend zu ihnen um. Plötzlich fing Mona an zu zappeln und er hatte Angst, dass sie herunterfiel und stellte sie vorsichtig auf den Boden. Freudig kreischend rannte die Kleine zu dem See und zeigte aufgeregt auf die jungen Entchen, die erschrocken Schutz bei ihren Eltern suchten. Auf einmal fing das Muttertier an zu klingeln, laut und aufdringlich ansteigend, bis Breschnow verstand, dass es sein Handy war. Schlaftrunken tastete er nach dem Gerät auf dem Nachttisch. Es rutschte ihm aus der Hand. Fluchend setzte er sich auf und ließ sich auf den Fußboden gleiten. Das Handy hatte nun seine Maximallautstärke erreicht und schmerzte in seinen Ohren. Blind tastete er unter das Bett, bis er das Gerät greifen konnte, zog es hervor und meldete sich müde.

»Kommst du?«, erkundigte sich Drass.

»Wieso?«

»Weil es acht Uhr ist.«

Breschnow drückte seinen Kollegen weg, schlurfte ins Bad

und spritzte sich kaltes Wasser ins Gesicht. Zurück im Schlafzimmer, suchte er in den diversen Kleiderhügeln, die den Fußboden wie eine Mittelgebirgslandschaft überzogen, nach frischer Wäsche. Als er nichts fand, stieg er in die Klamotten des Vortags, suchte seine Autoschlüssel und verließ das Haus. Eine Viertelstunde später stand er vor der Schranke, die sich dieses Mal ohne Kontrolle öffnete.

Sein Team saß bereits im Besprechungsraum. Vor ihnen auf dem Tisch stand das schwarze Abspielgerät, das der Techniker gestern gebracht hatte. Delego war gerade dabei, ihre Kollegen über den gestrigen Besuch bei den Sebastians zu informieren.

Schon eine Nacht vorbei, dachte Breschnow. Ab jetzt läuft die Zeit gegen uns.

»Aber es ist eine Vermisstenanzeige«, maulte Schmitti und deutete mit dem Zeigefinger auf den Bildschirm des Laptops, der vor ihm auf dem Tisch stand. »Allein in diesem Monat sind fünf Menschen als vermisst gemeldet. Sollen wir die jetzt alle suchen?«

»Aber keine von ihnen hat noch mal zu Hause angerufen und eine bedrohlich klingende Nachricht hinterlassen«, brummte Breschnow und ließ sich auf einen Stuhl fallen.

»Woher willst du das wissen?«, erkundigte sich Regina. »Ich gebe zu, dass das Telefonat nicht gerade beruhigend klingt, aber dafür kann es auch andere Gründe geben.«

»Vielleicht war sie stoned«, schlug Schmitti vor.

»Schon möglich, aber mein Gefühl sagt mir etwas anderes, und wir haben schon viel zu viel Zeit verloren und deswegen ermitteln wir jetzt mit Hochdruck«, beendete Breschnow die Diskussion.

Schmitti öffnete ein neues Bildschirmfenster und hackte weiter auf die Tastatur ein.

»Was sagt das Einwohnermeldeamt?«, fragte Breschnow.

»Sie ist in Schildow gemeldet, bei ihren Eltern. Einen anderen Eintrag gibt es nicht.«

»Und sie arbeitet in den alten UFA-Studios am Columbiadamm. Ich habe dort angerufen. Sie ist heute nicht zur Arbeit erschienen, sagt die Personalstelle. Aber seit sie dort arbeitet, hat sie noch nie gefehlt, war weder krank noch in Urlaub. Das steht so in der Personalakte. Mehr wussten sie nicht und von denen, die mehr wissen könnten, ist noch niemand vor Ort«, ergänzte Delego.

»Fernsehfuzzis«, schnaubte Schmitti. »Die können so lange schlafen, wie sie wollen.«

»Die arbeiten aber abends und nachts«, warf sich Delego in die Bresche.

»Wir auch«, konterte Schmitti.

Breschnow stöhnte, zog ein gefaltetes DIN-A4-Blatt aus seiner Gesäßtasche und legte es vor sich auf den Tisch. »Die Eltern haben uns eine Liste der Freunde zusammengestellt. Schmitti und Regina, ihr telefoniert sie ab.«

Breschnow sah in die Runde. »Wo ist Drass?«

»Kaffee holen«, antwortete Schmitti grinsend. »Die beiden Damen haben sich verweigert.«

Delego knuffte ihn in die Seite, Regina strafte ihn mit einem bösen Blick.

»Wir müssen auch mit Peter Polen reden.«

Schmitti pfiff durch die Zähne. »Nina Sebastian arbeitet für Peter Polen?«

»Kennst du den?«, erkundigte sich Breschnow verwundert.

»Na klar, die Quizshow am Donnerstagabend, meine Frau und meine Tochter lieben sie. Ich ziehe eher ...«

»Das würde ich gerne übernehmen«, unterbrach ihn Delego.

Breschnow schüttelte den Kopf und begann im Besprechungsraum auf und ab zu laufen. »Du fährst noch mal nach Schildow und stellst ihr Zimmer auf den Kopf. Die Eltern kennen dich. Ich will da niemand Neues hinschicken.«

»Delego hat uns berichtet, dass Nina Sebastian in den letzten Wochen bei einer Cosma gewohnt hat«, sagte Regina und folgte den großen Schritten ihres Chefs mit den Augen. »Meint sie unsere Cosma?«

Breschnow blieb abrupt stehen und zuckte mit den Schultern. »Finde es heraus. Drass und ich fahren in die UFA-Studios und suchen diesen Quizmaster.«

***

Das Zerschellen von Glas im Container ließ sie erwachen. Ein Blick zum Fenster sagte ihr, dass es erst dämmerte, und sie drehte sich auf die andere Seite. Sie hatte gestern nicht einschlafen können, sich einen Kamillentee gekocht, ein Glas Rotwein getrunken und zwei Baldriandragees genommen. Erst gegen Morgen war sie dann endlich zur Ruhe gekommen.

Ein weiteres Glas fand mit einem Knall in den Container und das Kopfkissen rutschte mit einem leisen Zischen vom Bett. Entnervt gab sie weitere Schlafversuche auf, rollte sich auf den Rücken und starrte an die Decke.

Ob es wieder geschneit hatte? Dann würde sie heute über das Tempelhofer Feld joggen. Durch die Hasenheide lief sie seit dem toten Soldaten nicht mehr. Sie dachte mit Grauen an die Leiche, über die sie bei ihrer morgendlichen Routinerunde vor einem Jahr fast gestolpert wäre.

Sie zog den leichten roten Seidenvorhang zur Seite und sah auf die Uhr. Der kleine Zeiger näherte sich gerade der Acht. Seufzend schob sie die Bettdecke von sich, hob das Kopfkissen vom Fußboden auf und stellte sich barfuß ans Fenster. Eine dicke weiße Schneedecke hatte sich über den engen Hinterhof gelegt und verbarg fast alles. Nur die Fußabdrücke zwischen dem Glascontainer und der Hinterhoftür waren im fahlen Laternenlicht zu sehen.

Hinterhofidylle, dachte Cosma, löste sich vom Fenster, ging in die Küche und schaltete das Radio ein. Die raue Stimme von Adele füllte den Raum. Ihr Blick glitt zu der Fensterscheibe, die die Nacht mit fragilen Eisblumen verziert hatte. Sie fröstelte leicht, zog den Morgenmantel enger um sich, setzte den Wasserkessel auf und betrachtete ihre Lieblingstasse. Ein Tiger im Sprung auf ein imaginäres Ziel.

So wie ich sein sollte, dachte sie und dann dachte sie an Nina, setzte sich mit der Tasse in der Hand auf einen Küchenstuhl und zog die kalten Füße unter den Morgenmantel. Vor zwei Wochen waren sie gemeinsam für ihre Chefs einkaufen gewesen. Cosma hatte sich sofort in die Tasse verliebt und Nina hatte sie ihr, nicht ohne zu betonen, dass sie sie geschmacklos fand, geschenkt.

Sie goss das heiße Wasser auf den Teebeutel und starrte ins Leere. Nach einer Weile nippte sie vorsichtig. Das Getränk brannte auf ihren Lippen. Aus dem Radio drang nun ein alter Discohit, »Staying alive«.

Es passte nicht zu Nina, nicht abzusagen.

Staying alive, staying alive.

Vielleicht wussten ihre Eltern mehr.

Cosma sah auf die Uhr, aber der Zeiger hatte sich nur eine halbe Stunde weiterbewegt. Sie stand auf, suchte nach ihren Hausschuhen, die sie unter der Couch im Wohnzimmer fand, und blickte wieder aus dem Fenster. Der Kanal vor ihrem Haus war zugefroren und leuchtete gelbweiß.

Sie mochte Nina, ihr munteres Wesen und ihren unbeugsamen Optimismus. Außerdem war sie froh gewesen, endlich jemanden zum Lästern gefunden zu haben, denn darin war Nina einmalig gut. Sie konnten sich stundenlang über ihre Chefs auslassen und Tränen über die beiden Möchtegerne lachen. Nur in Ninas Beisein gestattete sich Cosma manchmal, ihren Lebenstraum, eine investigative Journalistin zu sein, laut zu träumen.

Und Nina träumte von einer eigenen Show, von Fernsehauftritten und Titelseiten der gängigen Frauenzeitschriften. Sie würde alles dafür tun, berühmt zu werden.

Wirklich alles?

Cosma sah wieder auf die Uhr und trank noch einen Schluck Tee. Das Radio brachte die neusten Nachrichten über die terroristischen Anschläge in Syrien. Cosma ging ins Schlafzimmer und zog sich die Laufklamotten an. Dann wählte sie die Nummer von Ninas Eltern. Die Mutter meldete sich sofort. Ihre Stimme klang besorgt und Cosma erschrak. Als sie nach Nina fragte, schluchzte es aus der Leitung.

Es knackte, dann ein Räuspern und eine strenge Männerstimme. »Sie sind doch die, bei der meine Tochter seit drei Wochen wohnt, oder?«

»Nina? Nein. Hat nie hier gewohnt«, stammelte Cosma und legte verwirrt auf.

Sie starrte noch eine Weile auf den Hörer in ihrer Hand, dann wählte sie die Nummer des Studios.

Die Sekretärin klärte sie mit einem anklagenden Unterton auf, dass Nina noch nicht da sei, obwohl sie einen Termin habe und Herr Polen schon öfter versucht hätte, sie zu erreichen.

Cosma bedankte sich und drehte die Musik lauter.

»Mad world.«

Ihr Blick fiel auf das Handy und sie wählte Ninas Nummer.

»Der Teilnehmer ist vorübergehend nicht zu erreichen. Bitte versuchen Sie es zu einem späteren Zeitpunkt noch einmal.«

Cosma warf das Gerät in die Ecke und lief von der Küche ins Wohnzimmer und wieder in die Küche und wieder ins Wohnzimmer. Dort ließ sie sich auf das Sofa sinken. Die Ansage brannte in ihrem Ohr.

Es ist etwas geschehen, dachte sie. Nina würde niemals ihren Job aufs Spiel setzen. Und Nina war immer zu erreichen! Wie oft hatte Cosma sie deswegen aufgezogen. Entschlossen griff sie wieder nach dem Telefon und eilte in die Küche. Ihr Herz klopfte heftig.

»Du musst dich beruhigen«, murmelte sie, »und atmen. Atmen!«

Sie ließ sich auf den Küchenstuhl sinken, sprang aber sofort wieder auf, rannte zurück ins Wohnzimmer, griff mit zittrigen Fingern nach der erstbesten CD und schob sie in das Abspielgerät.

Klaus Nomis helle Stimme drang durch den Raum. Sie ertrug sie nicht, wollte Musik von lebenden Personen, suchte nach Norah Jones und ließ sich wieder auf das blaue Sofa fallen. Die sanften, melancholischen Töne beruhigten sie ein wenig.

Sie starrte an die Decke, das Telefon noch immer fest in der Hand. Als der letzte Refrain erklang, sprang Cosma auf, durchwühlte die Schreibtischschubladen, zog eine vergilbte Visitenkarte hervor und starrte auf die Nummer, von der sie gedacht hatte, dass sie sie niemals wieder würde wählen müssen.

***

»Musstest du den Kaffee in der Kantine selber kochen?«, brummte Breschnow, als Drass eine Viertelstunde später den Besprechungsraum betrat.

Regina sprang auf, nahm drei Becher vom Tablett, die bereits gefährlich nah an den Rand gerutscht waren, und stellte sie in die Mitte des Tisches. Delego griff sich einen und schob den anderen Schmitti zu, der sie mit einem Lächeln belohnte. Drass stellte das Tablett ab.

»Die Kaffeemaschine war defekt«, antwortete er ruhig und setzte sich.

»Wir beide fahren in die UFA«, sagte Breschnow und griff sich einen Becher. »Ich bringe dich im Auto auf den neuesten Stand.«

»Cosma Anderson ist immer noch am Maybachufer gemeldet«, verkündete Schmitti, »und Peter Polen hat eine Geheimadresse. Aber die Anfrage läuft.«

Delego eilte hinaus.

»Ich fahr dann zum Maybachufer«, sagte Regina und folgte ihrer Kollegin.

Drass sah ihr hinterher. Breschnow hatte den Eindruck, dass er gerne mit ihr getauscht hätte. Er kippte den Rest seines Kaffees hinunter und gab ihm ein Zeichen zum Aufbruch.

Schmitti strich noch einmal über das Blatt mit den Namen der Freunde von Nina Sebastian und gab den letzten in den Computer ein. Dann druckte er die Adressenliste aus, klappte die Maschine zu und starrte auf den kleinen schwarzen Rekorder in der Tischmitte. Nach einer Weile startete er die Aufnahme. Nina Sebastians Stimme drang ängstlich aus dem Gerät. Als sie wieder schwieg, verließ auch er den Raum.

***

Sie schleppte sich zur Toilette, versuchte Wasser zu lassen und schrie auf. Der Schmerz durchschnitt ihren Unterleib. Ein Blick in die blutige Schüssel bestätigte ihre Vermutung. Er hatte sie wieder einmal verletzt. Nadine glaubte seinen Beteuerungen, dass er es nicht absichtlich tat, schon lange nicht mehr. Zu einem Arzt durfte sie auch nicht gehen. Das hatte er ihr verboten. Nun würde wieder einer seiner Freunde kommen, der zwar Erste Hilfe leistete, sie aber bei jeder Untersuchung mit einer Mischung aus Mitleid und Überheblichkeit betrachtete. Sie schauderte bei dem Gedanken. Sie hatte es Karsten erzählt, aber er hatte nur milde darüber gelächelt und sie überspannt genannt.

Ein Stich durchfuhr ihren Körper und nahm ihr den Atem. Das Badezimmer drehte sich. Sie krallte sich krampfhaft an der Toilette fest und atmete tief in den Schmerz hinein, wie sie es von ihrer Mutter gelernt hatte. Ein, aus, ein, aus, tiefe Atemzüge. Der Schmerz ließ nach und sie entspannte sich ein wenig, drückte den Spülknopf und hörte das Wasser alle Spuren wegwaschen. Dann stand sie vorsichtig auf und nahm die

Damenbinden vom Regal. Sie wollte Karstens Heiligtum nicht beschmutzen und schlich sich leise zurück ins Bett.

***

»Wollen wir nicht meinen nehmen?«, schlug Drass vor, als sie den alten Passat erreicht hatten.

»Denkst du ernsthaft, ich setze mich bei diesem Wetter in deine Sardinenbüchse?«, schnaubte Breschnow.

»Mein Sportwagen ist im Süden unterwegs. Ich fahre jetzt den Range Rover.«

Drass deutete mit dem Zeigefinger auf einen schweren schwarzen Wagen am anderen Ende des Parkplatzes, aber sein Chef war bereits eingestiegen und startete den Passat.

»Hoffentlich finden wir sie, bevor sie tatsächlich in unser Ressort fällt«, sagte Drass, nachdem Breschnow ihn über die bisherigen Ereignisse ins Bild gesetzt hatte.

Sie erreichten die obere Hermannstraße und überquerten die S-Bahn-Brücke. Drass zog sein Smartphone aus der Tasche und wählte sich ins Netz ein.

»Willst du was über die Oberlandstudios wissen?«, erkundigte er sich.

Breschnow knurrte etwas, das er als Zustimmung deutete.

»Also. Die *Universum Film* wurde am 18. Dezember 1917 als Antwort auf die ausländische Filmkonkurrenz und Propaganda von einem Konsortium unter der Leitung der Deutschen Bank gegründet«, las er. »Im März 1927 kaufte Alfred Hugenberg, der Medienunternehmer und spätere Minister für Wirtschaft, Landwirtschaft und Ernährung im Kabinett Hitler, die Ufa auf und übertrug sie 1933 an die NSDAP.«

»Wie praktisch«, kommentierte Breschnow, »der richtige Mann am richtigen Ort.«

»1942 wurden die Ufa und alle Konkurrenten gleichgeschaltet und zu einem einzigen Konzern, der *Ufa-Film* (Ufi), mit Sitz in Berlin zusammengelegt. Nach der Besetzung des Ufa-Geländes durch die Rote Armee 1945 und der Privatisierung von *Bavaria* und *Ufa* 1956 wurde das Unternehmen umstrukturiert und als *Universum-Film-AG* von einem Bankenkonsortium übernommen ...«

»Mach's mal kürzer.«

Drass scrollte weiter. »Also gut, hier der neuste Stand. Im August 2013 wurde die Organisationsstruktur auf drei Produktionsbereiche vereinfacht, nämlich erstens die UFA Fiction«, Drass hielt den Daumen in die Höhe, »zweitens die UFA Serial Drama«, der Zeigefinger folgte, »und drittens die UFA Show & Factual«, bestätigte der Mittelfinger.

»Und wo war Nina Sebastian beschäftigt?«, erkundigte sich Breschnow.

»Wahrscheinlich bei der UFA Show & Factual«, vermutete Drass. »Heute heißt das Ganze Berliner Union-Film und da vorne ist es.«

Breschnow blinkte, fuhr rechts ran und parkte auf dem Radweg. Die Straßenfront des Union-Film-Geländes war von einem weißen Gebäude dominiert, aber als sie die Schranke erreichten, sahen sie die alten Backsteingebäude im Hintergrund. Sie wiesen sich aus und ließen sich von dem Wachschutz den Weg zum Verwaltungsgebäude zeigen.

»Kann ich Ihnen helfen?«, erkundigte sich eine junge Frau in einem taubenblauen Kostüm, die aus dem Nichts aufgetaucht war.

Breschnow zog seinen Dienstausweis aus der Tasche und erkundigte sich nach der Studioleitung.

»Bedauere, Herr Schömtich ist auf einem Kongress in Brandenburg.«

»Und was ist mit Peter Polen?«

»Der ist nicht mehr im Haus.«

»Heißt das, er war heute Morgen schon hier?«

Die Frau nickte.

»Und wieso wurde er dann nicht ans Telefon geholt?«

»Das kann ich Ihnen leider nicht sagen. Aber wenn Sie vielleicht im Personalbüro vorsprechen wollen ...«

»Ich suche keinen Job«, würgte Breschnow sie ab, »sondern eine Ihrer Mitarbeiterinnen. Und ich brauche die Adresse von Herrn Polen.«

»Wir sind leider nicht befugt, die Adressen unserer Mitarbeiter herauszugeben. Das darf nur die Leitung.«

»Und die ist auf einem Kongress«, flötete Breschnow und drehte sich auf dem Absatz um.

Drass verabschiedete sich schnell und folgte ihm hinaus. Sein Chef wartete vor der Tür und trat ungeduldig von einem Fuß auf den anderen. »Geh wieder rein und frag die Taubenblaue nach der Handynummer ihres Studioleiters und dann ruf Schmitti an und frag ihn, ob der Computer die Adresse von diesem Polen mittlerweile gefunden hat.«

Er steckte sich eine Zigarette an und deutete auf eine der Hallen am gegenüberliegenden Ende des Hofes. »Ich seh mich da drin mal um.«

***

Schnee hatte sich auf den vereisten Kanal gelegt und eine einsame Möwe zog laut kreischend ihre Bahn. Regina hatte den lauten Kottbusser Damm verlassen und war ins Maybachufer eingebogen. Der Uferweg war menschenleer. Sie dachte an die Ermittlungen im letzten Jahr, dachte an Cosma Anderson, die unter Verdacht geraten und eingesperrt worden war. Es widerstrebte ihr, die junge Frau erneut aufzusuchen und nach Nina Sebastian zu fragen. Andererseits, wenn die Vermisste bei ihr wohnte, würde sich die Suche schnell in Luft auflösen und allen wäre geholfen. Sie beschleunigte die Schritte, rutschte auf dem festgetretenen Schnee und wechselte die Straßenseite. Der Fußweg war gestreut. Kurz danach erreichte sie die Nummer 43 und klingelte. Als niemand öffnete, drückte sie mit dem Handinneren gegen die Klingelleiste. Kurz danach stand sie im Treppenhaus. Es sah noch genauso aus wie beim letzten Mal, der Anstrich ein schmutziges Einheitsgrau, die Briefkästen teilweise aufgebrochen und es stank nach ranzigem Fett und Katzenpisse. Regina eilte hoch in den dritten Stock und klingelte an der Wohnungstür. Aus der Wohnung nebenan trat eine alte Frau und lächelte freundlich.

»Sie ist nicht zu Hause.«

Regina sah sie fragend an.

»Sie hat mir eben den Einkauf hochgetragen und ist dann wieder hinuntergelaufen. Vielleicht erreichen Sie sie noch.«

Regina kramte eine Kopie aus ihrer Jackentasche und reichte sie der alten Frau.

»Haben Sie dieses Mädchen schon mal gesehen?«

Die Alte entschuldigte sich, drehte sich um und schlurfte in ihre Wohnung. Eine halbe Ewigkeit später kehrte sie mit einer Brille auf der Nase zurück und ließ sich von Regina das Foto geben. Wortlos wandte sie sich ab und hielt die Aufnahme unter ihre Flurbeleuchtung.

»Die habe ich noch nie gesehen«, sagte sie.

»Sie wohnt also nicht hier?«, vergewisserte sich die Kommissarin.

»Bestimmt nicht. Frau Anderson ist eine von den modernen Frauen. Sie wohnt ganz alleine. Manchmal kommt ein Mann und besucht sie. Manchmal bringt er auch noch einen anderen Mann mit.«

Sie dachte nach. Dann ging ein Lächeln über ihr Gesicht und sie hob den Zeigefinger. »Ja, und manchmal kommt eine Frau, die ihr sehr ähnlich sieht.«

»Ihre Schwester«, sagte Regina.

»Das kann gut sein.«

Die Frau betrachtete sich noch einmal das Foto in ihrer Hand. »Was ist mit ihr?«

»Sie ist verschwunden«, antwortete Regina und tauschte die Aufnahme gegen eine Visitenkarte ein. »Falls sie doch hier auftaucht, wäre es schön, wenn Sie mich anrufen.«

Die Frau versprach es und reichte der Kommissarin eine Hand zum Abschied. Regina bedankte sich, rannte die Treppe runter und riss die Tür zum Hinterhof auf. Bis auf die Krähen, die auf den Mülltonnen saßen, war er leer. Auch keine Schritte im Schnee. Sie eilte zur Vordertür, blickte nach rechts und links und machte sich dann missmutig auf den Rückweg.

***

Das Mädchen war am Montag nicht in die Schule gekommen. Sie sei krank, erzählten die anderen. Was ihr fehlte, wusste keiner.

Es wurde eine lange Woche. Immer wieder nahm er sich vor, sie zu besuchen. Aber er traute sich nicht. Auch seine großen Freunde waren stiller als sonst. Sie ließen ihn sogar mit Billard spielen und er fühlte sich dabei sehr erwachsen.

Am nächsten Montag war sie wieder da. Sie war blass, fast durchsichtig und kaute nervös an ihren Fingernägeln. Das hatte sie vorher nie getan. In der Pause kam sie zu ihm herüber. Sie sah ihn lange an. Dann spuckte sie ihm vor die Füße.

***

»Der Teilnehmer ist vorübergehend nicht erreichbar.«

Wütend warf Cosma das Handy auf das Sofa. Seit Stunden dieselbe Ansage. Nina Sebastian nicht erreichbar!

Wie oft hatte sie ihre Kollegin wegen ihrer Handymanie gehänselt.

Cosma sprang auf und schob eine neue CD in den Spieler.

The Cure sangen vom »Spider Man«.

Sie durchquerte das Wohnzimmer, stellte sich ans Fenster, ließ sich erneut auf das Sofa fallen, schnellte wieder hoch und eilte in die Küche.

Es ist zu spät, um ihn anzurufen, dachte sie, schenkte sich ein Glas Wein ein, durchquerte erneut den Wohnraum und stellte sich wieder ans Fenster. Der Kanal lag im Dunkeln.

Sie war den ganzen Tag in der Stadt herumgelaufen, hatte es zu Hause nicht ausgehalten. Und sie hatte immer wieder mit sich gerungen, ihn anzurufen. Hauptkommissar Breschnow. Er hatte sie damals im Mordfall Pohl verhaftet. Und sie erinnerte sich mit Grauen an die Enge der Zelle im Haftkrankenhaus, an die Gitter vor den Fenstern und an die lähmende

Ungewissheit, wann und ob überhaupt sie wieder freikommen würde. Den Klang der sich öffnenden und schließenden Zellentür würde sie nie vergessen.

Aber Breschnow hatte auch als Erster an ihre Unschuld geglaubt und ihr am Ende das Leben gerettet.

Sie atmete tief ein, drehte sich vom Fenster weg und brachte ihr Glas in die Küche. Auf dem Tisch lag noch immer die vergilbte Visitenkarte mit der Telefonnummer. Sie starrte sie an, griff danach und ließ sie wieder fallen.

Nicht heute, entschied sie und setzte sich auf den Küchenstuhl.

***

»Wir haben sie immer noch nicht gefunden«, fluchte Breschnow. »Ich habe gerade die Ergebnisse der Kriminaltechnik bekommen. Sie haben die Aufnahme auf dem Anrufbeantworter in ihre Einzelteile zerlegt und konnten die Hintergrundgeräusche herausfiltern. Und sie sind sich ziemlich sicher, dass noch eine weitere Person anwesend war, als die Sebastian angerufen hat.«

»Vielleicht wirkt deswegen der Anruf wie unterbrochen«, sagte Delego.

»Was meinst du damit?«, erkundigte sich Regina.

»Ich hatte von Anfang an den Eindruck, dass nicht Nina Sebastian den Anruf beendet hat, sondern jemand anderes. Es hörte sich für mich so an, als ob die junge Frau noch mehr hätte sagen wollen.«

»Umso wichtiger ist es, dass wir sie schnell finden«, trieb Breschnow die Sitzung voran. »Also, was habt ihr?«

»Wir haben die meisten ihrer Freunde abtelefoniert und wissen, dass sie nicht bei ihnen ist. Wir haben die Adresse von Peter Polen …«

»… der aber nicht zu Hause war«, unterbrach Breschnow, »und die Anderson haben wir auch noch nicht erreicht.«

»Okay, besonders gut gelaufen ist es nicht«, stimmte Regina zu. »Sie geht nicht ans Telefon. Aber wir wissen mit ziemlicher Wahrscheinlichkeit, dass Nina Sebastian nicht bei ihr wohnt.«

»Und diese pickelige Praktikantin in den Studios hat uns den neusten Klatsch serviert«, sagte Drass. »Angeblich hat die Sebastian ein Verhältnis. Mit wem, wusste sie nicht, aber Peter Polen fand das wohl gar nicht gut.«

»Wir müssen ihn finden!«, sagte Breschnow.

»Ja, das müssen wir. Aber wir können ihn ja schließlich nicht zur Fahndung ausschreiben und auch nicht alle Straßen abfahren und ihn suchen.«

»Ich fahr noch mal hin und stell mich vor seine Tür«, entschied Breschnow.

»Und noch was«, ergänzte Drass, »die Praktikantin hat mir erzählt, dass es manchmal Ärger mit Nina gab, weil sie sich weigerte, ihr Handy abzustellen. O-Ton«, er sah auf seine Notizen, »Nina Sebastians Ohr und ihr Handy waren eins.«

Einen Moment lang war es sehr still im Besprechungsraum. Dann sprang Breschnow auf und eilte zur Tür. Delego sah ihm hinterher. »Ich telefoniere mit Schmitti die Krankenhäuser ab.«

Drass nickte und sah auf die Uhr. »Ich versuche weiter den Studioleiter zu erreichen.«

»Und ich Cosma Anderson.«

***

»Zieh deine schönsten Sachen an, Schätzchen. Heute Nacht sollst du meine Prinzessin sein«, lachte Robert, der unangemeldet vor der Tür stand.

Cosma starrte ihn an.

»Was ist denn los?« Er schob sie sanft von der Tür weg und trat in die Wohnung.

»Ich kann Nina nicht erreichen.«

»Deine Freundin, mit der du in der Disco verabredet warst?«

Cosma nickte und ging in die Küche. Robert folgte ihr.

»Musst du heute nicht arbeiten?«

»Keine Leiche heute Abend«, lächelte der Kriminalreporter, »und da dachte ich mir, führe ich doch meine liebste Freundin ins Kino aus.«

Sie setzten sich an den Küchentisch. Cosma stellte zwei Gläser auf den Tisch. »Willst du Wein?«

Robert sah auf die Uhr. »In einer halben Stunde beginnt die Vorstellung von *Gone with the Wind.* Ich liebe diese alte Schnulze und schlage vor, du ziehst dir jetzt was Hübsches an und erzählst mir auf dem Weg deine Sorgen.«

Cosma zögerte, dann sprang sie auf und eilte ins Schlafzimmer. Kurz danach stand sie in Jeans und einem roten Pullover in der Tür und gab ihm ein Zeichen zum Aufbruch.

***

MITTWOCH

Breschnow ließ sich in den Sessel fallen und gähnte. Er hatte die halbe Nacht erfolglos vor Peter Polens Wohnung zugebracht. Erst nachdem der letzte Tropfen aus seinem Flachmann getrunken war und er die Kälte nicht mehr ignorieren konnte, hatte er aufgegeben, den Passat gestartet und war nach Hause gefahren. Er ging in die Küche, holte sich ein Bier aus dem Kühlschrank und trank. Die eisige Flüssigkeit ließ ihn frösteln. Er stellte die Büchse auf den Küchentisch, fummelte die Zigaretten aus der Hosentasche und zündete sich eine an. Das Nikotin verstärkte seine Übelkeit und er drückte die Kippe im Aschenbecher wieder aus. Bei der Warterei hatte er eine ganze Schachtel geraucht. Etwas gegessen hatte er nicht.

Irgendwo klingelte das Telefon. Er machte sich auf die Suche nach dem Hörer. Dann begann auch sein Handy zu lärmen. Er eilte hinaus in den Flur und zog es aus der Jackentasche.

»Wir haben eine Leiche«, informierte ihn die tiefe Stimme seines Kollegen.

»Wo?«

»In der Kleingartenanlage am Tempelhofer Feld, Herrfurthstraße.«

»Bist du schon dort?«

»Ja.«

»Wer noch?«

»Monika.«

»Da war die Rechtsmedizin aber schnell. Verständige die Spurensicherung.«

»Schon passiert«, sagte Drass.

Breschnow stopfte das Handy in die Jeanstasche, schnürte sich die Schuhe wieder zu und ging ins Bad. Beim Pinkeln fragte er sich, wo er den Haustürschlüssel hingelegt hatte. Das lenkte ihn von dem Gedanken an Nina Sebastian ab. Er wollte sie jetzt nicht finden.

Er drehte den Wasserhahn auf und fuhr sich mit den feuchten Händen durch die Haare. Dann ging er zurück in die Küche. Auf dem Tisch stand noch ein Kaffee, von dem er nicht mehr wusste, wann er ihn gebrüht hatte. Breschnow kippte das kalte Getränk herunter und schüttelte sich. Er griff mit der einen Hand nach dem Schlüsselbund, der neben der Tasse lag, mit der anderen öffnete er die Kühlschranktür, nahm die Flasche Korn heraus und trank einen Schluck. Danach schob er sich einen Kaugummi in den Mund.

Der frühe Morgen begrüßte ihn mit zehn Zentimetern Neuschnee. Es schneite immer noch heftig und die kurze Pause in seiner Wohnung hatte ausgereicht, den Wagen erneut weiß einzupacken. Er schob den Schnee mit der bloßen Hand von der Windschutzscheibe, schloss die Autotür auf und ließ sich auf den Sitz fallen. Als die Tür zuschlug, fühlte er sich wie in einem Iglu. Der Wagen sprang sofort an und er klopfte dem Gefährt anerkennend auf das Lenkrad. Er hatte ihn vor zwei Wochen zum ersten Mal seit zehn Jahren überholen lassen und das schien sich auszuzahlen. Nach mehrmaligem Vor- und Zurücksetzen scherte er aus der Parklücke aus und fuhr blind auf die Straße. Der Schnee an den Seitenscheiben nahm ihm die Sicht. An der nächsten Abbiegung kreuzte ein Rettungswagen seinen Weg. Das Blau der Signallampe spiegelte sich im unberührten Schnee, der auch alle Geräusche dämpfte. Zehn Minuten später bog Breschnow rechts in den Schillerkiez ein. Er brauchte nicht lange zu suchen, das blaue Licht der Polizeiwagen wies ihm den Weg. Die Kollegen hatten die Herrfurthstraße an der Lichtenrader und von der Flughafenseite her abgesperrt. Er ließ seinen Wagen stehen, wies sich am Absperrband bei einem jungen Uniformierten aus, betrat die Kleingartenanlage und sah sich um.

Drass löste sich aus dem Windschatten einer Laube und kam auf ihn zu. Er war wie immer gut gekleidet. Eine hochwertige Daunenjacke wärmte ihn, von der Breschnow erst gar nicht wissen wollte, was sie gekostet hatte. Dazu trug er feste schwarze Schnürstiefel, eine schwarze Jeans und auf dem Kopf eine Mütze mit grau-weißem Rentiermuster.

»Morgen. Dein Freund wartet schon.«

»Wieso hat die Zentrale dich verständigt und nicht mich?«

Drass zuckte die Schultern.

Die beiden Männer fixierten sich einen Moment lang.

»Was haben wir?«, frage Breschnow.

»Eine Frauenleiche. Einer deiner Penner hat sie gefunden.«

Drass drehte sich um und ging voran. Schon von Weitem sah Breschnow den Obdachlosen auf einem Hocker sitzen. Er hatte ihn vor zwei Jahren bei der Ermittlung im Mordfall Pohl kennengelernt und sich danach gelegentlich mit ihm und seinen Kumpeln in der Hasenheide getroffen. Gemeinsam zu trinken war besser, als alleine zu Hause zu sitzen.

Willy saß neben der Laube, grinste und stank. Er trug noch denselben Uniformlodenmantel aus dem Zweiten Weltkrieg wie im letzten Jahr und hatte eine Russenmütze mit Pelz auf dem kahlen Schädel.

»Haste was zu saufen, Kumpel?«, erkundigte er sich mit heiserer Stimme zur Begrüßung und stand erwartungsvoll auf.

Breschnow schüttelte den Kopf, schlug ihm freundschaftlich auf die Schulter und vertröstete ihn auf später.

»Wenn ich nix zu saufen kriege, sach ich auch nix.«

»Später, Willy. Okay?«

Der Obdachlose sank zurück auf den Schemel, den ihm die Polizei hingestellt hatte, und verschränkte die Arme vor der Brust. »Kalt ist's«, brummte er.

Breschnow bat seinen Kollegen, Willy eine Decke zu holen, was dieser mit einem Schnauben kommentierte. Er klopfte dem Obdachlosen noch einmal aufmunternd auf die Schulter und betrat dann die kleine Laube. Ein schwerer, muffiger Geruch von feuchten, faulenden Polstern überdeckte fast den der Leiche. Zögernd trat er ein und stand in einem kleinen Raum mit einem Resopaltisch, einer Küchenbank mit roter Plastikauflage und zwei Holzstühlen. Eine alte hellbraune Anrichte stand in der hinteren Ecke, vor ihr das zusammengeklappte Gestell einer Campingliege mit Schimmelflecken. Von der Decke hing eine alte Leuchte mit orangefarbenem Stoffschirm und hüllte die Laube in ein warmes, schummeriges Licht.

»Ich habe alles so gelassen, wie es war«, sagte die Rechtsmedizinerin, die an die Anrichte gelehnt stand. Sie hatte die Arme vor der Brust verschränkt und lächelte Breschnow freundlich an. Er wunderte sich, dass sie zu jeder Tages- und Nachtzeit frisch und ausgeschlafen wirkte, und ließ den Blick vor sie auf den Boden gleiten.

Dort lag auf einem blauen Polster, das zu der Campingliege gehörte, eine tote Frau in Seitenlage. Lange schwarze Haare umspielten wie Wellen ihren Kopf. Der Körper war in eine karierte Wolldecke gehüllt. Ein blasser Unterarm lugte an der Seite hervor, an seinem Handgelenk ein klaffender roter Schnitt.

»Sieht aus wie eine Inszenierung«, sagte Breschnow und starrte gebannt auf die Szene vor sich. »Es erinnert mich an ein Gemälde. Aber da ist noch etwas anderes …«

»Was?«

»Ich weiß es noch nicht.«

»Du siehst nicht gut aus, Breschnow, zu wenig Schlaf?«

Er nickte. »Wie lange bist du schon hier?«

»Ungefähr eine halbe Stunde, aber ich habe bewusst noch nichts angefasst oder verändert«, antwortete Monika. »Meine Sachen stehen noch vor der Hütte. Ich wollte, dass du den Raum und die Frau so siehst.« Sie senkte den Blick zu der Toten.

Breschnow nickte.

Die Rechtsmedizinerin winkte ihm, näher zu kommen. Breschnow trat drei Schritte vor und wechselte die Perspektive.

Die Szene hat etwas Ruhiges, Sorgfältiges, dachte er und trat noch einen Schritt näher.

Sie ist so jung. Zu jung.

Er ging in die Hocke, betrachtete die weiße Haut und das schwarze Haar und dachte an das Märchen *Schneewittchen*, das er Mona im Krankenhaus vorgelesen hatte. Und er dachte an das Foto. Zwei Freundinnen, die eine schwarzhaarig, die andere blond.

Monika verließ die Laube und kam kurz danach mit ihrer Ausrüstung zurück. Schweigend reichte sie ihm einen weißen Plastikoverall, Handschuhe und Überschuhe. Als er protestieren wollte, legte sie ihren Zeigefinger auf den Mund und lächelte. Breschnow nahm die Handschuhe und die Überschuhe, den Overall ließ er liegen und vermied Monikas Blick. Anschließend bauten sie zwei Scheinwerfer rechts und links neben der Toten auf.

Drass' Stimme unterbrach die Stille. »Willy will wissen, wie lange er sich hier draußen, Zitat, ›noch den Arsch abfrieren soll‹.«

»So lange, wie es dauert«, rief Breschnow zur Tür. »Besorg ihm eine Flasche Schnaps und Zigaretten, dann fällt ihm das Warten leichter.«

Drass murmelte etwas Unverständliches und verschwand wieder.

»Gib ihm aber noch nichts zu trinken«, rief Breschnow ihm hinterher.

Monika verband die beiden Scheinwerfer miteinander und richtete sie aus. Kurz danach betrat eine junge Frau atemlos die Laube. Breschnow kannte sie aus der Rechtsmedizin und nickte ihr zu. Sie grüßte zurück und entschuldigte sich für die Verspätung.

»Ich musste erst jemanden für meine Tochter finden«, erklärte sie. »Alleinerziehend.«

Die Rechtsmedizinerin trat zurück, stellte sich neben Breschnow und bat ihre Assistentin, die Leiche zu fotografieren. Das Licht erhellte den kleinen Raum immer und immer wieder. Breschnow starrte auf das Bündel am Boden, das sich unter den Blitzen zu bewegen schien. Er wurde unruhig und zwang sich, die Tote nicht mehr als Mensch zu sehen, sondern als Fall. Dann schaltete Monika die Scheinwerfer ein und die Leiche lag still. Er hörte, wie der Stromgenerator vor der Laube leise zu brummen begann, und schloss die Augen, weil das grelle Scheinwerferlicht ihn blendete. Ein kalter Luftzug streifte seinen Rücken.

»Willy will nur mit dir reden, jetzt! Er sagt, er geht sonst«, hörte er Drass von der Tür her sagen.

Breschnow blinzelte. »Sag der Nervensäge, dass ich gleich komme.«

Monika ging neben der Toten in die Hocke und hielt sich ein Aufnahmegerät vor den Mund. »Vor mir liegt eine blaue Auflage auf dem Boden. Sie stammt von einer einfachen Campingliege, die zusammengeklappt im selben Raum steht. Auf das Polster ist eine weibliche Leiche gebettet. Sie ist mit einer karierten Wolldecke fast zugedeckt. Nur der Kopf und der linke Unterarm liegen frei. Ich werde jetzt die Decke von dem Körper herunternehmen.«

Die Leiche leuchtete im grellen Scheinwerferlicht. Monika strich ihr das schwarze Haar vorsichtig aus dem Gesicht.

»Ausgeblutet«, stellte sie fest. »Auf den ersten Blick schätze ich sie auf Anfang bis Mitte zwanzig.«

Breschnow starrte die junge Frau an. Sie war etwas dünner als auf dem Foto. Er räusperte sich.

»Das ist Nina Sebastian. Sie wurde von ihren Eltern als vermisst gemeldet. Wie lange ist sie schon tot?«

»Um dir das zu beantworten, muss ich sie erst genauer untersuchen. Seit wann wird sie vermisst?«

»Seit Montag.«

Monika betrachtete die Frau und schüttelte den Kopf. »Die Tote ist blutleer. Das verändert den Verwesungsprozess.«

»Aber sie wurde nicht hier getötet«, sagte Breschnow.

»Nein, dann würde sie in Blut schwimmen.«

Die Rechtsmedizinerin griff wieder nach dem Diktafon.

»Der Boden um die Leiche ist sauber, kein Blut zu sehen. Die junge Frau ist nackt, keine Kleider und auch keine Handtasche, sodass die Identität nicht einwandfrei festgestellt werden kann. Hauptkommissar Breschnow, der im selben Raum ist, gibt an, sie von einem Foto her zu kennen, als Nina Sebastian. Die Pulsadern der Toten sind an beiden Handgelenken geöffnet, zwei ungewöhnlich tiefe Schnitte ...«, Monika ging um die Leiche herum, »sonst sind keine weiteren Verletzungen auf der Vorderseite des Körpers sichtbar.«

»Hast du genug gesehen«, fragte sie.

Breschnow nickte.

»Gut, dann drehen wir sie um.«

Die Assistentin breitete eine schwarze Plastikunterlage aus und die beiden Frauen drehten die Tote vorsichtig auf den Bauch. Monika inspizierte den Rücken sorgfältig und stellte fest, dass er keine offensichtlichen Verletzungen aufwies.

Sie hob den Blick. »Todesursache ist nach erster Anschauung Verbluten.«

»Könnte sie sich selbst getötet haben?«

Monika griff vorsichtig den Unterarm der Frau und hob ihn ein Stückchen ins Licht.

»Schau dir diese Verletzungen an. Es ist für eine Suizidale sehr schwer, sich selbst so tiefe Schnitte zuzufügen, und fast unmöglich, sich dann, mit einer solchen Verletzung am Handgelenk, den anderen Arm genauso tief zu zerschneiden. Vielleicht könnte man das mit einem starken Schmerzmittel oder Psychopharmaka im Blut, aber selbst das bezweifele ich. Ich werde sie auf jeden Fall toxikologisch untersuchen lassen.«

Sie hielt einen Moment inne. »Außerdem müsste sie sich dann noch ausgeblutet hierher geschleppt haben.«

Ihr Blick glitt langsam an den Beinen hinab zu den Fußgelenken. »Siehst du die kaum wahrnehmbare Rötung?«

Breschnow nickte.

»Eine kleine Schürfwunde, vielleicht durch den Transport.«

Monika besah sich das andere Fußgelenk und die Füße. Sie waren unverletzt. Dann griff sie beide Oberschenkel, spreizte behutsam die Beine der Toten und untersuchte den Unterleib und den Anus. Breschnow drehte sich zur Seite.

»Auf den ersten Blick sehe ich keine Verletzungen«, sagte Monika, »aber das will nichts heißen.«

Breschnow nickte. »Und was denkst du?«

»Die Frau liegt noch nicht lange hier, keine Totenflecken, keine Ödeme, keine wunden Stellen. Er muss sie erst kürzlich hier abgelegt haben.«

»Er?«

»Meistens ist es doch ein Er, oder?«

»Ein Sexualmord?«

»Das wirst du herausfinden müssen. Vielleicht kein Sexualmord, aber ein Liebesmord? Er hat sie so sorgfältig abgelegt, fast ...«, sie stockte, »liebevoll.«

»Ein liebevoller Psychopath«, brummte Breschnow.

Er ließ den Blick noch einmal langsam durch den Raum schweifen. Dann trat er leise zu der Leiche, ging in die Hocke und betrachtete sie schweigend. Nach einer Weile erhob er sich und verließ wortlos die Laube.

Beißende Kälte schlug ihm entgegen und brannte auf seiner Haut. Trotzdem war er froh, wieder im Freien zu sein. Er zündete sich eine Zigarette an, sog gierig den Rauch in die Lungen und sah sich nach Drass und Willy um.

In der Laube nebenan brannte Licht und schwarzer Rauch kräuselte sich aus dem Schornstein. Er beobachtete ihn eine Weile und ging dann hinüber. Die Tür war nur angelehnt und er trat ein. Im dem schummerigen Licht sah Breschnow Willy im hinteren Teil des Raumes an einem Tisch sitzen.

»Hat alles seine Richtigkeit«, erklärte Drass. »Schmitti hat den Besitzer ausfindig gemacht und der hat uns aufgeschlossen. Johannes Schulze, Rentner, wohnt gleich hier nebenan, leidet unter Schlaflosigkeit und stand schon am Tor, als wir ankamen.«

»Und wo ist er jetzt?«

Drass deutete auf eine kleine Tür, hinter der man Wasser rauschen hörte. Kurz danach trat ein dicker Mann heraus. Breschnow schätzte ihn auf siebzig und wunderte sich, dass er sich nicht an dem Gestank des Obdachlosen störte, der mittlerweile die kleine Laube durchzog. Der Rentner begrüßte Breschnow freundlich und bot an, aus seiner Wohnung Kaffee zu holen.

»Ich habe das Gas eingemottet«, erklärte er. »Ist ja wohl auch besser.«

Breschnow nickte und setzte sich neben Willy auf die Küchenbank. Der Obdachlose starrte unentwegt auf die Wodkaflasche am anderen Ende des Tisches. Breschnow fischte zwei Zigaretten aus der Jackentasche, zündete sie an, hielt eine

Willy hin und steckte sich die andere in den Mund. Dann nahm er vier Schnapsgläser vom Regal und stellte zwei davon vor Willi und sich. Als er einschenkte, gab Willy leise schmatzende Geräusche von sich, griff mit zitternden Händen das kleine Glas und kippte den Schnaps in einem Zug herunter. Breschnow füllte das Glas wieder auf und wurde von einem Geräusch an der Tür abgelenkt. Blitzschnell griff der Obdachlose beide Gläser, trank sie aus und grinste.

»Geht's wieder gut?«

Willy nickte. »Bist lange nich mehr gekommen.«

»Es ist Winter.«

»Aber davor war Herbst.«

Breschnow zündete ihnen zwei neue Zigaretten an und sie rauchten schweigend.

»Du hast die Tote gefunden.«

Der Obdachlose nickte.

»Hast du sie angefasst?«

Willy grinste unsicher und zeigte eine Reihe verfaulter Zähne. »Wusste nicht, ob sie tot war, das Mädchen, dachte, sie schläft.«

»Was wolltest du in der Laube?«

»Schlafen. Es ist kalt!«

»Wieso gehst du nicht in eine Unterkunft?«

»Sind voll, wie jedes Jahr im Winter«, seufzte Willy. »Da musste schon den ganzen Tag vor der Tür stehen.«

»Hast du die Laubentür aufgebrochen?«

Der Obdachlose schüttelte heftig den Kopf. »War schon auf, deswegen habe ich die Hütte ja ausgesucht, konnte man schon von der Straße sehen.«

»Und das Tor zur Kolonie?«

»Auch auf.«

»Bist du ganz sicher?«

Willy nickte.

»Du bist also hier zufällig vorbeigekommen, hast das offene Tor gesehen, hast gedacht, dass dies ein guter Schlafplatz ist und bist in die Laube.«

Willy nickte wieder und sah sehnsüchtig auf die Flasche am Tischrand.

»Stand die Tür richtig offen?«

»Nee, nur angelehnt. Aber wäre sie nich offen gewesen, hätt ich sie aufgemacht«, antwortete Willy trotzig. Breschnow ignorierte den Ton.

»Und dann?«

»Bin ich rein. War dunkel da drin, bin fast über das Mädchen gestolpert. Wusste ja erst nich, was es war. Aber«, er lächelte stolz, »hab das hier gehabt.«

Er zog eine kleine Schachtel hervor und hielt sie hoch.

»Du hast also das Streichholz angerissen …«

»Und da lag sie. Hab mich erschrocken, dachte, dass sie pennt, wollte mich schon wieder rausschleichen. Aber dann war sie so ruhig, verstehste. Hab sie nich atmen gehört und dann hab ich unter der Decke nachgeschaut.«

Breschnow stöhnte.

»Wir brauchen deine Fingerabdrücke und deine Kleider.«

»Die habt ihr doch schon, vom letzten Mal.«

»Und dann?«

»Hab ihr den Puls gefühlt, am Hals, hab ich im Fernsehen gesehen, beim Kumpel in der Teupe im Obdachlosenheim. Aber da war nix.«

Er zögerte. »Hab überlegt, mich erst mal trotzdem hinzulegen, aber …«

»Dann hast du doch lieber die Polizei gerufen?«

Willy nickte.

»Das war großartig. Aber wie hast du das gemacht?«

Willy wurde rot.

»Ich hab's gefunden, ehrlich.«

»Was gefunden?«

»Na, das Telefon.«

»Hier?«

Willy schüttelte den Kopf, nestelte in seinem Lodenmantel und brachte ein blaues Handy ans Tageslicht. Widerwillig legte er es auf den Tisch.

Breschnow verstaute das Gerät in einer Plastiktüte.

Willy protestierte. »Ich hab's in der Hasenheide gefunden, ganz am andern Ende. Ehrlich.«

»Wir müssen den Besitzer ausfindig machen, aber wenn wir ihn nicht finden, bekommst du es zurück.«

»Kann ich noch einen?«, fragte Willy und deutete auf den Schnaps.

Breschnow nickte und schob ihm die Flasche hin.

Der Obdachlose goss sein Glas voll, trank und füllte es erneut.

»Das ist genug«, sagte Breschnow streng und langte nach der Flasche. »Wir brauchen noch deine Aussage auf dem Revier. Wie beim letzten Mal, schriftlich. Und wir machen ein Foto und nehmen Fasern von deiner Kleidung. Danach kriegst du noch eine.«

»Zwei Flaschen. Und Kippen!«

Breschnow seufzte. »Zwei und Kippen.«

Die Tür wurde aufgestoßen und der Laubenbesitzer kam mit einer Thermoskanne und vier Tassen zurück. Augenblicklich vermischte sich der Gestank des Obdachlosen mit dem bitteren Kaffeegeruch und kreierte eine neue strenge Duftnote. Aus den Augenwinkeln konnte Breschnow sehen, dass Willy den Mann neugierig musterte, blitzschnell nach der Wodkaflasche griff, sich einen Schuss in den Kaffee gab und dem Laubenbesitzer die Flasche fragend hinhielt. Der nickte und die beiden Männer prosteten sich zu. Drass blieb an der Tür stehen und öffnete sie einen Spalt, sodass kalte und frische Luft in den Raum drang.

»Ich muss noch mal in die andere Laube, würde aber danach gerne mit Ihnen sprechen«, sagte Breschnow zu dem Rentner und stand auf.

»Und ich?«, fragte Willy.

»Dir rufe ich einen Wagen zum Präsidium und komm dann später nach.«

***

Karsten Movara war wie jeden Tag früh aufgestanden, hatte ein Glas Orangensaft getrunken, eine Banane gegessen und war danach in den Trainingsraum im Souterrain verschwunden. Das war sein Revier. Seine Frau durfte es nicht betreten.

Er joggte eine halbe Stunde auf dem Laufband und trainierte eine weitere an den Hanteln. Zufrieden betrachtete er sein Spiegelbild und war stolz auf seinen Körper. Braun, durchtrainiert und seine vierzig Jahre sah man ihm nicht an. Der einzige Makel war seine Körpergröße.

Er entledigte sich der Sportsachen, duschte ausgiebig, trocknete sich sorgfältig ab und öffnete die Tür zum Wellnessbereich mit einer Finnischen Sauna und einem kleinen Pool.

Die Sauna war abgestellt. Die Hauswirtschafterin hatte offensichtlich vergessen, sie einzuschalten, und er spielte mit dem Gedanken, sie sofort zu entlassen.

Wütend eilte er die Treppe hinauf und riss die Schlafzimmertür auf. Nadine lag noch im Bett.

»Die Sauna ist nicht angestellt«, rief er.

Seine Frau bedachte ihn mit einem ausdruckslosen Blick.

»Die Haushälterin ist bestimmt noch krank«, antwortete sie mit leiser Stimme. »Hast du den Anrufbeantworter abgehört?«

»Aber dann muss sie jemand anderen schicken. Das steht in ihrem Vertrag.«

Nadine musterte ihn schweigend und schloss die Augen. Sie hatte heute keine Kraft, mit ihm zu streiten.

Movara beobachtete sie noch eine Weile, drehte sich dann verärgert um und verschwand in seinem Ankleideraum. Er wählte eine Levi's-Jeans, ein mintgrünes Leinenhemd und einen braunen handgestrickten Pullover aus Kaschmirwolle, ging hinunter in die Diele und hörte den Anrufbeantworter ab. Die erste Nachricht war von einem Journalisten, der um ein Interview bat, die zweite von der Haushälterin. Mit heiserer, kaum noch hörbarer Stimme versuchte sie ihm mitzuteilen, dass sie heute nicht werde kommen können.

Wütend stellte er die Maschine ab, ging in die große Küche, die wie immer blitzblank geputzt war, suchte sich eine Pfanne, nahm die Margarine und die Eier aus dem Kühlschrank und zündete den riesigen Gasherd an. Während die Eier brieten, ging er im Kopf den Tag durch, nahm einen Teller aus dem Schrank und die Eier aus der Pfanne. Er stellte sein Frühstück auf den alten Eichentisch und setzte sich.

Nadine hatte den Tisch von ihrer Großmutter geerbt und

weil er vom Stil her nicht in die Wohnung passte, sie aber auf gar keinen Fall auf ihn verzichten wollte, war er schließlich in der Küche gelandet. Wenn er aus den Studios kam, fand er seine Frau oft hier unten, mit der Haushälterin plaudernd. Das gefiel ihm nicht, aber er wollte es ihr auch nicht verbieten.

Er schlang die zwei Eier herunter, war immer noch hungrig und briet sich noch zwei. Dann ging er zurück in die Diele, nahm seine schwarze Lederjacke vom Haken und verließ das Haus. Der Fahrer wartete bereits.

***

»Wie lange haben Sie diesen Garten schon?«, fragte Breschnow, nachdem er in die Laube zurückgekehrt und sich wieder an den Tisch gesetzt hatte.

Johannes Schulze dachte nach.

»Dreizehn Jahre, glaube ich. Meine Frau und ich haben die Laube damals für wenig Geld übernommen. Der Pächter war alt und konnte das Grundstück nicht mehr versorgen. Wir haben ihm immer ein bisschen von dem Gemüse rübergebracht und ab und zu auch mal Blumen ... Und jetzt bin ich älter als er damals.«

»Und wer hat die Laube nebenan?«

»Die gehört Karin. Die ist vor einigen Jahren hierhergezogen, kommt aus Charlottenburg.«

»Und zieht nach Neukölln?«, erkundigte sich Drass erstaunt und setzte sich zu ihnen an den Tisch.

»Was passt Ihnen nicht an Neukölln, junger Mann? Ist doch schön hier und jetzt auch noch leise, seit sie den Flughafen geschlossen haben. Wo wohnen Sie denn?«

Drass hob zu einer Antwort an, aber Breschnow fiel ihm ins Wort. »Karin, hat sie auch einen Nachnamen?«

»Pasulke«, grinste der Rentner. »Dabei ist sie gar keine Berlinerin. Kommt ursprünglich aus Bayern.«

»Und wo wohnt Frau Pasulke?«, fragte Breschnow und schenkte sich Kaffee nach.

»Im selben Haus wie ich, aber zurzeit ist sie im Krankenhaus, bekommt eine neue Hüfte.«

Breschnow notierte sich die Adressen.

»Wie alt ist denn die Dame?«, erkundigte sich Drass.

»Über siebzig, aber noch sehr rüstig, bis auf die Hüfte.«

»In welchem Krankenhaus?«

»Tempelhof. Sie sagt, das ist besser als das Neuköllner.«

Drass lächelte und der Rentner strafte ihn mit einem unwirschen Blick.

»Hat sie Kinder?«

Johannes Schulze schüttelte den Kopf und lächelte. »Nee, ist immer noch ein Fräulein.«

»Waren Sie gestern auch im Garten?«, fragte Drass.

Schulze nickte.

»Die Laubentür nebenan? War die noch zu?«

Er zuckte mit den Schultern. »Das weiß ich nicht, junger Mann. Ich habe nicht auf das Schloss geachtet. Aber auf jeden Fall stand die Tür nicht offen. Das hätte ich gesehen.«

»Kommt es hier manchmal zu Einbrüchen?«, erkundigte sich Breschnow.

»Zum Glück selten. Ab und zu klettern mal ein paar Halbwüchsige über das Tor, um hier zu rauchen, aber in den Lauben gibt's ja auch nix zu holen.«

»Wie viele Lauben stehen hier?«

»Acht, soviel ich weiß. Im Sommer ist hier richtig was los. Da wird gegrillt und gebacken und man lädt sich gegenseitig ein. Aber im Winter ist hier tote Hose. Da bleibt jeder lieber in seiner warmen Wohnung.«

»Und das Außentor ist immer verschlossen?«

»Eigentlich schon.«

»Ist Ihnen heute Nacht irgendetwas aufgefallen?«

Johannes Schulze schüttelte betrübt den Kopf.

»Da kann ich schon nicht schlafen«, murmelte er, »und dann sehe ich ja auch nichts.«

»Wie meinen Sie das?«, fragte Breschnow.

»Ich brauche eine Brille, normal für mein Alter, oder?«

Er blickte von einem Kommissar zum anderen. Drass und Breschnow nickten gleichzeitig.

»Und gestern Abend habe ich mich aus Versehen drauf gesetzt und ohne bin ich ziemlich blind, besonders im Dunkeln.«

Breschnows Handy klingelte. Er stand auf und stellte sich in die Nähe der Tür.

»Frau Anderson?«, sagte er überrascht.

Drass sah fragend zu ihm herüber. Breschnow runzelte die Stirn.

»Nina Sebastian? Ja ..., sollen wir zu Ihnen kommen? ... Frau Anderson? ... Schon gut ... dann in einer Stunde im Revier?«

Er beendete das Gespräch und starrte sein Handy an.

»Pech für uns, aber Sie waren uns auch so eine große Hilfe«, sagte Drass, erhob sich und reichte dem Rentner eine Visitenkarte.

»Wie heißt das Krankenhaus, in dem Frau Pasulke liegt?«, erkundigte sich Breschnow, der wieder an den Tisch herangetreten war.

»Sankt Joseph. Sie freut sich bestimmt über Ihren Besuch.«

Breschnow bezweifelte das, nickte aber trotzdem und verabschiedete sich.

Mittlerweile erstrahlte die Laubenkolonie im grellen Scheinwerferlicht. Uniformierte hatten den Leichenfundort weitläufig abgesperrt und überall im Gelände suchten weiß gekleidete Männer und Frauen nach Spuren. Sie verschmolzen mit dem Schnee.

Breschnow winkte eine von ihnen heran und erkundigte sich, welchen Weg sie zum Ausgang nehmen sollten. Die Kriminaltechnikerin bat ihn um einen Moment Geduld und verschwand.

»Ich habe sie am Montag in der Disco gesehen«, sagte Drass.

»Die Frau von der Spurensicherung?«

»Nein, die Anderson. Habe aber nicht mit ihr geredet. Wieso hat sie dich angerufen?«

Er betonte das »dich« und Breschnow wusste sofort, was er meinte. Nachdem er vor zwei Jahren Cosma Anderson wegen Mordverdachts festgenommen hatte, war ihr Verhältnis nicht das beste gewesen.

»Sie sorgt sich um Nina Sebastian.«

»Da hat sie nun ja auch allen Grund zu.«

Breschnow sah sich ungeduldig um und griff nach dem Absperrband.

»Du zerstörst vielleicht Spuren«, sagte Drass und drückte das Band wieder nach unten.

»Vorhin sind wir auch hier durchgelatscht.«

»Schlimm genug.«

Breschnow ließ das Band wieder los und sah in Richtung

Ausgang. Zwei Spurensicherer schleppten sich mit einem großen Stück Holz ab und ließen es vor ihre Füße fallen.

»Wo ist Manfred?«, erkundigte sich Breschnow.

»Musste noch mal zum Revier, hatte etwas vergessen.«

»Sag deinem Chef, er soll mich anrufen.«

»Das kannst du ihm jetzt selber sagen«, antwortete der andere und zeigte auf die massige Gestalt am Kolonieeingang, die sich langsam auf sie zubewegte.

»Moin, Moin, die Herren Kommissare«, dröhnte die tiefe Stimme.

Er hielt Drass die Hand zur Begrüßung hin und klopfte Breschnow einige Male freundschaftlich auf den Rücken.

»Hast du schon was für mich?«

»Du machst wohl Witze, Breschnow, hattc das verdammte Ding vergessen«, antwortete Manfred und hielt eine Lumalight hoch. Dann drehte er sich um und verschwand mit seinen Kollegen im Schlepptau in der Laube.

Breschnow sah ihnen hinterher und hoffte, dass sie etwas finden würden.

»Hallo? Wie komm ich denn hier wieder raus?«, erkundigte sich eine verunsicherte Stimme neben ihm.

Der Rentner war mit dem vollen Tablett in den Händen zu ihnen getreten. Drass drehte sich um und nahm es ihm ab. Das Geschirr klirrte leise. Breschnow hielt das Absperrband hoch und Schulze bedankte sich freundlich, bevor er sich drunter durch duckte. Die Ermittler folgten ihm und gingen auf dem Steg in Richtung Ausgang.

Gemeinsam erreichten sie die Herrfurthstraße. Drass gab dem Rentner das Tablett zurück und sie verabschiedeten sich ein zweites Mal.

»Falls Ihnen doch noch etwas einfällt, rufen Sie mich an«, sagte Breschnow, »alles kann hilfreich sein, Herr Schulze.«

»Auch Verschwommenes«, ergänzte Drass.

Breschnow wartete, bis der Mann außer Hörweite war. »Sieh dich noch ein bisschen um, vielleicht findest du doch noch jemanden, der etwas gesehen hat.«

»Um diese Uhrzeit? Bei der Kälte?«

»Ich fahre aufs Revier und rede noch mal mit Willy. ... Und mit der Anderson.«

»Soll ich das nicht besser übernehmen? Eure letzte Begegnung war ja nicht gerade das, was man den Beginn einer großen Freundschaft nennt.«

Breschnows Gesicht verfinsterte sich. Drass hob beschwichtigend die Hände und machte sich auf den Weg in Richtung Tempelhofer Feld.

Eigentlich hat er recht, dachte Breschnow. Sie hatten sich gegenseitig auf die Palme gebracht, Cosma Anderson durch ihr hartnäckiges Schweigen und er durch seine nicht gerade zimperlichen Verhörmethoden.

Eine laute Stimme riss ihn zurück in die Gegenwart. Ein Uniformierter brüllte einen bärtigen Mann an der Absperrung an. Offensichtlich ein Journalist. Die Meute belagerte bereits den Tatort und der Polizist hatte alle Hände voll zu tun, sie nicht näher heranzulassen.

»Die Schmeißfliegen sind auch schon da«, brummte Breschnow, als er die schrille Stimme der *Morgenpost*-Redakteurin hörte. Er beschleunigte seine Schritte. Die Journalisten rannten in seine Richtung.

»Hauptkommissar Breschnow, was ist hier passiert?«, rief die Sirenenstimme.

Breschnow rannte nun auch und erreichte noch rechtzeitig sein Auto, bevor sie ihn bestürmen konnten. Er griff nach dem Blaulicht, kurbelte die Scheibe herunter und stellte es aufs Dach. Das Heulen durchbrach die Geräuschkulisse. Die Journalisten zuckten zusammen und wichen widerwillig zurück. Vorsichtig fuhr er durch die Menge, den Blick starr geradeaus auf die Straße gerichtet. Als niemand mehr im Weg stand, gab er Gas und freute sich, entkommen zu sein. Er stellte das Martinshorn ab und stürzte sich in den Berufsverkehr. Der Columbiadamm war verstopft, in den Nachbarautos verschlafene Gesichter, die versuchten, pünktlich irgendwohin zu kommen. Nach endlosem Stop-and-go erreichte er fünfzehn Minuten später endlich seine Dienststelle, wies sich an der Schranke aus und rollte auf den Hof. Der Parkplatz war überfüllt. Die Kollegen vom Kriminaldauerdienst hatten gerade Schichtwechsel. Passgenau quetschte er seinen Wagen in eine kleine Lücke zwischen zwei Wannen, hatte Mühe, sich durch die Autotür zu zwängen, und eilte fluchend zum Eingang. Er rannte die Treppe hoch, riss die Tür zu seiner Abteilung auf und hörte Regina und Schmitti leise reden. Er durchquerte mit großen Schritten den Flur, stellte sich in die Bürotür, bis Schmitti ihn entdeckte und Regina anstupste.

»Ist Cosma Anderson schon da?«

Schmitti schüttelte den Kopf. Breschnow fischte die Plastiktüte mit dem Handy aus der Jackentasche und legte sie seinem Kollegen auf den Tisch.

»Hat Willy in der Hasenheide gefunden. Überprüf den Besitzer.«

Regina drehte sich zu ihm. »Cosma Anderson? Will sie hierherkommen? Soll ich bei eurem Gespräch dabei sein?«

Breschnow schüttelte den Kopf und eilte in sein Büro. Regina folgte ihm. Er steckte sich eine Zigarette an und ließ sich in den Schreibtischstuhl fallen.

»Kommt die Anderson wegen Nina Sebastian ins Revier?«

Breschnow nickte.

»Ist sie es in der Laube?«

Breschnow nickte.

»Weiß es die Anderson schon?«

»Nein.« Er stand auf. »Wenn sie kommt, setz sie in den Besprechungsraum. Ich geh runter und rede mit Willy.«

»War der auch in der Kolonie? Berlin ist wirklich ein Dorf!«

»Später, Regina. Dienstbesprechung.«

Er drückte die Zigarette aus und eilte an ihr vorbei.

Unten in der Haupthalle erkundigte er sich bei der Anmeldung nach dem Obdachlosen und wurde zum Verhörraum in den Keller geschickt. Die Tür stand offen und Willy rutschte unruhig auf seinem Stuhl hin und her. Ein Uniformierter ließ ihn nicht aus den Augen.

»War er wegen seinen Klamotten schon im Labor?«

Der Polizist nickte. Breschnow drückte ihm hundert Euro in die Hand und schickte ihn einkaufen. Sein Ton ließ keinerlei Widerspruch zu. Willy beobachtete ihn interessiert. Breschnow legte seine Zigaretten und das Feuerzeug auf den verkratzten Resopaltisch und erklärte Willy noch einmal das Prozedere. Nach einer halben Stunde hatte Breschnow alles erfragt, aber nichts Neues erfahren. Die Luft im Raum war so stickig wie in einer Raucherkneipe, der Boden übersät mit Zigarettenstummeln, und Breschnow spürte eine leichte Übelkeit. Er ließ sich von dem Uniformierten den Alkohol und die Zigaretten geben und reichte sie zusammen mit dem Wechselgeld dem Obdachlosen. Dann schob er ihn langsam in Richtung Tür, an dem Uniformierten vorbei, der kaum merklich die Nase rümpfte.

***

Wenn das Lied zu Ende ist, gehe ich, dachte sie, ich kann mich ja schon mal anziehen.

Klaus Hoffmann sang von einer Karawane.

Langsam stand sie auf, ging in den Flur und betrachtete ihre Schuhe. Dann eilte sie zurück in die Küche, brühte sich den nächsten Kaffee auf und stellte sich ans Fenster. Draußen führte ein älterer Mann seine Hunde spazieren. Wie jeden Tag. Acht kleine Tiere, deren Rasse ihr unbekannt war. Einmal waren sie ins Gespräch gekommen, und sie hatte ihn gefragt, ob er sich mit dem Ausführen seine Rente aufbessere. Er hatte sie erstaunt angesehen und ihr stolz verkündet, dass das alles seine Hunde seien. Bevor er anfangen konnte, ihr die Tiere einzeln vorzustellen, war sie schnell weitergegangen.

Soll ich wirklich dorthin gehen? Was habe ich schon zu sagen? Dass Nina nicht erreichbar ist? Dass ich vermute, dass ihr etwas zugestoßen ist? Dass ich ihren Chef und meinen verdächtige, etwas damit zu tun zu haben?

Das hatte sie gestern auch Robert erzählt und er hatte sie beschworen, diese Informationen der Polizei zukommen zu lassen. Und sie hatte angerufen. Aber jetzt spürte sie die Angst, dass sie wieder in etwas hineingezogen werden könnte, aus dem sie nicht mehr herauskommen würde. Dieses Gefühl war für sie untrennbar mit der Person Stefan Breschnow verknüpft. Eine absurde Angst, das wusste sie, aber dennoch war sie da.

Klaus Hoffmann hatte sich mit Nina Hagen abgewechselt. Die Punklady sang davon, dass sie immer fetter wurde.

Cosma drehte sich vom Fenster weg und stellte ihre Tasse zu den anderen auf den Tisch. Ihr Blick fiel auf die Uhr. Sie war spät dran.

»Ich gehe, ich muss es für Nina tun«, murmelte sie, eilte ins Bad und sah in den Spiegel. »Du schaffst das!«, feuerte sie sich an und blickte in ein misstrauisches Gesicht. Sie verscheuchte es mit dem Handtuch. Dann trat sie zurück in den Flur, griff sich die Daunenjacke von der Garderobe, zog sich die dicken Winterschuhe an und verließ schnell die Wohnung.

Sorgfältig sperrte sie die drei Sicherheitsschlösser ab und zog noch einmal an der Tür. Als sie sicher war, dass alles gut verschlossen war, rannte sie die Treppe hinunter und eilte, ohne etwas wahrzunehmen, zur U-Bahn.

Kurz danach erreichte sie das Polizeirevier. Als sie die alte furchterregende Backsteinkaserne sah, bekämpfte sie den Impuls, sofort wieder umzudrehen, stellte die Musik ab, nahm langsam die Stöpsel aus den Ohren, atmete tief ein und stemmte sich gegen die schwere Eingangstür.

Damals hatten sie immer den Hintereingang benutzt. Wenigstens das war jetzt anders.

Sie betrat die Halle und meldete sich bei der wachhabenden Polizistin, die nach dem Telefon griff und Cosma in den ersten Stock schickte. Breschnow stand bereits an der Glastür, um sie in Empfang zu nehmen.

Er hat sich nicht verändert, dachte Cosma, dasselbe ungebügelte weiße Hemd, dieselben abgewetzten schwarzen Jeans und das verknitterte Gesicht mit den intensiven grünen Augen. Sie versuchte, nicht zu lange hineinzusehen.

Er musterte sie kurz und hielt ihr die Hand zur Begrüßung hin. Sie zögerte und er zog seine Hand zurück.

»Sie sehen müde aus«, stellte er fest und ging mit schnellen Schritten über den langen Flur in Richtung Besprechungsraum. Sie folgte ihm zögernd.

Dieses Mal bin ich freiwillig hier, dachte sie. Es wird nichts passieren.

Breschnow blieb vor der Tür stehen und ließ ihr den Vortritt. Cosma setzte sich an den weißen Besprechungstisch, der auch noch genauso aussah wie vor zwei Jahren, und legte die Hände in den Schoß. Breschnow setzte sich ihr gegenüber und sah sie an.

»Also, was wollen Sie mir sagen?«

»Ich vermisse meine Arbeitskollegin«, flüsterte Cosma.

»Nina Sebastian«, ergänzte Breschnow.

»Haben Sie sie gefunden?«

Breschnow verließ ohne eine Erklärung den Besprechungsraum und stürmte in das Teambüro.

Regina musterte ihn.

»Hast du ihr schon gesagt, dass das Mädchen tot ist?«

»Noch nicht. Du kannst das bestimmt besser.« Er drehte sich zu seinem Kollegen um. Schmitti hielt sich eine kalte Colaflasche an die Stirn.

»Was ist los mit dir?«

»War 'ne Scheißnacht. Ich wusste ja nicht, dass du mich am frühen Morgen aus dem Bett schmeißen würdest. Ich hab Kopfschmerzen, meine Augen brennen, mein Mund ist trocken und ich will schlafen. Willst du noch mehr hören?«

Breschnow schüttelte den Kopf. »Ich brauche alle Daten, die du über Nina Sebastian im Netz finden kannst, zur Dienstbesprechung, sobald Drass wieder hier ist.«

Er nickte Regina zu. »Bringen wir es hinter uns.«

Regina begrüßte Cosma Anderson freundlich und setzte sich auf den Stuhl neben ihr. Behutsam legte sie eine Hand auf ihren Unterarm und sagte mit leiser Stimme. »Es tut mir leid, aber ich muss Ihnen mitteilen, dass Ihre Kollegin tot ist.«

Cosma fegte die Hand der Kommissarin weg und funkelte Breschnow, der zur Spüle gegangen war, um ihr ein Glas Wasser einzuschenken, wütend an.

»Ich habe sie nicht umgebracht«, sagte er und stellte das Glas vor sie auf den Tisch.

Cosma trank einen kleinen Schluck und fixierte ihn. Dann atmete sie tief ein. »Ich auch nicht, Hauptkommissar Breschnow!«

Sie senkte die Stimme. »Wo Sie sind, ist auch der Tod.«

Breschnow zuckte die Schultern. »Berufsrisiko. Ich bin bei der Mordkommission, Frau Anderson, und nun erzählen Sie uns etwas mehr über Nina Sebastian.«

»Was ist mit ihr passiert?«

»Das kann ich Ihnen aus ermittlungstechnischen Gründen jetzt noch nicht sagen«, antwortete Breschnow.

»Ist sie ermordet worden?«

»Sonst wären wir wohl nicht hier.«

Cosma schluckte und sank in sich zusammen.

»Sie war immer so blass«, flüsterte sie.

Dann kamen die Tränen. Regina nahm sie in den Arm und wiegte sie leicht hin und her. Breschnow stellte sich ans Fenster.

»Sie war erst neunzehn«, schluchzte Cosma. »Was ist mit ihr passiert?«

Breschnow setzte sich zurück an den Tisch. »Frau Anderson, arbeiten Sie noch als Journalistin?«

Cosma schüttelte den Kopf.

Er fixierte sie und beugte sich zu ihr vor. »Und Sie versprechen mir, dass diese Informationen den Raum hier nicht verlassen?«

Sie nickte und starrte in seine grünen Augen.

»Dann habe ich also Ihr Wort?«

»Ja, das haben Sie!«, sagte Cosma gepresst und lehnte sich auf ihrem Stuhl zurück, um etwas Distanz zu schaffen.

»Nina Sebastian wurde heute Morgen in der Kleingartenkolonie am Tempelhofer Feld aufgefunden. Hat sie diese Kolonie Ihnen gegenüber mal erwähnt?«

Cosma schüttelte den Kopf und schluckte. Regina sah sie besorgt an. Als sie einen Arm auf die Schulter der jungen Frau legte, brach sie wieder in Tränen aus. Breschnow hob zur nächsten Frage an. Regina gab ihm ein Zeichen zu warten. Er stand auf, stellte sich ans Fenster und beobachtete eine Weile das winterliche Treiben auf dem Parkplatz. Als er sich wieder umdrehte, sah ihn Cosma Anderson an und flüsterte. »Wie ist sie gestorben?«

»Das wissen wir noch nicht genau«, wich Breschnow aus. Cosma setzte sich gerade hin und atmete tief durch. »Nina war voller Lebensfreude.«

»Hatte sie einen Freund?«, erkundigte sich Breschnow.

»Sie war mit Peter Polen zusammen.«

»Ihrem Chef.«

»Ja, die beiden sind Sandkastenfreunde. Nina hat gehofft, dass er sie weiterbringen kann. Sie war sehr ehrgeizig.«

»Wann haben Sie Nina zum letzten Mal gesehen?«

»Am Montag in der Kantine, wir haben zusammen gegessen und uns für die Disco verabredet.«

»Wo?«

»Im Inta.«

»Aber sie ist nicht gekommen«, stellte Breschnow fest.

»Nein, und ich habe danach immer wieder versucht, sie anzurufen, aber das Telefon war ausgestellt.«

Sie lehnte sich vor und fixierte Breschnow. Er tat dasselbe. Regina hielt den Atem an und hoffte, dass die beiden sich nicht wieder wie damals an die Gurgel gehen würden.

»Nina verpasst nie einen Anruf, weder unter der Dusche noch im Bett. Einfach nie!«

»Und da haben Sie angefangen, sich Sorgen zu machen?«

Cosma nickte. »Aber dass etwas passiert ist, wusste ich erst am nächsten Tag nach dem Anruf im Studio. Nina war nicht bei der Arbeit. Der Job ist ihr Ein und Alles. Sie würde nie unentschuldigt fehlen, auch nicht entschuldigt. Sie würde einfach nie fehlen und dadurch eine Show gefährden!«

Breschnow nahm sich ein Glas Wasser und trank es in einem Zug aus.

»Ihren Eltern hat Nina gesagt, dass sie bei Ihnen wohnt, weil sie so viel arbeiten muss«, sagte Regina.

Cosma schüttelte den Kopf.

»Nina hat nicht bei mir gewohnt. Sie hat eine Stadtwohnung.«

»Wo?«

»In Neukölln«, antwortete Cosma, ihre Stimme brach, »ich glaube, in der Nähe vom Tempelhofer Feld. Ich weiß nicht genau, ich ... Haben Polen oder Movara ihr das angetan?«

Sie schluchzte wieder und konnte nicht mehr aufhören. Als Regina sie in den Arm nahm, klammerte sie sich an sie. Alle Versuche, sie zu beruhigen und weiter zu befragen, scheiterten, und nach einer Weile verließ Breschnow wortlos den Raum.

***

In den Nebenstraßen schluckte der Schnee die Geräusche und den Dreck und ließ alles frisch aussehen. Die Hauptstraßen hingegen waren gestreut, grau, nass und hässlich. Das Wasser der vorausfahrenden Fahrzeuge spritzte ununterbrochen an die Windschutzscheibe. Der Chauffeur stellte die Scheibenwischer an und verschmierte alles zu einem grauen Schleier. Movara sah zur Seite und blickte in das verbissene Gesicht eines jungen Mannes in einem neuen Mercedes-Cabriolet. Ihre Autos bewegten sich im Gleichklang durch den zähen Berufsverkehr von einer Ampel zur anderen. Ihm war das egal. Er hatte genügend Zeit für seinen kleinen Ausflug eingeplant, aber selbst wenn er zu spät käme, würde sich niemand mehr trauen, ihn zu maßregeln.

Er ließ sich von dem Fahrer ins Stadtzentrum bringen, spazierte eine Weile um den Alexanderplatz herum, gönnte sich dann im Fernsehturmrestaurant ein frühes Mittagessen und genoss die Aussicht und seinen steigenden Bekanntheitsgrad. Dreimal war er heute angesprochen und um ein Autogramm gebeten worden. Auch jetzt spürte er die neugierigen Blicke vom Nachbartisch. Eine junge Frau mit kastanienbraunem

Haar stellte sich vor seinen Tisch und fragte lächelnd, ob sie sich zu ihm setzen dürfe. Er mochte ihren Akzent, vermutete, dass sie Russin war, sah auf die Uhr und bedauerte, gehen zu müssen. Für eine Sekunde bekam ihr Lächeln einen Riss, dann hatte sie sich wieder im Griff und schob ihm eine Karte über den Tisch. Er ließ sie unberührt liegen. Im Aufzug schalt er sich einen Narren. Er hätte sie einstecken sollen. Außerdem hatte er noch zehn Minuten Zeit.

Gemächlich schlenderte er über den Alexanderplatz zur Karl-Liebknecht-Straße und erblickte die Limousine sofort. Der Chauffeur sprang aus dem Auto und hielt ihm die hintere Tür auf. Sie umfuhren den Alexanderplatz in Richtung Kreuzberg, passierten eine halbe Stunde später die Schranke zu den Oberlandstudios und hielten vor dem Verwaltungsgebäude.

»Halten Sie sich ab zwei zu meiner Verfügung«, befahl Movara und stieg aus.

Auf dem Hof herrschte Hochbetrieb. Drei Shows wurden gleichzeitig vorbereitet. Junge Leute, meist Studenten, rannten eilig zwischen den Hallen hin und her, schoben riesige Scheinwerfer hinein, Kabelrollen und Kameras und kommentierten ihr Tun unentwegt mit Zurufen. Zwischendrin klingelten die Handys der Aufnahmeleiter und die Garderobenfrauen schoben ihre schweren Kleiderständer vor sich her. Movara beobachtete das Treiben mit distanzierter Genugtuung und betrat das Verwaltungsgebäude. Hier drin war es außergewöhnlich ruhig. Er schritt den langen Gang entlang, stieg die enge Treppe hinauf, die eigentlich nur als Notausstieg diente, und gelangte in die Beletage. An der zweiten Tür links mit dem Schild Schömtich / Studioleitung klopfte er und ging, ohne eine Antwort abzuwarten, hinein.

»Hallo Karsten, du bist zu früh. Lass mich das noch fertig machen, dann bin ich für dich da«, begrüßte ihn der Studiochef.

Movara nickte, ließ sich in einen weißen, flauschigen Sessel sinken und sah aus dem Fenster. Es hatte wieder angefangen zu schneien. Große weiße Flocken schwebten hinab und er hörte draußen einen Mann laut fluchen.

»So, das war's«, sagte David Schömtich und seufzte erleichtert. »Ich hasse diesen Steuerscheiß.«

Mit der rechten Hand schob er die restlichen Papiere an den Rand seines riesigen Schreibtisches. Dann stand er auf, ging zu einer kleinen Anrichte, goss Wasser aus einem Glaskrug in die Espressomaschine und füllte Kaffee ein. Als das Ding anfing zu zischen, nahm er etwas Milch und schäumte sie auf. Er kannte Karsten Movaras Geschmack. Die beiden arbeiteten seit zehn Jahren zusammen und waren noch länger befreundet.

Er goss den Kaffee in die Milch und reichte sie ihm.

»Was gibt es?«

»Ich hätte gern eine neue Assistentin. Diese Cosma ist so langweilig.«

Schömtich runzelte die Stirn, ließ sich in den anderen Sessel fallen und dachte, dass ihm die Allüren seines Freundes in der letzten Zeit ziemlich auf die Nerven gingen.

»Und wenn ich mich nicht irre, denkst du an Nina Sebastian.«

Movara sah ihn irritiert an.

Schömtich lachte: »Studiotratsch, mein Lieber.«

»Was tratscht man denn so?«

»Na, was schon, dass du wieder mal ein Verhältnis hast, dieses Mal mit Nina.«

»Blödsinn«, dementierte Movara. »Ich finde, du könntest Peter ein wenig unter Druck setzen. Er ist schließlich noch nicht so lange im Geschäft wie ich.«

Der Studioleiter schüttelte den Kopf.

»Schmink dir das ab! Wenn du eine neue Assistentin willst, musst du sie dir schon selber suchen, und dann«, er lehnte sich vor, »muss sie mir auch gefallen.«

Movara grinste. »Es gibt noch Leute über dir, denen ich mein Anliegen vortragen kann.«

Schömtich sprang auf. »Bist du jetzt völlig übergeschnappt? Meinetwegen kannst du diese Sebastian so oft vögeln, wie du willst, aber deine Assistentin wird sie nicht, und lass die Finger von Peter Polen. Ist das klar?«

»Okay, okay«, lenkte Movara ein und erhob sich langsam, »aber alles hat seinen Preis.«

»Was soll das bedeuten? Willst du mir drohen?«

Movara schwieg. Ein maliziöses Lächeln umspielte seine Mundwinkel.

»Denk dran. Du hast auch viel zu verlieren. Übrigens, ist sie bei dir?«, erkundigte sich der Studioleiter.

»Wer?«

»Na, Nina Sebastian.«

»Wieso sollte sie bei mir sein?«

»Meine Sekretärin sagt, dass sie nicht zur Arbeit gekommen ist.«

»Ich habe keine Ahnung, wo sie steckt«, sagte Movara.

Schömtich musterte ihn skeptisch und holte seine Sporttasche hinter dem Schreibtisch hervor.

Movara stand bereits an der Tür und deutete auf das Gepäck in der Hand seines Freundes.

»Sie haben einen neuen Service im Club. Du kannst nach dem Training deine Sachen einfach abgeben. Sie werden gewaschen und in einen Schrank gehängt.«

»Ich wasche meine Sachen lieber selber«, sagte der Studioleiter und verschloss die Bürotür.

»Du wolltest sagen, du lässt deine Sachen lieber von deiner Frau selber waschen«, korrigierte Movara.

Schömtich verdrehte die Augen. »Mein Wagen steht vorne.«

Als sie aus der Tür traten, fegte eine Windböe über sie hinweg und hüllte sie in Schnee. Movara bückte sich, nahm etwas Schnee und knetete ihn zu einem Ball. Schömtich drohte ihm und hatte keine Sekunde später das Geschoss an der Schulter. Er ließ die Tasche fallen und schubste den Showmaster, der fast das Gleichgewicht verlor. Um sie herum war das Arbeitsleben zum Stillstand gekommen und die Kabelträger, die Aufnahmeleiter und die Garderobefrauen verfolgten das seltene Geschehen mit großem Erstaunen.

***

»Na, habt ihr es euch gemütlich gemacht?«, erkundigte sich Drass sarkastisch und betrat den Besprechungsraum. Er warf einen wütenden Blick in Breschnows Richtung.

Regina musterte ihn. »Schlechte Laune?«

»Hättest du wohl auch, wenn du bei dem Mistwetter draußen herumlaufen und Zeugen suchen solltest.«

»Und hast du welche gefunden?«, fragte Breschnow und sah von der Akte auf, in die er mit Delego die letzte halbe Stunde vertieft gewesen war.

Drass schüttelte den Kopf.

Breschnow erhob sich und ging zum Whiteboard in der Ecke, las, was darauf geschrieben stand und wischte es weg. Dann schob er das Board in die Mitte des Raumes und sah in die Runde. Auf einmal war es still im Raum.

So ist es am Anfang oft, dachte er. Gespannte Erwartung.

»Vorgestern um 16:30 Uhr klingelt das Telefon von Frau Sebastian. Es ist ein Anruf von ihrer Tochter Nina. Habt ihr alle das Band abgehört?«

Alle nickten. Breschnow zeichnete zwei Kreise an das Board und schrieb »Nina Sebastian« und »Eltern« hinein.

»Um 17:00 Uhr kommt ihr Mann nach Hause und Frau Sebastian spielt ihm das Band vor. Das Paar verständigt um circa 17:30 Uhr die Bereitschaft und die geben den Anruf weiter an die Vermisstenabteilung. Die Kollegen beraten sich, müssen aber auf ihren Vorgesetzten warten, ohne den sie nicht entscheiden dürfen. Um 19:30 Uhr wird ein Kriminaltechniker hinzugezogen und um 20:30 Uhr werden wir eingeschaltet.«

Breschnow sah Regina an. Sie nickte.

»Und ich habe dann Breschnow angerufen.«

»Und mich«, ergänzte Delego.

»Und dich«, bestätigte Regina. »Ich musste dringend weg.«

»Delego und ich sind nach Schildow zu den Eltern gefahren. Sie haben uns das Band des Anrufbeantworters noch einmal vorgespielt.«

Breschnow hielt inne. Er hörte wieder die ängstliche Stimme von Nina Sebastian, wie sie durch den Flur des Elternhauses hallte.

Er hatte sie nicht rechtzeitig gefunden.

Delego übernahm: »Die Eltern sagen, dass ihre Tochter seit

drei Wochen nicht mehr bei ihnen wohnt. Aus Zeitgründen sei sie vorübergehend in die Stadt gezogen und wohne bei einer Kollegin und alten Bekannten von uns, bei Cosma Anderson.«

»Nicht schon wieder«, stöhnte Schmitti. »Ist sie verdächtig?«

Breschnow schüttelte den Kopf.

»Sie war vorhin hier und hat die Sebastian vermisst gemeldet. Die beiden waren am Montagabend im *Inta*, einer Disco in Mitte, verabredet. Aber die Sebastian ist nicht aufgetaucht. Cosma Anderson behauptet auch, dass Nina Sebastian nie bei ihr gewohnt hat.«

»Ich habe die Anderson übrigens dort gesehen«, sagte Drass.

»Du gehst in die Disco?«, erkundigte sich Schmitti.

»Kannst ja mal mitkommen.«

»Danke für die Einladung, aber das ist wohl eher was für meine Tochter«, grinste Schmitti, »aber wenigstens hat die Anderson damit ein Alibi.«

»Wir wissen noch nicht genau, wann Nina Sebastian getötet wurde«, fuhr Breschnow fort. »Heute Morgen gegen fünf Uhr ging ein Anruf in der Zentrale ein. Willy, unser Obdachloser aus der Hasenheide, hat das Mädchen gefunden. Sie lag in einer Laube in der Kolonie am Flughafen.«

»Willy hat uns angerufen?«, fragte Regina. »Ich fass es nicht! Da musst du aber viel Zeit mit ihm in der Hasenheide verbracht haben.«

Breschnow nickte. »Willy wollte in der Laube übernachten. Hat dann die Tote entdeckt und uns angerufen ... Aber leider hat er sie angefasst.«

Ein Stöhnen ging durch den Raum.

»Verdächtig?«, erkundigte sich Schmitti.

Breschnow schüttelte den Kopf.

»Was sagt die Rechtsmedizin?«

»Noch nicht viel. Die Pulsadern des Mädchens sind geöffnet. Todesursache höchstwahrscheinlich Verbluten.«

»Kein Suizid?«

»Unwahrscheinlich. Die Schnitte sind sehr tief und Monika vermutet, dass die erste Hand nach dem Schnitt nicht mehr zu bewegen war. Außerdem hätte sich das Mädchen dann blutleer in die Laube schleppen müssen. Es gab kein Blut am Fundort.«

»Und in der unmittelbaren Umgebung?«, fragte Regina.

»Auch nicht, soviel ich bisher weiß.«

»Das heißt, jemand hat sie vom Tatort zum Fundort gebracht?«

Breschnow nickte. »Und sorgfältig drapiert. Er hat die Tote inszeniert wie ein Gemälde. Nachher kommen die Fotos. Seht sie euch an.«

»Hatte sie noch andere Verletzungen?«, erkundigte sich Delego.

Breschnow schüttelte den Kopf.

»Drass und ich haben einen Rentner aus der Nachbardatsche befragt. Johannes Schulze. Er sagt, dass die Laube einer Frau Pasulke gehört, die nie Besuch hatte.«

»Und er sagt, dass das Tor zur Kleingartenanlage immer abgeschlossen ist«, ergänzte Drass.

»Aber in der Nacht war es offen?«, fragte Regina.

»Behauptet Willy. Er sagt, es war nur angelehnt und die Tür zur Laube war auch nicht verschlossen.«

»Wenn das Tor offen war, kann es jeder gewesen sein«, stellte Delego fest. »War es aufgebrochen?«

Breschnow schüttelte den Kopf und seufzte. »Johannes Schulze hat sein ›immer‹ im Laufe des Gesprächs leider wieder eingeschränkt. Es passiert wohl ab und zu, dass die Kleingärtner vergessen, abzuschließen.«

»Und die Laube?«

»Das müssen wir Frau Pasulke fragen.«

»Hat der Rentner nichts gesehen?«, fragte Delego.

»Er hatte sich leider am Abend vorher auf seine Brille gesetzt«, antwortete Drass.

»Hat die Laube irgendetwas mit der Toten zu tun?«, fragte Regina.

»Nina Sebastian wohnte in der Kienitzer Straße. Die Anderson hat sie einmal dorthin begleitet. Sie kennt die Hausnummer nicht, aber sie würde das Haus wiedererkennen.«

»Und die Kienitzer ist in der Nähe der Kolonie?«, erkundigte sich Delego.

»Die Anderson erinnert sich, dass die Wohnung in der Nähe des Tempelhofer Feldes war und da ist die Kienitzer nur eine Querstraße entfernt.«

»Vielleicht hat man sie dort getötet und dann in die Laube geschleppt.«

»Durch den halben Kiez?«, zweifelte Schmitti.

»Eine Querstraße ist nicht weit«, verteidigte Delego ihre Idee.

»Wir werden uns die Wohnung ansehen. Dann wissen wir mehr«, sagte Breschnow. »Schmitti, du suchst weiter im Netz nach Infos über Nina Sebastian, Peter Polen und Karsten Movara.«

»Wird mir eine Freude sein.«.

»Regina, du fährst ins Krankenhaus und bringst Frau Pasulke

schonend bei, dass wir in ihrer Laube eine Leiche gefunden haben, und befragst sie. Vielleicht kennt sie die Sebastian. Delego und ich fahren nach Schildow und informieren die Eltern. Sie müssen ihre Tochter noch identifizieren. Und du, Drass, gehst mit der Anderson den Kiez ab und suchst mit ihr nach der Wohnung von der Sebastian.«

Ein kaum merkliches Lächeln huschte über Drass' Gesicht. Er freute sich, Cosma Anderson wiederzusehen.

»Wir treffen uns morgen früh um acht«, beendete Breschnow die Sitzung.

***

Cosma starrte abwechselnd an die Wand ihr gegenüber und dann auf das schmutzige Linoleum. In diesem Teil des Präsidiums war sie damals nicht gewesen.

Ein Uniformierter blieb vor ihr stehen und sah sie fragend an. »Kann ich Ihnen helfen?«, erkundigte er sich freundlich.

Er ist der Erste, der nachfragt, dachte sie, und sah zu ihm hoch. Er hatte ein freundliches Gesicht. Am liebsten hätte sie ihn gebeten, sich neben sie zu setzen.

In diesem Moment wurde die Tür aufgerissen und Drass stürmte herein. Abrupt blieb er vor den beiden stehen.

»Gibt es Probleme?«, fragte er den Uniformierten, der den Kopf schüttelte und weiterging.

»Danke, dass Sie gefragt haben!«, rief ihm Cosma hinterher.

Drass setzte sich neben sie.

»Ich habe Sie vorgestern im *Inta* gesehen. Wie geht es Ihnen?«

»Ganz okay«, antwortete sie ausweichend und stand auf. »Kann ich jetzt gehen?«

Er bemerkte das leichte Zittern in ihrer Stimme, wusste aber nicht, was er sagen sollte, und erhob sich ebenfalls. »Wir wollten Sie bitten, mit uns die Wohnung Ihrer Kollegin zu suchen.«

»Jetzt?«

Drass nickte, ging voran und öffnete die Tür.

Cosma zögerte kurz, dann verließen sie gemeinsam das Polizeirevier durch den Hintereingang.

Genau wie damals, dachte sie. Aber da war Sommer gewesen.

Drass ging zügig zu einem schwarzen Geländewagen.

»Wo ist Ihr schicker Flitzer?«, erkundigte sich Cosma erstaunt.

»Erinnern Sie sich an meinen Freund, der nach Afghanistan gegangen ist?«

»Ja, Sie wollten ihn noch sehen, bevor er fliegt, haben sich dann aber für die Arbeit entschieden. Wie geht es ihm?«

»Nun, er hat den Einsatz überlebt, aber psychisch geht es ihm nicht besonders. Er hat die Armee verlassen und fährt gerade mit meinem Auto durch Südspanien. Das hier ist sein Wagen.«

Sie stiegen ein und schnallten sich an. Drass blätterte in seinem Stadtatlas.

»Ninas Wohnung ist in der Nähe vom Flughafen«, half Cosma.

Er startete und rollte vom Hof. Auf dem Columbiadamm gab er Gas. Der Wagen lag sicher in der Spur und Cosma lehnte sich entspannt zurück. Sie musterte ihn heimlich von der Seite. Er gefiel ihr immer noch.

Hinter dem Flughafen bogen sie rechts in den Schillerkiez. Als sie die Herrfurthstraße kreuzten, bekam Cosma eine Gänsehaut. Sie parkten vor einem türkischen Bäcker an der Ecke Weisestraße und stiegen aus. Die Ladentür öffnete sich und einen Moment lang überdeckte der Duft von frischen Backwaren den Geruch der Straße. Cosma zog den Reißverschluss ihrer Daunenjacke hoch und zeigte in Richtung Tempelhofer Feld.

»Ich glaube, die Wohnung liegt in dieser Richtung«, entschied sie, marschierte los und betrachtete die Häuser. Der Kiez hatte sich in den letzten beiden Jahren sehr verändert. Es gab viele neue Kneipen und Galerien und die Straßen waren nicht mehr mit kaputten Kühlschränken, Matratzen, Fernsehern oder Sofas zugemüllt. An einem sanierten und frisch gestrichenen Haus blieb sie stehen und betrachtete das riesige Plakat, das sich über vier Balkone hinzog.

»Wir bleiben! Schluss mit der Gentrifizierung! Schluss mit den Mietpreissteigerungen!«

»Ist es das?«, fragte Drass.

Sie schüttelte den Kopf. »Hoffentlich wird Neukölln kein zweites Prenzlauer Berg.«

»Kann ich mir irgendwie nicht vorstellen.«

»Warum nicht?«

Drass lächelte. »Na ja, zum einen ist das hier kein Nachwendekiez, Neukölln hat eine gewachsene Struktur. Und die Leute, die neu hierherziehen, wollen doch eher die Multikulturalität.«

Sie überquerten die Schillerpromenade. Die Bänke rechts auf dem mittleren Grünstreifen waren verwaist, ebenso der Spielplatz zu ihrer Linken.

Cosma drehte ihm den Rücken zu und deutete auf das Haus gegenüber.

»Das ist es!«

»Sicher?«

Cosma nickte.

»Waren Sie mal in der Wohnung?«

»Nein. Ich habe Nina ein Mal bis hierher begleitet, sollte dann aber unten warten. Ich hatte damals den Eindruck, als ob es ihr peinlich wäre, mich reinzulassen.«

»Wissen Sie, in welchem Stockwerk die Wohnung liegt?«

»Auch nicht.«

»Das lässt sich ja gleich herausfinden«, sagte Drass und sie überquerten die Straße. Er besah sich das Klingelbrett. Eine Sebastian konnte er nicht finden, auch keine unbeschrifteten Schilder. Er drückte wahllos auf eine Klingel. Nichts geschah. Er wählte einen anderen Knopf und dieses Mal wurde die Haustür ohne Nachfrage geöffnet.

»Unvorsichtig«, murmelte er und trat in den Hausflur. Cosma folgte ihm. Er sah sie verwundert an.

»Ich gehe mit«, sagte sie, »und dann fahren Sie mich zum Maybachufer, aber diesmal werde ich Sie nicht in die Wohnung bitten.«

Drass hob eine Augenbraue.

Er hatte Cosma Anderson damals nach der Befragung im Mordfall Pohl nach Hause gefahren und sich zum Tee einladen lassen. Sie war eigentlich nur eine Zeugin gewesen. Aber dann hatte er in ihrer Wohnung zwischen Küchenschrank und Wand ein blutiges Messer gefunden. Die Tatwaffe, wie sich später herausstellte. Er hatte versucht, nicht an ihrer Unschuld zu zweifeln, aber die Beweislast wog einfach zu schwer. Nachdem sie den richtigen Täter gefasst hatten, hatte er bedauert, ihr nicht geglaubt zu haben, aber da war es zu spät gewesen und sie hatten sich seitdem nicht mehr gesehen. Bis vorgestern in der Disco. Und da hatte er den Eindruck gehabt, als ob sie ihm aus dem Weg gehe. Er konnte es ihr nicht verdenken.

»Es tut mir leid wegen damals«, sagte er und sah ihr in die Augen.

Sie erwiderte seinen Blick und nickte. Dann wandte er sich ab und sah sich im Hausflur um. Cosma zeigte auf die linke Parterrewohnung und ging ein paar Schritte darauf zu.

Er folgte ihr und klingelte. Ein alter Mann lugte durch den Türspalt.

»Guten Tag«, begrüßte Drass ihn freundlich.

Der Mann reagierte nicht. Irritiert hielt Drass ihm seinen Ausweis hin. Der Alte betrachtete ihn ausgiebig mit einer lupengleichen Brille und nickte. Beim Foto von Nina Sebastian schüttelte er den Kopf. Sie bedankten sich und versuchten es gegenüber. Diesmal klingelte Cosma. Einmal, zweimal, niemand öffnete.

»Eine Wohngemeinschaft, lauter Männer«, schnaubte der Alte verächtlich und schloss die Wohnungstür.

Wortlos stiegen sie die alte Holztreppe hinauf. Das Treppenhaus war erst kürzlich renoviert worden, es roch nach frischer Farbe. Im ersten Stock gab es drei Wohnungen. Ein Mieter war zu Hause. Drass zeigte ihm das Foto. Er kannte das Mädchen nicht. Im zweiten Stock öffnete niemand. Von oben kam eine Frau eilig die Treppe heruntergerannt.

Drass hielt ihr das Foto hin und sie zeigte nach oben.

»Das ist das Mädchen aus dem Dritten, Mitte.«

»Kennen Sie sie?«

Die Frau schüttelte den Kopf.

»Und woher wissen Sie, wo Sie wohnt?«

»Ich habe sie gesehen, als sie eingezogen ist. Ich vergesse kein Gesicht. Kann ich jetzt weiter?«

Drass ließ sich ihren Namen und die Telefonnummer geben und reichte ihr eine Visitenkarte. Die Frau riss sie ihm aus der Hand und rannte eilig die Treppe runter.

An der Tür der Mittelwohnung im dritten Stock stand kein Name. Drass klingelte und ein melodischer Gong verlor sich im Inneren. Niemand öffnete. Er versuchte es rechts mit demselben Resultat und klingelte links.

Im Stockwerk über ihnen wurde eine Tür zugeknallt und dann noch einmal aufgerissen.

»Verpiss dich!«, schrie eine schrille Frauenstimme.

»Dich will ich sowieso nicht mehr, du blöde Fotze!«, brüllte ein Mann und kam die Treppe herunter. Drass stellte sich ihm in den Weg. »Polizei. Ich muss mit Ihnen reden.«

»Ausweis?«, blaffte der Mann.

Drass zog ihn aus der Tasche.

»Und was willste von der Kleinen, Bulle? Willste die kleine Schlampe vögeln? Sag ihr, sie soll nachts die Mucke leiser machen, sonst kriegt sie's mit mir zu tun.«

Drass verzog keine Miene und zeigte ihm das Foto von Nina Sebastian.

»Ist sie das?«

»Klar is sie das, Alter!«

»Ich brauche Ihre Personalien, falls wir Sie später noch einmal befragen müssen.«

»Is was passiert?«, fragte der Mann, jetzt plötzlich neugierig geworden.

Drass schüttelte den Kopf, ließ sich den Personalausweis zeigen und notierte sich die Daten.

Der Mann starrte auf die Wohnungstür. »Machen Sie nicht auf?«

»Nein. Und Sie können jetzt gehen!«

Enttäuscht, dass er nichts geboten bekam, trampelte der Mann weiter die Treppe herunter.

Cosma sah ihm hinterher.

»Ich glaube, das war's erst einmal«, sagte Drass.

»Gehen wir nicht rein?«, fragte Cosma verwundert.

»Das machen die Kollegen, kommen gleich mit der Spurensicherung.«

***

»Mir ist kalt«, sagte Delego und sah ihren Chef von der Seite an. »Wollen wir reingehen?«

Breschnow nickte.

Noch glaubten die Eltern, dass ihre Tochter lebte, und es graute ihm davor, ihnen diesen Glauben nehmen zu müssen. Sie hatten gehofft, dass er ihnen ihr Mädchen zurückbrachte, hatten ihm die Suche nach ihr anvertraut. Und er ...

Die Kälte kroch in seine Knochen. Er hasste diese Momente.

»Soll ich es Ihnen sagen?«, fragte Delego, die seine Gedanken zu lesen schien.

Breschnow schüttelte den Kopf, öffnete entschlossen die Autotür, stieg aus und sah sich um.

Eine Zauberwelt, dachte er. Eine weiße, ruhige Zauberwelt, und dann komme ich und beschmutze sie mit Blut.

Er verharrte noch eine Sekunde lang und eilte dann mit großen Schritten zur Tür und klingelte. Delego sah ihm hinterher und stieg aus.

Es dauerte eine Weile, bis die Tür geöffnet wurde. Ein sehr alter Mann in einem rot karierten Pyjama und grauen Hausschuhen stand vor ihnen und musterte sie.

Breschnow stellte sich und seine Kollegin vor. Der Mann lächelte freundlich, rührte sich aber nicht vom Fleck.

»Papa?«, hörten sie eine Stimme aus dem Haus. »Papa, wo bist du?«

Kurz danach tauchte Frau Sebastian in einem beigen Hausanzug auf, der ihre Blässe etwas abmilderte. Ihre Augen waren rot und geschwollen.

»Haben Sie sie gefunden?«

»Können wir reinkommen?«

Sie nickte und trat zurück.

»Komm, Karl«, sprach sie beruhigend auf den alten Mann ein und griff ihn an der rechten Schulter. »Ich bringe dich in dein Zimmer.«

Sie drehte den Alten halb um seine Achse und schob ihn behutsam vor sich her. Ohne sich umzusehen, bat sie die Kommissare, sich ins Wohnzimmer zu setzen.

Delego ließ sich in den Sessel fallen, der der Heizung am nächsten stand, Breschnow stellte sich ans Fenster und sah einer Amsel zu, die sich blitzschnell einen Sonnenblumenkern geschnappt hatte und auf den nächsten Ast flog.

Kurz danach betrat Frau Sebastian den Raum.

»Das war mein Vater. Er hört nicht mehr gut«, sagte sie. »Wollen Sie etwas trinken?«

Ihre Stimme drohte zu kippen und sie nestelte an ihrer Jacke herum. Delego sprang auf, legte einen Arm um sie und schob sie sanft zu dem Sessel hin. Frau Sebastian ließ sich widerstandslos hineinfallen und Delego setzte sich auf die Kante.

»Sie haben sie gefunden«, murmelte sie.

Breschnow nickte. »Es tut mir leid. Ihre Tochter wurde Opfer eines Gewaltverbrechens.«

Frau Sebastian musterte ihn überraschend ruhig und nickte. »Ich muss meinen Mann anrufen. Bitte entschuldigen Sie.«

Sie erhob sich, machte einen Schritt und wäre fast gefallen. Delego fing sie auf und drückte sie sanft zurück in den Sessel. Dann verließ sie den Raum. Breschnow hörte ein Glas klirren und das Rauschen von Wasser. Frau Sebastian sah ihn bittend an und er wünschte, er könnte ihr die Tochter wiedergeben.

Du bist zu nah dran, dachte er und drehte sich von ihr weg. Die Amsel war verschwunden.

Delego ging neben dem Sessel in die Hocke und reichte der Mutter das Glas. Sie trank einen Schluck und versuchte erneut, aufzustehen. Die Kommissarin stützte sie und die beiden gingen hinaus in den Flur. Breschnow hörte sie leise miteinander reden. Kurz danach kam Delego zurück, stellte sich neben ihn und sah hinaus. »Sie verständigt ihren Mann und wollte dabei alleine sein.«

Breschnow hörte Frau Sebastian leise reden, dann ein lautes Schluchzen und einen dumpfen Knall. Er eilte hinaus. Seine Kollegin folgte ihm. Die Frau lag auf dem Boden und rang nach Luft. Delego kniete sich neben sie und redete beruhigend auf sie ein, während Breschnow einen Rettungswagen rief. Plötzlich riss Frau Sebastian die Augen auf, schlug um sich und traf Delego an der Schläfe. Die Polizistin zuckte zurück, griff beide Hände der Mutter und hielt sie fest.

Frau Sebastian versuchte, sich zu befreien und schrie.

»Sie müssen sich irren! Bestimmt irren Sie sich. Mein Kind ist nicht tot. Sie hat doch gestern noch angerufen. Lassen Sie mich los, ich muss sie suchen. Hören Sie nicht, Sie sollen mich loslassen!«

Vorsichtig löste Delego den festen Griff. Die Frau schubste sie grob von sich weg, stand langsam auf und blieb dann wie versteinert stehen.

»Frau Sebastian«, flüsterte Breschnow und trat näher an sie heran. »Frau Sebastian?«

Vorsichtig legte er eine Hand auf ihre Schulter und spürte die Anspannung vor dem nächsten Schlag. Behutsam griff er ihren Oberarm. Die Frau schrie wie ein wundes Tier und Tränen schossen ihr in die Augen. Breschnow nahm sie in den Arm, strich ihr behutsam über den Kopf und sprach leise auf sie ein. Das Schreien verwandelte sich in ein leises Schluchzen. Sein Handy klingelte. Ohne die Frau loszulassen, fischte er es aus der Hosentasche und hielt es sich ans Ohr.

»Gut«, murmelte er leise. »Ich ruf dich gleich zurück.«

Aus den Augenwinkeln sah er den alten Mann den Flur betreten. Delego ging auf ihn zu.

»Sind Sie der Großvater von Nina?«

»Ich verstehe Sie nicht«, antwortete er. »Was ist mit Rachel? Wieso weint sie?«

»Haben Sie ein Hörgerät«, schrie Delego.

Der Mann nickte und verschwand. Sie folgte ihm. Sein Zimmer lag etwas abseits. Es war spartanisch eingerichtet. Ein Bett, ein Schrank, ein Regal, ein Stuhl und ein kleiner Tisch. Sie blieb in der Tür stehen, aber er winkte sie herein.

»Mein Zimmer«, sagte er stolz, während er sich das Hörgerät anlegte. »Mein erstes eigenes Zimmer«, fügte er erklärend hinzu. »Als Kind habe ich mit meinem Bruder einen Raum geteilt und später in der Ehe ...«

Er ließ den Satz unvollendet.

Delego lächelte und setzte sich auf den Stuhl. Der Mann nahm auf dem Bett Platz.

»Sie sind der Großvater von Nina Sebastian?«

Der Alte nickte.

»Ich muss Ihnen leider mitteilen, dass Ihre Enkelin gestern Nacht verstorben ist.«

»Deswegen weint Rachel. Was ist passiert?«, fragte er gefasst.

»Das wissen wir noch nicht genau«, wich Delego der Frage aus, wollte ihm nicht erzählen, dass jemand seiner Enkelin die Pulsadern aufgeschnitten hatte.

»Wo ist sie?«

»In der Rechtsmedizin. Wir mussten sie obduzieren lassen. Gewaltverbrechen.«

»Wir sind Juden!«, stellte der Mann fest und stand auf. »Ich gehe jetzt zu meiner Tochter.«

Delego folgte ihm.

Breschnow hatte Frau Sebastian zurück ins Wohnzimmer gebracht. Sie lag auf dem Sofa und starrte apathisch vor sich hin. Ihr Vater setzte sich neben sie an den Rand, nahm ihre Hand und streichelte sie unbeholfen.

»Könnten Sie jetzt gehen und vielleicht nachher wiederkommen?«, fragte er höflich.

Breschnow nickte und verließ mit Delego den Raum.

»Du bleibst hier«, sagte er, als sie die Haustür erreicht hatten. »Warte auf den Notarzt und auf den Ehemann. Rede noch mal mit ihm und dem Alten.«

»Wer hat dich vorhin angerufen?«

»Drass. Sie haben die Wohnung von Nina gefunden. Ich fahre hin.«

Als er die Haustür öffnete, war der Schnee in blaues Licht getaucht.

***

Drass fuhr rasante Schlangenlinien auf dem Kottbusser Damm, überholte mal rechts und mal links. Cosma sah ihn von der Seite an. Er bemerkte es, drehte den Kopf und lächelte.

»Fahre ich zu schnell?«

Cosma verneinte und sie schwiegen, bis er vor der Nummer 43 stehen blieb.

»Da wären wir«, sagte er.

»Vielleicht ...«, sie zögerte, »vielleicht wollen Sie doch mit hochkommen?«

Drass schüttelte den Kopf. »Lieber ein andermal. Ich ...«

Sie ließ ihm keine Zeit, den Satz zu beenden und stieg aus. An der Haustür drehte sie sich noch einmal um und sah dem Range Rover hinterher, bis er an der nächsten Kreuzung verschwunden war. Dann stemmte sie sich kräftig mit der Schulter gegen die Tür, die wie immer klemmte. Auch abschließen konnte man seit drei Wochen nicht mehr, Kinder hatten Sekundenkleber in das Schloss gedrückt. Seitdem rief sie täglich ihren Vermieter an, der offensichtlich nicht erreichbar sein wollte. Aber sie würde nicht aufgeben.

Im Treppenhaus roch es wie immer nach Müll und Katzenpisse. Im Winter hielten sich die Tiere gerne hier drinnen auf und übernachteten im Flur vor dem Dachboden. Je höher sie kam, desto intensiver wurde der Katzengeruch. Sie schloss ihre Wohnung auf und zog eilig die Tür zu. Auf der Flurkommode stand Raumspray und sie verteilte es großzügig. Dann ging sie in die Küche, um sich einen Tee zu kochen und die Heizung höher zu drehen. Sie stellte das Radio an. Leonard Cohen sang »Going home sometime tomorrow« und sie dachte an ihren Exfreund Nick, der sich nach seinem Einsatz in Afghanistan mit Benzin übergossen und angezündet hatte, und an das Arschloch Basti, der erstochen worden war. Und nun Nina. Mussten alle Menschen sterben, mit denen sie zu tun hatte?

Sie versuchte, diesen unsinnigen Gedanken zu verscheuchen und fragte sich, was mit Nina geschehen war. Drass hatte es ihr nicht sagen wollen und der verknitterte Breschnow sowieso nicht. Und wieso war Drass nicht mit hochgekommen?

Der Wasserkessel begann zu pfeifen und der Ton schmerzte in ihrem Kopf. Sie stellte hastig das Gas ab, goss den Tee auf, stellte Kanne und Tasse auf ein Tablett und ging ins Wohnzimmer. Im CD-Fach lag noch Keith Jarrett. Kurz danach füllten sanfte Klavierklänge den Raum. Sie würde einfach hier sitzen bleiben, Musik hören und die Welt ganz weit draußen lassen.

Das Telefon klingelte. Sie ließ es klingeln. Der Anrufbeantworter sprang an, aber niemand sprach drauf. Stattdessen klingelte es erneut. Verärgert nahm sie ab.

»Karsten Movara hier. Nimm dir ein Taxi und komm ins Studio. Sofort! Ich brauche dich hier.«

Noch bevor sie etwas erwidern konnte, hatte er aufgelegt. Ungläubig starrte sie den Hörer an und ließ sich auf das Sofa fallen.

»Wenn ich nicht hingehe, feuert er mich«, murmelte sie,

»und eigentlich will ich das. Aber will ich das schon heute? Und was mache ich dann?«

Sie konnte sich die Frage nicht beantworten.

Keith Jarrett hatte sich in Ekstase gespielt.

Wenn ich nur die Hälfte seiner Energie hätte, dachte sie. Dann setzte sie sich widerwillig auf, befragte die Teetasse, die ihr auch nicht weiterhalf, trank sie leer und erhob sich. Unschlüssig drehte sie sich einmal um die eigene Achse, sah sich im Zimmer um und endete an der Musikanlage. Sie entschuldigte sich bei Keith Jarrett und drückte auf den Off-Knopf. Dann eilte sie ins Schlafzimmer, zog sich um und verließ das Haus. Auf dem Weg nach unten rief sie sich ein Taxi, das kurz danach vor ihr zum Stehen kam. Am Steuer saß eine junge Frau mit schwarzen, stachelig abstehenden Haaren. Cosma nannte ihr Ziel. Die Igelin stellte das Taxameter ein und erkundigte sich, ob es Cosma recht sei, Musik zu hören. Augenblicklich hämmerte Punk aus den Dolby-Surround-Lautsprechern. Als sie die UFA-Studios erreichten, hatte Cosma das Gefühl, taub zu sein. Sie ließ sich eine Quittung geben und schwor sich, Movara dafür bezahlen zu lassen.

Beim Öffnen der Autotür erfasste sie ein kalter Windstoß und blies ihr den Schnee direkt in die Augen. Sie zog ihre Daunenjacke enger um sich und rannte zum Eingang. Der Pförtner nickte ihr freundlich zu und widmete sich dann wieder seiner *BZ*. An der Treppe zum Studio fragte sie sich, was sie hier eigentlich machte. Sie benahm sich wie ein Hündchen, das Herrchen zu sich gepfiffen hatte. Kurz spielte sie mit dem Gedanken, einfach wieder umzukehren. Aber dann stieg sie doch die Stufen hoch und riss ohne anzuklopfen die Studiotür auf.

Karsten Movara thronte auf dem exklusiven Sofa, vor sich ein Glas Wein, und lächelte sie zufrieden an. »So eine Überraschung. Was willst du denn hier?«

»Du hast mich angerufen«, zischte Cosma.

»Habe ich das?«, grinste er süffisant.

»Was gibt es Wichtiges?«, fragte sie kühl und unterdrückte ihren Wunsch, ihm ins Gesicht zu schlagen.

»Ich wollte ein wenig Gesellschaft«, antwortete er sanft und erhob sich. »Möchtest du ein Glas Wein, Cosma?«

»Du rufst mich an meinem freien Tag hierher, weil du Gesellschaft haben möchtest? Habe ich das richtig verstanden?«

»Andere freuen sich darüber.«

Er lächelte und schlenderte auf sie zu.

Cosma wich zurück. »Ich habe keine Lust auf solche Spielchen! Wenn du Gesellschaft willst, kauf dir einen Hund!«

»Aber Cosma, sei doch nicht so streng«, sagte er gespielt vorwurfsvoll.

Sie fröstelte.

Als er vor ihr stand und nach ihren Schultern griff, erstarrte sie für eine Sekunde. Dann wand sie sich blitzschnell aus seinen Händen, drehte sich um, rannte aus dem Studio, den Gang entlang und die Treppe hinunter. Erst auf dem Hof blieb sie stehen, atemlos, und sah hoch in den ersten Stock. Movara stand mit dem Glas Wein am Fenster, sein Gesicht zu einer wütenden Fratze verzogen.

***

Zwei Wochen später fragte ihn das Mädchen, ob er am Nachmittag mit ihr zu der kleinen Wiese gehen würde. Er fragte sie nicht, was sie dort wollte, er hatte Angst, mit ihr dorthin zu gehen. Aber das sagte er ihr nicht.

Sie trafen sich am Ortsausgang. Es war ein schöner, warmer Nachmittag, erfüllt mit Leben. Aber sie war stumm und kalt. Auf der Wiese breitete sie eine kleine karierte Decke aus und holte eine Flasche Wodka aus ihrer Umhängetasche.

Auf uns, sagte sie. Hat es dir Spaß gemacht, zuzusehen?

Er wusste nichts zu antworten und schwieg. Sie gab ihm die Flasche. Er trank und sie trank und er trank, wieder und wieder, bis ihm schwindelig wurde. Dann kroch er zur großen Eiche und lehnte sich an den Stamm.

***

Das Absperrband flatterte im Wind. Die Journalisten waren abgezogen, nur ab und zu kam ein Passant vorbei und blieb neugierig stehen. Die Spurensicherer krochen auf dem harten Boden herum wie weiße Maden. Breschnow sah sich nach Manfred um, hob das Band ein wenig an und bückte sich darunter hindurch, was sofort lautstarken Protest auslöste.

»Ich werde mich gleich bei eurem Chef über mich selbst beschweren, weil ich eventuell Spuren vernichte«, schlug er vor, »aber sagt mir erst mal, wo er ist.«

»Für kleine Jungs«, brummte eine Made, ohne den Kopf zu heben.

»Und wo?«

»Beim Rentner.«

Breschnow überquerte die Straße und blieb vor dem Mietshaus stehen. Dann drehte er sich wieder der Kolonie zu und dachte, dass es merkwürdig war, keinen einzigen Zeugen gefunden zu haben.

Hinter ihm wurde die schwere Haustür geöffnet und Manfreds Pranke legte sich auf seine Schulter.

»Ich hol nur schnell meine Sachen«, sagte er, eilte über die Straße und ließ sich von einer Kollegin seinen Koffer über das Absperrband reichen.

»Hast du schon was gefunden?«, erkundigte sich Breschnow auf dem Weg zur Kienitzer Straße.

»Mach dir keine großen Hoffnungen. Der Schnee hat alles unter sich begraben, aber wir tragen ihn Stück für Stück ab.«

Breschnow brummte, blieb vor der Nummer 118 stehen und lehnte sich gegen die Eingangstür, die nicht verschlossen war.

Schweigend stiegen sie hintereinander die Treppe zum ersten Stock hinauf. Schuhe standen vor den Wohnungstüren und laute Stimmen in unterschiedlichen Sprachen drangen ins Treppenhaus. Plötzlich wurde eine Tür aufgerissen und ein kleiner schwarzhaariger Junge musterte sie neugierig. Eine junge Frau folgte ihm, riss das Kind zurück und schloss energisch die Wohnungstür. Im dritten Stock las Manfred laut die Namen an den Türen rechts und links. Breschnow holte den Dietrich aus der Tasche und steckte ihn ins Schloss.

»Hast du keinen Schlüssel?«

»Wir haben keinen bei dem Mädchen gefunden.«

Fünf Versuche und etliche Flüche später öffnete sich die Wohnungstür. Manfred hatte sich in den weißen Overall gezwängt, streifte gerade die Plastiküberzieher über die Schuhe und zog die Handschuhe an. Dann reichte er Breschnow eine komplette Ausrüstung. Die Tür der Wohnung nebenan wurde aufgerissen und ein großer braun-schwarzer Hund stürmte heraus. Er leckte an Manfreds Handschuh.

»Der mag Sie«, sagte der hagere Mann, der nach dem Tier den Flur betreten hatte.

Manfred warf ihm einen verärgerten Blick zu, riss sich die Handschuhe von den Händen und zog ein neues Paar aus seiner Tasche. Breschnow wies sich aus und befragte den Nachbarn nach Nina Sebastian.

»Eigentlich sehe ich sie nie«, sagte der Mann und rieb sich mit der Handfläche über die kurz rasierten Haare. Er deutete auf die Tür gegenüber. »Vielleicht wissen die mehr. Die kennen im Haus doch jeden.«

Er schwankte leicht und rief nach seinem Hund. Das Tier bellte von weiter unten und jemand schimpfte vernehmlich. Breschnow trat näher an den Mann heran und roch die Alkoholfahne. Er nahm die Personalien auf und ließ ihn gehen. Dann drängte er sich an Manfred vorbei in die Wohnung und stand in einem winzigen fensterlosen Flur. Sein Blick fiel auf ein Paar weiße Plüschhausschuhe, die ordentlich nebeneinandergestellt unter dem einzigen Garderobenhaken standen, an dem ein bunter Schal hing. Die nächste Tür führte in ein kleines quadratisches Bad mit blauen Kacheln und einer modernen Duschwanne. Auf der winzigen Ablage über dem Waschbecken stand ein Zahnputzglas mit zwei Zahnbürsten. Manfred schob ihn zur Seite und steckte die Bürsten in einen Plastikbeutel der Spurensicherung.

Die andere Tür führte in ein großes Zimmer, das zur Straße hinausging. Der helle lavendelfarben gestrichene Südraum wurde von einem riesigen, runden Bett in der Mitte dominiert. Es war mit violetten plüschigen Kissen übersät, die zwei Bettdecken und die zwei Kopfkissen mit blauer Satinbettwäsche bezogen. Dazu gab es einen farblich passenden Sessel, eine

Stereoanlage und einen Fernseher in einem grünen Regal, das aussah, als ob es mit Gras bepflanzt worden war. Breschnow durchquerte den Raum und betrat die Küchennische. Sie war mit neuen Einbaumöbeln aus Kiefernholz und einem offensichtlich unbenutzten Ceranherd ausgestattet. Auf dem Kochfeld klebte noch der durchsichtige Transportschutz.

Ikea, dachte er und erinnerte sich an den gemeinsamen Nachmittag im schwedischen Einkaufsparadies. Genau derselbe Herd stand nun unbenutzt in seiner Küche. Seine Exfreundin war kurze Zeit später zurück an die Küste gezogen und hatte als Trost für die verschwendete Zeit mit ihm seine Stereoanlage mitgenommen.

Breschnow strich mit den behandschuhten Fingern über die winzige Arbeitsfläche und endete bei einem kleinen Hibiskus, der traurig die Blätter hängen ließ. Er öffnete die Tür des Küchenschranks, griff sich ein Glas und goss die Pflanze.

»Wirst du auf deine alten Tage noch häuslich?«, stichelte Manfred und deutete auf das Bett hinter sich. »Merkwürdige Einrichtung. Wenn du nicht gesagt hättest, dass sie eine Assistentinnenstelle in den UFA-Studios hat, würde ich vermuten, dass sie als Prostituierte arbeitet.«

»Vielleicht ist der Unterschied gar nicht so groß«, murmelte Breschnow.

Sein Kollege drehte sich um und beschrieb mit dem rechten Arm einen Bogen. »Das Zimmer besteht nur aus Bett. Kein Schreibtisch, kein Sofa, keine Sitzecke. Nur dieses riesige Ding und der Kleiderschrank.«

Das Bett, auf das Manfred deutete, bestand aus einem runden Holzpodest, in das rundherum kleine Schubladen eingearbeitet waren. Der Spurensicherer öffnete sie der Reihe nach. Der Inhalt am Kopfende beschränkte sich auf Kondome und Gleitmittel, in der Schublade daneben fand er Viagra und Kleenex, in den weiteren Seidenunterwäsche und Waschlappen.

Das Klingeln eines Telefons unterbrach die stille Suche. Breschnow ortete den Apparat im Grasregal und ging näher heran. Nach fünfmaligem Läuten schaltete sich der Anrufbeantworter ein.

»Nina. Ruf mich zurück. Sofort!«

»Netter Mensch«, sagte Breschnow und drückte auf den Wiedergabeknopf. Dieselbe Männerstimme hatte insgesamt fünfmal angerufen. Beim ersten Mal war sie freundlich, dann verwundert, danach genervt und nun unbeherrscht.

Breschnow steckte die Kassette in einen Plastikbeutel, ging zurück zum Bett und stöberte weiter in den Schubladen, fand Bettwäsche und Handtücher. Dann ging er zum Kleiderschrank und öffnete ihn. Die Schranktür quietschte leise. Nina Sebastian hatte einen vielseitigen Geschmack. Neben Designerhosen fanden sich löchrige Bluejeans, Brokatblusen neben T-Shirts und Turnschuhe neben Pfennigabsätzen. Besonders auffällig und irgendwie deplatziert aber wirkte das weiße, spitzenbesetzte Hochzeitskleid aus Seide. Breschnow nahm es vorsichtig heraus, hielt es ins Licht und rief seinen Kollegen, der mittlerweile im Bad nach Haaren und Hautschuppen für eine DNA-Analyse suchte.

Manfred pfiff anerkennend durch die Zähne und schwenkte die Pinzette in seiner Hand hin und her.

»Nina, Nina, du hast Geheimnisse. Das liebe ich!«

»Schau dir das an!«, rief Breschnow und winkte ihn näher heran.

Das Kleid steckte in einem Schonbezug aus durchsichtigem Plastik und wirkte neu. Nur der sonst makellos weiße Spitzenärmel wurde durch einen winzigen roten Fleck verunstaltet. Manfred nahm es seinem Kollegen aus der Hand, zog eine der großen Tüten aus seinem Spurensicherungskoffer heraus und wickelte das Fundstück vorsichtig ein.

Breschnow verschränkte die Arme und sah ihm schweigend zu.

Er fragte sich, warum Nina Sebastian dieses Kleid besaß. Ihre Eltern hatten nichts von einer anstehenden Hochzeit erwähnt.

»Such auch nach Blut«, sagte er.

»Als ob ich das nicht sowieso machen würde«, antwortete Manfred.

Breschnow ging noch einmal in die Küche und starrte den Hibiskus an. Dann verließ er eilig die Wohnung.

Als er vor die Haustür trat, raste ein roter Porsche mit überhöhter Geschwindigkeit durch die schmale Straße und wendete quietschend an der nächsten Kreuzung. Breschnow wunderte sich, dass er auf der matschigen Fahrbahn nicht schlitterte. Er entfernte sich ein paar Schritte und zündete sich eine Zigarette an. Der Porsche kam zurück und parkte direkt vor dem Haus. Ein schlanker junger Mann in einem Trenchcoat stieg aus, zog einen Schlüssel aus der Manteltasche, eilte mit verbissenem Gesichtsausdruck zur Tür und drückte sie auf. Breschnow erkannte ihn sofort, wartete noch einen Moment und folgte ihm dann nach oben. Als er den zweiten Stock erreicht hatte, hörte er eine wütende Männerstimme aus der Wohnung von Nina Sebastian und rannte die Treppe hoch. Der Mann hatte die Wohnungstür nicht geschlossen und stritt mit Manfred.

»Spurensicherer, dass ich nicht lache …«, rief er gerade aus. »Und ich bin der Earl von Canterburry.«

»Sehr angenehm«, erwiderte Manfred.

Breschnow grinste und räusperte sich.

Der Mann drehte sich zu ihm um.

»Hauptkommissar Breschnow, und das ist mein Kollege Fischer, Leiter der Abteilung für Spurensicherung. Und wer sind Sie?«

Der Angesprochene ignorierte die Frage. »Und was tun Sie hier?«

»Dasselbe würde ich auch gerne von Ihnen wissen«, erwiderte Breschnow ungewöhnlich höflich und trat näher an ihn heran.

Der Mann war mindestens einen Kopf kleiner als er. Auf seinem Hinterkopf bildete sich trotz seiner Jugendlichkeit bereits eine leichte Tonsur. Ansonsten war sein dunkelbraunes Haar noch sehr dicht. Seine meerblauen Augen waren dezent mit schwarzem Kajal geschminkt, wodurch sie noch größer wirkten. Das rechte Lid zuckte leicht.

»Ich möchte Ihren Ausweis sehen!«, verlangte der Mann.

Breschnow spürte unter dem Befehlston die Unsicherheit und hielt ihm seine Dienstmarke unter die Nase.

»Und nun Ihren!«

»Ich glaube, ich habe meinen Ausweis nicht dabei«, wich der junge Mann aus und nestelte an den äußeren Manteltaschen.

»Dann müssen wir Sie leider mit aufs Revier nehmen, Herr Polen«, sagte Breschnow freundlich und lächelte.

Der Mann musterte ihn verärgert.

»Wenn Sie wissen, wer ich bin, wieso fragen Sie dann?«

»Reine Formsache. Ihren Ausweis, bitte.«

Breschnow streckte die Hand aus. Peter Polen zögerte noch einen Moment, zog dann seine Brieftasche aus der Innenseite des Mantels und hielt ihm den Ausweis hin. Nach sorgfältiger Prüfung reichte Breschnow ihn an seinen Kollegen weiter, der ihn langsam in einer Spurensicherungshülle verschwinden ließ.

»Aber ...«, protestierte der Mann.

Breschnow lächelte noch immer. »Und nun sagen Sie mir, warum Sie hier sind.«

»Ich bin ein Freund von Nina. Sie geht nicht ans Telefon und auch nicht an ihr Handy.«

»Wann haben Sie Frau Sebastian zum letzten Mal gesehen?«

»Warum wollen Sie das wissen?«

»Antworten Sie einfach!«, verlangte Breschnow barsch. »Das Angebot, aufs Polizeirevier zu fahren, steht immer noch, Herr Polen.«

»Also gut. Wenn es denn weiterhilft«, seufzte der Mann und setzte sich auf Bett.

Manfred wollte protestieren, aber Breschnow gab ihm ein Zeichen, den Mund zu halten.

»Ich war vorgestern Nacht mit Nina verabredet. Sie kam nicht. Ich rief sie an, sie ging nicht ans Telefon und antwortete auch nicht auf meine Nachrichten. Deshalb wollte ich nachsehen, ob sie zu Hause ist. Reicht das?«, fragte Polen genervt.

»Und wann haben Sie sie zuletzt gesehen?«

»Montagnachmittag nach der Show. Wir haben im Studio noch ein Glas Sekt getrunken. Aber wieso wollen Sie das alles wissen? Was ist mit Nina?«

»Frau Sebastian ist tot.«

Polen wurde einen Moment lang blass. Sein Blick wanderte von Breschnow zu Manfred, als hoffte er auf eine Richtigstellung. »Das kann doch nicht sein. Hatte sie einen Unfall?«

Breschnow schüttelte den Kopf.

»Wie ...?«

»Wir ermitteln noch«, antwortete Breschnow ruhig. »In welchem Verhältnis standen Sie zu ihr?«

»Sie ist ...« Er hielt inne. »Sie war meine Assistentin. Oh, mein Gott!«

Er hielt sich die Hände vor das Gesicht und begann zu weinen. Nach einer Weile zog er ein Taschentuch aus seiner Anzughose und schnäuzte sich laut hörbar.

»Wie lange arbeitete sie schon für Sie?«, fragte Breschnow.

»Von Anfang an«, antwortete Polen und als er den fragenden Blick sah, ergänzte er. »Seit es ›Spielen und Gewinnen‹ gibt, seit drei Monaten.«

»Werden die Assistentinnen zugeteilt oder suchen Sie sie selber aus?«

»In der Regel stellt sie der Studioleiter, aber bei mir war das anders. Nina und ich kannten uns schon vorher. Ich habe sie mitgebracht.«

»Woher kannten Sie sich?«

»Noch aus der Schule. Nina war in derselben Abiturklasse. Wissen Sie, ich bin, was die Schule angeht, ein Spätzünder. Meine Mutter hatte große Pläne und zog mit mir von einer Talentshow zur anderen. Da blieb die Schule etwas auf der Strecke. Aber letztlich hat sie recht behalten, ich habe ihren Traum verwirklicht.«

Er hielt inne.

»Und meinen natürlich auch«, beeilte er sich zu sagen.

Breschnow musterte ihn skeptisch.

»Schon als Kind habe ich immer Shows aufgeführt. Ich war der Star bei jedem Kindergeburtstag, kam immer mit meiner Mini-Playback-Show.« Er lächelte. »Und dafür ließen mich die anderen abschreiben oder erledigten meine Hausaufgaben.«

»Wie würden Sie Ihre Beziehung zu Nina beschreiben?«

»Gut. Wir hatten dieselben Träume. Sie wollte auch ins Showbusiness. Das schweißte uns zusammen. Wir verliebten uns und wurden ein Paar. Als ich dann die Show bekam, nahm ich sie als meine Assistentin mit. Sie wollte den Job so lange machen, bis man sie entdeckte. Sie sah darin eine Möglichkeit, Kontakte zu knüpfen.«

»Und hat sie das?«, hakte Breschnow nach. »Hat sie Kontakte geknüpft?«

Polen dachte eine Weile nach. Breschnow spürte eine vage Unruhe in dem jungen Mann aufsteigen.

»Weniger als sie sich erhofft hat.« Er hielt einen Moment lang inne. »Wissen Sie, eine Assistentin wird oft nicht richtig wahrgenommen. Das hat Nina manchmal zur Verzweiflung getrieben. Ich musste ihr immer wieder gut zureden, damit sie blieb. Sie war sehr ungeduldig.«

»Sie hatte also noch niemanden gefunden, der ihrer Karriere nützlich sein konnte?«

Der junge Mann schüttelte den Kopf.

»Wenn wir bei den üblichen Events waren, wurde sie meistens nur als mein Anhängsel wahrgenommen.«

»Mit wem haben Assistentinnen denn den meisten Kontakt?«, fragte Breschnow.

»Normalerweise mit den Technikern, den Kostümbildnern,

der Maske und dem Studioleiter. Assistenten sorgen dafür, dass vor, während und nach der Show alles glattläuft. Das ist ihr Job.«

»Hatte Nina auch Kontakt zu den anderen Showmastern?«

Peter Polen rieb nervös die Hände aneinander. »Eigentlich nicht.«

»Zu keinem?«, bohrte Breschnow nach.

Der junge Mann hielt den Blick gesenkt und schüttelte den Kopf.

»Hören Sie, Herr Polen. Ihre Freundin ist tot. Und weil sie augenscheinlich keines natürlichen Todes gestorben ist, werden wir jeden Winkel ihres Lebens durchleuchten. Sie können sicher sein, dass wir alles ausgraben, und wenn Sie uns jetzt etwas verschweigen, was sich später als wichtig erweist, kriegen wir Sie wegen Behinderung der Polizeiarbeit dran. Das sollte Ihnen klar sein. Also noch einmal: Zu wem, außer den anderen Angestellten, hatte Frau Sebastian noch Kontakt?«

Polen sprang auf und eilte zur Tür.

»Zu niemandem. Ich habe Ihnen alles gesagt. Sie können mich hier nicht festhalten. Also werde ich jetzt gehen!«

Breschnow folgte ihm und griff seine Schulter. »Einen Moment noch«, sagte er scharf. »Wo waren Sie in der Nacht von Montag auf Dienstag?«

Der junge Mann starrte auf Breschnows Hand. Er zog sie zurück.

»Montag auf Dienstag?«

»Zu Hause im Bett.«

»Ich nehme an, dafür gibt es keine Zeugen?«

Polen schüttelte den Kopf.

»Und in der Nacht von Dienstag auf Mittwoch?«

Der junge Mann zögerte. Breschnow sah wieder sein Augenlid zucken.

»Bei meinem Kumpel.«

Breschnow notierte sich den Namen und die Kontaktdaten des Freundes und Peter Polen verschwand im Treppenhaus.

»Wir sehen uns auf dem Revier«, rief Breschnow ihm hinterher und ging zurück ins Zimmer.

Kurz danach erschienen zwei atemlose Männer von der Kriminaltechnik und stellten ihre schwere Ausrüstung ab.

»Wer war das denn eben? Hat uns fast umgerannt«, keuchte der eine. Breschnow war ans Fenster getreten und sah den roten Porsche wegfahren.

»Peter Polen!«

»Muss ich den kennen?«

»Na klar«, grinste Breschnow, »hast du keinen Fernseher? Peter Polen, ›Spielen und Gewinnen‹.«

***

Die Patientin ist zurzeit nicht ansprechbar, hatte die Ärztin gesagt und sie weggeschickt. Alles Bitten und Betteln war an dem weißen Kittel abgeprallt und Regina hatte für heute aufgegeben. Morgen würde sie wiederkommen, wenn es sein müsste, mit Breschnow im Schlepptau. Ein Blick auf die Uhr verriet ihr, dass sie noch etwas Zeit hatte. Sie setzte sich ins Auto, schnallte sich an und startete den Motor. Er brummte freundlich und der Scheibenwischer fegte gemächlich den neuen Schnee von der Windschutzscheibe. Sie legte den Gang ein und wieder aus und überlegte, ob es nicht doch eine Möglichkeit gäbe, ungesehen in das Zimmer von Frau Pasulke zu gelangen. Sie ließ den Weg dorthin Revue passieren, fand aber keine Lösung. Verdrossen starrte sie aus dem Seitenfenster. Der Krankenhausparkplatz war menschenleer, eine Schwester eilte zum anderen Gebäude. Sie hielt sich dicht an der Wand, als ob sie Angst vor dem Schnee hätte. Regina beobachtete sie, bis sie im Eingang des Nebengebäudes verschwand, und griff dann zum Handy. Der angewählte Teilnehmer meldete sich sofort und sie fuhr zufrieden los.

***

Er erreichte das Landesinstitut für gerichtliche und soziale Medizin in Moabit mit Verspätung. Die alten Backsteingebäude des Krankenhauses in der Turmstraße wirkten vertraut. Breschnow wies sich beim Pförtner aus, eilte über den verschneiten Innenhof des großen Areals und hoffte, dass Monika ihn bereits erwarten würde. Im Rahmen von Sparmaßnahmen waren einige der Wachmänner entlassen worden und sobald jemand erkrankte oder im Urlaub war, kam es zu Engpässen und die Mitarbeiter mussten selber die Tür öffnen. Weil kein Rechtsmediziner dafür seine Obduktion unterbrechen würde, kam es zu langen Wartezeiten. Er klingelte. Nur zwei Minuten später öffnete ihm eine höfliche Assistentin und bat ihn um seinen Ausweis.

»Neu hier?«, erkundigte sich Breschnow, als er ihr durch den langen grauen Flur zum Obduktionsraum folgte.

Sie schüttelte den Kopf und ihr langer Pferdeschwanz wippte hin und her.

»Nicht wirklich. Ich war vorher in der Geriatrie. Stinklangweilig auf Dauer. Deswegen habe ich mich sofort auf die interne Stellenausschreibung beworben und den Job bekommen. So, da sind wir.«

Breschnow klopfte mit den Fingerspitzen an das Türfenster des Obduktionssaals und Monika winkte ihm zu. Die Assistentin öffnete die Schleuse, ließ ihn eintreten und reichte ihm einen Overall, eine Haube und Handschuhe. Danach betraten sie den großen kühlen Saal. Breschnow ging zielstrebig zu der Toten, die Assistentin blieb im Hintergrund und wartete auf Anweisungen. Sein Blick wanderte von Monika zu Nina Sebastian, die vor ihnen auf dem Edelstahltisch lag. Die Rechtsmedizinerin hatte sie bereits aufgeschnitten, die Organe entnommen, vermessen, gewogen und verpackt und deutete nun mit einem schmalen Metallstab auf die Leiche.

»Sie hat keine inneren Verletzungen, nur die Wunden an den Handgelenken. Sie ist verblutet. Vor ihrem Tod hatte sie Geschlechtsverkehr. Es gibt Spermareste, die wir noch untersuchen müssen. Entweder war der Sex ziemlich heftig oder sie ist vergewaltigt worden. Ihre Vagina ist voller blauer Flecke.«

»Aber ansonsten gibt es keine Anzeichen, die auf eine Vergewaltigung hindeuten?« Monika schüttelte den Kopf.

»Es gibt keine Hämatome am Körper, keine abgerissenen Fingernägel, keine Hautfetzen darunter, wirklich keinen Hinweis, dass sie sich gewehrt hat.«

Sie drehte den linken Arm der Toten nach außen, »Auch nicht, als man ihr die Pulsadern aufgeschnitten hat«, und sah ihn an.

Breschnow erwiderte ihren Blick.

»War sie betäubt?«

»Das kann ich dir noch nicht sagen, darauf wird die toxikologische Untersuchung Antwort geben.« Behutsam zog sie

Breschnow ein Stückchen von der Leiche weg. Er schien es gar nicht zu bemerken.

»Sie ist noch so jung«, sagte er und räusperte sich.

»Nina Sebastian war bei bester Gesundheit und hätte hundert werden können. Sie hat trainiert. Langlauf vermute ich. Ihre Beinmuskulatur ist hervorragend und die anderen Muskeln hat sie auch nicht vernachlässigt. Wahrscheinlich Krafttraining in einem Fitnessstudio.«

Sie machte eine kurze Pause.

»Ich habe die Sperma- und Blutproben ins Labor geschickt. Aber vor Freitag haben sie keine Zeit. Du wirst dich also noch etwas gedulden müssen.«

Breschnow nickte und bedankte sich. Dann verließ er eilig den Sektionssaal. Die Assistentin brachte ihn zurück zum Ausgang.

Nina Sebastian hätte hundert Jahre alt werden können, dachte er und versuchte, seinen Kopf zu ordnen. Gierig sog er die kalte Luft in seine Lungen. Es schmerzte ein wenig. Er zog den Flachmann aus seiner Jackentasche, trank einen großen Schluck und zündete sich eine Zigarette an. Ermittlungen waren sein Lebenselixier und er war süchtig nach der tiefen Zufriedenheit, die folgte, wenn er einen Fall aufgeklärt hatte. An das Gefühl, wenn er versagte, wollte er jetzt lieber nicht denken.

Er hatte sich schon immer für Verbrechen und ihre Aufklärung interessiert. Seit seiner Jugend hatte er alle Gewalt- und Tötungsdelikte in Berlin in den Medien verfolgt und Ordner mit Zeitungsberichten über die Ermittlungen mit Täterbeschreibungen, möglichen Motiven, Beweismaterial und so weiter angelegt. Ihn faszinierte sowohl die Motivation der Täter als auch die Taktik der Polizei, um ihnen auf die Schliche zu kommen. Nachdem er das Abitur mit Ach und Krach bestanden hatte, meldete er sich sofort auf der Polizeischule an. Er fand es nicht schlimm, während der Ausbildung kaserniert zu sein. Es gab klare Strukturen, Hierarchien, Vorgesetzte und für ihn war das damals hilfreich. Erst viel später, als er seinen eigenen Stil entwickelt hatte, war er des Öfteren mit den starren, am Schreibtisch entwickelten Regeln aneinandergeraten, weil sie das operative Geschäft oft unnötig erschwerten und den ermittelnden Beamten immer wieder Stöcke zwischen die Beine warfen. Seiner Auffassung nach war so ziemlich jedes Mittel recht, das zu einer schnelleren Aufklärung der Mordfälle führte. Und diese Haltung hatte ihn immer wieder in disziplinarische Schwierigkeiten gebracht.

Er ließ die Kippe in den Schnee fallen und sah zu, wie sie einen kleinen Krater bildete.

Hundert Jahre, dachte er und ging zurück zum Wagen.

***

Stampf. Stampf. Stampf. Die Bässe dröhnten. Zum Glück hatte er diesen schallisolierten Raum sofort einrichten lassen, nachdem er die Wohnung gekauft hatte.

Peter Polen liebte laute Musik. Sie entspannte ihn. Die Bässe bestimmten seinen Herzschlag und dröhnten ihm sein Hirn frei.

Seine Bekannten hatten immer fluchtartig den Raum verlassen, wenn er die Musik aufdrehte und er konnte es ihnen nicht verdenken. Nur Nina hatte seine Lautstärke ertragen.

Stampf. Stampf. Stampf. Bumm. Bumm. Bumm. Er hörte afrikanischen Techno. Elektronische Musik, angereichert mit traditionellen afrikanischen Instrumenten und Rhythmen. Er konnte seine Beine nicht mehr still halten und fing an zu tanzen. Sein Körper vibrierte und er vergaß augenblicklich alle Sorgen, wurde eins mit dem monotonen Bass und dem rhythmischen Singsang.

Als die CD zu Ende war, ließ er sich auf das Sofa fallen, durchgeschwitzt, aber etwas ruhiger. Er würde erst einmal duschen, versuchen, einen klaren Kopf zu bekommen und sich dann überlegen, wie es ohne Nina weitergehen sollte.

Mit Abscheu dachte er daran, mit wem er sie zum letzten Mal gesehen hatte. Er würde ihn fertigmachen!

Nina hatte immer gemacht, was sie wollte. Er hatte keinen Einfluss auf sie gehabt, wohl eher sie auf ihn. Und nun war sie tot! Er konnte nichts dagegen tun. Oder hätte er verhindern können, dass alles so gekommen war?

»Stell diese dämliche innere Platte ab!«, befahl er sich laut und schlug sich rechts und links auf die Wange. Nina war tot und würde auch nicht mehr lebendig werden, wenn er sich weiter marterte.

Er öffnete die Tür und trat in einen kleinen, offenen Flur. Eine schmale Wendeltreppe führte in den ersten Stock. Dort waren sein Schlafzimmer und sein Bad.

Nina und er hatten sich oft in diesen Räumen geliebt. Warum war sie in diese andere Wohnung gezogen? Er war nur einmal dort gewesen und es hatte ihn angewidert.

Wütend zog er die verschwitzten Sachen aus, stellte sich unter die Dusche und drehte das heiße Wasser bis zur Schmerzgrenze auf. Dann wechselte er zu kalt und schrie auf. Er wiederholte diese Prozedur noch zweimal und trocknete sich anschließend gründlich ab.

Nina und er hatten heute Abend zu der Vernissage einer gemeinsamen Bekannten gehen wollen, und er überlegte, ob er alleine hingehen sollte. Aber dann würde sie Fragen stellen und er müsste ihnen von Ninas Tod berichten. Das konnte er sich beim besten Willen nicht vorstellen. Nicht heute. Vielleicht sollte er Ninas Mutter anrufen. Aber irgendetwas in ihm sträubte sich dagegen. Er wollte sich ablenken und nicht an Nina denken.

Er ging ins Schlafzimmer und fischte seine neue Jeans und den grauen Kaschmirpullover aus dem Schrank. Während er sich anzog, beschloss er, sich mit Mathias zu treffen. Der konnte Nina nicht ausstehen und würde keine Frage stellen. Glücklich über diesen Plan, rannte er fast die Treppe herunter, um zu telefonieren. Saufen mit Mathias. Er war gerettet!

***

Schmitti hatte gerade das Büro verlassen und nach Hause gehen wollen, als ihn Breschnows Anruf erreichte und in die Oberlandstudios schickte. Er ging nicht so gerne unter Leute, verbrachte seine Arbeitszeit lieber vor dem Computer.

Er parkte seinen Privatwagen gegenüber von den Studios, betrat das Filmgelände, ohne kontrolliert zu werden, mischte sich unter die Männer, die im Hof große Kabelrollen in einen kleinen Lkw luden, erkundigte sich nach Nina Sebastians Arbeitsplatz und wurde zum Studio 1 im hinteren Teil des Areals geschickt.

Die Tür war verschlossen und er folgte der langen Seitenwand des alten Backsteingebäudes, bis er eine schmale Eisentür fand und sie öffnete. Die Halle war nur spärlich beleuchtet und es dauerte einen Moment, bis er die Frauen sah. Sie hatten sich fünf Stühle zu einem Kreis zusammengestellt und unterhielten sich mit gedämpfter Stimme.

»Guten Abend. Ich suche jemanden, der Nina Sebastian kennt.«

Die Frauen musterten ihn. Nach einer Weile erhob sich eine große Schlanke und baute sich vor ihm auf. Sie trug ein schrilles, mehrfarbiges, sehr kurzes Kleid und hatte die Haare zu einer atemberaubenden Hochfrisur zusammengesteckt.

»Und wer sind Sie?«

Schmitti wies sich aus.

»Die Polizei? Was ist mit Nina? Sie war nicht bei der Arbeit.«

»Sind Sie eine Kollegin von ihr?«, wich Schmitti aus.

Die Frau nickte. »Ich mache die Maske für Peter Polen.«

»Können wir irgendwo in Ruhe reden?«

»Ich kann im Moment hier nicht weg, in der nächsten Pause muss ich das Make-up erneuern. Aber wir können uns dahinten in die Ecke stellen.«

Ohne seine Antwort abzuwarten, stöckelte sie auf ihren Zehn-Zentimeter-Absätzen in den hinteren Teil der Halle. Schmitti folgte ihr und sah aus den Augenwinkeln die neugierigen Blicke der anderen.

»Bevor ich Ihnen auch nur eine Frage beantworte, will ich wissen, was passiert ist«, stellte die Maskenbildnerin klar.

Schmitti überlegte, was er antworten sollte.

»Und?«, hörte er die ungeduldige Stimme der Frau.

Er räusperte sich und sah sie an. »Ich würde Ihnen gerne zuerst meine Fragen stellen. Anders geht es leider nicht.«

Die Frau schnaubte. Schmitti erwartete, dass sie ihn einfach stehen lassen würde. Dann willigte sie überraschend ein. »Nina und ich arbeiten jede Woche bei der Montagsshow zusammen. Sie ist die Assistentin von Peter Polen und ich bin seine Maskenbildnerin.« Sie hielt einen Moment inne. »Aber kennen tue ich sie nicht wirklich, nur das übliche Getratsche in den Pausen, wer mit wem und so.«

»Privat haben Sie sich nicht getroffen?«

Sie schüttelte den Kopf. »Aber ich mochte sie. Sie war eine umgängliche Kollegin. Sehr engagiert, hat die Show wichtiger genommen als ihre private Befindlichkeit.«

»War sie in der letzten Zeit anders als sonst?«

Die Maskenbildnerin ließ sich die Frage durch den Kopf gehen. »Vielleicht nur noch etwas müder.«

»Müder?«

»Na ja, Nina war engagiert und alles, aber sie war immer müde. Manchmal haben wir gedacht, sie nimmt Drogen. War natürlich Quatsch, denn dann hätte sie ja welche genommen, die sie wach halten. Ich glaube, sie hat einfach kaum geschlafen. Sie träumte vom großen Durchbruch. Wer weiß, auf welchen Hochzeiten sie noch tanzte, um an ihr Ziel zu kommen.«

»Was tratschte man denn so über sie?«

Die Frau senkte die Stimme.

»Na ja, Karsten Movara stand im Tratsch ganz oben. Er ist der King hier! Sein Wohlgefallen zu erringen kann für eine Karriere sehr förderlich sein. Aber hören Sie, das ist nur der Studiotratsch unter uns. Nina hat nie etwas davon erzählt. Sie war ja mit Polen liiert. Der ist natürlich nicht so karrierefördernd wie Movara. Mehr weiß ich aber auch nicht.«

Schmitti nickte und wies auf die Gruppe der Frauen, die mittlerweile ihre Gespräche wieder aufgenommen hatten.

»Hatte von denen noch jemand Kontakt mit Nina Sebastian?«

Die Maskenbildnerin schüttelte den Kopf. »Die sind von einer anderen Crew. Nina hat nur für Peter Polen gearbeitet.«

Bevor er eine weitere Frage stellen konnte, öffnete sich die Studiotür und ein Paar betrat den Raum.

»Ich muss los«, stellte die Frau fest und ließ Schmitti einfach stehen.

»Wie heißen Sie?«, rief er ihr hinterher.

»Johanna!«, antwortete sie, ohne sich umzudrehen.

Auch die anderen Frauen waren aufgesprungen und scharten sich um das Paar. Schmitti beobachtete das laute geschäftige Treiben und war dankbar dafür, die meiste Zeit in einem ruhigen Büro hinter einem Bildschirm sitzen zu dürfen. Nach einer Weile verließ er die Halle und ging zurück auf den Hof. Im Gegensatz zu dem plötzlichen Leben im Inneren wirkte er wie ausgestorben. Die Lkws und die kräftigen Männer waren verschwunden. Er steuerte das Verwaltungsgebäude an. Die Tür stand offen und der Flur lag im Dämmerlicht. Es war sehr ruhig, nur hin und wieder klingelte ein Telefon. Als er an die Tür der Studioleitung klopfte, bekam er keine Antwort und drückte die Klinke herunter. Die Tür war verschlossen.

»Der ist schon weg«, informierte ihn ein kräftiger Hüne im blauen Overall, der breitbeinig den Gang entlang auf ihn zustapfte.

Schmitti wies sich aus. Der Mann griff seine Hand und schüttelte sie heftig.

»Und ich bin das Faktotum«, sagte er stolz. »Immer im Dienst!«

Schmitti lächelte und erkundigte sich nach Nina Sebastian.

»Die kleene Nina! Na klar kenn ick die! Die wird immer jeschickt, wenn der Meister wat braucht. Wat is'n mit ihr?«

»Das darf ich Ihnen leider nicht sagen.«

Der Hüne runzelte die Stirn. »Jeheimhaltungsstufe eins?«

»So in etwa. Wann haben Sie Nina zuletzt gesehen?«

Der Mann dachte nach und das tat er mit seinem ganzen Körper. Er hielt sich den Zeigefinger an die Nase und wackelte leicht mit dem Kopf. Gleichzeitig trat er von einem Bein auf das andere. Schmitti musste sich zusammenreißen, um nicht loszuprusten.

»Montagnachmittag, gloob ick.«

»Glauben Sie, oder wissen Sie?«

»Weeß ick!«

»Und wo?« Schmitti rechnete damit, dass nun die Körperdenkprozedur von Neuem begann, aber er hatte sich getäuscht. Der Mann antwortete sofort.

»Mit Movara. In seinem Raum. Ick hab 'ne Birne ausjewechselt.«

»Was taten die beiden?«

»Nix! Saßen nur so da und glotzten.«

»Wirkte Nina ... sagen wir mal, irgendwie verängstigt, besorgt?«

»Kann ick nich sagen, war ja nur kurz drin. Aber ick globe, sie war irgendwie ernst. Sonst lacht se imma und is freundlich. Nie so hochnäsig wie manche anderen.«

»Wer zum Beispiel?«

»Na die Schtars, Movara, Polen und wie sie alle heißen. Und manchmal ooch ihre Assis. Und die Make-up-Tussen. Denken ooch immer, sie sind wat Besonderet! Aber Nina nie und die Cosma ooch nich. Feine Mädchen!«, stellte das Faktotum zufrieden fest.

»Und Movara?«

»Sah ooch nich glücklich aus.«

»War Cosma Anderson Montagnachmittag auch dabei?«

»Nee, nur Nina und Movara. Die warn alleene.«

»Wissen Sie ungefähr, wie spät es war, als Sie die Birne ausgewechselt haben?«

»Na, so um die viere rum, jenau weeß ick det nich mehr.«

Schmitti bedankte sich, notierte sich den Namen des Mannes und schrieb ihm seinen Namen und die Telefonnummer auf.

»Ich möchte Sie bitten, unsere kleine Unterhaltung erst einmal für sich zu behalten.«

Das Faktotum grinste und klopfte ihm auf die Schulter.

»Keen Problem. Jeheimhaltungsstufe eins. Hab ick schon verstanden.«

Der Hausmeister begleitete ihn zum Ausgang, redete noch über das Wetter und schimpfte über den unzuverlässigen Wachdienst. Er versprach, in den nächsten Tagen die Augen und Ohren offen zu halten. Schmitti verabschiedete sich, beschloss, es für heute gut sein zu lassen und endlich Feierabend zu machen.

***

Das alkoholfreie Bier lief kalt durch seine Kehle und schmeckte scheußlich. Breschnow ließ sich in seinen Lieblingssessel fallen, sah aus dem Fenster in die weiße Dunkelheit und dachte an seine Nichte. Er wäre gerne wieder ins Krankenhaus gefahren, aber seine Schwester hatte gesagt, dass Mona schlafe und ihre Ruhe brauche.

Breschnow starrte auf das Etikett der Bierflasche, nahm noch einen Schluck und wünschte sich ein richtiges, eine Zigarette und Musik von Neil Young. Aber auch die konnte er nicht haben. Er war aus Versehen an den Tonarm gestoßen und hatte dabei die Nadel beschädigt. Er würde sich eine neue kaufen müssen. Zum Glück gab es ja wieder Leute, die Platten hörten und man bekam Ersatzteile.

Der rote Schuhkarton mit den Fotos von Nina Sebastian stand neben ihm. Er rieb sich die Augen, streckte sich, öffnete die Kiste und zog ein Foto heraus. Es zeigte Nina neben einer jungen Frau. Die andere hatte einen breiten Make-up-Pinsel in der Hand und hielt ihn in die Kamera. Beide Frauen lachten unbeschwert. Sie sahen glücklich aus.

Das nächste Foto zeigte dieselbe Frau. Man konnte es an der rosa Satinhose erkennen. Aber nun hielt sie statt Pinsel ihren Po in die Kamera. Nina war auf dem Foto nicht zu sehen. Es folgten weitere Aufnahmen dieser Reihe. Die beiden wirkten so vertraut.

Ich muss unbedingt mit dieser Frau reden, dachte Breschnow und zündete sich eine Zigarette an.

Viele Bilder waren in den Studios aufgenommen worden. Sie zeigten Nina mit anderen Frauen und Männern, junge Menschen, die Quatsch vor der Kamera machten. Breschnow nahm das letzte Foto heraus. Es erzählte auch nichts Neues.

Dann widmete er sich den Aufnahmen, die in rote Briefumschläge sortiert und beschriftet waren. Er zog einen heraus.

Sommer 2010, Ostseeküste.

Die Aufnahmen zeigten Nina und ihre Mutter am Meer.

Nina wirkte unbeschwert wie ein Kind, grinste in die Kamera und ihre Mutter schien sehr stolz auf sie zu sein.

Ein anderer Umschlag enthielt Fotos von der Frau Nina, der Freundin und Geliebten, Fotos mit Peter Polen. Nina wirkte erwachsener, schien sich ihrer Reize sehr bewusst zu sein. Peter Polen vergötterte sie. Breschnow konnte es an der Art erkennen, wie Polen Nina berührte und ansah.

In einem anderen Umschlag fand er Aufnahmen von einer fünfjährigen Nina mit Zahnlücke und Zöpfen. Manche zeigten sie mit ihren Eltern, andere allein oder mit einem großen weißen Hund. Geschwister hatte sie keine und es schien auch keine Fotos mit anderen Verwandten zu geben.

Breschnow legte die Umschläge zurück in den Karton und folgte seinem knurrenden Magen in die Küche. Der Kühlschrank brummte laut, barg aber außer einer Packung Nudeln nichts Essbares. Wenigstens fand er noch eine Flasche richtiges Bier. Er nahm sie heraus, drückte den Kronkorken mit dem Feuerzeug auf, trank einen kräftigen Schluck und rülpste. Dann schlenderte er zurück ins Wohnzimmer, öffnete das Fenster einen Spaltbreit und ließ die kalte Luft über sein Gesicht streichen. Unten fuhr ein Auto vorbei, dann war es wieder still. Er löschte das Licht, ließ sich in seinen Lieblingssessel sinken und starrte in die Dunkelheit.

Nina Sebastian mit Zöpfen und Zahnlücke war tot.

Das Bild von der kleinen Nina vermischte sich mit dem von Mona und er zündete sich eine neue Zigarette an.

Seine Nichte lebte noch.

Nach einer Weile fielen ihm die Augen zu.

Er träumte wieder, mit Mona und Iris im Tierpark zu sein. Diesmal war auch Nina Sebastian dabei. Sie saß auf einer Bank in der Sonne und lächelte ihn an. Sie war sehr blass. Mona stolperte und er sah das Blut. Mona mit aufgeschnittenen Pulsadern und das vorwurfsvolle Gesicht seiner Schwester.

Er schrak hoch und rang nach Luft. Im ersten Moment wusste er nicht, wo er war. Im Zimmer war es kalt, aber sein Hemd klebte an seinem Rücken. Er stand auf und schloss das Fenster. Dann zog er die verschwitzten Sachen aus und stellte sich unter die Dusche. Das heiße Wasser verscheuchte den Traum und spülte das Blut weg.

Sauber und erfrischt kochte er sich, in den blau-weiß gestreiften Morgenmantel seines Vaters gehüllt, einen starken schwarzen Kaffee und setzte sich mit der Tasse wieder in den Sessel. Er dachte an den Frühling und konnte sich nicht entscheiden, ob er ihm oder dem Winter den Vorzug geben würde. Nach einer Weile griff er nach seinen Notizen der letzten Tage, las sie, ergänzte und verwarf, schrieb neu, und als der Morgen dämmerte, legte er das Papier mit dem neuen Gedicht zur Seite und ging ins Bett.

Frühling in der Stadt

Mit aller Kraft will etwas raus,
Grünes erbricht sich immer neu,
ein Schwall und noch ein Schwall,
peinlich wie Schlussverkauf.

Schier unersättlich prahlt die Sonne,
bietet die Knospen schamlos feil
lustbesessen quillt es
ungezügelt triebhaft.

Auf dem Spielplatz zappeln Gören
völlig haltlos wild herum.
Kirchenglocken hampeln
viel zu laut im Dämmer.

Aus dem Dickicht lockt es Penner
scharf ins Tageslicht heraus,
ihr Grau – der einzig Lichtblick
im albern Farbgetümmel.

Aufdringlich wirft sich Blütenduft
dir in die Nase, als hättest du
sie nicht schon voll genug
und Himmelsblau so satt.

***

DONNERSTAG

Regina streckte sich und sah in die Runde. Rechts und links von ihr saßen die beiden Kollegen, ihr gegenüber Delego, die sich gerade Kaffee einschenkte und in der Zeitung blätterte.

»Wo bleibt Breschnow?«, fragte Drass.

»Ich geh mal für kleine Jungs«, verkündete Schmitti und stand auf. Regina nahm ihr Handy vom Tisch und wählte Breschnows Nummer. Es klingelte lange, bis sich eine verschlafene Stimme meldete.

»Dienstbesprechung um acht, Stefan«, sagte sie und nahm das Handy vom Ohr, um dem lauten Fluchen zu entgehen. Es folgte die Versicherung, in einer halben Stunde da zu sein.

»Er hat wieder verschlafen«, grinste Regina und ging an das Whiteboard, um sich die Notizen von gestern noch einmal anzusehen.

Breschnow sprang aus dem Bett, ein stechender Schmerz schoss ihm in den Rücken und sein Magen fing an zu knurren.

»Euch auch einen guten Morgen«, brummte er.

Auf dem Weg ins Bad entledigte er sich nach und nach seiner Klamotten, mit denen er geschlafen hatte, und stellte sich unter die Dusche. Die Zeilen von gestern klangen in seinem Kopf nach. Er trocknete sich flüchtig ab und ging nackt ins

Wohnzimmer, um das Gedicht noch einmal durchzulesen. Dann eilte er ins Schlafzimmer und suchte etwas zum Anziehen. Die Türen des Schrankes standen sperrangelweit offen und erinnerten ihn daran, dass er gestern eigentlich hatte aufräumen wollen. Hastig schlüpfte er in eine Jeans und ein schwarzes Hemd, trank in der Küche ein Glas Wasser und verließ die Wohnung. Zehn Minuten später erreichte er das Revier. Regina stand am Fenster, Drass und Schmitti saßen am Besprechungstisch und redeten. Breschnow brummte eine Begrüßung, stürzte sich auf die Croissants, goss sich einen Kaffee ein und griff nach der Zeitung.

»Totes Mädchen am Tempelhofer Feld – die Polizei schweigt.«

Er überflog den Artikel und schleuderte das Blatt wütend in den Raum. »Woher wissen die das?«

»Irgendetwas sickert doch immer durch«, antwortete Drass. »Damit müssen wir leben.«

Delego betrat den Raum und schloss die Tür. Breschnow stellte sich an das Whiteboard.

Nur zwei Kreise, dachte er. Nina und ihre Eltern.

»Gut, dann los. Drass und die Anderson haben die Wohnung von Nina Sebastian gefunden, was ein Glück für uns ist.«

»Und diesmal konnte die Anderson wohl ohne Festnahme davonkommen. Bist du sicher, dass sie keine Tatwaffe bei sich trug?«, feixte Schmitti.

Drass bedachte ihn mit einem wütenden Blick.

Schmitti grinste.

Breschnow überging die Bemerkung.

»Nina Sebastian ist dort nicht gemeldet.«

Er zeichnete einen Kreis und schrieb »Kienitzer Straße 118« hinein.

»Die Wohnung gleicht einem Edelbordell. Ein großes Bett, Viagra und Präservative. Verwertbare Spuren gab es bis auf einen Blutfleck an einem Hochzeitskleid und zwei Zahnbürsten nicht. Manfred stellt die Bude gerade noch einmal auf den Kopf.«

»Ein Hochzeitskleid?«, fragte Delego. »Was wollte sie damit?«

»Vielleicht eine Rolle spielen«, schlug Regina vor.

Sie ließen sich den Gedanken durch den Kopf gehen.

»Mit dem Bett auch? Ich meine Bordell und Hochzeitskleid gehören ja nicht unbedingt zusammen«, stellte Schmitti fest.

»Für manche vielleicht schon«, sagte Breschnow.

»In der Wohnung hat sie bestimmt ihren Lover empfangen«, behauptete Delego.

»Im Hochzeitskleid?«

»Warum nicht«, sagte Delego.

»Und das Blut?«

»Eine Verletzung?«

»Nina Sebastian ist mit Peter Polen liiert. Das wissen wir bereits und der junge Mann tauchte in der Kienitzer auf, während wir da waren.«

»Wie seid ihr eigentlich in die Wohnung gekommen?«, erkundigte sich Regina.

Breschnow ignorierte die Frage.

»Ich habe kurz mit ihm geredet. Er hat Nina Sebastian am Montagnachmittag zum letzten Mal gesehen und war für den frühen Abend mit ihr verabredet. Als sie nicht kam, hat er immer wieder versucht, sie anzurufen. Wir bestellen ihn morgen ins Revier. Schmitti, kümmerst du dich darum? Warst du gestern in der UFA?«

Schmitti nickte. »Den Studioleiter habe ich nicht angetroffen, aber ich habe mit einer Maskenbildnerin geredet und ...«

»Mist! Ich habe die Fotos vergessen!«, unterbrach Breschnow.

Schmitti sah ihn irritiert an.

»Wir haben in Ninas Zimmer in Schildow einen Karton mit Fotos gefunden. Die habe ich mir gestern Abend zu Hause angesehen. Einige zeigen die Sebastian mit einer anderen jungen Frau. Die beiden schienen vertraut miteinander zu sein und ich möchte wissen, wer sie ist. Ich zeige dir die Fotos nachher.«

Schmitti fuhr fort. »In den Studios wird viel getratscht und ein Gerücht ist, dass die Sebastian ein Verhältnis mit Karsten Movara hatte. Und dann habe ich den Hausmeister getroffen. Er hat Nina Sebastian am Montagnachmittag mit Movara in dessen Privatstudio gesehen. Die beiden hätten auf einem Sofa gehockt und geglotzt und seien ernst miteinander gewesen.«

»Ernst, was meinte er damit?«, erkundigte sich Regina.

»Na ja, sie haben nicht gelacht und sahen nicht fröhlich aus.«

»Wir werden Karsten Movara heute noch einen Besuch abstatten. Das ist doch auch der Chef von der Anderson, oder?«, fragte Breschnow in die Runde.

Drass nickte.

»Dann fahren wir zu Movara und Regina zu der Anderson. Vielleicht weiß sie, wie nah sich die Sebastian und Movara standen, und ich will wissen, was für ein Typ Movara ist.

Was hast du im Krankenhaus erreicht?«

»Leider nichts«, antwortete Regina. »Frau Pasulke ging es nicht gut. Sie haben mich nicht zu ihr gelassen.«

»Check mal ihren Hintergrund.«

Regina nickte. »Und die erneuten Befragungen am Flughafen und in den anliegenden Häusern haben auch nichts gebracht«, sagte Drass. »Niemand hat etwas gesehen.«

»Und die Rechtsmedizin?«, erkundigte sich Delego.

»Die toxikologische Untersuchung ist erst am Freitag. Monika sagt, dass das Opfer entweder vergewaltigt wurde oder gewalttätigen Sex hatte. Das Sperma ist zur DNA-Untersuchung im Labor.«

»Habt ihr einen Computer, den ich mir vornehmen kann?«, erkundigte sich Schmitti.

»Später. Ihr Laptop ist gerade in der Technik. Sie versuchen, das Passwort zu knacken«, antwortete Breschnow.

»Blutsbraut«, schlug Schmitti vor.

»Du bist heute von der ganz witzigen Sorte, was?«, blaffte Drass.

Schmitti ignorierte ihn. »Das Passwort hätte ich auch knacken können.«

»Ich weiß, aber die von der KTU waren einfach schneller«, sagte Breschnow und ging zurück zum Whiteboard.

»In dem Fotokarton waren Fotos, Postkarten von Freunden aus Griechenland und Italien, Quittungen über eine neue Regenjacke und eine Regenhose, aber keine Kontoauszüge, keine Taschenkalender, überhaupt keine persönlichen Unterlagen.«

»Man braucht noch nicht so viel, wenn man neunzehn ist und noch zu Hause wohnt«, sagte Drass.

»Aber ein Konto müsste sie doch gehabt haben für ihr Gehalt. Das haben die ihr bestimmt nicht bar ausgezahlt«, entgegnete Delego. »Ich habe mir ihr Zimmer bei ihren Eltern gründlich angesehen und absolut nichts gefunden und ihre Eltern konnten mir auch nicht weiterhelfen. Sie haben ihr immer Bargeld zugesteckt, und dass sie eine Wohnung in der Stadt hatte, wussten sie nicht.«

»Und die muss auch jemand bezahlt haben«, warf Breschnow ein. »Schmitti, finde raus, wer.«

»Habt ihr in der Kienitzer was gefunden?«, fragte Drass.

»Keine Unterlagen«, antwortete Breschnow. »Und was auch fehlt, ist eine Handtasche oder ein Rucksack.«

»Ich habe ihre Eltern darauf angesprochen. Nina trug keine bestimmte Handtasche. Sie wechselte sie je nach Farbe der Klamotten und Anlass«, sagte Delego. »Und der Großvater, der mit im Haus lebt, denkt, dass seine Enkelin ermordet wurde, weil sie Jüdin ist.«

Breschnow drehte sich wieder zum Whiteboard, notierte das Zusammengetragene und versah die offenen Punkte mit einem Fragezeichen.

»Was ist sonst noch auf den Fotos, die du mit nach Hause genommen hast?«, erkundigte sich Regina.

»Das Übliche, eine immer lächelnde Nina Sebastian als Kind, Urlaubsfotos, Arbeitsfotos, vermutlich mit der Maskenbildnerin und Nina mit Peter Polen.«

»Und was stand über sie im Netz?«

»Wenig, und das finde ich ungewöhnlich für eine junge Frau«, antwortete Schmitti. »Sie war nicht bei Facebook und auch bei keinem anderen Portal angemeldet. Ihr Name erscheint nur einmal in Zusammenhang mit Schildow. Sie war 2005 die Jägerkönigin.«

»Was ist denn das?«

»Ein Kinderwettbewerb. So eine Mischung aus Schützenkönigin und Ostereiersuchen«, grinste Schmitti. »Im Dorf wird ein Papphase versteckt und die Kinder müssen ihn finden. Als Belohnung gibt's das kleine Krönchen, einen großen Schokohasen und eine Revierbegehung mit dem Förster.«

»Schade, dass ich in der Stadt aufgewachsen bin. So etwas hätte mir auch Spaß gemacht«, sagte Delego. »Und sonst hast du nichts über sie gefunden?«

Schmitti schüttelte den Kopf. »Und über die anderen?«, fragte Breschnow.

»Bei Peter Polen bin ich noch am Sortieren, aber über Karsten Movara kann ich dir schon einiges sagen. Er ist am 6.9.1967 in der Poliklinik in Königs Wusterhausen geboren worden und lebte mit seiner alleinerziehenden Mutter in Tornow.«

»Das ist circa fünfzig Kilometer südlich von Berlin, bei Teupitz, schöne Gegend«, sagte Regina.

»Gleich nach der Maueröffnung zog seine Mutter nach Berlin und Movara zog es zu den Künstlern. Er hatte in der ehemaligen DDR bereits kleine Kinderrollen gespielt und die haben ihm sicherlich geholfen. Er spielt 1991 in zwei Fernsehproduktionen mit ...«, Schmitti warf einen Blick auf seine Notizen«, »›Das Drama nach mir‹ und ›Antje‹, letztere wird eine recht erfolgreiche Serie. Movara spielt darin einen abgedrehten Schauspieler, der mit Antje, einer bipolaren Malerin, liiert ist, die auch noch eine Zwillingsschwester hat.«

Regina verdrehte die Augen, Delego grinste.

»Und nach mehreren Staffeln bietet ihm das ZDF 2007 schließlich eine eigene Show an. Die ›Donnerstag-Talent-Show‹. Sie hatte sofort hohe Einschaltquoten und man munkelt, dass es seit einem Jahr seitens der ARD Versuche gibt, Movara abzuwerben. Im Sommer 2009 heiratet Movara Nadine Tarklina, eine Lettin. Sie war gerade volljährig und ein erfolgreiches Model in ihrer Heimat. Seit der Heirat arbeitet sie nicht mehr. Kinder haben die beiden keine, aber eine Villa in Dahlem, die groß genug für meine Familie wäre. Die Welt ist einfach nicht gerecht.«

Schmitti seufzte und blickte in die Runde. Er bewohnte mit seiner Frau und den vier Kindern eine Vierzimmerwohnung im Wedding. Etwas anderes konnten sie sich mit seinem Polizistengehalt nicht leisten, und seine Frau war bereits mit dem fünften Kind schwanger.

»Dafür hast du ein glückliches Familienleben. Man kann nicht alles haben.«

Delego lächelte ihren Kollegen an. »Hast du nicht vorhin gesagt, dass man in den Studios munkelt, dass die Sebastian ein Verhältnis mit Movara hatte?«

Schmitti nickte.

»Nadine Tarklina aus Lettland findet das bestimmt nicht gut.«

»Und Peter Polen wohl auch nicht«, ergänzte Drass.

»Und Movara sitzt kurz vor Ninas Verschwinden ›ernst‹, sie malte Anführungsstriche in die Luft, »mit ihr auf einem Sofa. Wer weiß, was da los war«, erinnerte Delego. »Vielleicht wollte sie ihn verlassen.«

»Oder sie hat ihn erpresst.«

Breschnows Handy klingelte. Er sah aufs Display und verließ wortlos den Raum.

»Hallo Stefan, wie geht's«, fragte Iris mit müder Stimme. »Ich wollte dir nur sagen, dass es immer noch keine neuen Ergebnisse gibt.«

»Schläfst du wieder im Krankenhaus?«

»Klar. Ich kann Mona nicht allein lassen ... Stefan, ich habe solche Angst, dass sie nicht wieder gesund wird.«

»Ich komme heute Abend«, versprach Breschnow.

»Das wäre schön«, flüsterte Iris und hängte ein.

Er schloss die Bürotür und griff nach der Flasche Wodka, die er im Regal hinter den Duden gestellt hatte. Er wusste, dass er zu viel trank, aber das brauchte er jetzt. Die klare Flüssigkeit rann in seine Kehle. Augenblicklich ließ die Anspannung nach. Er nahm eine Zigarette aus dem Päckchen auf dem Schreibtisch, zündete sie an und stellte sich ans Fenster.

Ein trüber kalter Wintertag, dachte er. Vielleicht würde er ein Gedicht über dieses mörderische Weiß da draußen schreiben, dieses Leichentuch, das sich seit Wochen über die Stadt gelegt hatte. Und über Nina Sebastian, und das hoffentlich Mona verschonen würde.

Es klopfte. Regina betrat ungefragt den Raum. Ihr Blick fiel auf die Flasche. Er stellte sie zurück in das Regal.

»Alles okay?«

Breschnow nickte.

»Nachricht von Mona?«

»Sie wissen immer noch nicht, was ihr fehlt.«

Er inhalierte noch einmal tief und zerquetschte dann die Kippe im Aschenbecher. »Komm. Machen wir weiter.«

***

Er fühlte den warmen Stamm in seinem Rücken, fühlte sich gehalten. Das Mädchen rief ihn zu sich, aber er war zu betrunken, um sich zu bewegen. Er sah, dass sie ein Cuttermesser aus der Tasche zog und näher an ihn heranrückte. Mit einem kleinen Schrei schnitt sie sich die rechte Pulsader auf. Blut rann heraus. Mit dem zweiten Arm hatte sie Schwierigkeiten, ihre rechte Hand wollte ihr nicht mehr gehorchen. Sie wimmerte verzweifelt. Aber nach mehreren Versuchen gelang es ihr dann endlich und sie sah ihn triumphierend an.

»Du bist schuld«, flüsterte sie.

Dann legte sie sich ins Gras und streckte ihr Gesicht der Sonne entgegen. Er drehte sich zur Seite, von ihr weg und übergab sich. Dann wurde es schwarz um ihn.

***

Nadine drehte sich vorsichtig auf die Seite, zog die Beine an und war froh, dass ihr Mann gegangen war. In ihrem Unterleib hämmerte es. Der Schmerz wollte nicht vergehen.

Gestern hatte sie die Untersuchung des Arztes willenlos über sich ergehen lassen. Er hatte ihr ein Schmerzmittel verabreicht und versichert, dass alles in Ordnung sei. Mit den Tabletten war sie gut über die Nacht gekommen, aber heute Morgen hatten die Schmerzen die Betäubung durchbrochen und vorhin auf der Toilette hatte sie so stark geblutet wie noch nie. Sie stöhnte, drehte sich vorsichtig auf die andere Seite und spielte mit dem Gedanken, ihre allwissende Mutter anzurufen.

In der letzten Zeit zweifelte sie immer öfter daran, ob das Verhältnis zwischen dem Preis, den sie für ihre Ehe bezahlte, und dem Nutzen, den sie davontrug, noch in der Waage war. Ihr Mann wurde immer brutaler und verlangte Dinge, die ihr zuwider waren und die sie tagelang leiden ließen.

Am Anfang ihrer Ehe war Karsten völlig anders gewesen. Er

hatte sie auf Händen getragen und sie hatte seine Spielchen, die ihr Sexualleben bereicherten und ihre Neugierde befriedigten, geliebt.

Vor Karsten hatte es nur einen anderen Mann gegeben. Er lebte in ihrem Heimatdorf und sie waren, wie alle dort, über fünf Ecken miteinander verwandt. Mit ihm zu schlafen war genauso langweilig wie mit ihm zu reden, und sie hatte nicht verstehen können, warum die Welt so ein Gewese um die Ehe und den Sex machte. Kurz vor der Heirat hatte ihre Mutter dann beschlossen, dass ihre Tochter zu schade für das eintönige Dorfleben sei, und war besessen davon gewesen, noch rechtzeitig den richtigen Mann für sie zu finden. Und Nadine war es recht gewesen. So war sie ihr bereitwillig nach Berlin und zu Karsten Movaras Show ins Studio gefolgt. Dort hatte sie mit den anderen Fans stundenlang vor seiner Garderobe gestanden. Der Plan war, sich ein Autogramm geben zu lassen und ihm gleichzeitig ein Foto mit Telefonnummer zuzustecken. Und es hatte geklappt. Nur eine Woche später rief Karsten an. Noch am selben Abend landete sie in seinem Bett und war sehr stolz auf sich.

Zu ihrer Überraschung verfestigte sich die Beziehung und nur drei Monate später hielt Karsten um ihre Hand an.

Nadine und ihre Mutter hatten ihr Ziel erreicht.

Anfangs genoss sie die Partys, die Vernissagen, die schönen Kleider und die Berühmtheit. Sie liebte es, in der Regenbogenpresse über ihr Leben zu lesen. Aber mit der Zeit veränderte sich Karsten. Er ging öfter ohne sie weg, redete kaum noch mit ihr, verbot ihr, die Wohnung zu verlassen und wurde immer brutaler. Sie fühlte sich nicht mehr wie seine Prinzessin, sondern wie seine Sklavin.

Der schrille Klingelton der Haustür brach in ihre Gedankenwelt ein. Sie versuchte, ihn zu ignorieren und drehte sich auf die andere Seite. Kurzzeitige Stille. Dann klingelte es wieder.

Wahrscheinlich hatte Karsten in der Küche das Licht und das Radio angelassen, sodass, wer auch immer vor der Tür stand, denken würde, es sei jemand zu Hause. Sie atmete tief durch, drehte sich vorsichtig zum Bettrand und setzte sich langsam auf. Ihr wurde ein wenig schwindelig und sie stemmte beide Hände fest auf das Bett. Erst dann stellte sie die Füße auf den Teppich und stand vorsichtig auf. Der Schwindel ließ nach. Sie warf sich den Morgenmantel über und verließ langsam den Raum, auf jeden Schritt achtend. Als sie die Treppen hinunterging, stach der Schmerz bei jeder Stufe in ihren Unterleib. In der Diele strich sie sich vor dem Spiegel die Haare glatt, atmete noch einmal tief durch und setzte ihr Gattinnenlächeln auf.

***

Breschnow war froh, dass Drass und sein Freund die Autos getauscht hatten und der Sportwagen nun im Süden herumfuhr. Aber auch mit dem schweren Geländewagen fuhr Drass wie ein Henker. Er sah bemüht durch die Frontscheibe auf den Wagen vor ihm und fingerte nach seinen Zigaretten.

»Untersteh dich«, schimpfte Drass. »In meinem Auto wird nicht geraucht!«

»Das ist doch gar nicht dein Wagen.«

Drass blinkte, fuhr rechts ran, riss wütend die Fahrertür auf und eilte über die Straße. Breschnow stieg aus, sah ihm verwundert hinterher und zündete sich eine Zigarette an. Kurz danach kam Drass mit einer Packung Kekse zurück und lehnte sich an die Motorhaube.

»Weißt du, ich wollte nie so werden wie du, immer im Dienst, immer verfügbar, immer in Gedanken bei dem aktuellen Fall. Und dann ertappe ich mich manchmal dabei, dass genau das passiert.«

»Und?«

»Ich will meinen Job gut machen, aber ich will vielleicht auch irgendwann heiraten, eine Familie gründen. Man kann auf Dauer nicht so leben.«

»Du siehst doch, dass es geht.«

»Ja. Mit Zigaretten und zu viel Alkohol.«

Breschnow warf die Kippe in den Schnee und setzte sich zurück ins Auto. Drass startete den Range Rover und fädelte sich in den Verkehr ein. Sie schwiegen die nächste halbe Stunde, die sie brauchten, um Karsten Movaras Haus zu erreichen.

Drass pfiff anerkennend durch die Zähne und tätschelte das Lenkrad. »Schau, mein Großer. Das ist doch endlich mal ein Haus, das dir standesgemäß entspricht.«

Breschnow zeigte ihm einen Vogel, stieg aus und klingelte. Niemand antwortete. Er stellte sich näher an das Tor und versuchte, auf das Grundstück zu sehen. Dann klingelte er wieder. Drass stellte sich neben ihn.

»Scheint niemand zu Hause zu sein.«

Breschnow deutete auf das Licht im Erdgeschoss, das schwach durch die kahlen Bäume schimmerte, und ließ seinen Zeigefinger auf dem Klingelknopf.

»Ich nerve noch ein bisschen.«

***

Cosma öffnete widerwillig die Augen. Ihr Kopf brummte und ihr Mund war ausgetrocknet. Sie griff nach dem Glas Wasser auf ihrem Nachttisch und leerte es in einem Zug. Es schmeckte schal und abgestanden und ihr wurde ein bisschen übel.

Nach der gestrigen Begegnung mit Movara war sie so wütend gewesen, dass sie die gute Flasche Wein, die sie für die Rückkehr ihrer Schwester gekauft hatte, nicht nur geöffnet, sondern auch leer getrunken hatte. Der Wein war hervorragend, ausnahmsweise auch das Fernsehprogramm und sie hatte abwechselnd ihrer abwesenden Schwester und dem jeweiligen Menschen auf dem Bildschirm zugeprostet. Erst gegen Morgen war sie ziemlich betrunken in ihr Bett gewankt.

Sie streckte sich noch einmal und beschloss, sich einen Tee zu kochen. Schwarzer Tee mit Aspirin, ihr altes Hausmittel gegen Kater.

Unten klingelte jemand an der Haustür.

Sie verkrampfte sich und dachte unwillkürlich an die Polizei.

»Du wirst immer paranoider«, murmelte sie, schob die Bettdecke zur Seite und stellte die Füße auf den kalten Dielenfußboden. Ihr Kopf hämmerte. Benommen wankte sie in den Flur und drückte den Summer. Die Gegensprechanlage war wieder einmal defekt und sie öffnete vorsichtig die Wohnungstür.

Der Mann war als Erster oben. Sie schätzte ihn auf Mitte dreißig. Er hatte bereits eine Glatze, trug eine starke Brille und wies sich als Torsten Schmitt aus. Ihm folgte Regina Monat.

Doch nicht paranoid, dachte Cosma und versuchte die aufsteigende Übelkeit zu ignorieren.

»Guten Tag, Frau Anderson. Tut uns leid …«

»Ersparen Sie sich die Floskeln und kommen Sie rein«, unterbrach Cosma und trat zur Seite. »Immer geradeaus, da ist die Küche, aber das wissen Sie bestimmt noch.«

Sie schloss die Tür und folgte den Beamten.

Regina musterte sie. »Sie sehen nicht gut aus.«

Cosma versuchte ein Lächeln. »Ist schon okay. Wollen Sie Tee?«

»Gerne«, antwortete Schmitti und sah sich interessiert im Raum um. Regina lehnte ab.

Cosma stellte Tassen und Zucker auf den Tisch, goss den Tee auf und lehnte sich an die Spüle.

»Wir haben noch ein paar Fragen zu Nina Sebastian«, begann Regina.

»Wie ist sie gestorben?«

Regina stellte sich neben sie. »Das wissen wir noch nicht.«

»Erzählen Sie mir nichts. Es kann doch nicht so lange dauern, das herauszufinden.«

Die Kommissarin antwortete nicht und streckte stattdessen die Hand nach ihr aus. Cosma schlug sie weg und rannte aus der Küche. Als Regina ihr folgen wollte, hielt Schmitti sie zurück. Sie setzte sich zu ihm an den Tisch. Er hörte nicht auf, den Tee umzurühren.

Nach einer Weile stand Cosma wieder in der Küchentür. Regina stand auf, ging langsam auf sie zu. Cosma schob sich an ihr vorbei, setzte sich an den Küchentisch und hielt sich an ihrer Lieblingstasse fest.

»Können wir Ihnen jetzt ein paar Fragen stellen?«

Cosma nickte und schnäuzte sich.

»Wie eng waren Sie mit Nina Sebastian befreundet?«

»Eigentlich kannte ich sie nicht besonders gut, sie war auch viel jünger als ich, aber ich mochte sie. Wir haben gut zusammengearbeitet.«

Regina zog die Aufnahme mit der Maskenbildnerin aus der Tasche und schob sie über den Tisch.

»Kennen Sie die Frau?«

Cosma starrte die Fotografie an. »Das ist Babs. Ist ihr auch was passiert?«

»Nein«, antwortete Schmitti, »wir wollen nur wissen, ob sie eine Freundin von Nina war.«

»Ich habe die beiden nicht so oft zusammen gesehen, aber sie wirkten vertraut.«

Regina zog einen kleinen Notizblock aus ihrer Jackentasche. »Ich brauche den vollen Namen.«

Cosma schüttelte den Kopf. »Den kenne ich nicht.«

»Und Sie wissen auch nicht, wo diese Babs wohnt?«

Cosma senkte den Blick und betrachtete ihre Hände. »Nein.«

»Und Karsten Movara? Wie gut war er mit Nina Sebastian bekannt?«

»Dieses Arschloch!«

Regina und Schmitti sahen sie erstaunt an.

»Was?«, blaffte Cosma. »Ich hab mich mit ihm gestritten. Ich weiß nicht, wie gut Nina ihn gekannt hat. Eigentlich gibt es keinen großen Kontakt zwischen den Herren und dem Fußvolk ... Aber bei Movara weiß man nie.«

»Es gibt Gerüchte, dass er und Nina ein Verhältnis hatten«, sagte Schmitti.

»Im Studio gibt es immer Gerüchte, die Branche lebt vom Klatsch. Kein Wunder, denn die meiste Zeit sind wir damit beschäftigt, zu warten. Die Maske wartet darauf, ob sie vielleicht eine Locke wieder richten muss oder einen Schweißfleck retuschieren. Die Beleuchter wissen nie, ob eine Birne kaputtgeht oder das Licht nun doch von rechts statt von links kommen soll. Und wir Assistentinnen müssen immer vor Ort sein, falls der Herr seinen Text vergisst oder ihm einfällt, dass er für den Abend unbedingt noch eine Verabredung braucht. Und was machen wir die ganze Zeit, während wir warten? Wir tratschen! So vergeht die Zeit schneller und wir kommen nicht auf die Idee, über unsere langweiligen Jobs nachzudenken.«

Sie machte eine kleine Pause und sah die Beamten an.

»Anfangs habe ich immer ein Buch dabeigehabt. Aber das kam gar nicht gut an! Schnell hatte ich den Spitznamen ›die Intellektuelle‹ und das war nicht als Kompliment gedacht. Ich galt als hochnäsig und arrogant und wurde gemieden. Da blieb mir gar nichts anderes übrig, als mich einzuordnen und an dem allgemeinen Gertratsche zu beteiligen.«

»Für mich hört sich das so an, als ob Sie Ihren Job nicht besonders mögen«, sagte Regina.

»Tue ich auch nicht. Aber mit irgendwas muss ich die Miete bezahlen.«

»Haben Sie schon mal darüber nachgedacht, etwas anderes zu machen?«, erkundigte sich Schmitti.

»Mindestens fünfhundert Mal am Tag. Aber die Jobs liegen leider nicht auf der Straße. Haben Sie noch Fragen zu Nina?«, fragte Cosma scharf.

Sie wollte nicht länger über ihr berufliches Versagen sprechen, erst recht nicht mit den beiden Polizisten.

»Uns wurde gesagt, dass Nina am Montagnachmittag in Movaras Studio gesehen wurde«, sagte Schmitti und hätte sich im gleichen Moment am liebsten auf die Zunge gebissen. Regina warf ihm einen tadelnden Blick zu.

»In seinem Privatstudio?«, fragte Cosma erstaunt.

»Frau Anderson«, begann Regina. »Diese Information ist noch nicht überprüft, und ich muss Sie dringend bitten, es nicht als Gerücht unter die Leute zu bringen.«

»Wann waren Sie am Montag im Studio?«, erkundigte sich Schmitti.

»Bin ich jetzt wieder verdächtig?«, fauchte Cosma.

Regina sah die Angst in ihren Augen. »Nein, keine Sorge, das sind Sie nicht. Niemand verdächtigt Sie!«

Cosma bedachte sie mit einem misstrauischen Blick. »Das haben Sie beim letzten Mal auch gesagt.«

Dann sah sie Schmitti an. »Am Montag war ich von morgens um zehn bis zum frühen Nachmittag im Studio, vielleicht bis zwei. Und dann wieder abends von sechs bis neun. Ein leeres Glas Wein stand auf dem Glastisch und ein zweites in der Spüle. Daran erinnere ich mich. Ich dachte noch, dass er bestimmt Besuch gehabt hat.«

»Was ist mit dem zweiten Glas passiert?«, fragte Schmitti hoffnungsfroh.

»Ich habe es abgewaschen.«

»Ist Ihnen sonst noch irgendetwas aufgefallen?«

»Nein, sonst war alles beim Alten.«

»Und Ihr Chef? Wirkte der anders als sonst?«

Cosma erinnerte sich an die Zähne im Spiegel. Movara hatte in aller Gründlichkeit seine frisch gebleichten Zähne begutachtet.

»Nein, er war wie immer! Eitel und selbstverliebt!«

»Gut, Frau Anderson. Dann war's das erst einmal«, sagte

Regina und erhob sich. »Wenn Ihnen noch etwas einfällt, egal, irgendeine Kleinigkeit, dann rufen Sie mich bitte an.«

»Wie ist Nina gestorben?«, fragte Cosma.

Regina schüttelte bedauernd den Kopf.

»Hat mein Chef etwas damit zu tun?«

»Bisher gibt es dafür keinerlei Hinweise.«

Die Kommissarin ging zur Tür.

»Also, ich soll ganz normal zur Arbeit gehen?«

»Tun Sie das«, sagte Schmitti und folgte seiner Kollegin.

»Ich kann mich ja mal ein bisschen umsehen«, schlug Cosma vor.

Schmitti drehte sich um. »Das ist unser Job! Unternehmen Sie bloß nichts auf eigene Faust.«

»Und rufen Sie mich unbedingt an, wenn Ihnen etwas ein- oder auffällt. Kann ich mich darauf verlassen?«, fragte Regina.

Cosma versprach es und sah ihnen nachdenklich hinterher. Dann ging sie ins Badezimmer und ließ die Wanne volllaufen. Warme Feuchtigkeit durchzog den Raum. Vorsichtig glitt sie in das warme Wasser. Jetzt wusste sie, was sie als Nächstes tun würde.

***

Gut gelaunt betrat Karsten Movara sein Haus und roch Nadines Parfüm. Sie hatte wieder zu viel aufgetragen und der Duft hing schwer im Raum. Er rief nach ihr, bekam aber keine Antwort.

Sorgfältig hängte er seinen Mantel auf einen der Bügel in die Garderobe, strich ihn glatt und eilte die Treppe hinauf.

Er hatte David zwar nicht davon überzeugen können, ihm

eine neue Assistentin zu suchen, aber er hatte zehn Prozent mehr Gage ausgehandelt. Das wollte er mit seiner Frau feiern. Ungeduldig riss er die Schlafzimmertür auf, aber das Bett war leer und auch im Bad fand er sie nicht.

Hatte sie ohne sein Wissen das Haus verlassen?

Wütend stieg er die Treppen wieder hinab und stand einen Moment lang unschlüssig in der Halle. Ein kalter Windhauch streifte ihn. Er fröstelte.

Er rief noch einmal nach seiner Frau und spürte die aufsteigende Wut.

Vielleicht war sie nur mit ihren Freundinnen unterwegs, versuchte er sich zu beruhigen, eine laute Gesellschaft tratschender Weiber, die für seine Karriere sehr wichtig waren. Nadine sollte den Kontakt zu ihnen pflegen, damit sie ihn über die neuesten Gerüchte auf dem Laufenden halten konnte.

Aber sie hatte ihn nicht informiert. Dafür würde er sie heute Abend bestrafen müssen.

Es betrat das Wohnzimmer, wunderte sich über die Kälte und bemerkte, dass die Tür zum Garten sperrangelweit offen stand. Ein Sessel war umgestürzt und streckte seine vier langen Beine in den Raum. Neben ihm, auf dem Boden, eine rote Lache.

Movara widerstand nur schwer dem Impuls, das Haus sofort wieder zu verlassen und jemand anderen herzuschicken. Er dachte an seine Waffe im ersten Stock und daran, dass er endlich wieder zum Schießtraining gehen müsste. Immer noch an den Türpfosten gelehnt, lauschte er dem leisen Säuseln des Windes, der die langen weißen Vorhänge aufblähte und vor und zurück schob. Ansonsten war es ruhig. Er atmete tief ein, durchquerte den Raum mit großen Schritten und schloss die Terrassentür. Die Vorhänge hingen nun schlaff herab. Ein leises Stöhnen ließ ihn aufhorchen. Er drehte sich um und sah einen Schuh neben dem Sofa liegen. Er griff den Leuchter zu seiner Rechten und näherte sich vorsichtig dem Möbelstück. Als er über die Lehne spähte, sah er Nadine zusammengekrümmt auf dem Boden liegen. Sie hatte die Arme fest auf den Bauch gepresst. Er ließ den Leuchter auf das Sofa gleiten und ging neben ihr in die Hocke. Nadine stöhnte wieder, öffnete aber nicht die Augen. Er strich ihr über das schwarze Haar, erhob sich und ging zur Hausbar. Sein Blick glitt noch einmal prüfend durch den Raum, dann goss er sich einen Fingerbreit Whiskey ein. Unschlüssig starrte er auf das Sofa, trank, schenkte nach und leerte das Glas in einem Zug. Es brannte in seinem Hals. Er würde Maik anrufen müssen.

Der Arzt hob sofort ab und riet ihm, ihr erst einmal ein Kissen unter den Kopf zu legen und ein kaltes feuchtes Tuch auf die Stirn und versprach, sofort zu kommen.

Movara stellte den umgestürzten Sessel wieder auf und verfluchte die kranke Haushälterin. Er umrundete das Sofa, griff sich ein rotes Kissen und legte es seiner Frau vorsichtig unter den Kopf. Sie stöhnte erneut. Er betrachtete ihre feinen Gesichtszüge und strich ihr sanft über das schwarze Haar. Dann ging er in die Küche, nahm ein Geschirrtuch, hielt es unter den Wasserhahn und wrang es sorgfältig aus. Zurück im Wohnzimmer, kniete er sich neben seine Frau und legte es ihr behutsam auf die Stirn.

»Was machst du nur, mein Schatz«, flüsterte er und dachte, dass Nadine jetzt aussah wie ein Gemälde, das er mal irgendwo gesehen hatte. Die schwarzen Haare fielen in sanften Wellen über das rote Samtkissen und das rote Handtuch betonte die vornehme Blässe und die feinen Gesichtszüge.

Sein Blick glitt über ihren Körper und blieb an ihrem Schoß hängen. Blut hatte sich darin gesammelt, auf der schwarzen Hose fast nicht zu erkennen.

Erschrocken sprang er auf und war froh, dass in diesem Moment die Hausklingel schellte. Er rannte in die Diele und riss die Tür auf.

»Du hast sie doch erst gestern untersucht«, fuhr er den Arzt statt einer Begrüßung an.

Maik schob ihn grob zur Seite und eilte ins Wohnzimmer. »Was hast du dieses Mal mit ihr gemacht?«

»Gar nichts!«, versicherte Movara und folgte ihm.

Der Arzt bedachte Movara mit einem strengen Blick und beugte sich über Nadine.

»Hör zu, Karsten. Ich habe deine Spielchen immer gedeckt, aber ich muss wissen, was du gemacht hast, damit ich besser einschätzen kann, was mit ihr los ist.«

Vorsichtig drehte er Nadine auf den Rücken. Ihr rechter Arm fiel schlaff auf den Boden.

»Verdammte Scheiße, Karsten, du hast ihr die Pulsader aufgeschnitten! Bist du jetzt völlig übergeschnappt? Hol mir sofort etwas, womit ich ihren Arm abbinden kann, und ruf einen Krankenwagen.«

Movara starrte ihn wortlos an.

***

»Wohin jetzt?«, fragte Drass, nachdem er wieder auf der Hauptstraße war.

»In die Oberlandstudios. Irgendwo wird dieser Movara ja wohl zu finden sein.«

Nach weiteren fünf Minuten vor dem Haus des Showmasters hatte Breschnow endlich den Finger von der Klingel genommen und war zu seinem Kollegen in den Wagen gestiegen.

»Was denkst du? Wieso hat der Täter die Sebastian so abgelegt? Hat es ihm leidgetan, sie getötet zu haben? Hat er sie geliebt?«

»Was immer in so einem kranken Hirn vor sich geht. Aber ich bin sicher, es hat eine Bedeutung für ihn, sie genau so hinzulegen.«

»Ich will noch mal zur Laube«, entschied Breschnow.

Drass bremste scharf und drehte den schweren Wagen mitten auf der leeren Straße.

»Der Schnee hat sie alle vertrieben. Gut für uns«, grinste er und gab Gas.

Nach zwanzig Minuten fuhren sie an ihrer Dienststelle vorbei und bogen an der nächsten Ampel rechts in den Schillerkiez ein. Die Kolonie war weiterhin abgesperrt und menschenleer. Breschnow hob das Band an und schob sich darunter durch, Drass folgte ihm kommentarlos. Sie hielten sich auf dem schmalen Holzsteg und blieben vor der kleinen Laube stehen. Der Schnee drum herum war gründlich weggeschaufelt worden und der dunkle Matsch verstärkte die Tristesse, die über der verlassenen Kolonie schwebte. Die Holztür der Laube war versiegelt. Breschnow kramte einen Schlüssel aus der Jackentasche, zerschnitt das Siegel und betrat den kleinen Raum. Die Spurensicherung hatte gründlich gearbeitet, jeder Gegenstand war umgedreht worden, jede Fläche bearbeitet.

Die Liegenauflage war verschwunden, auf dem Boden sah er die Kreidezeichnung der Umrisse des Mädchens.

»Was suchst du hier?«, fragte Drass, der am Türrahmen lehnte.

»Weiß ich nicht«, antwortete Breschnow, stürmte wieder nach draußen und ging langsam um die Laube herum, den Blick fest auf das Gebäude gerichtet. Der Matsch schmatzte unter seinen Schuhen.

»Wieso diese Laube? Wieso diese Kolonie?«

»Sie liegt auf seinem Weg?«, schlug Drass vor. »Er kennt sie? Zufall? Die Tür stand auf? Nina Sebastians Wohnung ist in der Nähe?«

Breschnow nickte und ging zurück zum Holzsteg.

»Sieh dir das an«, sagte er und beschrieb mit beiden Armen einen großen Bogen, »überall Häuser, Wohnungen, Menschen, die zufällig aus dem Fenster sehen können. Diese Anlage liegt mittendrin! Die sucht er sich nicht zufällig aus.«

Er drehte sich zu seinem Kollegen um. »Er kennt die Laube!«

Dann eilte er den Steg zurück zur Straße.

»Wo willst du hin?«, rief Drass ihm hinterher.

»Ins Krankenhaus, zur Pasulke.«

»Aber da geht Regina doch schon hin.«

Breschnow ignorierte den Einwand, eilte am Auto vorbei und klingelte bei Johannes Schulze. Die Tür wurde sofort geöffnet. Als sie den ersten Stock erreichten, stand der Rentner bereits im Flur und begrüßte sie herzlich. Auf seiner Nase prangte ein modernes violettes Brillengestell.

»Haben Sie eine neue?«, erkundigte sich Drass.

Schulze schüttelte den Kopf und lachte. »Es ist die Brille

von Frau Pasulke. Fürs Erste passt sie. Aber auf die Straße gehen würde ich damit nicht.«

Er bat die beiden herein und ging voran in die Küche. Die Kommissare folgten ihm. Als er den Wasserkessel aufsetzen wollte, hielt Breschnow ihn zurück.

»Machen Sie sich keine Mühe, wir haben nur zwei Fragen.«

Johannes Schulze versuchte, sich die Enttäuschung nicht anmerken zu lassen. Die drei setzten sich an den Küchentisch.

»Erzählen Sie uns von Frau Pasulke.«

»Hat Sie etwas Unrechtes getan?«, fragte der Rentner erschrocken.

»Nein, aber die Tote lag in ihrer Laube.«

Schulze schluckte. »Wollen Sie nicht doch einen Tee?«

Breschnow zögerte einen Moment und nickte dann.

Freudig sprang der Rentner auf und ging zum Herd, Breschnow zog seine Jacke aus und hängte sie über die Stuhllehne.

»Frau Pasulke«, begann der alte Mann, während er Tee in die Kanne füllte, »war«, er räusperte sich, »Entschuldigung, ist eine nette Nachbarin.«

Er goss den Tee auf, stellte die Kanne und drei Tassen auf den Tisch und dazu noch einen Aschenbecher.

»Als meine Frau vor zwei Jahren starb, hat sich Karin um mich gekümmert. Wissen Sie, ich gehöre noch zu der Generation, die sich noch nicht einmal ein Spiegelei braten kann, und Karin hat es mir beigebracht.« Er deutete auf die Teekanne. »Und das auch«.

»Und nun ernähren Sie sich ausschließlich von Tee und Spiegelei«, witzelte Drass.

Der Rentner schüttelte den Kopf und begann, stolz die Gerichte aufzuzählen, die er mittlerweile kochen konnte. Breschnow zündete sich eine Zigarette an und unterbrach ihn ungeduldig.

»Entschuldigung, Herr Kommissar. Sie sind ja nicht hier, um mit mir zu essen, sondern wollen etwas über Karin Pasulke wissen. Wir haben uns mit der Zeit angefreundet. So ganz harmlos, wissen Sie, einfach Freunde.«

Er blickte in die Runde, um sich zu versichern, dass die beiden ihn richtig verstanden hatten, und schenkte ihnen Tee ein. Drass nahm seine Tasse und pustete.

»Frau Pasulke zog von Charlottenburg nach Neukölln«, versuchte es Breschnow erneut.

Schulze nickte und nahm auch einen Schluck Tee.

»Wann genau war das?«

»Vor vier Jahren. Meine Elisabeth hat noch gelebt. Die beiden Frauen haben sich schnell angefreundet. Da war ich immer ein bisschen außen vor. Aber das hat mich nicht gestört. In so einer langen Ehe hat man sich nicht mehr so viel zu erzählen.«

»Und Ihre Frau hat Ihnen dann gesagt, dass Frau Pasulke alleinstehend und ein ›Fräulein‹ ist?«, erkundigte sich Drass.

Der Rentner nickte.

»Und was noch?«

»Karin ist ja im Winter ins Haus gezogen. Sie kam gleich rüber und hat sich vorgestellt. Das hat uns gefreut und auch, dass sie in unserem Alter war. Elisabeth hat sie dann zum Kaffee eingeladen und im Sommer in den Garten. Ich erinnere mich, dass sie sagte, dass sie als Kind auch einen Garten gehabt hatte, irgendwo auf dem Land, aber ich habe nicht nachgefragt. Elisabeth könnte Ihnen da bestimmt besser weiterhelfen als ich. Karin hat uns immer mal wieder mit dem Garten geholfen und als der alte Omar ins Heim kam und seine Kinder die Laube verkaufen wollten, hat Karin zugegriffen. Damals konnte sie sich noch gut bewegen. Sie hätten mal sehen sollen, wie die Hütte ausgesehen hat, lauter …«

Breschnow unterbrach. »Hatte Frau Pasulke mal Besuch?«

Schulze dachte nach.

»Ist mir nicht aufgefallen …«, murmelte er. »Nein, ich glaube, sie hatte nie Besuch.«

»Auch nicht im Sommer in der Laube?«

»Das hätte ich bestimmt mitbekommen. Die Lauben sind doch dicht beieinander. Karin saß oft allein davor und las. Sie hat viel gelesen. Und im Garten gearbeitet. Und manchmal saß sie mit uns zusammen und später dann mit mir. Wir haben sogar schon daran gedacht, eine Laube zu verkaufen. Mit siebzig ist die Gartenarbeit nicht mehr so einfach und Karin ist doch mit ihrer Hüfte jetzt sehr eingeschränkt. Zuletzt hat sie auch im Garten den Rollator benutzen müssen. Früher war sie viel unterwegs, ist oft ausgegangen.«

»Was hat sie gemacht?«, fragte Drass.

»Sie ging gerne ins Theater und spielte in einer Seniorentheatergruppe mit.«

»Wissen Sie, wo?«

»Nein, aber ich habe noch eine Einladung irgendwo. Soll ich suchen?«

Der Rentner wollte aufsehen, aber Breschnow drückte ihn sanft in den Stuhl zurück.

»Später, Herr Schulze. Waren Sie oft in ihrer Wohnung?«

»Aber ja«, strahlte er. »Sie hatte einen tollen Fernseher. Den hat sie sich im letzten Jahr bringen lassen. Wir haben fast jeden Abend zusammengesessen und Filme geschaut. Sie hatte auch einen DVD-Spieler und ich durfte immer die Filme aussuchen. Das hat Spaß gemacht.«

»Hatte sie noch andere Freunde oder Bekannte, mit denen sie vielleicht telefoniert hat?«

»Nein, ich glaube nicht. Zumindest nicht, wenn ich dabei war. Ich glaube, wir waren ihre einzigen Freunde, bis auf die Theatergruppe vielleicht. Soll ich jetzt die Einladung suchen? Mir ist eingefallen, wo sie ist.«

Breschnow nickte und der Rentner schlurfte aus der Küche.

»Das bringt uns nicht weiter«, sagte Drass und nippte an seinem Tee.

»Vielleicht hat der Täter Frau Pasulke gekannt, sie ihn aber nicht.«

Breschnow leerte seine Teetasse in einem Zug und stand auf.

»Vielleicht. Lass uns gehen.«

Als sie im Flur standen, kam Schulze mit einem geöffneten Programmheft in der Hand aus dem Wohnzimmer heraus und hielt es hoch.

»Nachbarschaftsheim Neukölln«, sagte er. »So heißt das Theater und die Gruppe ›Die Sultaninen‹.«

Breschnow griff nach dem Heft, blätterte es schnell durch und bedankte sich. Der Rentner folgte ihnen ins Treppenhaus und blieb so lange auf dem Absatz stehen, bis die Haustür hinter ihnen ins Schloss gefallen war.

***

Als er wieder wach wurde, lag die Wiese im Schatten. Er sah zu dem Mädchen und fröstelte. Es war noch blasser als sonst und wimmerte leise. Er kroch zu ihr herüber. Sie hatte die Augen geschlossen und einen friedlichen Ausdruck um den Mund. Er blendete das Blut um sie herum aus und redete sich ein, dass sie schliefe.

Nach einer Weile stand er auf und wankte zurück ins Dorf.

***

Peter Polen erwachte mit einem pochenden Schädel und einem schlechten Gefühl.

Nina ist tot, dachte er, und ich bin schuld.

Nina hatte ihm angedroht, sich von ihm zu trennen, wenn er nicht aufhören würde, hinter ihr herzuspionieren. Dann hatte sie ihm mitgeteilt, dass sie sich als Assistentin bei Movara bewerben wollte. Aber das hatte er nicht zulassen können. Nicht bei diesem eitlen Arschloch, nicht bei der Konkurrenz. Hörner hätte sie ihm aufgesetzt und er wäre zum Gespött des ganzen Studios geworden. Es war so schon schwierig genug. Es gehörte sich einfach nicht, mit seiner Assistentin liiert zu sein. Eine Affäre, das war akzeptabel, aber nicht eine richtige Beziehung.

Aber Nina hatte schon immer gemacht, was sie wollte. Auch dieses Mal hatte sie nicht auf ihn hören wollen.

Müde drehte er sich auf die andere Seite und versuchte wieder einzuschlafen, gab aber nach einer Viertelstunde auf. Der Durst trieb ihn aus dem Bett und in die Küche. Er kippte zwei Gläser Leitungswasser in sich hinein. Sein Bauch spannte, aber er fühlte sich besser. Die Kopfschmerzen ließen nach.

Nur die trüben Gedanken blieben. Vielleicht sollte er in das neue Café an der Ecke frühstücken gehen. Die Bedienung dort war immer sehr nett zu ihm. Er versuchte, noch ein Glas Wasser zu trinken, schaffte aber nur ein halbes, stellte sich dann unter die Dusche und dachte über seine Garderobe nach. Wäre es nach ihm gegangen, hätte er immer die gleichen Hemden, Anzüge und Jeans angezogen. Aber das war das Revier seiner Mutter.

Vor Jahren hatte er einmal den Fehler begangen, sie nach ihrem Rat zu fragen. Seitdem kaufte sie seine Kleidung. Mittlerweile hatte er aufgegeben, mit ihr darüber zu streiten. Sie suchte aus, er zog es an. So einfach war das.

Nina hatte ihn ein Muttersöhnchen geschimpft und vielleicht war er das auch. Aber dieses Arrangement war bequem und sparte viel Zeit. Er konnte einfach die schmutzige Wäsche fallen lassen und bald darauf fand er sie, wie von Zauberhand, sauber und gebügelt in seinem Schrank wieder.

Heute hatte ihm seine Mutter die neue Bluejeans und ein lila Hemd bereitgelegt. Er war zufrieden mit ihrer Wahl.

Ein letzter Blick in den Spiegel und er ging hinaus in den Flur, zog sich die schwarze Daunenjacke über und die Winterstiefel an.

Im Hausflur begegnete er der alten Frau von oben. Sie war schon weit über achtzig, wohnte immer noch im vierten Stock und mied den Fahrstuhl. Der Vermieter hatte ihr auf jedem Treppenabsatz einen kleinen Hocker bereitgestellt. Die beiden waren seit Kindertagen befreundet und sie hatte früher als Hausmeisterin hier gearbeitet. Mittlerweile gab es überall Kameras. An der Außentür, auf jeder Etage, vor jeder Wohnung, vorm Speicher und im Keller.

Das Haus war grundsaniert und aufgepeppt worden. Beste

Lage am Hackeschen Markt. Die Miete war exorbitant, aber darüber redete man nicht. Dreimal in der Woche kam der Reinigungsdienst und es gab eine 24-Stunden-Hotline. Man konnte auch einen Vollservice bestellen. Jeden Tag eine Reinigungskraft, Wäsche und Einkauf. Aber das brauchte er nicht. Er hatte die polnische Reinigungskraft und seine Mutter und den Einkauf erledigte er selber.

Nina hatte immer seine Kochkünste bewundert und das waren auch die schönsten Stunden mit ihr gewesen. Er hatte das Abendessen zubereitet und anschließend saßen sie in stundenlange Gespräche vertieft vor dem Kamin und malten sich ihre gemeinsame Zukunft aus. Und immer hatte Nina darin Karriere gemacht. Aber als sich ihre Träume nicht schnell genug erfüllten, waren ihre Besuche seltener geworden. Sie hatte ihm die Schuld für ihren Stillstand gegeben, ihn in dieses schreckliche Viertel zu dem heruntergekommenen Haus geführt und ihm trotzig diese merkwürdige Wohnung gezeigt. Er hatte sofort an ein Bordell gedacht und sie hatten heftig gestritten.

Trotzdem fehlte sie ihm.

Als er auf die Straße trat, blinzelte er schnell ein paar Tränen weg und überließ sich dem hektischen Treiben der Stadtmitte. Er liebte ihre Geschwindigkeit und ihr pulsierendes Leben. Fünf Minuten später betrat er das Café und winkte die nette Bedienung an seinen Tisch.

***

Das Klingeln durchdrang die Stille der Straße.

Ich störe, dachte Delego.

Sie hasste es, hier zu sein, immer wieder die Angehörigen befragen und ihnen neues Leid zufügen zu müssen.

Der alte Mann öffnete. Er war erfreut, sie zu sehen, bat sie um einen Moment Geduld und verschwand in seinem Zimmer.

Es war still im Haus. Delego hätte noch Stunden hier stehen können, bloß um nicht der Mutter gegenübertreten zu müssen. Der alte Mann kehrte zurück.

»Jetzt kann ich Sie hören, junge Frau«, sagte er und schob sie in Richtung Küche.

Er öffnete das Eisfach und zog eine Flasche Korn hervor.

»Ich weiß, es ist noch früh am Tag, aber ...«

Er ließ den Satz unvollendet. Delego konnte sich denken, was er sagen wollte und nickte.

Schweigend nahm er zwei Gläser aus dem Küchenschrank und schenkte ihnen ein. Sie prosteten sich zu, tranken im Stehen. Der alte Mann schob die Flasche zurück und deutete auf einen Stuhl. Delego setzte sich.

»Was führt Sie heute her?«, fragte er freundlich.

»Ich möchte noch mal mit Ihnen und Ihrer Tochter reden und mir das Zimmer Ihrer Enkelin ansehen.«

»Meine Tochter schläft. Wollen Sie sie wecken?«

Delego schüttelte den Kopf.

»Seit wann leben Sie hier im Haus?«

»Seit ich Rentner bin. Ich habe meine Tochter unterstützt, Nina großzuziehen. Damals hat sie noch gearbeitet und war sehr ehrgeizig.«

»Was ist ihr Beruf?«

»Sie ist Chemikerin und war in der Charité angestellt. Aber nach der Wende hat sich einiges verändert und 2007 gab es eine ›Reform‹.«

Er spuckte das Wort förmlich aus.

»Meiner Tochter hat es den Job gekostet und noch viel mehr. Sie stürzte in eine tiefe Krise, nahm jahrelang Antidepressiva. Sie hat sich erst vor zwei Jahren wieder gefangen und nun das.«

Er sank in sich zusammen.

»Ich fürchte, dass sie das nicht übersteht«, flüsterte er mit Tränen in den Augen.

Delego schluckte, wusste nicht, wie sie sich verhalten sollte und entschied, einfach still sitzen zu bleiben und den Mann erzählen zu lassen.

Der Alte schnäuzte sich vernehmlich und lächelte Delego entschuldigend an. »Wollen Sie noch einen?«

Er deutete auf das leere Glas. Delego schüttelte den Kopf.

»Geht es wieder?«, fragte sie.

Er nickte. »Es ging uns gut mit Nina. Sie war ein braves Mädchen, auch in der Pubertät, keine Drogen. Einmal hat sie sich betrunken, wohl eher aus Versehen, und sich die Seele aus dem Leib gespuckt. Danach hat sie das Zeug nicht mehr angefasst. Sie war oft zu Hause, bis sie diesen Job bei Peter bekam. Sie war gerne zu Hause!«

Delego dachte an Breschnows Beschreibung des Zimmers in der Kienitzer Straße, an das große Bett und die Utensilien in den Einbauschränken. Es passte nicht zu dem Mädchen, das der Großvater beschrieb.

»Seit wann war sie mit Peter Polen zusammen?«

»Die beiden haben zusammen in der Sandkiste gespielt. Peter war ein netter Kerl, aber seine Mutter ist ein Drachen und sie hat das Sagen.«

»War?«

»Damals in der Schule. Er hat den anderen immer Kartentricks vorgeführt. Er war irgendwie …«

»Natürlich«, ergänzte Frau Sebastian.

Sie hatten sie nicht kommen gehört.

Der Alte erhob sich mühsam und bot seiner Tochter den Stuhl an. »Soll ich dir einen Tee kochen?«

Frau Sebastian nickte und begrüßte Delego. Ihr Händedruck war butterweich. Delego erklärte, warum sie noch mal gekommen war.

»Peter war wirklich ein netter Junge«, nahm Frau Sebastian den Faden auf, »ich mochte ihn sehr und freute mich, das Nina mit ihm zusammen war. Er war oft bei uns zu Hause. Aber dann hat seine Mutter es endlich geschafft und ihn im Showbusiness untergebracht. Das hat ihn verändert. Er ist gleichgültiger geworden, irgendwie oberflächlich. Er ist immer noch ein freundlicher Mann, aber es fehlt ihm die Herzlichkeit von damals.«

»Und Nina?«

»Sie hat sich mit ihm verändert. Sie wollte immer schon ins Rampenlicht, spielte als Kind Theater und sang im Chor, manchmal auch ein Solo. Sie hatte eine schöne Stimme, aber sie wollte sich noch nicht festlegen, welche künstlerische Richtung sie einschlagen wollte. Bis Peter seine eigene Show bekam. Sie wurde seine Assistentin und entwickelte plötzlich einen fast krankhaften Ehrgeiz und wollte um jeden Preis so schnell wie möglich eine eigene Show.«

»Um jeden Preis?«, hakte Delego nach. »Haben Sie eine Idee, was der Preis gewesen wäre?«

Frau Sebastian schüttelte den Kopf, sah der Kommissarin traurig in die Augen und flüsterte: »Ich glaube, das will ich auch gar nicht wissen.«

Der Alte stellte eine dampfende Tasse Tee vor seine Tochter und strich ihr zärtlich über den Kopf. Dann holte er sich einen Hocker und setzte sich zu ihnen.

»Sie sagten, Ihre Tochter entwickelte einen krankhaften Ehrgeiz. Gab es noch andere Veränderungen?«, fragte Delego.

»So nach ein, zwei Monaten ..., wir haben uns immer alles erzählt, Geheimnisse ausgetauscht, fast wie Freundinnen. Und das hörte dann schlagartig auf. Nina war verschlossen, sie lachte weniger, sie schminkte sich stark, ihre Röcke wurden kürzer, die Tops durchsichtiger und sie war sehr unruhig. Wenn ich sie darauf ansprach, sagte sie, dass sie volljährig sei und ich sie in Ruhe lassen soll.«

»Aber das haben Sie nicht getan?«

Frau Sebastian schüttelte den Kopf und schluchzte. »Zuletzt haben wir uns ganz fürchterlich gestritten.«

Sie schluckte und hatte Mühe, weiterzusprechen.

»Ich hatte sie gebeten, an dem Abend zu Hause zu bleiben, weil unsere Freunde aus Braunschweig zum Grillen kommen wollten. Ihre Tochter und Nina waren eng befreundet, bis sie sechzehn waren und die Familie wegzog. Aber Nina sagte, dass ihr das egal sei. Sie sei schon verabredet. Ich war so wütend und schrie sie an, sagte ihr, sie soll sich doch besser eine eigene Wohnung suchen. Danach tat es mir leid, aber Nina hatte schon das Haus verlassen und kam auch nicht mehr zurück.«

»Das war vor drei Wochen?«, fragte Delego.

Frau Sebastian nickte. Tränen liefen ihr über die Wangen.

»Ich bin schuld«, schluchzte sie. »Ich habe sie aus dem Haus getrieben und nun ist sie tot.«

»Sie sind nicht schuld«, sagte Delego behutsam. »Schuld ist der, der ihr das angetan hat.«

Der Alte ging zu seiner Tochter, zog sie sanft vom Stuhl hoch und begleitete sie hinaus. Nach einer Weile stand Delego auf und trat an den Küchenschrank. Sie öffnete die Türen und sah sich nach einem Glas um.

»Was suchen Sie?«

Der Alte stand wieder in der Tür. Delego errötete und entschuldigte sich. Er winkte ab.

»Die Gläser sind in dem Schrank rechts von der Spüle.«

Delego nahm sich eins und hielt es ihm fragend hin. Er schüttelte den Kopf und sank müde auf den Stuhl, auf dem vorher seine Tochter gesessen hatte. »Haben Sie noch Fragen?«

Delego schüttelte den Kopf.

»Ich bin müde und möchte mich etwas hinlegen. Finden Sie den Weg in Ninas Zimmer allein?«

Sie nickte und füllte das Glas.

»Wenn Sie etwas mitnehmen, schreiben Sie es auf einen Zettel und legen Sie ihn auf den Küchentisch. Ich vertraue Ihnen.«

Er erhob sich mühsam, nickte ihr zum Abschied zu und schlurfte aus der Küche.

Delego stellte das Glas in die Spüle und ging zurück in den Flur. Leise stieg sie die Treppe zu Ninas Zimmer hoch. Sie klopfte an, war sich im nächsten Moment dieser Unsinnigkeit bewusst und betrat den Raum. Dort hielt sie einen Moment inne, noch unschlüssig, wo sie beginnen sollte und was sie eigentlich suchte. Sie trat an die Kommode und sah sich im Spiegel, die dunkle Haut, das schwarze krause Haar, das, obwohl zu kleinen Zöpfen geflochten, immer wieder abspenstig vom Kopf wegwollte. Sie hatte sich immer glattes Haar gewünscht. Ob Nina auch mit ihrem Äußeren gehadert hatte?

Entschlossen steuerte sie die Kammer an, ließ sich dort auf den Fußboden sinken und griff nach dem erstbesten Ordner. Schulunterlagen, alte Aufsätze, Mathematikaufgaben, nichts, was ihr weiterhelfen konnte. Der zweite Ordner enthielt die Königinnenurkunde. Delego stelle sich die Kinder im Dorf vor, ernst und eifrig auf der Suche nach dem Papphasen, und lächelte. Ihr Blick fiel auf einen grünen Karton, der oben im Regal seinen Platz hatte, und sie stand auf. Sie hob ihn an, war erstaunt über seine Schwere und öffnete den Deckel. Steine. Schwarze und weiße, graue und bunte, kleine und große. Hatte Nina sie von ihren Reisen mitgebracht?

Der blaue Karton daneben enthielt Kassetten, der rote CDs und der gestreifte Wolle in unterschiedlichen Farben. Als Delego den letzten Karton wieder zurückstellen wollte, fiel ihr Blick auf eine dunkelblaue Schatulle, die fast verdeckt ganz hinten im Regal stand. Sie zog sie hervor und befühlte den weichen blauen Samt. Ein kleines goldenes Schloss sicherte den Inhalt. Delego sah sich nach einem passenden Schlüssel um, suchte in, unter und neben den Regalen, verließ die Kammer, suchte in der Kommode und im Kleiderschrank und sah hinter dem Spiegel nach. Enttäuscht stellte sie die Schatulle aufs Bett und ging zurück in die Kammer. Nach einer halben Stunde hatte sie jeden Gegenstand in der Hand gehalten, umgedreht und betrachtet. Gefunden hatte sie nichts.

Ein Geräusch an der Tür ließ sie zusammenzucken. Sie drehte sich um und sah Frau Sebastian im Türrahmen stehen. Sie war noch blasser als vorhin und Delego widerstand dem Impuls, sofort zu ihr zu eilen, um sie zu stützen. Stattdessen ging sie zum Bett und griff die Schatulle.

»Kennen Sie die?«

Frau Sebastian schüttelte den Kopf.

»Was ist da drin?«, flüsterte sie.

Delego zuckte mit den Schultern.

»Sie ist verschlossen, haben Sie eine Idee, wo Ihre Tochter den Schlüssel versteckt haben könnte?«

Wieder Kopfschütteln.

»Dann werde ich sie mitnehmen müssen.«

Frau Sebastian griff die andere Hand der Polizistin und drückte sie mit einem erstaunlich festen Griff.

»Sie werden ihn finden, oder?«

Delego nickte und dachte, dass sie eigentlich nichts versprechen durfte.

***

Movara bewegte sich nicht von der Stelle und der Arzt schüttelte verständnislos den Kopf. Dann riss er sich den Schlips vom Hals und legte auf Nadines Oberarm eine Aderpresse an.

»Ruf den Notarzt!«

Der Showmaster rührte sich nicht.

»Verdammt! Sie verblutet! Willst du das auf deine Kappe nehmen?«

Movara hob langsam den Kopf und nickte. Maik starrte ihn fassungslos an, zerrte sein Handy aus der Hosentasche und wählte die Nummer des Rettungsdienstes. Eine freundliche Stimme versprach, sofort jemanden zu schicken. Movara ließ sich auf das Sofa sinken und seufzte. Maik kontrollierte die Aderpresse und strich Nadine beruhigend über die Wange. Dann nahm er den Puls am Hals.

»Ich werde nicht zulassen, dass deine Frau hier langsam auf dem Teppich verblutet.«

»Wir könnten einen Überfall fingieren«, schlug Movara vor.

»Überfall? Willst du der Polizei weismachen, dass hier jemand hereinspaziert ist und deiner Frau die Pulsadern aufgeschnitten hat? Und vorher noch was weiß ich mit ihr gemacht hat.«

»Ich habe ihr nicht die …«, versuchte Movara zu erklären.

Maik unterbrach ihn barsch. »Mach, was du willst, aber ich werde deine Brutalität nicht länger unterstützen.«

»Nadine wird mich bestimmt nicht verraten und du auch nicht, hörst du!«, drohte der Showmaster.

Der Arzt betrachtete ihn mit einer Mischung aus Erstaunen und Abscheu. Aus der Ferne näherte sich ein Martinshorn. Movara stand auf und ging zur Tür. Der Mediziner folgte ihm mit den Augen.

Als die drei Rettungssanitäter ins Wohnzimmer stürmten, war Maik verschwunden. Die Männer legten Nadine vorsichtig auf eine Trage und schlossen sie an einen Tropf an. Movara betrachtete das Szenario mit unbewegter Miene. Einer der Sanitäter bedankte sich bei ihm für die professionelle Erste Hilfe. Als Nadine in den Krankenwagen geschoben wurde, lief der Showmaster nach draußen. Er bat den Sanitäter, seine Frau ins Krankenhaus begleiten zu dürfen, und stieg ein.

Das Martinshorn heulte kurz auf und entfernte sich langsam. Als es nicht mehr zu hören war, verließ der Arzt die Küche und ging zurück ins Wohnzimmer. Er war oft hier gewesen und hatte Nadine medizinisch versorgt. Das Bier aus der Bar fühlte sich kalt und frisch an. Maik ließ sich in den Sessel am Fenster fallen und sah hinaus in den Garten. Die üppigen Pflanzen, die Nadine so liebte, waren unter der Schneedecke fast verschwunden und es war sehr still. Er setzte die Flasche an den Mund und leerte sie in einem Zug. Die Kohlensäure brannte in seinem Hals.

Warum war sie bei Movara geblieben, egal, was er ihr angetan hatte? Mit ihm hätte sie es besser gehabt.

Nach einer Weile stand er auf, ließ den Blick ein letztes Mal durch den Garten und den Raum schweifen und verließ das Wohnzimmer. Er öffnete die Haustür, steckte den Schlüssel von außen ins Schloss und drehte ihn zweimal um. Dann warf er ihn in weitem Bogen in den unberührten Schnee.

Er würde dieses Haus nie mehr betreten.

Er hatte seine Schuld abgetragen.

***

Sie betraten das Krankenhaus durch den Seiteneingang, hatten sich mit der Notfallrettung hineinspülen lassen. Es roch, wie es in Krankenhäusern immer riecht, und Breschnow dachte unwillkürlich an Mona. Drass orientierte sich kurz und ging mit großen Schritten zielstrebig einen langen grauen Gang entlang. Breschnow folgte ihm.

Es ist gut, dass er bei uns ist, dachte er. Zumindest für uns.

Sie gelangten an eine Glastür mit dem Hinweis, die Klingel an der rechten Seite zu benutzen. Es dauerte lange, bis eine junge Schwester mit langen schwarzen Haaren öffnete und ihnen den Eintritt mit dem Hinweis, dass nur Angehörige Zugang hätten, verweigerte. Ihr rot lackierter Fingernagel deutete auf ein Schild neben der Tür. Drass schob sich näher an sie heran, lächelte gewinnend und flüsterte ihr etwas ins Ohr.

Die junge Krankenschwester errötete kichernd und ließ sie hinein.

Frau Pasulke lag im Glaskasten Nummer drei, umgeben von Maschinen und Schläuchen, aber sie war wach.

Es habe Komplikationen nach der Operation gegeben, hatte die Schwester erklärt und Drass dabei angehimmelt.

Sie reichte ihnen Handschuhe, Überzieher und Mundschutz und ließ sie eintreten. Die Geräte brummten gleichmäßig und Breschnow empfand einen Moment lang tiefen Frieden in diesem hoch technisierten Raum und wunderte sich darüber. Drass trat an das Bett der alten Frau, begrüßte sie freundlich und wies sich aus. Die Krankenschwester blieb im Hintergrund stehen und beobachtete ihn. Breschnow gab sich einen Ruck und stellte sich neben seinen Kollegen.

»Guten Tag, Frau Pasulke, ich bin Hauptkommissar Breschnow. Ich muss Ihnen leider mitteilen, dass in Ihrer Laube eine tote Frau gefunden wurde.«

Frau Pasulke riss die Augen auf.

»Ihr Name ist Nina Sebastian. Wer außer Ihnen und Ihrem Freund Johannes Schulze kennt die Laube sonst noch?«

Frau Pasulke lief rot an und rang mühsam nach Luft. Drass zog seinen Chef vom Bett weg. Die Schwester bedachte ihn mit einem verärgerten Blick und versuchte, die Kranke zu beruhigen. Eine zweite Krankenschwester eilte herbei und löste Alarm aus. Sekunden später erschien ein dunkelhäutiger Arzt mit einem Pfleger im Schlepptau.

»Sie müssen gehen«, befahl er. Sein Ton duldete keinen Widerspruch.

Drass verließ bereitwillig den Raum, Breschnow blieb stehen und starrte Frau Pasulke an.

»Noch einen Moment«, brummte er.

Das leise Fiepen des Kontrollgeräts schwoll an, wurde zur Sirene und der Pfleger schob ihn unsanft aus dem Raum. Breschnow verschränkte die Arme und starrte durch das Glas. Kurz danach verstummte der Alarm und der Pfleger kam heraus auf den Flur. »Sie wird's überleben«, sagte er, »und Sie gehen jetzt besser.«

Breschnow nickte und eilte in Richtung Ausgang.

Drass stand bereits neben dem Auto und wartete auf ihn.

»Sie weiß was«, stellte Breschnow fest und zündete sich eine Zigarette an. »Hast du ihre Augen gesehen?«

»Mann, ich wäre auch zu Tode erschrocken, wenn du mir in deiner einfühlsamen Art gesagt hättest, dass man in meiner Laube eine Tote gefunden hat«, erwiderte Drass wütend.

»Sie weiß was«, beharrte Breschnow und zerquetschte die Kippe im Schnee. »Lass uns zu den Studios fahren.«

***

Der Bus hielt und es kostete sie viel Kraft, ihn zu verlassen. Die Vorstellung, Movara gegenüberzutreten, drehte ihr den Magen um und die Kopfschmerzen hinter der Aspirin waren deutlich zu spüren. Cosma blieb noch eine Weile auf der Straße stehen und sah dem gelben Doppeldecker hinterher, bis er endgültig aus ihrem Blickfeld verschwunden war. Dann zockelte sie widerwillig zum Eingang, drehte sich noch einmal um und spähte in die Richtung, aus der der nächste Bus zurückkommen würde. Die Straße blieb leer. Seufzend schritt sie durch das Tor, wie immer den Wachmann freundlich grüßend, und betrat den Innenhof der Studios.

Nina ist tot, dachte sie, als sie zum Fenster ihres Chefs hochschaute. Sie spürte die Wut in sich aufsteigen und alles Zögern beiseitewischen. Und ich will wissen, wer das getan hat.

Entschlossen betrat sie das Verwaltungsgebäude und stieg die Treppe hinauf. Oben angekommen, vergewisserte sie sich, dass sie alleine war, legte ein Ohr an die Tür und horchte. Drinnen war es still. Vorsichtig drückte sie die Türklinke, wunderte sich, dass der Raum verschlossen war und fingerte nach ihrem Schlüssel. Als sie ihn nicht finden konnte, leerte sie den gesamten Inhalt ihres Rucksackes auf den Linoleumboden aus. Ein blaues Notizheft, ein Portemonnaie, ein schwarzer Stift, eine Kulturtasche mit chinesischem Muster, die Haustürschlüssel mit dem Schafsanhänger, den ihre Schwester von einer Reise aus Griechenland mitgebracht hatte, und fünf Päckchen Taschentücher kamen zum Vorschein. Der Studioschlüssel blieb verschollen. Wütend stopfte sie die Sachen zurück, rannte die Treppe hinunter.

Der Hausmeister war nicht an seinem Platz. Sie verharrte einen Moment, überlegte, wo sie mit der Suche nach ihm beginnen sollte und entschied sich für das Kostümasservat. Als sie den Hof betrat, sah sie einen schwarzen Mercedes durch die Einfahrt gleiten. Getönte Scheiben verhinderten einen Blick ins Innere. Sie wich dem Fahrzeug aus und eilte weiter. Das große Studio zeigte rotes Licht und sie musste warten. Genervt drehte sie sich zu dem Mercedes um, sah einen hochgewachsenen Mann im schwarzen Anzug und grauem Wollmantel das Fahrzeug verlassen und zum Verwaltungsgebäude eilen. Ein Summen verkündete grünes Licht und lenkte ihre Aufmerksamkeit von dem Mercedes ab. Sie drückte die schwere

Tür auf, trat ein und schloss die Augen, um sich an das Halbdunkel im Inneren zu gewöhnen. Johanna eilte auf sie zu und grinste.

»Er hat mal wieder gekleckert und braucht ein frisches Hemd. Und was machst du hier? Du bist doch noch gar nicht dran.«

»Ich such den Hausmeister. Hast du ihn vielleicht gesehen?«

Johanna schüttelte den Kopf und eilte mit klappernden Absätzen voraus. Cosma starrte auf die High Heels und folgte ihr zum Kostümasservat im hinteren Teil der Halle. Es lag im Dunkeln.

»Da wirst du wohl weitersuchen müssen«, stellte Johanna fest, schaltete das Licht ein und schloss die Tür hinter sich.

Vielleicht ist es ein Zeichen, dachte Cosma. Vielleicht soll ich heute einfach nicht hier sein. Dann stieg sie die Treppen zum Heizungskeller hinab. Der untere Flur war hell erleuchtet und sie folgte der ansteigenden Wärme. Die Tür vom Vorkeller stand offen und der Hausmeister saß an einem Holztisch und las die *BZ*. Er begrüßte sie freundlich, biss in seine Stulle und deutete auf den zweiten Stuhl. »Na, haste Langeweile?«

Cosma schüttelte den Kopf und berichtete ihm von ihrem Dilemma.

Das Faktotum grinste. »Komm, iss erst mal was. Du hast ja ooch nix auf de Rippen, jenau wie die Nina.«

Er schob ihr die Stullenbüchse hin und in dem Moment knurrte ihr Magen vorfreudig. Sie griff sich eine Wurstschnitte mit Gürkchen und biss hinein. Es schmeckte köstlich.

»Meine Frau macht immer zu ville«, sagte der Hausmeister und deutete auf das Stullenpaket. Dann grinste er und rieb sich zufrieden über den prallen Bauch. »Aber ick ess se doch alle.«

Sein Gesichtsausdruck wurde ernst und er rutschte unruhig auf dem Holzstuhl hin und her.

»Haste wat von Nina jehört? Eigentlich darf ick ja nich drüber reden, hat der Polizist jesacht, aber du bist doch ihre Freundin. Da jilt det nich.«

Er sah sie erwartungsvoll an.

»Was haben sie dir gesagt?«

»Nüscht. Nur det se sie suchen.«

»Sie haben sie gefunden«, flüsterte Cosma. »Sie ist tot.«

Der Hausmeister erblasste und gab ein undefinierbares Grunzen von sich. Tränen sammelten sich in seinen Augen.

»Det arme Kind. Wat is'n passiert?«

»Das weiß ich auch nicht. Die Mordkommission war bei mir.«

Der Hausmeister starrte auf seine Stulle in der Hand und legte sie zurück in die Büchse.

»Du meinst, sie is jetötet worden?«

Er sackte auf dem Stuhl noch ein wenig tiefer. Nach einer Weile sah er Cosma traurig an. »Soll ick dir jetzt aufschließen?«

Schweigend stiegen sie hoch in die Halle und verließen sie über den Hinterausgang. Der schwarze Mercedes stand noch auf dem Hof und Cosma sah den Mann im ersten Stock im Büro des Studioleiters am Fenster stehen. Er gestikulierte wild mit den Händen, sein Gesicht war vor Zorn verzerrt. Der Hausmeister folgte ihrem Blick.

»Mal wieder Ärjer«, brummte er und betrat das Gebäude.

»Kennst du den?«, erkundigte sich Cosma.

»Hab ihn schon ma hier jesehen. Da haben se ooch jestritten.«

Er blieb an Movaras Tür stehen und zog einen riesigen Schlüsselbund aus der ausgebeulten Hosentasche. Dann klopfte er Cosma zum Abschied hilflos auf die Schulter. Sie griff seine Hand.

»Hast du Nina gesehen? An dem Tag, meine ich. Mit Movara, hier im Studio?«

Er nickte. »Sie haben Wein jetrunken und mir zujesehen, wie ick die Birne ausjewechselt hab.«

»Hat Nina irgendwas gesagt? Hatte sie, ich weiß auch nicht, Angst? War sie nervös?«

Das Faktotum führte den rechten Zeigefinger an die Nase und wippte leicht von rechts nach links.

»Ernst war sie, nicht so fröhlich wie sonst. Denkst du, der Schtar hat ihr wat anjetan?«

Cosma zuckte ratlos mit den Schultern.

»Sie war ernst? Denkst du, sie hatten Streit?«

Der Hausmeister zuckte mit den Schultern. »Vielleicht.«

Cosma dachte an das wutverzerrte Gesicht ihres Chefs am Fenster.

»Und Movara?«

»Jetz, wo de frachst. Ick gloob, der kochte.«

»Aber sie haben nichts gesagt.«

»Nee, nur jeglotzt.«

»Nur geglotzt«, wiederholte Cosma. »Hast du das Gefühl gehabt, dass du sie störst?«

Der Hausmeister nickte. »Vielleicht hätt ick wat tun können.«

Cosma strich ihm sanft über den Arm. »Das glaube ich nicht.«

Er drehte sich um und ging in Richtung Treppe.

»Erinnerst du dich an Babs«, rief sie ihm hinterher. »Weißt du, wohin sie verschwunden ist?«

Der Hausmeister drehte sich erschrocken um und seine Augen weiteten sich.

»Die war doch von eenem Tach uff den anderen wech. Denkst du, die ooch?«

»Nein. Wenn Babs was passiert wäre, hätten wir das mitgekriegt. Dann wäre die Polizei hier gewesen«, beruhigte sie ihn. »Ich habe noch ein Tuch von ihr, das ich ihr zurückgeben will, weiß aber nicht, wo sie wohnt.«

»Ick frach mal inne Verwaltung«, versprach er und stieg dann mit schweren Schritten die Treppe hinab.

***

Sie ließ den Blick langsam über die verschneiten Grabsteine wandern. Zum Nachdenken kam sie oft hierher. Sie liebte die Ruhe der Friedhöfe, bückte sich und strich sanft den Schnee von einem der kalten Steine, als ihr Handy klingelte.

»Wo bist du?«, fragte Breschnow.

»Auf dem Friedhof«, antwortete Regina. »Ich war im Krankenhaus, aber Frau Pasulke ist nicht ansprechbar.«

»Ich weiß.«

»Du weißt?«

»Drass und ich waren bei ihr. Sie weiß was. Wir müssen in ihre Wohnung.«

»Aber nicht ohne Beschluss.«

»Nicht ohne Beschluss«, äffte Breschnow ihre Stimme nach. »Auf den können wir lange warten. Es liegt nichts gegen sie vor.«

»Hast du angerufen, um mich zu illegalen Handlungen zu verleiten?«, erkundigte sich Regina.

»Man kann's ja mal probieren«, brummte Breschnow und kappte die Verbindung.

***

Delego und Schmitti starrten auf die blaue Schatulle vor ihnen auf dem Schreibtisch.

»Ich habe keinen Schlüssel gefunden«, seufzte Delego. »Sie ist sehr schön.«

Sie nahm das Kästchen erneut in die Hand und drehte es hin und her. Das grelle Neonlicht ließ es geheimnisvoll leuchten.

»Mach es schon auf«, drängelte Schmitti, der die Ungeduld seiner Kollegin kaum noch aushielt.

Seit sie von den Sebastians zurückgekommen war, rutschte Delego unruhig auf ihrem Stuhl hin und her, schielte ständig zu dem blauen Ding und war unfähig, sich auf etwas anderes zu konzentrieren.

»Müssen wir nicht auf Breschnow warten?«

»Quatsch, mach es auf.«

Blitzschnell griff sich Delego die blaue Schatulle und rannte aus dem Büro.

»Ich bin dann mal oben«, rief sie.

Schmitti grinste und widmete sich wieder seinem Bildschirm.

Er gab Peter Polen in die Suchmaschine ein und ein smartes Gesicht lächelte ihn vertrauenerweckend an.

Verdammte heile Welt, schimpfte er und dachte an seinen

dreijährigen Sohn, der mit einer Erkältung zu Hause lag, und an seine zwölfjährige Tochter, die heute die Schule schwänzen musste, um auf ihn aufzupassen, damit ihr Vater und ihre Mutter zum Dienst gehen konnten. Peter Polen hatte bestimmt nie richtig arbeiten müssen. Das einundzwanzigjährige Wunderkind war der jüngste Showmaster in Deutschland und »Spielen und Gewinnen« spielte hervorragende Quoten ein.

»Für Spaß auch noch Geld kriegen«, schnaubte Schmitti, verließ die Promiseite und loggte sich in den Polizeiserver ein.

Peter Polen war am 17. 5. 1991 in Berlin geboren worden. Er hatte eine normale Schullaufbahn durchlaufen, war nie auffällig geworden und wohnte jetzt in der Dircksenstraße 3.

»Wo der Teufel hinscheißt, sind auch Fliegen«, murmelte Schmitti.

»Was meinst du damit?«, erkundigte sich Regina.

Er hatte sie nicht kommen gehört.

»Ich checke gerade Peter Polen. Und wo wohnt er? Natürlich am Hackeschen Markt.«

»Und?«

»Da sitzt das Geld und kann dort auch sitzen, weil die ganzen Promis dorthin ziehen und Unsummen für die Wohnungen zahlen.«

»Wo ist Breschnow?«

»Unterwegs. Ich glaube, in den Oberlandstudios.«

»Ungünstig«, sagte Regina.

Nach Breschnows Anruf war sie sofort hierhergeeilt. Sie hatte gehofft, ihren Chef davon abhalten zu können, Frau Pasulkes Wohnung zu durchsuchen oder wenigstens ihn dorthin zu begleiten. Es war immer besser, so etwas zu zweit durchzuziehen. Falls die Sache aufflog, gab es wenigstens jemanden, der bezeugte, dass der andere nichts in die Wohnung hineingelegt oder entnommen hatte. Vor Gericht spielte das zwar keine Rolle, aber bei der Inneren schon.

Sie stellte sich hinter ihren Kollegen, der wieder konzentriert auf den Bildschirm starrte. »Gehst du bitte noch mal auf die Seite von Peter Polen? Der sieht ja aus wie ein großer Junge.«

»Das liegt am Alter«, grinste Schmitti.

»Natürlich. Er ist erst einundzwanzig.«

»Nicht an seinem, an deinem.«

»Was meinst du denn damit?«

»Wenn du die vierzig überschreitest, wirken alle Zwanzigjährigen plötzlich unglaublich jung ...«

»Und wenn du die fünfzig überschreitest, wie Kinder?«, fragte Regina.

Schmitti nickte mit ernstem Gesicht. Regina lachte.

Er sah sie einen Moment irritiert an und starrte dann wieder auf den Bildschirm.

»Das hier finde ich merkwürdig«, sagte er und deutete mit dem Zeigefinger auf ein kleines Foto in der rechten Seite.

»Wer ist diese Frau?«

»Seine Mutter.«

»Seine Mutter auf seiner Homepage? Er ist doch kein Kind mehr.«

»Vielleicht doch«, sagte Schmitti und klickte sich durch die Seiten. »Hier, auf den Presseseiten ist sie immer neben ihm. Es scheint, als ob sie ihn zu allen Veranstaltungen begleitet.«

»Das ist doch nicht normal. Hast du was im Polizeicomputer gefunden?«

Schmitti schüttelte den Kopf. »Noch nicht mal ein Bußgeld wegen Falschparkens.«

»Aber nur, weil er ein Muttersöhnchen ist und keine Ordnungswidrigkeiten begeht, ist er ja noch kein Mörder. Wieso sollte er seine Freundin töten? Und dann noch auf diese Art und Weise?«

»Vielleicht hat sie ihm Hörner aufgesetzt?«, antwortete Delego, die gerade das Büro betreten hatte. »Das hier ist ja wohl kein gewöhnliches Geschenk.«

Stolz schwenkte sie die durchsichtige Beweismitteltüte vor den Augen ihrer Kollegen hin und her.

»Was ist das?«, fragte Regina.

»Der Inhalt der blauen verschlossenen Schatulle, die ich in Nina Sebastians Zimmer gefunden habe.«

»In der Kienitzer?«

Delego schüttelte den Kopf. »In Schildow. Es gibt eine kleine Kammer am Zimmer und dieses Schmuckstück lag ganz hinten im Regal. Sie wollte nicht, dass es jemand findet. Das Ding hat schätzungsweise um die fünf Mille gekostet. Von ihrem Assistentinnengehalt hat sie das wohl kaum bezahlt.«

Regina griff nach der Tüte und betrachtete das mit Diamanten und Saphiren besetzte Armband. Schmitti pfiff anerkennend. In seinem Kopf erschien das Bild einer neuen Einbauküche.

»Irgendeine Gravur?«, erkundigte er sich.

Delego schüttelte bedauernd den Kopf.

»Wir werden Peter Polen morgen dazu befragen«, entschied Regina und eilte aus dem Büro.

***

Er parkte den Range Rover an der Längsseite des großen Studios. Breschnow quetschte sich durch den schmalen Spalt zwischen Wand und Tür und fluchte vernehmlich. Drass sprang aus dem Wagen und eilte voraus. Der Streit von vorhin saß ihm noch in den Knochen. Breschnow hatte wieder damit angefangen, ohne Durchsuchungsbeschluss in Frau Pasulkes Wohnung gehen zu wollen. Drass war wütend geworden und hatte ihn einen verbohrten Spinner genannt. Es war ihm einfach so herausgerutscht. Sein Chef hatte ihn nur kurz angesehen und geschwiegen. Es war ein schweres Schweigen und Drass wusste, dass er zu weit gegangen war.

Eine der ersten Lektionen, die er von Breschnow gelernt hatte, damals als sie beide noch rauchten und zusammen in der stinkenden Raucherkabine im Präsidium standen, war, dass man sich auf seine Intuition verlassen sollte.

»Nur das führt uns zum Ziel, Andreas. Auch wenn wir dadurch regelwidrig handeln und uns im halblegalen Raum befinden.«

Es war das erste und einzige Mal, dass sein Chef ihn beim Vornamen genannt hatte. »Willst du nur hier stehen und das Haus anstarren oder gehen wir rein?«, brummte Breschnow, der nun neben ihm stand und die Zigarette austrat.

Drass stieß die Eingangstür auf. Eine schlanke Frau in einem eleganten marineblauen Kostüm näherte sich zügig. Ihre hohen Absätze klackten laut auf den grauen Steinfliesen. Sie erkundigte sich freundlich, wen sie suchten. Drass lächelte sie an und fragte nach dem Büro des Studioleiters.

»Herr Schömtich ist leider im Moment nicht im Haus«, sie sah auf ihre Armbanduhr, »wollte aber gegen 14:00 Uhr zurück sein. Wollen Sie vielleicht hier warten?«

Sie deutete auf eine kleine Sitzecke. Breschnow schüttelte den Kopf. »Können wir uns in der Zeit das Studio von Karsten Movara ansehen?«

»Wollen Sie mir vielleicht sagen, wer Sie sind, und um was es geht?«

Breschnow hielt ihr seine Dienstmarke hin.

Ein leichtes Zucken durchzog das makellose Gesicht. »Ich bedauere, aber Herr Movara ist leider auch nicht im Haus.«

»Vielleicht seine Assistentin, Cosma Anderson?«, versuchte es Drass.

Die Frau nickte und bedeutete ihnen, ihr zu folgen. Mit kurzen Schritten tippelte sie über den Flur zur nächsten Treppe. Oben angelangt, klopfte sie an die Tür und trat, ohne eine Reaktion abzuwarten, hinein.

»Frau Anderson, hier sind zwei Herren von der Polizei«, sagte sie. Aus ihrer Stimme war jede Freundlichkeit verschwunden. Drass runzelte die Stirn, bedankte sich für die Hilfe und schloss die Tür hinter ihr. Cosma Anderson stand mit hochrotem Kopf am hinteren Ende des Studios. Breschnow ging auf sie zu. »Was verstecken Sie vor uns?«

Cosma sah den Anflug eines Lächelns in seinem verknitterten Gesicht, ließ langsam die Arme sinken und hielt ihm ein schwarzes Notizbuch hin.

»Oh Scheiße, Sie sollen doch nicht hier rumwühlen«, sagte Drass, eilte an seinem Chef vorbei und nahm es ihr aus der Hand. Während er in den Seiten blätterte, kam Breschnow näher und nickte Cosma anerkennend zu. Sie spürte, wie sie wieder rot wurde.

»Wo haben Sie das her?«

»Aus seiner Sakkotasche. Er war nicht im Studio, als ich

kam, was sonderbar ist, und niemand weiß, wo er ist, und da habe ich die Zeit genutzt, um mich ein bisschen nützlich zu machen.«

Breschnow sah sich um. »Gibt es hier einen Kopierer?«

Cosma zeigte auf einen geschlossenen Büroschrank. Breschnow nahm seinem Kollegen das Notizbuch aus der Hand und gab es ihr zurück.

»Bist du w...?« Drass schluckte das letzte Wort herunter, als er den mahnenden Blick sah. »... wir können die Notizen nicht verwerten, wenn wir sie uns illegal beschaffen.«

»Das weiß ich, aber vielleicht sind wir danach schlauer.«

Cosma öffnete den Büroschrank und schaltete den Kopierer ein, während Breschnow im hinteren Teil des Raums einen schweren grauen Vorhang zur Seite schob. Er verbarg eine geräumige Garderobe mit weißen Herrenoberhemden, blauen und roten Krawatten und drei grauen Anzügen.

»Wieso hat er das Notizbuch hiergelassen«, fragte Breschnow.

»Ich weiß es nicht«, antwortete Cosma. »War wohl ein Versehen.«

»Hat er sonst noch etwas vergessen?«

»Nichts, was ich gefunden hätte, aber ich habe noch nicht alles durchsuchen können.«

»Dann suchen wir doch gemeinsam.«

Breschnow fischte weiße Plastikhandschuhe aus seiner Jackentasche, reichte ihr ein Paar und befahl Drass, die Tür im Auge zu behalten. Widerwillig bezog sein Kollege den Posten, öffnete die Tür einen kleinen Spalt und spähte hinaus. Es war still auf der Etage, nur das leise Klingeln der Telefone aus den Büros im Erdgeschoss drang zu ihnen hinauf. Drass hob den

Daumen und sofort schob sich Breschnow in die kleine Garderobe, die stark nach Lavendel roch. Er fand die violetten Duftsäckchen zwischen den weißen Oberhemden, die er vorsichtig einzeln anhob. Danach untersuchte er die Hosen- und Anzugtaschen. Sie waren, bis auf eine Quittung vom *Kaufhaus des Westens*, leer. Movara hatte zwei Flaschen Champagner gekauft.

Eine für die Ehefrau und eine für die Geliebte, dachte Breschnow und stopfte die Quittung wieder zurück in die Anzugjacke.

»Hier ist nichts«, sagte er und ging zu dem weißen Bücherregal.

»Da auch nicht«, sagte Cosma. »Ich habe schon alles durchsucht.«

Sie reichte ihm die Kopien und verstaute das Notizheft wieder an seinem Platz. Breschnow warf einen kurzen Blick darauf.

»Es kommt jemand«, sagte Drass und schloss vorsichtig die Tür. Breschnow versuchte die Kopien in seine Jackentasche zu quetschen. Als das nicht funktionierte, ließ er sich auf das Sofa fallen und schob die Papiere unter seinen Hintern.

Kurz danach stand die Frau vom Empfang im Raum. Sie ließ ihren Blick misstrauisch von einem zum anderen gleiten. Dann informierte sie die Kommissare, dass Herr Schömtich bei einem Geschäftstermin aufgehalten worden sei und heute nicht mehr in die Studios kommen werde.

»Und wo ist dieser Geschäftstermin?«, erkundigte sich Drass.

»In Potsdam.«

»Kann man ihn dort telefonisch erreichen?«

Die Sekretärin schüttelte den Kopf, reichte ihm eine Visitenkarte und verabschiedete sich mit aufgesetzter Freundlichkeit. Beim Rausgehen warf sie Cosma einen giftigen Blick zu.

»Sie scheint Sie nicht zu mögen«, stellte Breschnow fest, nachdem Drass die Tür hinter ihr geschlossen hatte.

»Das ist nicht persönlich«, antwortete Cosma, »sie mag keine Frauen.«

»Warum denn das?«, erkundigte sich Drass.

»Konkurrenz, vermute ich.«

Breschnow zog die Kopien unter sich hervor und strich sie glatt. Drass stellte sich wieder an die Tür.

»Was bedeutet K.S.?«, erkundigte sich Breschnow nach einer Weile.

Cosma näherte sich ihm zögernd und sah ihm über die Schulter. Er klopfte mit der flachen Hand auf den Platz neben sich.

»Karsten Schömtich, nehme ich an«, antwortete Cosma und setzte sich an den äußersten Rand des Sofas.

Breschnow fluchte leise. »Der Mann hat all seine Termine mit Kürzeln notiert. D.S., L.M., Ü.D., P.S. ...«

»Post scriptum«, schlug Drass von der Tür aus vor. »Lass uns hier verschwinden. Du hast die Kopien und die können wir genauso gut im Revier durchforsten.«

Breschnow gab ihm recht und erhob sich.

»Und was ist mit mir?«, erkundigte sich Cosma.

»Sie kommen mit!«, entschied Breschnow und eilte zur Tür.

***

Als er zurückkam, war niemand zu Hause. Er ging hoch in sein Zimmer und schloss sich ein.

Sie lebt noch, dachte er.

Einen Moment lang war er versucht, seine Mutter anzurufen und sie zu fragen, was er nun tun sollte. Aber dann besann er sich, legte sich aufs Bett und schloss die Augen.

Wenn du jetzt schläfst, sterbe ich, mahnte die Stimme des Mädchens in seinem Kopf.

Er konnte sie deutlich hören.

Sein Herz raste.

Er riss die Augen wieder auf, sah sich im Zimmer um. Dann ging er zum Plattenspieler.

»Imagine« von John Lennon. Das würde helfen.

Er legte die Platte auf. Sie knisterte leise. Die ersten Töne klangen durch die Lautsprecher und er summte mit.

Die Stimme in seinem Kopf schwieg.

Er stellte den Plattenspieler auf Wiederholung und legte sich wieder aufs Bett. Nach einer Weile wurde er schläfrig, schloss die Augen und sank in einen tiefen Traum.

***

Die Beatmungsmaschine zischte. Ein regelmäßiger an- und abschwellender Ton, dem Movara nun schon seit Stunden lauschte. Seine Frau war sofort in den Operationssaal gebracht und der Schnitt am Handgelenk vernäht worden. Viel kritischer aber waren ihre inneren Verletzungen. Die Gebärmutter war an mehreren Stellen gerissen und sie hatten sie entfernen müssen. Nadine würde nie Kinder bekommen können.

Der Arzt hatte ihn gefragt, wie sich seine Frau so verletzen konnte. Movara hatte nur ratlos mit den Schultern gezuckt und die Zweifel und das Misstrauen in den Augen des alten Mediziners gesehen. Dann hatte er den versuchten Suizid angesprochen, darauf hingewiesen, dass er ihn würden melden müssen, und ihm eine Liste mit Psychologen in die Hand gegeben, die Nadine im Anschluss therapeutische Hilfe leisten sollten.

Movara ergriff das Handgelenk seiner Frau und betrachtete den schneeweißen Verband. Zärtlich zog er ihn an die Lippen. Es war noch einmal gut gegangen, aber Maik hatte recht gehabt. Er würde sich in Zukunft etwas zurückhalten müssen oder Nadine abfinden und die Scheidung einreichen. Schlechte Presse konnte er sich in seiner Position nicht leisten. Er strich ihr noch einmal sanft über das schwarze Haar, ließ sich dann wieder auf den Besucherstuhl fallen und versuchte einzuschätzen, ob er sich ihres Schweigens weiterhin sicher sein könnte. Oder würde sie die Gunst der Stunde nutzen und ihre Geschichte an die Boulevardblätter verkaufen?

Vielleicht sollte er sie sofort nach Lettland zurückschicken und sie dort aushalten. Und wenn sie ihn unter Druck setzen würde, könnte er immer noch die Geschichte offensiv angehen und sich als Opfer darstellen. Das Opfer einer Durchgeknallten, die sich selbst verletzt, um ihm zu schaden. Er wusste, dass immer etwas hängen bleiben würde, aber dieser Preis war geringer, als den Rest seines Lebens erpressbar zu sein.

Er stand wieder auf und sah die Beatmungsmaschine und die Monitore an, die mit jedem Geräusch und jeder Kurve bestätigten, dass seine Frau noch am Leben war.

Vielleicht sollte er die Geräte ausstellen. Dann würde er

als armer Witwer dastehen. Das wäre für sein Image hervorragend.

Aber, es gab immer ein Aber. Vor seinem geistigen Auge sah er stundenlange Verhöre. Nein, Lettland wäre eindeutig besser.

Er zog das Handy aus der Anzugjacke und schaltete es ein. Fünf Anrufe und eine SMS. Seine Mailbox spielte ihm eine Sprachnachricht von Cosma Anderson vor, die sich erkundigte, wo er sei und um Rückruf bat.

Jetzt macht sie plötzlich auf fleißig, dachte er. Der werde ich's auch noch zeigen!

Auch die anderen Anrufe kamen aus dem Studio. In dem ganzen Chaos hatte er vergessen, dass heute vor der Show noch Werbeaufnahmen gemacht werden sollten. Er sah auf die Uhr und musste sich sputen, um wenigstens noch rechtzeitig zu seiner eigenen Show zu kommen.

Er warf seiner Frau einen letzten Blick zu und eilte aus dem Zimmer. Die Presse hatte noch kein Blut geleckt und er erreichte unbehelligt den Ausgang. Wahrscheinlich stand die Meute jetzt gerade vor seiner Villa und fror sich die neugierigen Ohren ab. Er winkte dem Chauffeur und die Limousine glitt leise vor den Ausgang. Er würde nicht wieder hierherkommen, Krankenhäuser waren bedrückend. Bevor er einstieg, hörte er eine Stimme und drehte sich um. Ein kurzer Blitz fing sein Gesicht ein. Der Fahrer eilte um den Wagen herum, schob den Reporter grob zur Seite und riss die Fondtür auf. Movara glitt auf den Ledersitz. Automatisch griff er nach der Zeitung und schützte damit sein Gesicht. Der Chauffeur versuchte noch einmal, den Reporter einzuschüchtern, und stieg dann ein. Langsam rollte die Limousine vom Hof. Als sie die Straße erreichten und der Fahrer Gas gab, atmete Movara erleichtert auf und nannte sein Ziel. Dann wählte er die Nummer des Studioleiters.

***

Die Luft in dem kleinen Büro war zum Schneiden. Breschnow riss das Fenster auf. Schwere Dunkelheit hatte sich auf den Polizeihof gelegt. Er zündete sich die nächste Zigarette an.

»Kann ich auch eine haben?«, fragte Cosma.

»Sie rauchen?«

»Gelegentlich.«

Sie streckte die Hand aus und Breschnow reichte ihr das Päckchen und das Feuerzeug. Cosma fischte sich eine Zigarette heraus und zündete sie an. Nach dem ersten Zug musste sie husten. Breschnow betrachtete sie skeptisch. Sie versuchte es erneut, hustete wieder und warf die brennende Kippe an ihm vorbei aus dem Fenster.

»Ist schon länger her«, sagte sie, ging zurück zum Schreibtisch und setzte sich wieder neben Drass, der seinen Zeigefinger auf eine der Kopien drückte.

»P.P. ist Peter Polen und N.S. Nina Sebastian.«

»Wir wissen, dass die Sebastian und Polen ein Paar waren und wir wissen durch die Einträge im Notizheft, dass sich Movara und Nina mehrmals getroffen haben«, sagte Breschnow.

»Aber wir können es nicht verwerten«, stellte Drass fest.

»Noch nicht, aber vielleicht bekommen wir das Notizheft irgendwie offiziell in die Finger. Außerdem wird die DNA-Analyse bald beendet sein.«

»Ohne Vergleichsproben nutzt die nichts. Wir brauchen

einen Speicheltest und den wird Movara uns wohl kaum freiwillig geben.«

»Dann müssen wir es eben unter der Hand versuchen.«

Breschnows Blick wanderte zu Cosma.

Drass sprang auf. »Zieh sie da nicht mit rein!«

»Bist du jetzt ihr Kindermädchen? Was sie lässt oder tut, entscheidet immer noch sie selber.«

Cosma verdrehte die Augen. »Schön, dass ich auch noch gefragt werde.«

»Soll ich um Ihre Hand anhalten?«, grinste Breschnow.

»So in der Art.«

Drass verließ wütend das Zimmer und knallte die Tür zu. Cosma und Breschnow sahen ihm überrascht hinterher.

»Ich glaube, er mag es nicht, dass Sie uns helfen«, stellte Breschnow fest und zündete sich die nächste Zigarette an.

»Und Sie?«

»Ich möchte mit meinen Ermittlungen vorankommen, Frau Anderson, und deshalb bitte ich Sie um Ihre Mitarbeit bei der Beschaffung illegaler Beweismittel.«

Cosma nickte und verschränkte die Arme vor der Brust.

»Haben Sie meinen Chef in Verdacht, Nina getötet zu haben?«

Breschnow zögerte. »Am Anfang gibt es oft keine oder mehrere Verdächtige. Das bedeutet noch nicht so viel. Aber auf jeden Fall verdächtigen wir Movara, ein Verhältnis mit Ihrer Kollegin gehabt zu haben. Und eine Affäre hat schon manchen das Leben gekostet.« Er drückte seine Zigarette aus und musterte sie. »Sie müssen das nicht machen. Aber falls Sie es tun, geben Sie acht auf sich.«

Cosma griff in die Vordertasche ihres Rucksackes und

zog ein Kaugummi heraus. Langsam löste sie es aus der Verpackung, steckte es in den Mund und betrachtete den Kommissar. In seinem Blick lag etwas, das sie bisher noch nie an ihm gesehen hatte. Es sah aus wie Besorgnis.

Sie schwiegen eine Weile.

In die Stille hinein wurde die Bürotür aufgerissen. Drass betrat den Raum und setzte sich wieder neben sie.

Cosma sprang auf. »Au Scheiße! Ich muss sofort ins Studio. Movara hat heute Abend seine Show.«

»Da schließen wir uns gerne an«, sagte Breschnow und fixierte seinen Kollegen. »Du wolltest doch immer schon mal die größte Show am Donnerstagabend live sehen?«

Drass lachte gequält und sie verließen gemeinsam das Büro.

Es hatte wieder angefangen zu schneien. Die Flocken hatten den Polizeihof mit einer hauchdünnen Schicht bedeckt, die alle Spuren verhüllte. Breschnow blieb kurz stehen und betrachtete das Weiß.

Das Schneegedicht, dachte er, ich werde noch das Schneegedicht schreiben. Und ich werde diesen verdammten Kerl schnappen.

Dann eilte er den beiden hinterher, setzte sich quer auf die Rückbank und legte die Beine hoch. Drass startete den Range Rover.

»Movara wird mich feuern«, sagte Cosma, als sie die Hermannstraße erreicht hatten. »Ich bin eine Stunde zu spät. Verdammt, ich hätte vorhin im Studio bleiben sollen.«

»Ist Ihnen Ihre Arbeit wichtig?«, erkundigte sich Drass.

Cosma schüttelte den Kopf. »Nein, aber ich brauche das Geld.«

»Was ist aus Ihrem Schreiben geworden?«

»Den Journalismus habe ich an den Nagel gehängt. Dafür bin ich nicht teamfähig genug.«

Drass zog eine Augenbraue hoch, fragte aber nicht weiter.

Nach zehn Minuten bog er in die Oberlandstraße ein. Schon von Weitem sahen sie die Meute vor den Studios. Die Wachleute hatten alle Hände voll zu tun, die Journalisten davon abzuhalten, den Hof zu stürmen. Ein Übertragungswagen vom RBB bezog gerade auf der gegenüberliegenden Straßenseite Stellung. Cosma entdeckte den Hausmeister, der lautstark mit einer jungen Frau schimpfte, die versucht hatte, sich an ihm vorbeizuquetschen. Breschnow legte sich flach auf den Rücksitz, um nicht gesehen zu werden. Cosma hielt ihren Ausweis an die Seitenscheibe und winkte dem Hausmeister zu. Die Schranke öffnete sich und sie glitten langsam auf den Hof. Noch bevor der Wagen stand, sprang Cosma heraus und steuerte das große Studio an. Johanna stand am Eingang und zog hastig an einer Zigarette.

»Schön, dass du auch noch kommst«, fuhr sie sie an.

»So schlimm?«, erkundigte sich Cosma.

»Noch schlimmer«, antwortete die Maskenbildnerin. »Movara hat das Fotoshooting für die Werbeaufnahmen verpeilt und lässt uns nun dafür büßen. Und dass du nicht da warst, hat es auch nicht gerade besser gemacht.«

Sie zog noch einmal an ihrer Zigarette und schob ihre Kollegin dann energisch vor sich her. Das grelle Scheinwerferlicht im Studio blendete und Cosma legte sich schützend eine Hand vor die Augen.

»Ach, meine Assistentin gibt sich auch schon die Ehre«, hörte sie Movara sagen.

»Alles Gute«, flüsterte Johanna und klopfte ihr auf die Schulter.

»Es tut mir leid«, entschuldigte sich Cosma und ging zu ihm hin.

»Mir auch«, antwortete Movara, als sie vor ihm stand. Er betrachtete sie wütend. Dann strich er ganz unerwartet sanft über ihre Wange. Cosma fröstelte.

»Eigentlich hatte ich mich gerade entschieden, trotz allem weiter mit dir zusammenzuarbeiten«, flüsterte er. »Aber wie es aussieht, ist das wohl keine gute Idee.«

Der Kostümbildner hinter Movara zog eine Grimasse. Cosma senkte den Blick und starrte auf den Boden.

»Wenigstens sieht man, dass es ihr leidtut«, sagte Movara laut und hob die Arme, damit der Kostümbildner die Anzugsachseln mit einem Pulver gegen Schweißflecken einstäuben konnte.

Cosma nutzte die Chance und eilte von ihm weg. Sie atmete tief ein und zwang sich, ihren Job zu machen. Als Erstes erkundigte sie sich bei der Aufnahmeleitung nach dem Stand der Dinge. Es war schon alles vorbereitet und eingestellt, die erste Lichtprobe erfolgreich. Sie ging weiter in den hinteren Teil, wo die Showkandidaten saßen. Johanna zupfte gerade einer jungen Frau die schwarzen Haare zurecht. Cosma stellte sich neben den Maskenstuhl.

»Ich bin Cosma Anderson«, stellte sie sich vor, »die Assistentin von Herrn Movara und vor jeder Show für das Briefing der Kandidaten zuständig.«

Die junge Frau nickte und schrie kurz auf, als Johanna an einer Haarsträhne zog.

»Was werden Sie darbieten?«

»Ich singe«, antwortete die Frau und schrie noch einmal, als Johanna sie traktierte.

Cosma sah zu, wie sich innerhalb von Minuten der langweilige Topfschnitt in ein fransenartiges Kunstgebilde verwandelte.

»So, das war's«, sagte die Maskenbildnerin stolz und trat einen Schritt zurück.

»Singen Sie Play-back?«

Die junge Frau nickte.

»Gut, dann gehen wir jetzt rüber zur Technik und besprechen die Einzelheiten.«

»Und danach kommen Sie wieder hierher, damit ich Ihnen das Gesicht pudern und den Lippenstift auftragen kann«, ergänzte Johanna lächelnd und wandte sich dem Stuhl daneben zu, auf dem ein Junge saß, der aussah, als ob er gerade die Grundschule verlassen hätte.

Breschnow stieg aus. Aus den Augenwinkeln sah er, wie Drass im Bürogebäude verschwand. Er will die Anderson beschützen, dachte er. Wenn er etwas findet, dann muss sie nicht mehr suchen.

Seine Augen glitten über die Meute vor dem Tor und blieben bei dem Mann im blauen Overall hängen. Der Hausmeister stand am anderen Ende des Tores in eine Mauernische gedrückt und beobachtete mit verkniffenen Augen den Trubel. Breschnow ging zu ihm hin und stellte sich vor.

»Geht es hier jeden Donnerstag so zu?«

»Nee, Jott bewahre.«

»Und was ist heute Besonderes?«

Der Hausmeister griff sich an die Nase und schaukelte von einem Bein aufs andere. Dann zog er den Hauptkommissar tiefer in die Nische und flüsterte. »Die Presse sacht, dass die Frau von dem Movara im Krankenhaus is.«

Breschnow musterte ihn. Das Faktotum schwieg.

»Und?«

»Na, da wolln se natürlich wissen, wat los is, is doch so bei die Schtars. Aber der Movara hat nich mit ihnen jeredet, is einfach dran vorbeijefahren.«

Der Hausmeister kratzte sich nachdenklich am Kopf. »Versteh ick nich. Sonst is der immer bei die Presse.«

Breschnow bedankte sich und ging in Richtung Studio. Vorsichtig öffnete er die schwere Stahltür. Als Erstes fiel ihm der kleine Mann auf, der alle um sich herum mit seinen Anweisungen traktierte. Das musste Movara sein. Er durchquerte mit energischen Schritten den Raum und stellte sich dicht vor ihn. Movara sah fragend zu ihm auf. Einen Moment lang war es sehr still.

»Was wollen Sie?«, blaffte der Showmaster.

Breschnow zog in aller Ruhe seine Dienstmarke aus der Tasche und hielt sie Movara vors Gesicht.

»Hauptkommissar Breschnow. Kann ich Sie kurz sprechen?«

»Nein, das können Sie nicht. Sie sehen vielleicht, dass ich hier eine Show habe.«

»Nina Sebastian ist tot«, fuhr Breschnow unbeirrt fort. »Sie wurde ermordet.«

Movara erblasste und Cosma betrachtete ihn mit Genugtuung. Ein Helfer brachte eilig einen Stuhl.

»Wann haben Sie sie zuletzt gesehen?«

»Müssen wir das hier besprechen?«

Breschnow nickte. »Sie haben ja nicht viel Zeit.«

Movara seufzte. »Ich glaube, es war Montagnachmittag, aber sicher bin ich mir nicht. Am besten, Sie fragen meine Assistentin.« Er deutete auf Cosma, die neben ihm stand. »Und lassen Sie mich jetzt meine Arbeit tun. Das ist eine Livesendung.«

Er ließ Breschnow einfach stehen und ging in Richtung Maske.

»Willkommen im Reich der wirklich wichtigen Dinge«, sagte Cosma zynisch.

»Ist der immer so?«, fragte Breschnow.

»Was wollen Sie denn? Zu Ihnen war er doch nett«, antwortete sie und eilte ihrem Chef hinterher.

Breschnow ließ sich auf einen Stuhl fallen und beobachtete eine Weile das geschäftige Treiben. Er erinnerte sich, dass Drass ihm mal von seinen zwei Berufswünschen erzählt hatte, Schauspieler oder Polizist, und er war froh, dass sich sein Kollege für Letzteres entschieden hatte.

Drass betrat das Bürogebäude. Hier drinnen war es still. Die meisten Angestellten hatten bereits Feierabend gemacht. Er orientierte sich kurz und stieg die Treppe hinauf. Er wollte sich noch einmal in Movaras Privatstudio umsehen, hoffte, dort ein gebrauchtes Glas oder einen Kamm zu finden. Es ärgerte ihn, dass sein Chef Cosma um Mithilfe gebeten hatte. Sie war kein Polizeispitzel und Breschnow hatte es schon einmal nicht geschafft, sie zu schützen.

»Kann ich Ihnen helfen?«, erkundigte sich eine Frauenstimme.

Er drehte sich um, sah in das Gesicht der Sekretärin und lächelte.

»Schön, dass Sie gerade kommen. Ich wollte noch einmal nach Karsten Schömtich fragen.«

»Hier oben?«

»Ich dachte, ich treffe ihn vielleicht bei Karsten Movara an. Wir müssen wirklich dringend mit beiden reden.«

»Herr Movara ist im großen Studio, gleich über den Hof.« Sie sah auf ihre Uhr. »Aber ich bezweifele, dass Sie ihn jetzt sprechen können. Seine Show beginnt in zwei Minuten.«

»Und Herr Schömtich?«

»Kommt heute nicht mehr ins Haus. Das habe ich Ihnen doch schon vorhin gesagt. Und weil Sie hier nichts mehr zu tun haben, möchte ich Sie bitten, das Gebäude zu verlassen. Ich würde jetzt gerne abschließen. Man weiß ja nie, wer sich hier so rumtreibt.«

Sie lächelte zuckersüß und zeigte ihm ihre gepflegten Zähne. Drass stieg langsam die Stufen wieder hinab. Sie ließ ihn nicht aus den Augen.

Als er den Hof betrat, sah er Breschnow auf sich zukommen.

»Was gefunden?«

Drass schüttelte den Kopf. »Die Sekretärin passt auf wie ein Wachhund.«

»Und was machen wir jetzt?«

Breschnow deutete mit dem Daumen über seine Schulter auf das Studio hinter sich.

»Showtime!«

***

»Auf uns!«, prostete Delego Regina zu. »Irgendwann werden wir alle wie Breschnow sein, eine Stimme, ein Tonfall ...«

»... und ein Dreitagebart«, warf Regina ein und lachte.

Die beiden Männer am Nebentisch unterbrachen ihr Gespräch und rückten ein Stück näher. Regina musterte sie.

»Keine Chance, Jungs. Meine Freundin und ich reden gerade über unseren gemeinsamen Liebhaber. Daneben gibt es keinen freien Platz für euch.«

Sie bestellte noch zwei Tequila. Delego trank, verzog das Gesicht und ließ den Blick durch den Raum schweifen. Der kleine Mexikaner am Lausitzer Platz hatte sich mittlerweile gefüllt und die Wartenden am Tresen gierten nach einem freien Tisch.

»Nachdem wir nun getrunken haben, können wir etwas essen«, verkündete Regina und griff nach der Speisekarte.

»Zum Glück haben sie Burger mit Pommes«, sagte Delego.

Regina krauste die Stirn. »Isst du auch manchmal was anderes?«

»Klar, Pizza«, grinste ihre Kollegin.

Regina schlug mit der Speisekarte nach ihr und rief die Kellnerin heran.

»Wollen Sie zum Essen ein Bier?«, erkundigte sich die geschäftstüchtige Bedienung.

Die beiden nickten.

»Denkst du, Movara hat dem Mädchen das angetan?«, fragte Delego.

Regina zuckte die Schultern. »Willst du aus unserem Essen jetzt eine Dienstbesprechung machen?«

Delego schüttelte den Kopf. »Wenn du nicht willst ... Weißt du, ich bin gerne Polizistin, es macht mir Spaß, Verbrechen aufzuklären und die bösen Jungs zu fassen.«

»Und als Ausgleich?«

»Schaue ich ›Law and Order‹.«

»Immer noch?«

»Immer wieder!«

Die Kellnerin stellte zwei Flaschen Bier auf den Tisch und ein kleines Bastkörbchen mit Besteck und Servietten.

»Und ich arbeite gern in Breschnows Team. Früher war's echt schlimm«, sagte Delego und trank. »Als Breschnow anfing, war die Abteilung der reinste Taubenschlag und die Kollegen kamen und gingen. Er hat Ruhe reingebracht und, was man ja eigentlich so nicht denkt, auch ein offenes Ohr für alle. Man kann mit ihm reden.«

Die Bedienung brachte das Essen. Delego lief das Wasser im Mund zusammen. Sie biss herzhaft in ihren Burger und tauchte zwei Pommes in die Ketchuppfütze.

»Wieso die Nachnamen?«

»War schon immer so. Früher haben wir uns gesiezt. Breschnow hat zwar das ›Du‹ eingeführt, aber die Nachnamen sind geblieben.«

Sie fuhr sich mit dem Handrücken über den Mund. Regina schob ihr eine Serviette über den Tisch. »Außer bei dir. Dich nennen wir Regina und nicht Monat. Warum eigentlich?«

»Keine Ahnung, vielleicht klingt ›Monat‹ einfach zu sehr nach ›Woche‹, antwortete sie und bestellte noch zwei Tequila.

Ihr Handy klingelte und sie warf einen Blick auf das Display. »Mein neuer Kontakt aus den Oberlandstudios.«

Nach einem kurzen Austausch von Höflichkeiten, verstummte sie und hörte aufmerksam zu.

»Bist du sicher?«

***

FREITAG

»Einen wunderschönen guten Morgen, Herr Hauptkommissar«, grüßte der wachhabende Polizist.

Breschnow musterte ihn skeptisch.

»Vorhin hat eine Frau für Sie angerufen und bittet um Rückruf.«

Der junge Mann schob ein sorgfältig ausgefülltes Telefonformular über den Tresen. Breschnow faltete den Bogen ungelesen zusammen und eilte die Treppe hinauf. In seinem Büro ließ er sich in den Schreibtischstuhl fallen, zog das Handy aus der Jackentasche und versuchte es einzuschalten. Der Bildschirm blieb schwarz. Grimmig entfaltete er die Telefonnotiz und legte sie auf den Schreibtisch. Iris bat um Rückruf. Er hatte versprochen, sie gestern Abend im Krankenhaus abzulösen. Und er hatte es vergessen.

Laut fluchend griff er nach dem Telefonhörer. Nach fünfmaligem Klingeln sprang der Anrufbeantworter an. Er hinterließ keine Nachricht und wollte gerade das Büro verlassen, als das Telefon klingelte. Er hoffte, dass seine Schwester ihn zurückrief und nahm ab. Die laute Stimme seines Vorgesetzten befahl ihn augenblicklich in sein Heiligtum. Breschnow steckte sich eine Zigarette an, erwog Befehlsverweigerung, rauchte auf und eilte aus dem Büro.

»Wo willst du hin«, erkundigte sich Drass, der fast mit ihm zusammenstieß.

»Nach oben«, brummte Breschnow.

»Und die Dienstbesprechung?«

»Muss warten.«

Ein metallisches Klacken verkündete die Ankunft des Aufzugs. Breschnow sah Delego aussteigen. Sie wirkte müde. Schmitti hingegen hüpfte fast zum Besprechungsraum und redete munter auf sie ein. Delego verdrehte die Augen. Breschnow eilte an ihnen vorbei und fuhr hoch in den dritten Stock.

»Gehen Sie gleich durch«, lächelte die Vorzimmerfrau schadenfroh.

Wortlos durchquerte er ihr Büro und blieb an der halbgeöffneten Tür stehen. Drei Männer saßen an dem runden Tisch, den Kurt Willich sich nach einem Kommunikationsseminar für Vorgesetzte angeschafft hatte. Er winkte ihn heran und bat ihn, Platz zu nehmen. Zu seiner Rechten saß der schmächtige Pressesprecher mit seiner schwarzen Brille, wie immer tadellos gekleidet, ihm gegenüber ein Mann, den Breschnow noch nie gesehen hatte. Sein Vorgesetzter stellte ihn als Karsten Movaras Anwalt vor. Er ergriff sofort das Wort.

»Mein Mandant hat mich beauftragt, Ihnen mitzuteilen, dass er zukünftig nur nach Terminvergabe mit Ihnen reden wird.«

Breschnow sah ihn fragend an.

»Sie haben ihn unmittelbar vor …«, er betonte das Wort »vor«, »der Show mit Ihren Fragen bedrängt. Und das vor«, er betonte das Wort noch einmal, »allen Studioangestellten.«

Breschnow sprang auf. Kurt Willich befahl ihm, sich wieder

zu setzen. Der Pressesprecher sah besorgt von einem zum anderen.

»Wir wollen doch alle keinen Ärger«, sagte der Anwalt und fixierte Kurt Willich. »Herr Movara ist genau wie Sie ein vielbeschäftigter Mann. Und er muss wie alle Männer, die in der Öffentlichkeit stehen, auf seinen Ruf achten. Wenn Ihre Beamten ihn unbedingt noch einmal befragen müssen, dann vereinbaren Sie doch bitte vorab einen Termin mit seiner Assistentin.«

Kurt Willich lächelte, Breschnow riss sich zusammen, um dem Juristen nicht an die Gurgel zu gehen, und der Pressesprecher schrieb alles mit. Der Anwalt erhob sich, knöpfte die Anzugjacke zu, verabschiedete sich von allen mit Handschlag und verließ den Raum.

»Was war denn da los, Hauptkommissar Breschnow?«, erkundigte sich Willich. In seiner Stimme schwang Ärger mit.

»Nichts«, zischte Breschnow. »Ich habe lediglich versucht, Karsten Movara im Mordfall Nina Sebastian zu befragen. Und ich werde jetzt gehen und weiter meine Arbeit machen.«

Willich hielt ihn am Ärmel fest. »Halten Sie sich in Zukunft zurück!«, zischte er. »Das sind berühmte Leute, mit denen Sie zu tun haben, und nicht Ihre obdachlosen Freunde. Behandeln Sie sie auch so!«

Breschnow schnaubte und starrte seinen Vorgesetzten wütend an. Willich ließ den Ärmel los und Breschnow eilte zur Tür.

»Sonst ziehe ich Sie von dem Fall ab«, hörte er Willich noch rufen, bevor er die Tür hinter sich zuknallte.

Die Vorzimmerfrau warf ihm einen vorwurfsvollen Blick zu.

Jetzt brauche ich etwas zu trinken, dachte er und eilte in sein Büro.

Fünfzehn Minuten später betrat er den Besprechungsraum.

»Was war da oben los?«, erkundigte sich Drass.

Breschnow brummelte etwas Unverständliches und setzte sich an den Tisch.

»Ich habe gestern versucht, dich anzurufen«, eröffnete Regina die Sitzung.

»Nicht nur du«, sagte Breschnow und musterte Delego.

Ihre krausen Haare standen noch widerspenstiger vom Kopf ab als sonst und ihre Augen waren verquollen.

»Mexikaner«, seufzte sie, als sie seinen Blick bemerkte.

Breschnow stellte sich an das Whiteboard und sah Regina an. »Weswegen wolltest du mich sprechen?«

»Ich habe über eine Freundin einen jungen Mann kennengelernt ...«

»Oho«, unterbrach Schmitti und warf ihr einen interessierten Blick zu.

»Er macht ein Kurzpraktikum in den Oberlandstudios und gestern war sein letzter Tag«, fuhr Regina unberührt fort. »Ich habe ihn gebeten, sich ein bisschen umzuhören. Und das hat er getan. Angeblich waren Movara und Nina Sebastian an dem Abend, an dem sie verschwand, verabredet. Sie wollten um 18:00 Uhr ins Kino gehen.«

Regina sah in die Runde.

»Und, waren sie im Kino?«

»Das weiß natürlich niemand. Nina hat sich nach Aussagen des Praktikanten mit dem Date wichtiggemacht.«

»Was wären wir nur ohne Klatsch und Tratsch!«, bemerkte Breschnow und notierte die Mitteilung auf dem Whiteboard. »Wir müssen Movara noch mal auf den Zahn fühlen.«

Er sah die fragenden Blicke der Kollegen und ergänzte:

»Drass und ich haben die halbe Nacht in den Oberlandstudios verbracht.«

»Lass mich raten«, grinste Schmitti. »DATS?«

»Was?«

»Die ›Donnerstag-Abend-Talent-Show‹?«

Breschnow nickte verdrossen.

»Sehen meine Frau und meine Tochter auch immer. Ich persönlich bin nicht dafür zu haben. Ist mir zu blöd.«

Blöd trifft es nicht ganz, dachte Breschnow. Er hatte die Show unerträglich gefunden, und Movara war auf seiner persönlichen Liste zum Unsympath Nummer eins aufgestiegen. Der Showmaster hatte die hoffnungsfrohen Kandidaten ausnahmslos grob und herablassend behandelt und dabei die ganze Zeit freundlich gelächelt. Das Gespräch im Anschluss hatte er klugerweise Drass überlassen, um sich nicht im Ton zu vergreifen. Umso verärgerter war er über die Beschwerde, die der Anwalt vorhin überbracht hatte.

»Movara behauptet, Nina Sebastian kaum zu kennen«, sagte Drass. »Man laufe sich in den Studios halt über den Weg, oder so ähnlich hat er sich ausgedrückt. Er sagt, dass er sie am Montagnachmittag zum letzten Mal gesehen hat. Sie sei überraschenderweise bei ihm im Studio aufgetaucht.«

»Was wollte sie?«

»Sich bei ihm bewerben. Das hat ihm geschmeichelt und er hat sie zu einem Glas Wein eingeladen.«

»Die zwei Gläser in der Spüle«, sagte Schmitti.

»Genau. Nach seinen Aussagen verließ Nina kurz nach dem Auftauchen des Hausmeisters sein Studio. Und danach hat er sie nicht mehr gesehen.«

»Und hat er sie als Assistentin genommen?«

Drass schüttelte den Kopf. »Er habe doch, Zitat, ›seine fleißige Cosma‹.«

»Und was hat er danach gemacht?«, fragte Regina.

»Ist nach Hause gefahren und hat den Abend mit seiner Frau verbracht.«

»Pah! Ein Ehegattenalibi ist das Papier nicht wert, auf dem es in der Akte landet«, schnaubte Schmitti.

»Leider wahr«, bestätigte Breschnow, »aber vor Gericht tauglich, bis das Gegenteil bewiesen ist. Wir haben in seinem Studio ein Notizheft gefunden, oder besser gesagt, Frau Anderson hat das Notizheft gefunden und war so freundlich, uns Kopien zu machen.«

»Arbeitet die jetzt für uns?«, fragte Schmitti.

Breschnow grinste. »Nicht direkt.«

»Im Notizheft taucht mehrmals das Kürzel NS auf, auch für den Montagnachmittag.«

»Und für den Abend?«, erkundigte sich Regina erwartungsvoll.

Breschnow schüttelte den Kopf

Drass stand auf, nahm die Kanne aus der Maschine und goss sich einen Kaffee ein.

»Möchte noch jemand?«, fragte er in die Runde. Delego nickte und schob ihm ihre Tasse hin.

»Movaras Frau Nadine ist gestern ins Krankenhaus gekommen«, berichtete Breschnow weiter.

»Dann kann sie ihm doch gar kein Alibi für den Abend geben«, wandte Regina ein.

»Sie ist erst in der Nacht eingeliefert worden. Movara hätte sich ohne Weiteres noch mit Nina Sebastian treffen können.«

»Hat er was mit den Verletzungen seiner Frau zu tun?«

»Angeblich hätte sie eine Fehlgeburt gehabt, aber das kaufe ich ihm nicht ab.«

»Wieso?«

»Weil ich denke, dass ein Typ wie Movara mit einer Schwangerschaft im Studio und bei der Presse hausieren gegangen wäre.«

»Vielleicht war sie noch ganz am Anfang«, sagte Regina.

»Oder sie hatte es ihm noch nicht gesagt?«, mutmaßte Delego.

»Hast du irgendetwas darüber gefunden?«

Schmitti schüttelte den Kopf.

Breschnow begann, im Raum auf und ab zu laufen. »Regina, du fährst nachher zur Klinik. Finde raus, warum sie eingeliefert wurde. Gibt es was über Peter Polen?«

Schmitti breitete seine Notizen vor sich auf dem Tisch aus und trug mit ausdrucksloser Stimme die Ergebnisse seiner Recherchen vor. Breschnow fühlte sich auf die Schulbank zurückversetzt und dachte an ein Sozialkundereferat in der zwölften Klasse.

»Peter Polen ist so sauber wie ein frisch gewaschenes Hemd«, endete Schmitti und nippte an der Kaffeetasse.

»Das habe ich befürchtet«, sagte Breschnow. »Finde mehr über seine Mutter heraus und lass Frau Pasulke durchs Suchprogramm laufen und Nadine Movara auch.«

Er wandte sich Delego zu, die, auf einmal hellwach, ihm stolz die dunkelblaue Schatulle präsentierte. Mitten in ihrer Rede, sprang er plötzlich auf und eilte zur Tür.

»Verdammt, Delego, wir müssen in die Rechtsmedizin. Die Sebastians wollen heute Morgen ihre Tochter sehen.«

Enttäuscht rannte die Kommissarin ihm hinterher. Sie hasteten über den Hof und Breschnow ließ sich ihr Handy geben. In der Rechtsmedizin meldete sich nur die Mailbox.

»Lass uns mein Auto nehmen«, schlug Delego vor. »Es steht da hinten unterm Dach.«

»Was war in der Schatulle?«, erkundigte sich Breschnow.

»Ein Armband.«

»Und?«

Delego stoppte abrupt und lächelte ihn an.

»Ein teures Armband, Breschnow«, sagte sie und schloss die Autotür auf.

»Vielleicht hat sie es von ihren Eltern. Zu irgendeinem besonderen Anlass?«

»Nein, die haben es noch nie gesehen.«

»Wie teuer?«, erkundigte sich Breschnow und ließ sich auf den Vordersitz fallen.

»Um die fünftausend Euro!«

Er pfiff anerkennend durch die Zähne. »Na, wenn das kein Liebesbeweis ist. Wir müssen es Peter Polen zeigen.«

»Schmitti hat ihn für 14:00 Uhr einbestellt.«

Delego setzte den Blinker und bog auf den Columbiadamm.

»Das Armband passt zum Hochzeitskleid«, sagte Breschnow nach einer Weile.

Delegos Handy klingelte und sie deutete auf seine Jackentasche. Überrascht, es eingesteckt zu haben, fischte er es heraus und steckte es in die Freisprechanlage. Reginas Stimme füllte den Wagen.

»Delego, Breschnow, wir haben eine neue Leiche.«

***

Sicherheitshalber war er dreimal um den Block gefahren. Erst dann hatte er vor dem Haus gehalten. Nun stand er vor Ninas Wohnungstür und hielt den Schlüssel in seiner Faust. Er hatte ihn heimlich nachgemacht, obwohl er eigentlich diese grässliche Wohnung nie mehr hatte betreten wollen. Er öffnete die Faust und schloss auf. Ein muffiger Chemikaliengeruch begrüßte ihn. Die Polizei hatte ihre Spuren hinterlassen. Er dachte an den Film mit einem Tatortreiniger, der nach einem Mord fälschlicherweise den ganzen Dreck beseitigt hatte, das Blut, den Urin und was sonst noch alles bei einem gewaltsamen Tod aus einem Körper kommt. Aber hier hatte es keinen gewaltsamen Tod gegeben. Die Wohnung war bis auf die Hinterlassenschaften der Spurensicherung sauber. Sein Blick fiel auf das verhasste Bett. Er wusste, dass Nina ihn betrogen hatte und er ahnte, mit wem. Aber jetzt wollte er endlich Gewissheit. Sie hatte bereits dafür bezahlt, und derjenige würde es auch noch tun. Unruhig fischte er die Lederhandschuhe aus der Manteltasche und zog sie über. Dann trat er an das Bett und begutachtete jede Schublade. Alles, was er darin fand, verursachte ihm Übelkeit.

Er seufzte und zog die letzte Schublade heraus. In einer Packung Viagra steckte ein Foto und es wunderte ihn, dass die Polizei es nicht mitgenommen hatte. Er ließ sich auf das Bett sinken und starrte auf die Aufnahme. Seine Nina in einem weißen Hochzeitskleid mit Spitzen. Ihr rechter Arm war angewinkelt und hielt eine kleine weiße, mit bunten Rosen bestickte Handtasche. Das Handgelenk zierte ein Armband, das er noch nie gesehen hatte.

Wieso trug sie dieses Kleid?

Angewidert schleuderte er die Aufnahme auf das Bett. Dann durchwühlte er noch einmal alle Schubladen und ließ seinen

Blick durch den Raum gleiten. Hatte Nina ein Faible für ausgefallene Sexspiele? Hatte sie sich hier vergnügt oder hatte sie sich verkauft?

Er wusste nicht mehr, was er glauben sollte. Er kannte Nina seit der Kindheit, aber hatte er sie wirklich gekannt? Ratlos ging er zum Kleiderschrank. Als er ihn öffnete, verströmte er Ninas Geruch. Augenblicklich schossen ihm die Tränen in die Augen. Er wischte sie hastig weg, sah wieder zum Bett, sah das Foto und spürte Wut in sich aufsteigen.

Was hatte Nina ihm noch verheimlicht?

Er raste in die Küche, riss alle Schränke auf, hob den kleinen Hibiskus hoch, schaute darunter und auch hinter den Kalender an der Wand. Er checkte den Toilettenkasten, klopfte die Wände nach Hohlräumen ab und kam sich vor wie in einem schlechten Krimi.

Nach einer Stunde ließ er sich frustriert auf das große Bett sinken. Nichts hatte er gefunden, nichts außer dem Foto. Nina als Braut.

Niedergeschlagen verließ er die Wohnung und stieg langsam die Treppen hinab. Ein Nachbar kam ihm entgegen. Er hoffte, dass er ihn nicht erkannt hatte.

***

Die Rechtsmedizinerin sah auf die Uhr und seufzte. Das Ehepaar Sebastian wartete bereits seit einer Stunde und Breschnow war nicht in Sicht. Das war ungewöhnlich für den sonst so zuverlässigen Kriminalhauptkommissar, den sie kannte. Erneut griff sie nach dem Hörer und wählte seine Nummer. Mit dem Handy am Ohr ging sie wieder den Flur auf und ab.

»Der Teilnehmer ist …«

Sie eilte in ihr Büro, griff nach dem Festnetztelefon und fragte sich, warum sie das nicht schon früher getan hatte. Schmitti meldete sich nach dem ersten Klingeln. Breschnow sei auf dem Weg zu einem neuen Opfer, aber Delego würde in Kürze eintreffen.

Monika seufzte. Sie fühlte sich unsicher, wenn sie mit den Trauernden alleine war. Bei den Toten war das anders. Die konnte sie befragen und ihnen ihre Geheimnisse entlocken, die Toten schwiegen und gaben doch viel preis. Sie blieb noch einige Minuten sitzen, bereitete sich innerlich auf die Begegnung vor, stand dann auf, strich den Rock glatt und verließ das Büro. Je näher sie dem Empfangsraum kam, desto intensiver wurden die Geräusche. Sie hörte die Kollegen im Obduktionssaal reden und ab und zu ein Fluchen oder Lachen, das Klappern der Instrumente auf den Stahltischen und leise Musik. Zum Glück war die Stryker-Säge nicht in Aktion. Wenn es nach ihr gegangen wäre, hätte man den Empfang in den ersten Stock verlegt, aber sie musste zugeben, dass es praktischer war, in der Nähe des Kühlraums zu bleiben.

Das Ehepaar Sebastian saß auf der harten Holzbank, der Mann hatte einen Arm um seine Frau gelegt und musterte Monika mit festem Blick.

»Sie haben uns lange warten lassen«, stellte er fest und stand auf.

Seine Frau schien es gar nicht zu bemerken. Die Rechtsmedizinerin entschuldigte sich, ging vor der Mutter in die Hocke und versuchte, ihren Blick einzufangen.

Es ist nicht gut für sie, ihre Tochter zu sehen, dachte sie. Sie kann es nicht verkraften, jetzt noch nicht.

»Frau Sebastian, wollen Sie nicht lieber hier draußen warten? Ich könnte jemanden rufen, der bei Ihnen bleibt.«

Ihr Mann schüttelte den Kopf. »Sie besteht darauf.«

»Gut, dann fangen wir an.«

Sie stellte sich an die Glastür und drückte die Gegensprechanlage. Kurz danach öffnete sich der schwere Vorhang und gab den Blick auf einen kleinen Raum mit weißen Wänden und grauem Teppichboden frei. Im hinteren Teil stand die Bahre. Der Körper darunter war mit einem weißen Laken abgedeckt. Nur der Kopf war zu sehen und das schwarze Haar betonte noch die Blässe des Mädchens. Monika dachte, dass es besser gewesen wäre, die Haare mit einem Tuch zu bedecken.

Herr Sebastian half seiner Frau auf und stützte sie. Leise Klaviermusik drang aus den unsichtbaren Lautsprechern. Sie sollte die Geräusche aus dem Obduktionssaal übertönen. Wenigstens das hatte Monika durchsetzen können.

Der Pathologieassistent trat in den Hintergrund und gab den Platz um die Tote frei. Er hatte den Arbeitskittel abgelegt und trug einen schwarzen Rollkragenpullover und Jeans. Herr Sebastian nickte ihm zur Begrüßung zu, führte seine Frau zu der Bahre und flüsterte ihr etwas ins Ohr. Sie nickte kaum merklich und er ließ sie los, stellte sich auf die andere Seite, die Tochter nun zwischen ihnen. Ein leises Schluchzen. Frau Sebastian sank zu Boden. Ihr Mann starrte wie in Trance auf seine tote Tochter, strich ihr immer wieder sanft über das Haar und sprach leise auf sie ein. Monika eilte der Frau zur Hilfe, kniete sich neben sie und fühlte ihren Puls.

»Sie ist ohnmächtig, wir müssen sie rausbringen.«

Der Assistent trat neben sie. »Ich kann ihn hier nicht allein lassen«, flüsterte er, »das ist gegen die Vorschriften.«

»Zwei Minuten, da kann er nicht viel anstellen.«

Monikas Blick glitt zu Herrn Sebastian, der weiterhin leise mit seiner Tochter redete. Er schien von der Ohnmacht seiner Frau nichts bemerkt zu haben. Sie griff nach den Füßen der Mutter und der Assistent hob den Oberkörper an. Vorsichtig trugen sie sie hinaus und betteten sie auf die harte Holzbank. Monika legte ihr ein Kissen unter den Kopf und schickte den Assistenten los, um ein Glas Wasser und Riechsalz zu holen. Als er zurückkam, eilte sie wieder in den Besucherraum. Herr Sebastian hatte das weiße Laken vom Körper seiner Tochter heruntergezogen und betrachtete den roten Ypsilonschnitt, der sich vom Hals bis zum Bauchnabel zog. Vorsichtig fuhr er ihn mit dem Zeigefinger nach, griff dann nach dem linken Handgelenk und drehte es um. Die Nähte der kurzen Wunde waren deutlich zu sehen. Tränen liefen über sein Gesicht. Behutsam griff er nach dem Laken und deckte den Körper wieder zu. Er gab seiner Tochter einen letzten Kuss auf die Stirn und verließ wortlos den Raum.

***

Das trübe Winterlicht lag noch schwer über dem Wald, sodass Breschnow die Scheinwerfer der Spurensicherung schon von Weitem sah. Sie erhellten den Tatort kreisförmig.

Wie eine Theaterbühne, dachte er und trat näher.

Manfred klopfte ihm wie immer zur Begrüßung auf die Schulter und hielt Regina die Hand hin. Dann reichte der Kriminaltechniker ihnen die weiße Schutzkleidung und achtete darauf, dass Breschnow die Sachen auch wirklich anzog. Erst dann gab er den Weg frei. Die beiden Ermittler gingen in Richtung Scheinwerfer und blieben am Außenrand des Lichtkegels stehen.

Die füllige Frau lag malerisch gebettet auf einem weißen Laken im weißen Schnee, ihren Kopf leicht nach links gedreht, die toten Augen blicklos. Sie war mit einer weißen Bluse bekleidet. Nur ihr Slip hob sich weinrot von der weißen Umgebung ab. Der Täter hatte die Leiche auch dieses Mal in Szene gesetzt. Breschnow trat näher und ging in die Hocke. Vorsichtig griff er den Arm der Frau und drehte ihn um. Ein hässlicher Schnitt verunstaltete das Handgelenk. Er wusste, dass die andere Seite genauso aussehen würde. Regina stellte sich hinter ihn.

»Derselbe?«

»Könnte sein. Aber er scheint es eiliger gehabt zu haben. Eine Ecke des Lakens ist verknittert, das Haar der Frau zerzaust und ihre Bluse verrutscht. Bei Nina Sebastian war alles irgendwie ...«, Breschnow suchte nach dem passenden Wort, »... sorgfältiger, aufgeräumter, ruhiger.«

Er erhob sich und drehte sich zu seiner Kollegin um.

»Sie ist nicht hier getötet worden«, stellte sie fest.

»Nein, aber ich vermute, auch nicht weit weg von hier. Weißt du, wer sie gefunden hat?«

Regina schüttelte den Kopf und deutete auf einen Uniformierten, der ungefähr zehn Meter vom Fundort an einen Baum gelehnt stand. »Aber ich frag gleich mal nach.«

Breschnow wandte sich wieder der Toten zu. Er schätzte sie auf Ende dreißig, doppelt so alt wie Nina Sebastian, und sie war blond und füllig. Er beugte sich zu den blicklosen Augen hinab. Graublau. Nina Sebastians Augen waren dunkelbraun gewesen und sie war schlank, fast dürr.

Gab es trotzdem eine Verbindung? Oder hatte ein kranker Irrer einen anderen kranken Irren nachgeahmt?

Beiden Frauen waren die Pulsadern aufgeschnitten worden und man hatte sie verbluten lassen. Beide waren nach ihrem Tod an einem anderen, einem saubereren Ort abgelegt worden.

Tat es ihm im Nachhinein leid, sie getötet zu haben? Hatten sie es verdient? Zollte er ihnen Respekt und wollte sie deswegen nicht in ihrem Blut liegen lassen? Hatte er sie erlöst?

»Derselbe?«

Breschnow zuckte zusammen. Er hatte Manfred nicht kommen gehört.

»Derselbe wie wer?«, erkundigte sich eine helle Männerstimme.

Breschnow drehte sich um.

Hinter dem Spurensicherer stand ein kleiner dicker Mann, der in seiner Schutzkleidung aussah wie eine Wurst. Breschnow sah ihn fragend an.

»Sergei Artymovytsch«, sagte der Mann ernst. »Rechtsmedizin Potsdam.«

»Wieso Potsdam?«, erkundigte sich Breschnow erstaunt.

»Sie sind hier in Brandenburg, Herr …?«

»Breschnow, Mordkommission Berlin.«

Die Männer taxierten sich und schüttelten einander dann widerstrebend die Hände. Der Rechtsmediziner stellte seinen Aluminiumkoffer ab.

Diese Koffer sehen alle gleich aus, dachte Breschnow.

Artymovytsch setzte sich ein Headset auf den Kopf, stöpselte das Aufnahmegerät ein, wechselte den Handschuh, mit dem er eben Breschnow begrüßt hatte und beugte sich über die Leiche.

»Vor mir liegt eine Frau. Sie ist circa vierzig Jahre alt, leicht übergewichtig, sie liegt auf dem Rücken. Beide Pulsadern sind geöffnet. Andere Verletzungen sind auf den ersten Blick nicht erkennbar. Die Frau ist bekleidet mit…«

Breschnow zog Manfred ein Stück nach hinten.

»Wenn wir hier in Brandenburg sind, wieso sind wir dann überhaupt am Tatort?«, knurrte er.

Manfred hob beschwichtigend die Hände.

»Mach mal langsam. Das hier ist nicht meine Schuld. Ein Spaziergänger hat sie gefunden.«

Er deutete mit dem Finger auf einen jungen Mann, der von Regina gerade befragt wurde.

»Er hat den Notruf gewählt. Der Mann ist aus Nikolassee, deswegen haben die Kollegen erst die Streife und dann uns verständigt. Aber dann haben die Uniformierten gemerkt, dass die Leiche eigentlich doch schon in Kleinmachnow liegt und haben ihre Kollegen aus dem Osten benachrichtigt.«

Er seufzte. »Früher wäre das alles viel einfacher gewesen. Da hätte ein Zaun die Grenze ganz klar markiert. Aber heute kann man jemanden einfach in Berlin töten und ihn dann nach Brandenburg schleppen und genau das hat er getan.«

»Woher willst du das wissen?«

»Manfred'sche Intuition und hervorragende Spurensicherung«, lächelte Manfred und gab Breschnow ein Zeichen, ihm zu folgen. Sie durchquerten ein Stück dichten Waldes, kamen an eine Lichtung und rechts davon an einen Grillplatz. Breschnow registrierte unregelmäßige Blutspritzer im Schnee.

»Wo sind wir hier«, erkundigte er sich.

»Im Forst Düppel«, antwortete Manfred. »Ich habe einfach

die Spuren vom Ablageort ausgehend zurückverfolgt und sie haben mich genau hierher gebracht.«

Er deutete auf eine kleine halb verfallene Hütte, um die herum zwei Spurensicherer den Boden absuchten.

»Ich habe drinnen noch nicht nachgesehen«, ergänzte er, »hatte Schiss, dass das ganze Ding zusammenfällt, wenn ich die Tür aufmache.«

Breschnow verstand, was er meinte. Die Hütte hing windschief an einen knorrigen Baum gelehnt, das Dach war beschädigt, die Fensterscheiben fehlten größtenteils.

»Von wo aus führen die Spuren zur Hütte hin?«, erkundigte er sich.

»Es gibt einen Parkplatz, ungefähr zweihundert Meter entfernt von hier. Der Weg geht an der Hütte vorbei und macht dort hinten einen Bogen.«

Manfred deutete auf einen Punkt hinter dem verfallenen Häuschen und Breschnow erkannte undeutlich einen breiten Weg.

»Viele Spuren, um deiner nächsten Frage zuvorzukommen, auch auf dem Parkplatz. Scheint eine beliebte Hundestrecke zu sein, aber die drei Meter vom Abzweig bis zur Hütte hat nur er betreten.«

»Kannst du die Spuren verwerten?«

»Vielleicht. Wir haben mehrere Gipsabdrücke gemacht. Ungefähr Schuhgröße dreiundvierzig, ziemlich tief im Schnee drin.«

»Hat er die Frau getragen?«

»Zumindest die letzten drei Meter. Da gibt es nur seine Spuren, aber die sind ziemlich unklar. Er hat seine Füße mehr gezogen als angehoben.«

»Und Abdrücke von ihr?«

Manfred schüttelte den Kopf. »Auf dem Parkplatz und dem Weg gibt es zu viele Schuhabdrücke. Da werden wir ihre nicht finden, selbst wenn sie anfangs noch selber gelaufen ist.«

»Na dann, auf ins Häuschen.«

Manfred gab seinem Team die Anweisung, sich an die Außenseiten der Hütte zu stellen.

Breschnow grinste. »Sollen sie das Haus halten, wenn es umstürzt?«

Manfred nickte ernst und griff nach der Tür. Sie ließ sich erstaunlich leicht öffnen. Die beiden betraten den muffigen Innenraum. Das Licht, das durch das Fenster und das Dach drang, erhellte nur den vorderen Teil. Es knirschte unter ihren Füßen, als sie einen Schritt hinein machten. Der Spurensicherer leuchtete den Boden ab.

»Glas und Verpackungsreste«, stellte er fest, »Kippen und anderer Dreck. Sieht so aus, als ob hier jemand gewohnt hat.«

»Nettes Zuhause.«

»Wer's mag. Aber mach dir keine großen Hoffnungen. Das Zeug ist alt. Vielleicht vom Sommer.«

Der Spurensicherer drehte sich um und gab seinen Kollegen neue Anweisungen.

Breschnow ging langsam tiefer hinein. Ein anderer Geruch mischte sich unter die Fäulnis, süßlich und schwer, der Geruch von Blut. Er kramte sein Feuerzeug aus der Tasche und versuchte erfolglos, mit der Flamme den Raum abzuleuchten.

»Bleib stehen!«, rief Manfred. »Du zerstörst vielleicht Spuren. Mein Team bringt gleich Licht.«

Breschnow versuchte es noch einmal und schob sich dann langsam zurück zur Tür. Draußen zündete er sich eine Zigarette an und sah einen der Spurensicherer mit einer Gaslaterne in der rechten Hand herankommen.

»Dass ihr die immer noch habt.«

»Sie tun einen guten Dienst«, antwortete Manfred, »bis wir den Strom gelegt hätten, wäre die Hütte längst eingestürzt.«

Er entzündete die Lampe und reichte sie Breschnow. »Sie gehört dir. Jetzt kannst du auf Entdeckungsreise gehen.«

Breschnow warf die Kippe in den Schnee und ging zurück ins Häuschen. Sorgsam leuchtete er Schritt für Schritt den Boden ab und gelangte an das hintere Ende des Raums. Dort standen drei Stühle und ein Holztisch. Auf dem Boden darunter hatten sich auf zwei Seiten dunkelrote Lachen gebildet.

»Komm und sieh dir das an«. rief Breschnow, ging in die Hocke und leuchtete sorgfältig die Dielen ab. »Er hat sie hier getötet.«

Als er sich wieder erhob, knackten seine Knie in der Stille.

»Er hat sie auf den Tisch gelegt, ihr die Pulsadern aufgeschnitten und sie ausbluten lassen wie ein Lamm. Verdammt!«

»Sie muss betäubt gewesen sein«, sagte Manfred und drehte sich im Kreis. »An den Wänden sind kaum unkontrollierte Blutspritzer.«

»Oder er hat sie festgehalten.«

»Dann hätte sie Hämatome an den Armen. Hast du welche gesehen?«

Breschnow schüttelte den Kopf.

Nach einer Weile sagte der Spurensicherer: »Das sieht mir nicht nach einer spontanen Tat aus. Dazu ist es hier drinnen zu ordentlich.«

»Ich vermute, er hat das alles geplant. Hier draußen im Nirwana, eine ziemlich sichere Sache. Und hier drin in der Hütte erst recht. Aber wieso trägt er die Leiche danach durch den Wald? Die Gefahr, draußen entdeckt zu werden, ist viel größer ...«

»Was weiß ich, was in so einem kranken Hirn vor sich geht! Ich sammle nur die Spuren und weißt du was? Darüber bin ich heute besonders froh. Wenn du genug gesehen hast, würde ich jetzt gerne meine Arbeit machen.«

»Ein Ritual vielleicht? Das Drapieren gehört zum Töten? Vielleicht genießt er auch die Gefahr?«

»Was auch immer, raus jetzt.«

Breschnow quetschte sich an Manfred vorbei, klopfte ihm zum Abschied kurz auf die Schulter und verließ die Hütte. Draußen steckte er sich eine Zigarette an, griff nach der Kippe, die er vorhin weggeworfen hatte und ging, den Blick in den Schnee geheftet, zurück zum Fundort.

Regina stand neben der toten Frau. Breschnow brachte sie auf den neusten Stand und deutete auf die Hütte. »Manfred hat Angst, dass sie einstürzt. Deswegen will er so schnell wie möglich fertig werden.«

»Der auch«, sagte Regina und deutete auf den Rechtsmediziner, der gerade seine Handschuhe auszog. Nicht weit von der Leiche entfernt standen zwei Männer mit einem Zinksarg.

»Wo wollen sie sie hinbringen?«, fragte Breschnow.

»Na, in die Rechtsmedizin Potsdam. Wie ein Unfall sieht das ja wohl kaum aus, oder, Hauptkommissar Breschnow?«

Er gab den beiden Männern grünes Licht, die Leiche abzutransportieren. Breschnow stellte sich ihnen in den Weg.

»Sie muss nach Berlin. Das ist mein Fall!«

»Wer sagt das?«, fragte Artymovytsch.

»Ich!«

»Da muss ich Sie leider enttäuschen. Das haben nicht Sie zu entscheiden.«

»Sie aber auch nicht«, konterte Breschnow.

»Die Leiche liegt auf brandenburgischem Land.«

»Aber sie wurde in Berlin getötet. Und wir haben bereits einen ähnlichen Fall.«

Breschnow packte den Rechtsmediziner entschlossen am Oberarm und zog ihn ein Stück von der toten Frau weg. Der Mann beschwerte sich lautstark und versuchte sich loszumachen. Regina sprang dazwischen.

»Wir müssen die Staatsanwaltschaften einschalten«, bemühte sie sich, die beiden zu beruhigen. »Berlin und Brandenburg. Die müssen das entscheiden.«

Breschnow ließ Artymovytsch los und zündete sich eine Zigarette an. »Und die Frau lassen wir hier solange liegen? Als Abendessen für Krähen und Waldtiere?«

»So lange wird es ja hoffentlich nicht dauern. Außerdem braucht die Spurensicherung hier noch Stunden. Wir decken sie ab und klären die Zuständigkeit.«

»Tu das«, brummte Breschnow und warf dem Rechtsmediziner noch einen finsteren Blick zu. »Ich informiere mittlerweile Monika.«

»Und ich meinen Vorgesetzten«, erwiderte der dicke Mann und stapfte davon. Die Sargträger folgten ihm. Der Zinksarg blieb stehen.

***

Cosma starrte Movara erstaunt an. Sie hatte sich heute Morgen extra früh auf den Weg gemacht, wollte vor ihm hier sein, um etwas für einen DNA-Test zu finden. Er stand auf und schlenderte auf sie zu.

»Was willst du so früh in meinem Studio?«, zischte er.

»Ich habe meinen Kalender vergessen«, stammelte Cosma und hoffte, dass er ihre Aufregung nicht bemerkte.

»Und du hast gestern vergessen, den Kopierer abzustellen.«

Cosmas Atem stockte und sie senkte den Kopf.

»Wird nicht mehr passieren«, flüsterte sie.

Movara musterte sie. »Was ist denn los mit dir? Du hast doch sonst immer einen frechen Spruch parat?«

Kopfschüttelnd drehte er ihr den Rücken zu und ging zurück zum Sofa. Cosma trat einen Schritt zurück, suchte Halt an der Türklinke und atmete tief durch.

»Sei ein liebes Mädchen und bring mir ein Glas Perrier.«

Er wedelte mit dem leeren Glas und sah sie herausfordernd an. Cosma löste sich unwillig und durchschritt langsam den Raum.

»Ich hole dir ein Glas Wasser, aber ich bin kein liebes Mädchen.«

»Na, da ist sie ja wieder, meine Cosma«, stellte Movara fest.

Sie sah die Wut in seinen Augen und senkte den Blick.

»Was steht auf unserem Plan für heute? Ach übrigens, ich vermisse mein Notizheft. Hast du es gesehen?«

Cosma schüttelte den Kopf und ging zum Kühlschrank. Ihre Hände zitterten, als sie langsam sein Glas füllte. Dann nahm sie ein zweites aus dem Schränkchen, goss sich ein und leerte es in einem Zug. Movara ließ sie nicht aus den Augen. Verunsichert stellte sie das Glas vor ihn auf den Beistelltisch, setzte sich an den Schreibtisch und studierte die Einträge für heute.

»Die Fotografen kommen um 14:00 Uhr. Dieselben von gestern. Du müsstest um 13:00 Uhr in der Maske sein.«

»Wo?«

»Studio zwei. Um 11:30 Uhr bist du mit deiner Lektorin zu einem frühen Mittagessen verabredet. Sonst liegt heute nichts mehr an.«

Movara sah auf seine Uhr und stöhnte leise. »Ich habe Hunger. Besorg uns ein Frühstück.«

Er lächelte ein falsches Lächeln. »Ja? Tust du das?«

Sie schluckte. Movara sprach mit ihr wie mit einem zehnjährigen Mädchen, das man zum Bäcker schickte. Das hatte er vorher noch nie getan.

Wortlos schnappte sie sich die Studiokasse und verließ den Raum. Draußen war es windig und kalt, aber sie war heilfroh, ihm fürs Erste entkommen zu sein. Vor lauter Schreck hatte sie vergessen, ihre Jacke anzuziehen und hoffte, sich eine Erkältung einzufangen. Dann könnte sie einfach zu Hause bleiben. Aber dann würde sie auch keine DNA finden.

Der Bäcker lag nur ein paar Häuser entfernt an einen Discounter angeschlossen. Vor dem Getränkeladen daneben stand bereits die übliche Kundschaft und trank ihr Morgenbier. Im Verkaufsraum war es warm und roch nach frischen Brötchen. Cosma wollte nur drei Schrippen bestellen, überlegte es sich aber anders und nahm noch eine Vollkornschnitte, ein Weltmeister-, ein Mohn- und ein Käsebrötchen, eine Laugenstange, ein Schokocroissant und einen Mandeltaler. Sie wusste, wie Movara tickte. Je größer die Auswahl, desto eher würde er einige der Stücke anbeißen und sie dann liegen lassen. Und sie hätte, was sie brauchte. Beflügelt von ihrer Idee, betrat sie den Discounter, kaufte Milch und Butter, eine Flasche Kakao und eine

Großpackung Schokocroissants. Sie verstaute den Einkauf in der Plastiktüte und trat wieder hinaus in die Kälte. Die Penner prosteten ihr von Weitem zu. Sie ging zu ihnen hin und drückte einem die Packung Croissants in die Hand.

»'n Bier wär mir lieber jewesen«, maulte der fette Kerl und starrte auf die Packung.

»Mir nich, vielen Dank ooch«, sagte die Frau neben ihm, riss ihm die Croissants aus der Hand und grinste zahnlos. »Kommt nich oft vor, dass de Leute uns wat jeben.«

Cosma drückte ihr noch einen Fünfer in die Hand und eilte zurück zum Studio. Als sie das Treppenhaus betrat, hörte sie Stimmen von oben, hetzte die Stufen hinauf und riss die Tür auf. Neben Movara saßen Johanna und ihre Kollegin aus der Maske auf dem Sofa, außerdem waren noch Max und Mike, das unzertrennliche Beleuchterpaar mit im Raum. Lydia von der Aufnahmeleitung stand an dem kleinen Herd und kochte Kaffee.

Cosma stellte sich neben sie. »Was macht ihr denn hier?«

»Wir haben eine Stunde Pause und Movara hat uns zum Frühstück eingeladen. Ich hoffe, du hast reichlich eingekauft«, flüsterte Lydia und nahm ihr die Tüte aus der Hand.

»Aber das hat er noch nie gemacht«, stammelte Cosma.

»Das stimmt. Wurde höchste Zeit, dass er uns auch mal was Gutes tut.«

Johanna gesellte sich zu ihnen. Sie trug blaue High Heels zum gelben Kleid.

»Ist das nicht merkwürdig, dass er uns einlädt?«, flüsterte sie und fragte dann laut nach dem Sekt.

Cosma öffnete die Kühlschranktür und holte zwei Flaschen heraus. Johanna bedankte sich und ließ sich Gläser geben. Vom Tisch her hörte sie Movara sagen: »Seht ihr, sie ist ein

Goldstück. Sie besorgt uns Brötchen und hat immer Sekt im Kühlschrank.«

Cosma hasste ihn dafür.

***

Drei Tage später hatten sie das Mädchen gefunden. Eine Dorfbewohnerin, die trotz des Dauerregens mit ihrem Pudel spazieren gegangen war, hatte sie entdeckt. Danach war sie noch tagelang leichenblass durchs Dorf gelaufen und hatte es jedem erzählt. Ihren Hund ließ sie nur noch in den Garten. Kurz danach zog sie weg.

Die Volkspolizei befragte alle Dorfbewohner, auch ihn. Unter dem strengen Blick seiner Mutter verhaspelte er sich wieder und wieder. Vier Mal waren sie gekommen, bis sie ihm endlich glaubten, dass er nichts gesehen hatte. Die Leute im Dorf redeten schon.

***

Delego betrat die Privatklinik am Wannsee durch den Haupteingang und sah sich um. Mit etwas Glück würde ihr ein Prominenter über den Weg laufen und sie könnte sich ein Autogramm geben lassen. Auf jeden Fall spannender als eine Leiche in einem kalten Wald.

Nach dem Anruf vorhin waren Breschnow und Regina sofort zum zweiten Tatort gefahren und sie in die Rechtsmedizin. Aber als sie endlich die Leichenhalle betreten hatte, war das Ehepaar Sebastian bereits gegangen und Monika verstimmt.

Delego ließ den Blick noch einmal durch die prächtige Eingangshalle gleiten und trat dann an den Informationstresen.

Eine junge Frau mit hochgestecktem schwarzem Haar, das sie an eine kürzlich verstorbene Sängerin erinnerte, erkundigte sich freundlich nach ihrem Anliegen. Ihr künstliches Lächeln entblößte eine Reihe schneeweißer Zähne.

Delego fragte sich, ob die Klinik den Angestellten eine Zulage für Zahnkosmetik und Frisöre bezahlte, legte ihren Dienstausweis auf den Tresen und erkundigte sich nach Nadine Movara. Schlagartig verschwand das Lächeln und ihr Gegenüber bedauerte, wegen der Schweigepflicht leider keine Auskünfte geben zu können.

Delego stützte die Hände auf den Tresen und beugte sich weit vor. »Da draußen läuft ein Frauenmörder frei herum, und Sie wollen uns nicht weiterhelfen? Wenn die Presse davon erfährt …« Sie schüttelte bedauernd den Kopf. »Ob das für den guten Ruf der Klinik hilfreich ist?«

Die Frau musterte sie finster und griff nach dem Telefon. Kurz danach erschien der zuständige Arzt und deutete auf die Sitzecke in der Lobby.

»Was wollen Sie von Frau Movara?«, fragte er leise.

»Sie befragen«, antwortete Delego. »Eine junge Frau ist getötet worden.«

»Die Frau in der Kleingartenkolonie? Ich habe es in der ›Abendschau‹ gesehen.«

»Vielleicht haben Sie ja auch gehört, dass diese Frau, Nina Sebastian, im gleichen Studio wie Karsten Movara gearbeitet hat, und die beiden sich, sagen wir mal, besser gekannt haben. Nun würden wir gern von seiner Frau erfahren, wie sie zu der Toten stand. Außerdem müssen wir alle Beteiligten und ihr Umfeld befragen.«

Der Arzt nickte. »Aber ich fürchte, im Moment wird es

Ihnen nichts bringen, wenn ich Sie zu der Patientin lasse. Ich habe sie in ein künstliches Koma versetzt.«

»Können Sie mir sagen, weswegen sie hier liegt?«

»Das fällt nun wirklich unter die ärztliche Schweigepflicht«, wand sich der Mediziner.

»Herr Movara hat uns erzählt, seine Frau habe eine Fehlgeburt erlitten. Können Sie das wenigstens bestätigen?«

Der Arzt biss sich auf die Unterlippe und starrte in die Lobby. Delego vermutete, dass er seine Möglichkeiten abwog. Plötzlich sprang er auf und bat sie, ihm zu folgen. Er führte sie einen kurzen Gang hinunter, der an einem Wäscheraum endete, öffnete die Tür, schob sie hinein und schloss sorgfältig hinter ihnen ab.

Delego fühlte sich wie in einem Spionagethriller.

»Das hier ist eine Privatklinik für Prominente«, begann er. »Diskretion ist oberstes Gebot. Sie müssen mir versprechen, mich da rauszuhalten.«

Delego nickte und versprach, sorgfältig mit seinen Angaben umzugehen.

»Frau Movara wurde mit schweren Unterleibsverletzungen hier eingeliefert, die aber nicht von einem Spontanabort herrühren.«

»Ich bin keine Medizinerin. Wie können solche Wunden sonst entstehen?«

»Durch Gewaltanwendung, einen spitzen Gegenstand, harten Sex, es gibt viele Möglichkeiten. Was genau es war, wissen wir nicht.«

»Kann Sie sich die Verletzungen auch selber zugefügt haben?«

»Unwahrscheinlich, aber nicht unmöglich. Denn ...«, er

machte eine Pause und strich sich nervös über die Haare, »sie hat auch versucht, sich die Pulsadern aufzuschneiden.«

***

Breschnow schlang die Arme um sich. Er fror erbärmlich. Seit er sich vor zwei Stunden geweigert hatte, die Leiche zu verlassen, pendelte er zwischen Tatort, Fundort und Parkplatz hin und her. In der Hoffnung zu verstehen, warum die Frau gerade hier getötet worden war, suchte er immer wieder die nähere Umgebung ab. Dabei verlor er die Leiche nie aus den Augen.

Manfred beobachtete sein Treiben eine Zeitlang. Dann fragte er ihn lachend: »Hast du Angst, dass man sie dir klaut?«

Breschnow nickte. Er wollte die Frau nicht in einen fremden Zuständigkeitsbereich abgeben, wollte sie von Monika obduziert wissen, wollte herausfinden, ob beide Fälle zusammenhingen. Und er traute Potsdam nicht.

Warum hatte der Täter sie nicht in die andere Richtung geschleppt, sie nicht in Berlin liegen lassen? Hatte Brandenburg eine Bedeutung für ihn? Aber warum war dann Nina Sebastian in Berlin abgelegt worden?

Monika unterbrach seine Gedanken und stellte sich neben ihn. »Ich bin so schnell gekommen wie es ging.«

»Die Entscheidung ist doch noch nicht gefallen, oder?«, erkundigte sich Breschnow.

Die Rechtsmedizinerin schüttelte den Kopf und deutete auf ihre Armbanduhr. »Aber meine Mittagspause kann ich ja verbringen, wo ich will.«

Sie erkundigte sich nach einem Overall. Breschnow deutete in Richtung Hütte. »Schön, dass du da bist«, murmelte er und widmete sich wieder der Leiche.

Nach einer Weile kehrte Monika mit Manfred im Schlepptau zurück. Beide trugen weiße Overalls und Handschuhe. Sie informierte Breschnow, dass sie nicht ihre eigenen Werkzeuge benutzen konnte, ließ sich von dem Spurensicherer ein Thermometer geben und ging neben der Leiche in die Hocke.

»Nimmst du bitte die Folie runter?«

Behutsam entfernte Breschnow die Überlebensdecke, mit der Artymovytsch die Frau vorhin zugedeckt hatte. Monika betrachtete sie einen Moment lang. Dann maß sie die Körpertemperatur, drehte den Kopf der Toten, besah ihren Hals, griff den Arm und untersuchte den Schnitt. Dieselbe Prozedur wiederholte sie auf der anderen Körperseite.

»Sie ist noch nicht lange tot, höchstens acht Stunden, wahrscheinlich weniger. Ich sehe keine Wunden am Hals und auf der Vorderseite des Körpers.«

Vorsichtig griff sie die rechte Hand der Frau, betrachtete sie sorgfältig und griff dann die linke.

»Ihre Fingernägel sind sauber, soweit ich das beurteilen kann. Keine Abwehrspuren.«

Sie spreizte die Oberschenkel leicht auseinander und sah in den Schritt des Slips. »Keine Hämatome an den Oberschenkelinnenseiten und kein Blut in der Unterwäsche.«

»Sie hat noch geblutet, als er sie hierher getragen hat«, sagte Breschnow. »Auf dem Weg zwischen der Hütte und hier sind kleine Blutspritzer.«

»Es dauert, bis ein Mensch völlig ausblutet. Ich glaube aber nicht, dass sie noch etwas gespürt hat, während sie hierher gebracht wurde. Die Schnitte scheinen genauso tief zu sein wie bei Nina Sebastian.«

»Derselbe Täter?«

»Vermutlich. Oder ein sehr geschickter Nachahmer.«

Breschnow griff in seine Jackentasche und suchte sein Handy. Dann fiel ihm ein, dass es mit leerem Akku in seinem Büro lag. Er streckte die Hand aus.

»Dein Telefon. Ich rufe Regina an. Sie wird wissen, wie man deine Einschätzung in den Ring werfen kann, ohne dich namentlich zu nennen.«

»Hoffentlich«, sagte Monika, trat von der Leiche weg und zog sich die Plastikhaube vom Kopf. Aus den Augenwinkeln sah sie einen Uniformierten näher kommen. Als er sie erreicht hatte, erkundigte er sich nach Hauptkommissar Breschnow.

»Ich soll hier Wache halten«, sagte der junge Mann. »Anweisung der Staatsanwaltschaft Potsdam.«

»Na dann, viel Spaß, mein Junge«, grinste Manfred und marschierte zurück zur Hütte. »Aber nichts klauen! Breschnow passt auf.«

Der Polizist sah ihm irritiert hinterher und bezog dann Stellung zwischen dem Zinksarg und der toten Frau.

Monika reichte Breschnow ihr Telefon und schob ihn ein Stück weg. »Das wird schon«, beruhigte sie ihn. »Du musst dich in Geduld üben. Es kann dauern, bis sich die Staatsanwälte einigen. Soll ich dich in die Stadt mitnehmen?«

Breschnow schüttelte den Kopf und brummte etwas Unverständliches. Er gab Monika das Handy zurück und stellte sich neben den Uniformierten.

***

»Ich kann Breschnow nicht erreichen«, beschwerte sich Drass und sah Schmitti an.

»Sein Handy liegt warm und trocken auf seinem Schreibtisch.«

»Da liegt es gut«, seufzte Drass und wählte Reginas Nummer.

Sie nahm sofort ab und klagte ihm ihr Leid, seit Stunden vor dem Büro der Staatsanwältin zu sitzen.

»Ich glaub, ich hab schon Schwielen am Hintern und darf gar nicht dran denken, wie viel wichtige Zeit wir verschwenden. Wie ich Breschnow kenne, steht er immer noch neben der Leiche. Die Spurensicherung ist bestimmt auch noch dort. Ruf Manfred an ... Ah, es tut sich was. Ich muss aufhängen. Die Staatsanwaltschaft ist im Anmarsch.«

»Viel Glück«, wünschte Drass und wandte sich wieder Schmitti zu. »Hast du vielleicht ein Kabel für Breschnows Handy?«

Der Kollege nickte und wühlte in seinen Schreibtischschubladen. »Gestern war es doch noch da.«

Drass griff das Kabel von Delegos Schreibtisch.

»Ist es vielleicht dies hier?«

Schmitti nickte. »Ich hoffe, Breschnow weiß den Service zu schätzen.«

»Er wird es gar nicht bemerken«, lachte Drass und sah Delego auf sich zukommen.

»Unten sitzt Peter Polen und wartet, dass er abgeholt wird.«

»Wieso hat uns der Wachhabende nicht angerufen?«, fragte Drass mit Blick auf seine Uhr.

Delego zuckte die Schultern. »Ist Breschnow noch im Wald?«

»Jaha, er bewacht die Leiche«, rief Schmitti aus dem Büro heraus.

»Und wer befragt dann Peter Polen?«

»Wir beide«, entschied Drass. »Willst du ihn holen oder Kaffee kochen?«

Delego entschied sich für Letzteres und verschwand im Besprechungsraum. Kurz danach erschien Drass mit Polen im Schlepptau. Der junge Mann sah frisch und zufrieden aus. Delego lächelte ihn an, stellte drei Tassen auf den Besprechungstisch und setzte sich ihm gegenüber. Drass holte das Aufnahmegerät aus dem Schrank und stellte es in die Mitte.

»Freitag, 10. 2. 2012, Befragung von Peter Polen im Fall Nina Sebastian. Anwesend sind Kommissarin Delego und Hauptkommissar Drass. Herr Polen, geben Sie uns bitte Ihre Daten? Geburtsdatum und -ort, Adresse und Familienstand.«

»Bin ich denn verdächtig?«, erkundigte sich Polen.

»Wir befragen alle, die Nina Sebastian gekannt haben.«

Die Kaffeemaschine begann zu stottern und Delego erhob sich, holte die Kanne und schenkte ihnen ein, während Polen seine Daten in das Aufnahmegerät sprach.

»Wann haben Sie Ihre Freundin zum letzten Mal gesehen?«

»Montagnachmittag. Sie kam in meine Garderobe, wollte mich sprechen, aber ich hatte keine Zeit, es war kurz vor der Show.«

»Und nach der Show?«

Peter Polen schüttelte den Kopf.

»Würden Sie das bitte laut sagen, für das Band?«

»Ich habe Nina nach der Show nicht mehr gesehen. Sie wollte noch etwas erledigen und am nächsten Morgen zu mir kommen.«

»Aber sie kam nicht?«

Wieder Kopfschütteln.

»Für das Protokoll. Herr Polen verneint die Frage«, sagte Drass.

»Ich hab sie immer wieder angerufen, zuerst auf ihrem Handy, dann in dieser scheußlichen Wohnung.«

»In der Kienitzer Straße 118?«

Polen nickte.

»Waren Sie oft dort?«

»Nein. Und Nina war sauer deswegen. Wir haben ziemlich gestritten und danach haben wir uns nur noch bei mir getroffen, aber viel seltener.«

Er hielt kurz inne und blickte in seine Kaffeetasse. »Als sie mit der Arbeit anfing, hat sie quasi bei mir gewohnt. Und an den Wochenenden waren wir in Schildow bei ihren Eltern. Wir hatten eine gute Zeit. Da gab es keine Geheimnisse zwischen uns.«

Er griff nach der Zuckerdose, schaufelte sich drei gehäufte Löffel davon in den Kaffee und trank einen Schluck.

»Seit wann genau ist es anders zwischen Ihnen?«, erkundigte sich Delego.

»Seit zwei, zweieinhalb, drei Monaten, vielleicht.«

»Seit sie die Wohnung in der Kienitzer hat?«

»Nein, die hat sie erst seit ungefähr sechs Wochen.« Er sah sie an. »Soviel ich weiß.«

»In den Studios munkelt man, dass Ihre Freundin eine Affäre mit Karsten Movara hatte.«

Polens Gesicht verfinsterte sich. »Bestimmt hat er ihr etwas versprochen.«

»Versprochen?«

»Karriere. Nina war sehr ehrgeizig. Sie wollte unbedingt eine eigene Show und der Mistkerl hat ihr bestimmt eine versprochen, um ...«

»Um mit ihr zu schlafen?«, beendete Delego den Satz.

Polen sank auf seinem Stuhl zusammen. »Er hat immer bekommen, was er wollte. King Movara. Er hat alles kaputt gemacht. Ich hätte es wissen müssen.«

»Was wissen müssen?«

»Vor ungefähr vier Monaten kam Karsten zu mir und bat mich um Hilfe. Cosma Anderson, seine Assistentin, war krank und er fragte, ob er für die Show Nina ausleihen konnte. ›Deine Nina‹, wortwörtlich.« Er sah Delego an. »Und ich habe sie ihm gegeben.«

»Und danach war alles anders?«

»Nein, erst war alles wie immer. Aber dann bekam Nina die Wohnung.«

»Hat Movara sie angemietet?«, fragte Drass.

»Ich weiß es nicht.«

»Wir unterbrechen die Befragung für fünf Minuten«, sagte Drass und verließ den Raum.

Delego goss Peter Polen noch eine Tasse Kaffee ein. Er musterte sie. »Kommen Sie aus Afrika?«

»Ruanda. Meine Eltern haben in Berlin Asyl gesucht. Sie hatten Glück, sie sind Informatikfreaks und ihr Wissen konnte man hier gut gebrauchen.«

»Wollen Sie irgendwann wieder zurück?«

»Meinen Sie, das sollten wir tun? Zurück in den Dschungel?«

Peter Polen hob beschwichtigend die Hände. »So habe ich das nicht gemeint.«

Drass kam zurück und setzte sich wieder an den Tisch.

»Die Wohnung läuft auf den Namen Ihrer Freundin. Aber mit dem Mietkonto hält sich die Hausverwaltung aus datenschutzrechtlichen Gründen bedeckt. Wissen Sie, bei welcher Bank Ihre Freundin ein Konto hatte?«

Polen schüttelte den Kopf. »Rufen Sie die Verwaltung an. Die überweisen ihr das Gehalt.«

»Das haben wir schon getan.«

Es klopfte. Alle drei sahen zur Tür. Schmitti schob seinen Kopf hinein und winkte Drass heraus in den Flur.

»Breschnow hat angerufen. Er will, dass du in den Wald kommst.«

»Will er mit mir die Leiche wegschaffen, falls die Staatsanwaltschaft negativ entscheidet?«

»Ich weiß nicht, ich hab ihn nicht gefragt. Du sollst das Handy mitbringen.«

»Aber zuerst mache ich das hier fertig«, entschied Drass und ging zurück in den Besprechungsraum.

Delego spulte das Aufnahmegerät zurück.

»Kennen Sie Ninas Freunde?«

»Teilweise. Es gibt noch zwei Freundinnen von früher, die ich kenne. Die Mädchen treffen sich ab und zu in Schildow. Und dann gibt es noch Babs ...«

»Die Maskenbildnerin?«

»Sie hat mit uns zusammengearbeitet, aber dann verschwand sie plötzlich.«

»Sie ist verschwunden?« Delego warf Drass einen Blick zu.

»Nicht richtig«, entschärfte Peter Polen. »Sie kam einfach nicht mehr zur Arbeit und man munkelte, dass sie im Krankenhaus liegt. Und dann wurde sie von Schömtich entlassen.«

»Wusste Nina, wo sie war?«

»Zuerst nicht, dann ja. Geredet hat sie mit mir nicht darüber und ich habe dann auch nicht mehr nachgefragt. Hatte den Eindruck, dass es irgend so ein Geheimnis unter Frauen war, denn wenn ich gefragt habe, hat Nina mich angezickt. Und später hat sie gar nicht mehr über Babs geredet.«

»Wie gut kannten Sie diese Babs?«

»Wir sind uns in den Studios manchmal über den Weg gelaufen und ich wusste, wer sie ist. Aber das war's auch schon. Wir waren nicht so grün miteinander.«

»Kennen Sie ihren richtigen Namen?«, fragte Delego.

»Klar. Barbara Knöller.«

»Und nach dem Anruf. Hatte Nina dann weiter Kontakt zu dieser Frau?«

Polen hob die Schultern.

»Gab es irgendwelche Gerüchte im Studio, als Barbara Knöller verschwand?«

Polen lachte bitter. »Na klar, Movara!«

»Mir scheint, Movara ist Ihnen ein Dorn im Auge«, stellte Delego fest.

»Ich kenne niemanden, der Movara wirklich mag«, sagte Polen. »Sie sind nur nett zu ihm, weil er berühmt ist und vom Studioleiter verhätschelt wird. Die beiden sind seit Urzeiten befreundet.«

»Movara und Schömtich? Ist das Studiotratsch oder eine Tatsache?«, erkundigte sich Drass.

»Babs hat Nina erzählt, dass sich die beiden schon als Kinder kannten.«

»Wir werden das überprüfen.«

Polens Handy klingelte. Er zog es aus der Anzugjacke, sah

aufs Display und drückte den Anrufer weg. Delego schob ihm eine dunkelblaue Schatulle über den Tisch.

»Was ist das?«

»Machen Sie's auf.«

Vorsichtig griff Polen nach dem Kästchen und öffnete es. Er starrte auf das Etui, dachte an das Hochzeitskleid auf dem Foto, an das Armband, das er nicht kannte, an seine Nina in Weiß, zurechtgemacht für einen anderen und entschied, dass die Polizei nicht alles wissen musste.

»Ich habe das Ding noch nie gesehen.«

»Auch nicht an Ihrer Freundin?«

»Nein.« Er schluckte und schob die Schatulle in die Mitte des Tisches.

Drass stand auf und stellte sich hinter ihn.

»Kein gutes Gefühl, wenn die eigene Freundin den Schmuck eines anderen trägt, oder?« Er machte eine Pause. »Mich würde das ganz schön eifersüchtig machen.«

Polen sprang auf und fauchte. »Mich auch!«

Er eilte mit großen Schritten in Richtung Tür und drehte sich noch einmal um. »Aber ich habe sie nicht umgebracht. Und wenn Sie mich das nächste Mal befragen, dann bitte nur mit einem Anwalt.«

Drass stöhnte und ließ sich auf den Stuhl fallen. »Nicht der auch noch.«

Delego schaltete das Aufnahmegerät ab und lehnte sich zurück. »Vielleicht tun wir ihm ja unrecht.«

»Weil wir ihn befragen?«

»Na ja, er hat gerade seine Freundin verloren und erfahren, dass sie ihn hintergangen hat.«

»Das wusste er bestimmt schon vorher. Und Eifersucht ist

ein Eins-a-Tatmotiv.« Drass stand auf »Ich bin dann mal im Wald.«

***

Unruhig tigerte sie vor dem kleinen Raum auf und ab. Movara und Johanna waren bereits seit einer halben Stunde in der Maske, und sie begann zu zweifeln, ob Johanna ihr Versprechen tatsächlich halten würde. Vielleicht wurde sie genau in diesem Moment von ihr verraten. Sie beugte sich vor und lauschte. Leises Gemurmel, dann ein Lachen.

»Na, det tut man aber nich!«

Cosma schreckte zusammen und drehte sich um. Hinter ihr stand der Hausmeister und lächelte.

»Ich wollte …«, stammelte sie.

»Mädchen, Mädchen«, schüttelte das Faktotum den Kopf und ging weiter.

Cosma sah sich vorsichtig um. Außer dem breiten Rücken des Hausmeisters war hier hinten niemand zu sehen. Die Show fand vorne statt. Dort tummelten sich der Fotograf und seine Crew, Beleuchter, Lichtmesser, Aufbauhelfer, Requisiteure und der Aufnahmeleiter. Und eigentlich müsste sie auch dabei sein. Wo zum Teufel blieb Johanna?

Cosma lauschte wieder und hörte Johannas Stimme näher kommen. Die Tür wurde aufgerissen und die Maskenbildnerin trat auf den Gang hinaus. Ohne ein Wort zu sagen, steuerte sie die Toiletten an. Cosma folgte ihr.

»Ich hoffe, wir machen das Richtige«, sagte Johanna, nachdem sie alle Kabinen inspiziert hatte, und reichte ihrer Kollegin die Bürste. Cosma zog eine saubere Plastiktüte aus ihrer

Hosentasche und verstaute die Beute darin. Dann kramte sie in ihrer Umhängetasche und reichte Johanna eine neue Haarbürste.

»Sieht ein bisschen anders aus«, beschwerte sich Johanna.

»Mach dir darüber keine Sorgen. Er wird's nicht merken.«

Cosma sah die Zweifel im Gesicht der anderen. »Wir tun das für Nina!«

»Schätzchen, für dich hätte ich es auch nicht getan«, sagte die Maskenbildnerin offenherzig. »Für solche Unternehmen fehlen mir die Nerven. Und eins sage ich dir: Mehr werde ich nicht machen. Auch nicht für Nina. Geht das in dein kleines Buchköpfchen?«

Sie tippte Cosma an die Stirn und seufzte: »Ich muss wieder rein.«

Cosma drehte den Wasserhahn auf und ließ kaltes Wasser über die Innenseite ihrer Handgelenke laufen. Tränen schossen ihr in die Augen. Sie griff nach einem Papierhandtuch, um sie wegzuwischen. In diesem Moment wurde die Tür aufgerissen. Cosma zuckte zusammen. Eine korpulente Frau mit Kopftuch schob einen Reinigungswagen in den Raum. Sie grüßte freundlich und leerte die Mülleimer. Dann verschwand sie in der ersten Kabine und Cosma eilte erleichtert zurück ins Studio.

Schon von Weitem winkte der Aufnahmeleiter ihr aufgeregt zu und behauptete, nahe am Herzinfarkt zu sein. Sie beruhigte den Wichtigtuer, gab ein paar Anweisungen und verfiel dann mit den anderen in Wartelangeweile. Fünfzehn Minuten später erschien Movara mit Johanna im Schlepptau. Er sah verdammt gut aus. Die Maskenbildnerin hatte wieder Wunder bewirkt.

Der Fotograf ging auf ihn zu, schüttelte ihm die Hand und

deutete auf einen weißen Stuhl mit blauen Glassteinen. Movara setzte sich und lächelte in die Kamera. Ein Assistent maß die Entfernung und rief sie dem Fotografen zu, ein anderer kontrollierte das Licht. Dann ging die Show los. Movara lächelnd auf dem Stuhl, Movara lächelnd vor dem Stuhl, Movara lächelnd hinter dem Stuhl. Cosma nutzte das konzentrierte Treiben, eilte zurück in den hinteren Teil des Studios und wühlte in ihrer Tasche nach dem Handy. Sie wählte die Nummer von Breschnow. Drass meldete sich sofort. Irritiert drückte sie das Gespräch weg. Zwei Sekunden später rief er sie zurück und nach kurzem Zögern berichtete sie ihm von ihrem Fund. Er versprach, in einer Viertelstunde vor dem Tor auf sie zu warten.

Cosma gesellte sich wieder zu ihren Kollegen und beobachtete das Fotoshooting. Nach einer Weile verlangte Movara eine Pause. Johanna stellte sich neben ihn und tupfte den Schweiß von seiner Stirn. Die Scheinwerfer brannten unerbittlich und in ihrem Lichtkegel war es so heiß wie in einer Sauna. Der Fotograf schlug für die nächste Staffel Aufnahmen mit einer roten Krawatte vor und Cosma wurde beauftragt, sie zu holen.

Was für ein glücklicher Zufall, dachte sie und eilte hinaus. Drass stand bereits vor dem Tor und winkte ihr zu. Sie drehte sich einmal um ihre eigene Achse. Als sie niemanden sah, ging sie mit entschlossenen Schritten zu ihm hin.

»Ich finde es nicht gut, dass Breschnow Sie da reinzieht«, begrüßte er sie.

»Ich tue das für Nina, nicht für Ihren Chef«, antwortete Cosma und drückte ihm die Tüte mit der Haarbürste in die Hand. Einen Moment lang berührten sich ihre Hände. Drass sah sie an und lächelte.

»Trotzdem danke«, flüsterte er und eilte zurück zum Auto.

Cosma spürte, wie ihr die Röte ins Gesicht stieg, drehte sich abrupt um und erstarrte. An der Studiotür standen Johanna und Movara, rauchten und sahen zu ihr herüber.

Sie zwang sich, den Arm zu heben und ihnen zuzuwinken, bevor sie ins Verwaltungsgebäude eilte, um die Krawatte zu holen.

***

Breschnow wunderte sich, warum Manfred so herumtanzte. Dann sah er das Handy in der Hand des Spurensicherers und verstand, dass ihn jemand sprechen wollte. Mit steifen Gliedern erhob er sich von dem Zinksarg und ging zu ihm herüber.

»Wird Zeit, dass dein Telefon hierherkommt, bin schließlich nicht das Fräulein vom Amt«, beschwerte sich der Kriminaltechniker.

»Vor allem Fräulein«, grinste Breschnow und griff nach dem Handy.

»Paul hier«, sagte eine tiefe Männerstimme.

»Es passt jetzt nicht«, brummte Breschnow.

»Das sagst du immer. Ich mache es kurz. In zwei Wochen ist das Lyrikfestival.«

»In zwei Wochen schon?«

»Du bist angemeldet, Eike A., wie immer. Denk dran, du bist mir was schuldig!«, sagte der Veranstalter. »Hast du dir schon die Burka besorgt?«

»Quatsch.«

»Also doch nicht verschleiert?«

»Weiß noch nicht«, brummte Breschnow.

»Stefan, wenn du mich fragst …«

»Ich frag dich aber nicht.«

»Stimmt, aber ich sag's dir trotzdem. Werde endlich erwachsen!« Dann begann er zu lachen. »Du spielst ja immer noch Räuber und Gendarm.«

»Mörder und Gendarm«, korrigierte ihn Breschnow.

»Das gleiche Spiel mit anderen Spielfiguren. Es wird Zeit, die Vergangenheit endlich zu begraben.«

»Bist du jetzt Therapeut geworden?«

»Und keiner in deinem Team wird dich belächeln. Vielleicht wären sie sogar stolz«, fuhr Paul unbeirrt fort.

»Oder Hellseher?«

Paul lachte. »Sagen wir mal so: In diesem Fall weiß ich, was gut für dich ist. Ich bin mit einem gesunden Menschenverstand ausgestattet.«

Breschnow stöhnte. »Verschon mich.«

»Vergiss den Termin nicht, mit oder ohne Verschleierung«, sagte Paul und verabschiedete sich.

Breschnow steckte das Handy gedankenverloren in die Hosentasche und ging zurück zum Fundort.

»Hey«, rief Manfred ihm hinterher, »das ist meins!«

Er drehte sich um und legte dem Spurensicherer wortlos den Apparat in die geöffnete Hand.

»Alles klar?«, erkundigte sich Manfred.

Breschnow nickte und setzte seinen Weg fort. An der Lichtung stoppte er, unfähig, die Erinnerungen zu verscheuchen.

Damals war es auch Winter gewesen und es hatte den ganzen Tag geschneit. Zu Hause hatte ihn seine Schwester genervt, und er war in den Park geflohen. Die Gruppe, acht Jungs aus seiner Nachbarschaft, war ihm unbemerkt gefolgt. Vertieft in ein Gedicht von Sylvia Plath hatte er sich auf eine Bank gesetzt, gehofft, dass die Sonne ihn wärmen würde, und angefangen zu schreiben. Plötzlich hatte sich der Anführer der Gruppe breitbeinig zwischen ihn und die Sonne geschoben. Er war zwei Jahre älter als die anderen, ein Sitzenbleiber, der in ihre Klasse gerutscht war.

»Na, Schwuli, wartest du auf deinen Freund, damit ihr euch wieder Liebesgedichte schreiben könnt?«

Er hörte immer noch das hämische Lachen.

»Was macht der denn hier?«, riss Drass ihn aus der Vergangenheit und zeigte auf den Uniformierten.

Breschnow war froh, wieder im Düppler Forst zu sein und drehte sich um. »Hast du mein Handy dabei?«

»Erst wenn du mir sagst, was der hier macht.«

Breschnow streckte die Hand aus. »Passt auf, dass wir die Vorschriften einhalten, wurde aus Potsdam geschickt.«

Drass legte das Handy hinein. »Schmitti hat es aufgeladen.«

»Komm, sieh sie dir an«, sagte Breschnow und ging zurück zu der Toten.

Der Uniformierte musterte Drass, ließ sich die Dienstmarke zeigen und prüfte sie sorgfältig. Drass zog vorsichtig die Plane beiseite und betrachtete die Frau.

»Sie sieht ganz anders aus als Nina Sebastian.«

Breschnow nickte.

Drass besah sich die Handgelenke.

»Ich würde dennoch auf denselben Täter tippen. Gleiches Vorgehen, Fundort ist nicht Tatort, kein Blut. Weißt du schon, wo er sie getötet hat?«

Breschnow deutete auf die Hütte: »Er hat es irgendwie …«

Drass erhob sich und sah seinen Chef an.

»… eiliger gehabt. Er hat sich weniger Zeit gelassen.«

»Vielleicht wurde er gestört, oder er fühlte sich hier nicht sicher.«

»Fühlte er sich in der Kolonie sicherer? Dort hat er sich Zeit gelassen und hier am Arsch der Welt hat er Angst, gesehen zu werden?«

Drass betrachtete die Frau, als könne sie ihm die Frage beantworten. »Gibt es Anzeichen für sexuellen Missbrauch?«

Breschnow zuckte die Schultern.

»Zumindest hat er sie entkleidet. Man geht im Winter nicht nur mit einem Slip aus dem Haus«, fuhr Drass fort.

»Im Sommer auch nicht«, sagte Manfred und deutete auf Breschnow. »Holst du ihn endlich ab, bevor er hier draußen erfriert?«

Nein, im Sommer auch nicht, dachte Breschnow. »Vielleicht hat er Angst, dass wir Spuren auf ihren Klamotten finden.«

»Und weil er oft Krimis sieht, weiß er, was die Spurensicherung so alles möglich machen kann«, ergänzte Manfred.

Breschnow beugte sich hinunter und zog die Plane bis zum Hals der Toten hoch. Dann machte er drei Fotos von ihrem Gesicht und deckte es danach wieder sorgfältig ab.

»Komm«, sagte er.

»Wohin?«, fragte Drass.

»Wir zeigen Polen und Morava das Foto und wenn die sie nicht kennen, versuchen wir es bei der Anderson.«

Er klopfte Manfred auf die Schulter. »Und du passt hier schön auf!«

Dann folgte er seinem Kollegen in Richtung Auto. Auf dem

Parkplatz drehte er sich einmal um die eigene Achse und betrachtete den zertrampelten Schnee.

»Gibt es nur eine Zufahrt hierher?«

»Ja, vom Königsweg aus«, antwortete Drass.

»Er muss sie im Dunkeln hierhergebracht haben.«

»Das kann in dieser Jahreszeit aber auch schon um fünf gewesen sein.«

»Glaube ich nicht. Da sind noch zu viele Leute unterwegs. Hunde müssen raus zum Pinkeln, egal, ob es dunkel ist. Wieso bringt er sie gerade hierher?«

»Vielleicht kennt er sich hier aus?«

»Das vermute ich auch. Und er ist kräftig. Er hat die Frau wahrscheinlich getragen. Hier kann man es nicht sehen, aber zwischen der Hütte und der Lichtung sind keine Schleifspuren.«

»Ein sehr kräftiger Mann, oder zwei? Die Frau ist nicht gerade schlank«, sagte Drass und schloss den Wagen auf.

Dankbar ließ sich Breschnow in den warmen Sitz fallen. Drass drehte die Heizung voll auf und gab Gas.

***

»Hast du sie gefunden?«, erkundigte sich Delego und lugte ihrem Kollegen über die Schulter.

Schmitti scrollte auf der Seite rauf und runter.

»Sieh dir das an. Im letzten Jahr ist Barbara Knöller viermal umgezogen. Recht umtriebig, die Dame und dann auch noch jedes Mal in einen anderen Bezirk. Die vom Arbeitsamt sind bestimmt total verwirrt. Ich würde mich nicht wundern, wenn sie entweder gar kein oder das doppelte Geld bekommen hat.«

»Irgendwann merken sie es aber dann doch«, sagte Delego. »Wo hat sie überall gewohnt?«

»Sie ist von Tempelhof nach Kreuzberg …«

»Das kann ich gut verstehen.«

»… dann von Kreuzberg nach Pankow und von dort nach Spandau.«

»Nach Spandau?«

»Und da ist sie immer noch gemeldet, seit drei Monaten. Eigentlich müsste sie bald wieder umziehen, um ihren Schnitt beizubehalten.«

»Gibst du mir die Adresse?«

»Eiserfelder Ring 10, geht von der Zeppelinstraße ab.«

Delego notierte es sich und zog die Jacke über.

»Kommst du?«

»Kann nicht Regina mit?«, maulte Schmitti.

»Regina ist bei der Staatsanwältin, Drass und Breschnow sind im Wald. Also sind nur wir beide übrig. Nun mach schon. Ich ruf Breschnow an und sag ihm Bescheid.«

In der Hoffnung, doch noch eine eilige Recherche von seinem Chef zu bekommen, zögerte Schmitti den Aufbruch hinaus. Dann ließ er schicksalsergeben den PC runterfahren und schaltete ihn aus.

Als sie auf den Hof traten, hakte sich Delego bei ihm unter und dirigierte ihn zur Autoausgabe. Sie bekamen einen VW Golf und trugen sich beide als Fahrer ein. Delego schnappte sich die Schlüssel und ging voraus, während Schmitti die restlichen Formalitäten erledigte.

»Fahr über die Autobahn«, empfahl Schmitti, nachdem sie in den Columbiadamm eingebogen waren.

»Ich weiß, wie ich fahren muss«, feixte Delego. »Ich bin

doch Polizistin, und die wissen schließlich immer, wo es langgeht.«

Sie fuhren über den Tempelhofer Damm zur Stadtautobahn und fädelten sich in den zügig fließenden Verkehr ein.

»Wie geht's denn so zu Hause?«

Schmitti stöhnte. »Als Gott das Fegefeuer erschuf, hat er bestimmt Mädchen zwischen zwölf und sechzehn im Sinn gehabt.«

»So schlimm?«

Schmitti nickte. »Sie ist so unberechenbar. In einer Minute bist du der liebe Papi und in der nächsten schreit sie dich an, dass du doch nur so ein mieser Polizistenarsch bist. Was soll man da machen?«

»Verhaften«, schlug Delego vor.

»Weswegen?«

»Psychische Grausamkeit.«

Schmitti nickte ernst.

Sie verließen die Autobahn am Messegelände, umrundeten den Theodor-Heuss-Platz und bogen in die Heerstraße ein. Vor der Stößenseebrücke kam der Verkehr zum Erliegen. Wegen der notwendigen Bauarbeiten war sie nur einseitig befahrbar. Delego seufzte und berichtete Schmitti von der letzten »Law and Order«-Folge. Nach einer weiteren halben Stunde, die sie hauptsächlich vor schlecht geschalteten Ampeln verbracht hatten, erreichten sie ihr Ziel. Eine kleine Wohnanlage mit Blöcken aus den Fünfzigern.

Delego stieg aus und drückte ihrem Kollegen den Schlüssel in die Hand. Dann betrat sie den kleinen Weg, der zu den Hauseingängen führte. Die Nummer zehn war der erste Aufgang. Delego suchte nach dem Namen und klingelte. Schmitti trat vom Haus weg und sah hinauf in den ersten Stock. Auf beiden Seiten waren die Fenster verschlossen. Nichts sprach für eine Anwesenheit der Bewohnerin. Delego klingelte im Hochparterre. Es wurde ihnen sofort geöffnet und sie betraten einen sauberen Flur, in dem es nach Chlorputzmitteln roch. Vom Treppenabsatz lugten vier Kinderaugen neugierig auf sie herab. Kurz danach stand eine junge Frau hinter ihnen.

»Oh, wir haben jemand anderen erwartet«, sagte sie freundlich.

Delego stieg die Stufen hinauf und stellte sich vor.

»Wir wollen zu Barbara Knöller im zweiten Stock. Kennen Sie sie?«

»Nur vom Sehen«, antwortete die junge Mutter. »Ich habe mehr mit den Familien zu tun, die auch Kinder haben. Von gegenüber und aus dem Ersten.«

»Wann haben Sie denn Frau Knöller zum letzten Mal gesehen?«

»Ich glaube, das ist schon eine Weile her.«

Delego bedankte sich und winkte den Kindern zum Abschied zu. Schmitti war am Hauseingang stehen geblieben und deutete auf einen der Briefkästen.

»Ihrer ist leer. Lange kann sie noch nicht weg sein.«

»Ich habe auch nicht damit gerechnet, dass sie auf der Flucht ist«, lachte Delego und stieg nach oben.

»Na, so eine Überraschung«, hörte Schmitti sie sagen und eilte hinterher.

Auf dem Treppenabsatz vor Barbara Knöllers Wohnung saß Cosma Anderson. Sie nahm den Kopfhörer von den Ohren und deutete auf die Tür gegenüber.

»Die Nachbarin sagt, dass Babs verreist ist.«

»Haben Sie nicht behauptet, den richtigen Namen von ›Babs‹ nicht zu kennen?«, erkundigte sich Delego ärgerlich.

»Ich habe ihn rausgefunden«, antwortete Cosma.

»Und warum haben Sie uns dann nicht informiert? Wir ermitteln hier, Frau Anderson, nicht Sie«, stellte Schmitti klar. »Was machen Sie hier, was wollen Sie von Frau Knöller?«

»Ihr sagen, dass Nina tot ist.«

Delego deutete auf die Tür nebenan. »Ist denn die Nachbarin zu Hause?«

Cosma schüttelte den Kopf. »Sie ist einkaufen gegangen.«

»Und warum sitzen Sie dann noch hier?«, erkundigte sich Schmitti misstrauisch.

»Ich weiß es nicht«, gestand Cosma, erhob sich zögerlich und griff nach ihrem Rucksack.

Sie deutete eine Verabschiedung an und stieg langsam die Treppen hinab.

Delego beugte sich über das Geländer. »Sollen wir Sie mit zurück in die Stadt nehmen?«

Cosma sah zu ihr hoch und nickte. Die Kommissarin zog zwei Visitenkarten aus der Tasche, ließ sich von ihrem Kollegen einen Kugelschreiber geben, notierte etwas auf die Rückseiten und schob sie in die Briefschlitze von Barbara Knöller und ihrer Nachbarin.

»Glaubst du, die meldet sich bei uns?«, fragte Schmitti.

»Einen Versuch ist es wert. Auf geht's!«

Schweigend stiegen sie die Treppen hinab und gingen zurück zum Auto. Schmitti entfernte sorgfältig jede Schneeflocke von den Scheiben, startete den Golf und kroch in Richtung Autobahn. Delego fummelte nervös an ihrem Sicherheitsgurt herum.

»Fahr doch mal schneller.«

»Geht nicht, es ist zu glatt.«

Wie um seine Aussage zu bestätigen, rutschte der Wagen ein klein wenig aus der eingefahrenen Schneespur nach links und Schmitti schaltete in den zweiten Gang hinunter. Delego seufzte und lehnte sich zurück. Sie wollte nach Hause, eine Pizza essen und die nächste Folge von »Law and Order« sehen.

»Er hat mich gesehen«, sagte Cosma leise.

»Wer hat Sie gesehen?«, fragte Delego.

»Movara hat mich beobachtet, als ich Ihrem Kollegen die Haarbürste gegeben habe.«

»Das ist schlecht«, sagte Schmitti. »Dann sind Sie vielleicht Ihren Job los.«

»Das wäre nicht das Schlimmste.«

Delego drehte sich zu ihr um. »Ich finde, Sie sollten sich krankmelden, bis wir den Täter gefasst haben.«

Cosma schüttelte den Kopf. »Ich will sehen, wie Movara reagiert.«

»Wir können nicht ausschließen, dass er was mit dem Fall zu tun hat«, mahnte Schmitti.

Cosma schwieg. Delego drehte sich zurück in Fahrtrichtung.

»Ich werde mit meinem Chef sprechen. Vielleicht hat er eine Idee, wie wir Sie am besten schützen können.«

»Ich kann schon auf mich selber aufpassen!«, widersprach Cosma genervt.

Schmitti hatte mittlerweile die schneefreie Heerstraße erreicht und gab Gas. Delego sah auf die Uhr.

»Wo sollen wir Sie rauslassen?«, erkundigte sich Schmitti nach einer Weile.

»Platz der Luftbrücke wäre gut.«

»Und mich am Hohenzollerndamm«, sagte Delego.

»Kommst du denn nicht mehr mit zum Revier?«, erkundigte sich Schmitti.

»Steht noch was Dringendes an?«

Er schüttelte den Kopf und erreichte die Stadtautobahn. Kurz danach stoppte er an der Ausfahrt. Ein Autofahrer hupte wütend und zeigte ihm einen Vogel.

Delego riss die Tür auf. Ihr Handy klingelte.

»Wir haben die Leiche«, sagte Regina. »Breschnow will uns alle in einer halben Stunde zur Dienstbesprechung sehen. Könnt ihr das schaffen?«

Delego seufzte und ließ sich wieder in den Beifahrersitz fallen.

***

»Auf Nadine«, sagte Movara und prostete seinem Freund zu.

David Schömtich hatte es sich in dem alten Ohrenbackensessel seines Vaters bequem gemacht und nippte an seinem Whiskey.

»Du solltest in Zukunft besser aufpassen.«

»Sollte ich?«

»Du hast deine Frau schwer verletzt. Spiel das nicht runter.«

»Woher weißt du das?«

»Maik war hier. Er wollte mir mitteilen, dass er aus unserem Trio aussteigt.«

»Das hat er mir auch schon gesagt.«

Schömtich beugte sich vor und sah seinen Freund eindringlich an. »Wenn du so weitermachst, wird Nadine dich verlassen.«

Movara zuckte die Schultern. »Wo ist Luise?«

»Unterwegs.«

David lehnte sich im Sessel vor, ließ sich von Karsten nachschenken und musterte ihn nachdenklich. »Die Vorstellung scheint dich nicht zu schrecken.«

Movara deutete ein Lächeln an und griff nach der Flasche. »Sie sind alle ersetzbar, oder?«

»Nein, das sind sie nicht!«, widersprach der Studioleiter.

»Wie lange bist du jetzt verheiratet?«

»Im nächsten Jahr feiern wir unseren fünfzehnten Hochzeitstag.«

»Und, dir ist es noch nicht langweilig geworden mit ihr?«

Schömtich nippte wieder an seinem Glas. »Luise ist das Beste, was mir in meinem Leben passiert ist.«

»Ich habe sie gesehen«, seufzte Movara nach einer Weile.

David sah ihn fragend an.

»Cosma Anderson.«

»Die sehe ich auch oft.«

»Nein, ich meine, ich habe sie am Tor gesehen. Johanna hatte mir die Haare gemacht und ich vermute danach Cosma die Bürste gegeben. Und die hat sie am Tor diesem jungen Polizisten weitergereicht.«

»Was wollen die mit deiner Haarbürste?«

»Vielleicht einen DNA-Abgleich machen?«

Schömtich sprang auf. »Ich hab dir gleich gesagt, lass die Finger von dem Mädchen. Aber du kannst ja deinen Schwanz nicht in der Hose halten.«

»Du ja wohl auch nicht.«

»Was willst du damit sagen? Ich habe Luise nie betrogen!«

»Damals hast du jedenfalls nicht gezögert.«

»Mann, da waren wir noch Kinder! Hast du Nina getötet?«

Movara trat einen Schritt zurück und musterte seinen Freund. »Sag mal, spinnst du?«

»Vielleicht hatte Nina die Schnauze voll von dir und wollte dich anschwärzen. Ihr hast du doch bestimmt auch wehgetan.«

Movara baute sich vor ihm auf und zischte: »Ich sag es dir nur einmal. Ich habe Nina weder verletzt noch getötet. Hast du das verstanden?«

David blickte auf die pulsierenden Adern am Hals seines Gegenübers und ließ sich zurück in den Sessel fallen. »Komm wieder runter.«

Movara leerte sein Glas und schenkte sich nach. »Du musst mit Cosma reden. Am besten schmeißt du sie raus. Und Johanna gleich mit.«

»Wieso soll ich das machen?«

»Weil ich so sauer auf die Schlampen bin, dass ich für nichts garantieren kann.«

David schüttelte den Kopf. »Das ist dein Problem. Sie werden so oder so herausfinden, dass du was mit Nina hattest.«

Movara ging zum Fenster und starrte hinaus in die Nacht. Er dachte an seine junge Geliebte, dachte an ihre schwarzen Haare, an die glatte, frische Haut ihres Körpers, an das Zimmer in der Kienitzer Straße und fragte sich, was schiefgelaufen war.

»Weiß Peter Bescheid?«

»Ich glaube, Nina wollte ihn verlassen«, murmelte Movara. »Wieso verdächtigst du nicht ihn?«

***

Kühle Luft drang durch das geöffnete Fenster. Regina atmete genussvoll ein und versuchte sich vorzustellen, was ihr Chef getan hätte, wenn der Fall Potsdam zugesprochen worden wäre.

Das stundenlange Warten bei der Staatsanwaltschaft und das Amtsgezerre, unterbrochen von Breschnows ungeduldigen Anrufen, hatten ihr ihre letzten Nerven geraubt, und sie war froh, als die Entscheidung endlich gefallen war und sie wieder ins Revier zurückfahren konnte.

Die Tür wurde aufgerissen und Delego stürmte ins Zimmer. »Mann, ist das kalt hier«, maulte sie.

Regina schloss das Fenster und sah sie fragend an.

»Kein ›Law and Order‹ und noch nicht einmal eine Aufzeichnung. Heute Morgen dachte ich ja noch, dass ich rechtzeitig zu Hause bin.«

»Du kannst die Folge später bestimmt im Netz ansehen.«

Delego ließ sich auf einen Stuhl fallen und seufzte. Kurz danach tauchte die hagere Gestalt von Breschnow im Türrahmen auf. Er hielt eine imaginäre Zigarette zwischen den Fingern und deutete in Richtung seines Büros. Drass trat ein und erkundigte sich, ob die Heizung ausgefallen sei. Regina ließ sich neben ihre Kollegin auf den Stuhl fallen. Kurz danach betrat Schmitti mit einem Laptop den Raum, gefolgt von Breschnow, der die Tür schloss und sich an das Whiteboard stellte.

»Wir haben noch eine Leiche«, begann er. »Offene Pulsadern, Fundort ist nicht Tatort, keine Bekleidung, keine Handtasche, keine Papiere, kein Handy. Sie wurde im Berliner Forst Düppel getötet und im brandenburgischen Teil abgelegt. Es gibt Ähnlichkeiten bei der Vorgehensweise, aber die zweite

Frau ist wesentlich älter und fülliger als Nina Sebastian. Und blond. Ist jemand als vermisst gemeldet, auf den die Beschreibung passen könnte?«

Schmitti schüttelte den Kopf. »Ich habe die Vermisstendatei sieben Tage zurück gecheckt. Eine alte Demenzkranke, ein Kind, zwei Männer.«

»Wäre auch zu schön gewesen«, brummte Breschnow und wandte sich Regina zu. »Wie hast du die Staatsanwältin überzeugt, uns den Fall zu geben?«

»Mit den Ähnlichkeiten zum ersten Mord und mit dem Tatort. Der liegt ja noch in Berlin. Wo ist die Leiche jetzt?«

»Sie wird gerade in die Rechtsmedizin gebracht.«

»Denkst du wirklich, dass Potsdam schlechter arbeitet?«

Breschnow schüttelte den Kopf. »Aber die Zusammenarbeit wäre schwieriger gewesen. Zu viel Bürokratie und Kompetenzgerangel.«

Er drehte sich zum Whiteboard, zeichnete einen Kreis neben den von Nina Sebastian und füllte ihn mit einem Fragezeichen. »Was verband die beiden Frauen? Kannten sie sich? Kannten sie ihren Mörder? Und wer ist die zweite Tote?«

»Wo ist dieser Forst Düppel?«, fragte Delego.

»Unterhalb von Nikolassee, zwischen Zehlendorf und Kleinmachnow. Hier ...«

Schmitti schob ihr den Laptop rüber.

»Ich kann morgen mit dem Foto des zweiten Opfers ins Studio gehen«, schlug Regina vor.

Breschnow nickte.

»Und ich übernehm' die Anderson. Ich will sowieso noch mal mit ihr reden«, sagte Delego und berichtete ihnen von dem Treffen im Haus von Barbara Knöller. »Sie behauptet, von

Movara beobachtet worden zu sein, als sie dir die Bürste gegeben hat.«

Drass schlug mit der flachen Hand auf den Tisch und warf seinem Chef einen wütenden Blick zu.

»Vielleicht hättet ihr die Übergabe etwas weniger öffentlich machen sollen«, brummte Breschnow.

»Du hast sie dazu überredet!«

Breschnow schüttelte den Kopf. »Sie wollte uns unbedingt helfen. Sie traut ihrem Chef nicht.«

»Aber du hättest Nein sagen können«, mischte sich Regina ein.

»Ja, das hätte ich«, antwortete Breschnow ruhig und wandte sich wieder Schmitti zu. »Was sagt das Netz über unseren Quizmaster?«

»Peter Polen, am 17. 5. 1991 geboren, wohnt in der Dircksenstraße am Hackeschen Markt. Die Wohnung muss ein Vermögen kosten«, antwortete Schmitti und sah auf seine Aufzeichnungen. »Er hat seit gut einem Jahr seine eigene Quizshow ›Spielen und Gewinnen‹, ist der jüngste Showmaster in Deutschland, hat hervorragende Einschaltquoten.«

»Und wer hat mit ihm geredet?«

»Wir«, antworteten Drass und Delego gleichzeitig.

»Er behauptet, seine Freundin am Montagnachmittag zuletzt gesehen zu haben. Es knirschte in der Beziehung. Und er kann Movara nicht ausstehen. Als Delego ihm den Schmuck gezeigt und angedeutet hat, dass Movara und Nina ein Verhältnis hatten, hat er die Befragung abrupt beendet und verkündet, dass er nur noch in Gegenwart seines Anwalts mit uns sprechen wird«, sagte Drass.

Breschnow stöhnte.

»Irgendwas ist da faul«, fuhr Drass fort. »Einerseits ist Polen der smarte Quizmaster, dann aber auch wieder ein unglücklich verliebter Junge, und ich habe den Eindruck, dass er in seiner Wut unberechenbar sein kann.«

»Habt ihr ihn nach seiner Mutter gefragt?«, erkundigte sich Regina.

»Was ist mit der Mutter?«, fragte Breschnow.

»Sie hat ungewöhnlich viel Einfluss auf das Leben ihres Sohnes«, antwortete Schmitti. »Sie ist immer und überall dabei. Sie scheint die treibende Kraft hinter seiner Karriere zu sein.«

»Und Nina war vielleicht hinderlich?«, mutmaßte Delego.

»Redet mit ihr und wenn wir wissen, wer unsere zweite Tote ist, dann findet heraus, ob sie Kontakt zu Polen oder der Mutter hatte. Was habt ihr noch über ihn?«

»Er behauptet, eine harmonische Beziehung mit Nina gehabt zu haben, die erst anfing zu kriseln, als sie die Kienitzer anmietete.«

»Und das war wahrscheinlich zeitgleich mit dem Beginn ihrer Affäre mit Movara«, stellte Delego fest.

»Wusste Polen von dem Verhältnis?«, fragte Breschnow.

»Für mich hörte sich das so an«, antwortete Drass.

»Aber er würde Nina niemals etwas antun, denke ich«, sagte Delego und blickte in die Runde. Sie senkte die Stimme. »Ich glaube, er hat sie wirklich geliebt.«

»Das glaubst du, aber wissen tun wir es nicht«, widersprach Drass. »Und wie viele Frauen sterben, weil ihre Männer sie angeblich so sehr geliebt haben und es nicht aushielten, von ihnen verlassen zu werden.«

»Sie wollte ihn nicht verlassen.«

»Woher willst du das wissen?«

Delego krauste die Stirn. »Ich weiß es einfach!«

»Wo war er in der Mordnacht?«, erkundigte sich Breschnow.

»Seine Show endet um 22:00 Uhr. Danach war er in der Garderobe und hat gegen 23:00 Uhr das Studiogelände verlassen. Er sagt, dass er nach Hause gefahren ist. Zeugen gibt es dafür keine.«

»Aber hätte Nina Sebastian während der Show nicht bei ihm sein müssen? Sie war seine Assistentin.«

Delego schüttelte den Kopf. »Sie war mehr für die Vorbereitungen zuständig. Die Show selbst wurde von zwei anderen betreut.«

»Woher weißt du das?«

»Von Cosma Anderson.«

»Also hat Polen kein Alibi für die Nacht und Movara nur eins von seiner Gattin«, fasste Breschnow zusammen. »Wie geht es seiner Frau?«

»Liegt im künstlichen Koma. Ich konnte nicht mit ihr sprechen, aber ich habe den zuständigen Arzt bezirzt«, triumphierte Delego. »Er sagt, dass sie schwere Unterleibsverletzungen hat und ..., jetzt kommt's«, sie blickte in die Runde. »Eine Pulsader war aufgeschnitten.«

Einen Moment lang war es sehr still im Raum. Drass räusperte sich. »Und das hat er dir einfach so erzählt?«

»Ich habe ihm gesagt, dass Movara behauptet, sie hätte eine Fehlgeburt gehabt, und das wollte er nicht so stehen lassen. Außerdem habe ich natürlich versprochen, seine Angaben diskret zu behandeln«, antwortete Delego.

»Denkt er, sie hat sich die Verletzungen selbst beigebracht?«

»Er ist sich nicht sicher, aber ausschließen will er es auch nicht.«

»Wie war dein Eindruck, Delego?«, fragte Breschnow.

»Ich glaube, der Arzt denkt, dass die Unterleibsverletzungen ihr zugefügt worden sind. Bei dem Schnitt am Handgelenk vermutet er einen Suizidversuch.«

Breschnow drehte sich wieder zum Whiteboard. »Wir haben also zwei tote Frauen mit offenen Pulsadern und eine dritte im Krankenhaus.«

Er schrieb den Namen Nadine Movara an das Whiteboard und Suizid- oder Tötungsversuch dahinter.

Dann drehte er sich wieder seinem Team zu. »Ich vermute den Täter im Umkreis der Frauen. Sie haben ihn gekannt.«

»Vielleicht aber auch ein psychopathischer Serienkiller oder ein Stalker?«, mutmaßte Delego.

»Du siehst zu viele amerikanische Krimiserien«, grinste Schmitti.

»Immer noch besser als dieser lahmarschige ›Tatort‹«, konterte seine Kollegin.

»Die Stalkertheorie sollten wir nicht aus den Augen verlieren«, sagte Breschnow und schrieb das Wort an das Whiteboard.

Delego warf Schmitti einen triumphierenden Blick zu.

»Er lässt sie ausbluten, bevor er sie ablegt«, sagte Regina.

»Vielleicht würde das Blut sein Bild stören«, folgte Breschnow ihrem Gedanken.

»Er würde sich schmutzig machen.«

»Das ganze Bild wäre schmutzig.«

»Vielleicht hat der Täter auch ein ganz einfaches Motiv wie Eifersucht und verschleiert es auf diese Art und Weise«, warf Drass in den Ring.

Breschnow trat ans Fenster und sah auf den erleuchteten Hof hinunter. Das Licht wurde von dem frisch gefallenen

Schnee reflektiert. Es war still. »Vielleicht sind sie auch nur Werkzeuge.«

»Wofür?«

»Um sich an jemandem zu rächen. Vielleicht benutzt er sie.«

»Er oder sie, das sollten wir nicht ausschließen«, sagte Regina.

»Kannst du dir wirklich vorstellen, dass eine Frau einer anderen die Pulsadern aufschneidet?«, erkundigte sich Delego.

»Warum nicht.«

Eine Weile hingen alle ihren eigenen Gedanken nach. Breschnow notierte einiges von dem Gesagten auf dem Whiteboard und stellte sich wieder ans Fenster.

»Vielleicht wissen wir morgen früh mehr. Wir müssen herausfinden, wer die Frau im Forst war. Um neun wieder hier.«

***

»Sie ist noch nicht da«, empfing ihn Monika am Eingang.

Schweigend gingen sie den langen, nur schlecht beleuchteten Gang entlang.

Breschnow deutete an die Decke. »Sparmaßnahmen?«

Monika schüttelte den Kopf. »Das Licht wird nachts automatisch gedimmt.«

Breschnow sah auf die Uhr. Es war erst halb zehn. »Beamtenmentalität«, brummte er. Die Rechtsmedizinerin steuerte die kleine Küche an. »Willst du einen Kaffee?«

Breschnow nickte, zog sein Handy aus der Tasche und erfuhr, dass die Leiche nicht fälschlicherweise in Potsdam gelandet war. Danach entspannte er sich etwas und ließ sich auf einen der Plastikstühle fallen. Monika reichte ihm den Kaffee.

»Gut, dass sie zu uns kommt«, sagte sie. »Ich bin sicher, die beiden Fälle gehören zusammen, und hoffe, dass wir weitere Tote verhindern können.«

Breschnow berichtete ihr von Nadine Movara. »Wir müssen mit ihr reden und uns die Wunde ansehen. Wo bleiben die nur so lange mit der Frau?«

»Es ist Winter, Breschnow. Trink erst mal in Ruhe deinen Kaffee und dann bereiten wir schon mal alles vor.«

Endlich klingelte es und die Bestatter brachten die Leiche.

Im grellen Licht des Obduktionssaals leuchtete die Frau auf der Stahlliege beinahe weiß. Monika strich ihr liebevoll das nasse blonde Haar aus der Stirn und griff nach dem Aufnahmegerät. Sie benannte die Anwesenden und begann mit der Beschreibung der äußeren Merkmale. Kurz danach stürmte ihre Assistentin herein und stellte sich neben sie.

»Sieh dir ihre Hände an«, sagte Monika und winkte Breschnow näher heran. »Sehr gepflegt. Sie hat lange lackierte Fingernägel und davon ist keiner beschädigt oder abgebrochen. Wie ich schon vermutet habe, hat sie sich nicht gewehrt.«

»Weil sie ihn kannte?«

»Vielleicht. Oder K.o.-Tropfen. Die sind bereits kurz nach der Einnahme nicht mehr nachzuweisen.«

Vorsichtig legte die Rechtsmedizinerin die Hand wieder neben den Körper und die beiden Frauen suchten nach weiteren Verletzungen. Aber es gab nur die hässlichen dunkelroten Schnitte an beiden Handgelenken.

Breschnow dachte an die kleine Lichtung, die Hütte im Wald und suchte eine Verbindung zu Neukölln. Sein Magen knurrte.

Der große kahle Raum verstärkte das Geräusch und Monika lachte. »Du hast wieder nichts gegessen, stimmt's?«

Breschnow nickte.

»Das solltest du aber tun, bevor ich sie aufschneide.«

Er schüttelte den Kopf und deutete auf den Körper. Die beiden Frauen begannen mit dem Ypsilonschnitt. Das wenige Blut, das noch im Körper war, hatte sich in den inneren Organen gesammelt, die Monika nun sorgfältig Stück für Stück entfernte, genau betrachtete, wog, in kleine Behältnisse legte und beschriftete. Die Frauen wechselten nur wenige Worte, arbeiteten konzentriert und zügig.

Ein eingespieltes Team, dachte Breschnow und beobachtete jede ihrer Bewegungen. Als Monika mit der Stryker-Säge den Kopf öffnete, lief ihm ein Schauer über den Rücken.

Vorsichtig entnahm die Rechtsmedizinerin mit beiden Händen das Gehirn, betrachtete es von allen Seiten, zeigte es der Assistentin und hielt es ihm dann hin.

»Ich glaube, sie ist nicht mehr ganz gesund und tippe auf beginnende Demenz«, sagte sie, »siehst du die Schatten hier? Aber ich muss es noch genauer untersuchen, um mir ganz sicher zu sein.«

Breschnow nickte, verließ den Raum, streifte die Schutzkleidung ab, während er die Schleuse durchschritt, und eilte über den Flur. Als er die schwere Eingangstür aufstieß, brannte die kalte Luft in seinem Gesicht. Hastig zog er die Zigaretten aus der Hosentasche und zündete sich eine an. Das Nikotin beruhigte ihn. Er dachte kurz an seine Schwester und seine Nichte und schwor, nachher noch ins Krankenhaus zu fahren. Dann dachte er wieder an die beiden Toten.

Ich muss sie nebeneinander sehen.

Er zündete sich die nächste Zigarette mit der Glut der ersten an, rauchte hastig und eilte wieder zurück in den Obduktionssaal.

Zwei Stunden später war alles vermessen, gewogen, beschriftet und die Leiche wieder zugenäht.

»Die Todesursache ist eindeutig Verbluten. Willst du jetzt etwas mit mir essen?«, erkundigte sich Monika.

»Vorher würde ich gerne die beiden Frauen nebeneinander sehen«, sagte Breschnow.

Die Assistentin war an der Tür stehen geblieben und wartete auf die Entscheidung ihrer Chefin. Monika nickte. Kurz danach kam die junge Frau mit einer weiteren Rollbahre zurück, schob sie neben den Edelstahltisch und deckte das Laken auf. Breschnow trat zwischen die Edelstahlliegen und besah sich die beiden Frauen. »Sie sehen beide friedlich aus«, stellte er fest.

»Verbluten ist ein friedlicher Tod«, erklärte Monika. »Man schläft einfach ein. Es sei denn, man kämpft dagegen an. Dann ist es die Hölle.«

»Haben die beiden gekämpft?«

»Ich vermute, nicht. Ich denke, sie waren sediert.«

Das Bild von Nina Sebastian im Schuppen schob sich vor sein inneres Auge, die blaue Auflage, die schwarzen Haare und die karierte Decke, die versuchte, ihren Körper zu verhüllen. Er wollte nicht, dass sie schutzlos ist, dass wir sie nackt sehen, dachte er und betrachtete die zweite Frau.

Sie hatte fast unbekleidet und offen draußen im Schnee gelegen. Warum hatte er sie nicht in der Hütte gelassen oder unter einen Baum gelegt oder in eine Hecke? Oder draußen getötet und dann in den Schutz der Hütte gelegt? Sie war älter, blond und mollig. Mochte er das nicht? Waren die Schwarzhaarigen sein Typ? Aber warum hatte er sie dann überhaupt ausgewählt?

Er deutete auf die Blonde. »Ist sie vergewaltigt worden?«

Monika schüttelte den Kopf.

»Meinst du, es ist derselbe Täter?«

»Ja, das meine ich. Es ist das gleiche Messer. Ein kleines, glattes, äußerst scharfes Küchenmesser.«

»Davon gibt es viele.«

»Aber jedes Messer schneidet anders.«

»Schließt du eine Nachahmungstat aus?«

Monika schüttelte den Kopf. »Dafür reichen die Hinweise nicht. Trotzdem wäre es ein großer Zufall, bei unterschiedlichen Tätern identisch schneidende Messerspuren vorzufinden.«

»Gut«, sagte er und verließ den Raum.

Monika und ihre Assistentin sahen ihm verwundert hinterher.

Die Rechtsmedizinerin lachte. »Breschnow, wie er leibt und lebt. Komm, wir räumen schnell auf.«

***

Sie wollte noch nicht nach Hause. Die Polizisten hatten sie am Platz der Luftbrücke abgesetzt und ihre Unruhe war mit jedem Schritt stärker geworden. Sie musste herausfinden, wer Nina getötet hatte. Sie stieg in den Bus und eine halbe Stunde später informierte sie eine freundliche Frauenstimme vom Band, dass sie ihr Ziel erreicht hatte.

Cosma betrat das Studiogelände und wurde von den Scheinwerfern, die den Hof in grelles weißes Licht getaucht hatten, geblendet. Es herrschte reges Treiben, wie immer, wenn eine Produktion vorbereitet wurde. Kameras und Scheinwerfer wechselten den Standort und dicke Kabel lagen wie schwarze Schlangen auf dem vom Schnee befreiten Asphalt. Eilig verschwand sie im Verwaltungsgebäude, vergewisserte sich, dass sie allein war und schlich dann die Treppen hoch. Der erste Stock lag im Dämmerlicht der Notbeleuchtung. Sie tastete sich bis zur Studiotür vor und versuchte aufzuschließen. Aber der Schlüssel ließ sich nicht drehen.

Hatte Movara das Schloss ausgewechselt?

Sie versuchte es noch einmal. Dann drückte sie vorsichtig die Klinke herunter. Die Tür öffnete sich einen Spalt. Zögernd trat sie in den dunklen Raum. Langsam gewöhnten sich ihre Augen an das Dämmerlicht. Ein Schatten glitt auf sie zu.

»Hallo Cosma.«

***

Tage danach hatte der Regen alle Spuren auf der Wiese weggeschwemmt. Der Tod des Mädchens wurde als Selbstmord zu den Akten gelegt. Dass sie vor ihrem Tod wahrscheinlich vergewaltigt worden war, verschwieg man.

Wenn er nachts das Licht löschte, sah er sie, immer und immer wieder. Sah ihre blasse Haut und das satte Rot um sie herum. Manchmal dachte er an die großen Jungs über ihr. Das erregte ihn und brachte ihm den ersten Orgasmus seines Lebens.

***

Drass hatte Delego nicht lange bitten müssen, die Aufgaben mit ihm zu tauschen. Nun waren sie und Schmitti unterwegs zu den Studiogrößen und Regina und er standen am Maybachufer vor Cosma Andersons Haus.

»Sie ist nicht da«, sagte er enttäuscht, zog sein Mobiltelefon aus der Tasche und wählte ihre Festnetznummer. Nach fünfmaligem Klingeln schaltete sich der Anrufbeantworter an. Danach versuchte er es auf ihrem Handy und hinterließ auf beiden Apparaten die Bitte um Rückruf.

»Was machen wir jetzt?«

»Wir könnten in die Studios fahren. Vielleicht arbeitet sie heute«, schlug Regina vor.

Drass schüttelte den Kopf. »Dann kommen wir unseren Kollegen ins Gehege und auf Delegos spitze Kommentare kann ich gut verzichten. Hast du Hunger?«

Seine Kollegin nickte und er zeigte in Richtung Kottbusser Damm.

»Soll ich den Wagen stehen lassen?«, fragte sie.

»Da hinten kriegst du sowieso keinen Parkplatz. Kennst du Jacques?«

Regina verneinte. Sie überquerten die Straße und stapften durch den hohen Schnee am Wasser entlang.

»Ich mag diese Gegend«, sagte sie. »Besonders den Kanal. Es muss schön sein, morgens aus dem Haus zu kommen und als Erstes das Wasser zu sehen.«

»Oder die verrückten Radfahrer«, schimpfte Drass, der gerade noch rechtzeitig zur Seite springen konnte, um einem Mann mit Rennrad, der auf dem Weg entlangschlidderte, Platz zu machen.

Bei Jacques war noch wenig los und sie hatten freie Platzwahl. Der langhaarige, quirlige Franzose mit Pudelmütze begrüßte sie persönlich, empfahl ein Gericht mit Huhn und Couscous, Rosinen und Datteln und als Getränk einen leichten herben Rotwein.

»Bist du oft hier?«, erkundigte sich Regina.

»Das war das Stammlokal meines Vaters, und er hat mich immer mit hierher genommen. Nach seinem Tod habe ich die Tradition fortgesetzt, zumindest ansatzweise.«

»Ich wusste nicht, dass dein Vater nicht mehr lebt.«

»Wir wissen eh wenig voneinander. Und vielleicht ist das ja auch gut so.«

Regina lächelte und schüttelte kaum merklich den Kopf. Drass sah die Neugier in ihren Augen und wusste, dass sie keine Ruhe geben würde. »Mein Vater ist vor fünf Jahren eines natürlichen Todes gestorben. Er war schon über fünfzig, als ich geboren wurde. Fünfundzwanzig Jahre älter als meine Mutter. Und ja, sie lebt noch. Und jetzt habe ich genug erzählt!«

Jacques servierte den Wein.

»Sind Sie seine Freundin oder auch Polizistin?«, erkundigte er sich freundlich.

»Polizistin. Aber kann seine Freundin nicht auch Polizistin sein?«

Jacques schüttelte den Kopf und zwinkerte. »Er schleppt sonst immer blonde Mäuschen an.«

Drass schlug mit der Speisekarte nach ihm. Jacques lachte und zog ab.

»Blonde Mäuschen?«

»Frag nicht, sonst stehe ich auf und verlasse das Lokal.«

Regina trank einen Schluck Wein und sah sich um. Die Einrichtung bestand aus einfachen Holztischen und Stühlen. »Ist es hier immer so leer oder ist es noch zu früh für Kreuzberg?«

»Neukölln.«

Sie sah ihn fragend an.

»Das ist hier die Neuköllner Seite vom Kanal.«

Jacques brachte das Essen, wünschte ihnen einen guten Appetit und sie genossen schweigend das exotische Mahl. Als sie fertig waren, bestellte Drass für sie beide Mokka.

»Was denkst du über unsere Morde?«

»Ich glaube mehr an den Serientäter als an zwei Einzeltäter. Aber ich habe noch keine Idee, was seine Motivation dahinter ist. Außer zu töten natürlich.«

»Er will seine Lust befriedigen?«

»Wir haben keine Spermareste bei den Toten gefunden.«

»Vielleicht fotografiert er sie und onaniert danach?«

»Aber wieso lässt er sie dann langsam verbluten? Das muss eine besondere Bedeutung für ihn haben.«

»Ich bin trotzdem davon überzeugt, dass wir es mit einem Sexualtäter zu tun haben«, sagte Drass.

»Ich glaube, du legst dich zu früh fest. Das wäre nicht das erste Mal.«

Drass schaufelte sich wütend Zucker in den Mokka und starrte aus dem Fenster.

Regina musterte ihn. »Tut mir leid. Ich wollte dich nicht verärgern.«

»Schon gut«, brummelte er.

»Was kann ich tun, um dich wieder zu besänftigen?«

Er sah sie an und hob eine Augenbraue. »Bezahlen zum Beispiel.«

Regina lachte. »Touché!«

»Dann werde ich jetzt mal den Nachtisch bestellen und mehr Wein.«

***

Delego rutschte unruhig auf dem Beifahrersitz hin und her. Schmitti grinste. »Hol doch schon mal die Autogrammkarten heraus.«

Delego bestrafte ihn mit einem wütenden Blick.

Sie hielten direkt vor den Studios, wiesen sich beim Pförtner aus und betraten das Gelände.

»Hier ist ja ziemlich viel los«, stellte Delego anerkennend fest und blieb stehen.

Schmitti marschierte in Richtung Verwaltungsgebäude und versuchte den Trubel um ihn herum auszublenden. Er wollte das hier schnell hinter sich bringen, wollte nach Hause zu seiner Frau und seinen Kindern. Ohne sich noch einmal umzudrehen, betrat er das Gebäude und suchte nach der Sekretärin. Fünf Minuten später war er wieder draußen. Delego stand noch immer auf derselben Stelle und sah den Bühnenarbeitern zu.

»Movara und Polen sind nicht da, aber ...«, er hielt das Foto der toten Frau hoch, »... ich weiß, wer sie ist.«

***

Der Schnee beruhigte die Stadt, dachte Breschnow und überquerte den großen Parkplatz der Kinderklinik. Seine Gedanken drehten sich im Kreis, immer wieder um die beiden Frauen.

»Übersehe ich etwas?«, fragte er das pickelige Gesicht eines jungen Mannes, der ihm entgegenkam. Der Mann ging einfach weiter. Breschnow zündete sich noch eine Zigarette an. Dann ging er mit großen Schritten zum Eingang. Die Frau an der Rezeption grüßte ihn freundlich. Auch auf der Station empfing man ihn wie einen gern gesehenen Gast. Seine Schwester saß am Bett ihrer Tochter und sah ihn mit verweinten Augen an. Er blieb unentschlossen an der Tür stehen.

»Wie geht es ihr?«, fragte er.

»Weiterhin unverändert. Stefan, ich weiß nicht, wie ich das noch länger durchhalten soll.«

Er trat neben das Bett. Das Kind lag mit fiebrigem Gesicht auf dem Rücken, das Haar klebte schweißnass an seinem zarten Gesicht. Er beugte sich zu ihr herunter und strich es zur Seite. Dann nahm er den zweiten Besucherstuhl und stellte ihn neben den seiner Schwester.

»Willst du mal raus?«, erkundigte er sich.

Iris schüttelte den Kopf. Lange saßen sie wortlos am Bett nebeneinander, lauschten den unregelmäßigen Atemzügen und den leisen Krankenhausgeräuschen um sie herum.

»Du musst schlafen«, unterbrach Iris das Schweigen.

Breschnow blieb sitzen und griff die Hand seiner Schwester.

Erst als die toten Frauen sich wieder vor das Kind schoben und er sicher war, sie nicht mehr verdrängen zu können, stand er langsam auf, küsste Mona auf die Stirn und Iris auf die Wange und verließ das Krankenhaus.

Er schob eine CD von Van Morrison in den CD-Spieler und ließ sich durch das nächtliche Berlin treiben. Die Fahrt verscheuchte alle Bilder. Als er seine Wohnung betrat, erschien sie ihm kalt und verlassen. Er ließ die Winterjacke auf den Flurboden fallen und ging in die Küche. Die schweren Schuhe hinterließen kleine schmutzige Pfützen. Im Kühlschrank fand er ein Bier und leerte die Flasche in einem Zug. Dann goss er sich einen Schnaps ein, danach ein Glas Leitungswasser, ging ins Wohnzimmer und ließ sich in den Sessel fallen. Das Papier und der Bleistift lagen noch auf dem kleinen Beistelltischchen. Er griff danach und schrieb ein Wort, wunderte sich, dass es da war, verwarf es, schrieb ein anderes, strich es durch und fand ein neues. Dann floss die erste Zeile aus ihm heraus und eine zweite und eine dritte, bis er mit dem Block auf dem Schoß und dem Bleistift in der Hand einschlief.

Es ist leicht
Vom Himmel zu fallen
Gütig und weiß
Alles sanft zu verhüllen

***

SAMSTAG

»Da bist du ja endlich«, begrüßte ihn Schmitti. »Wir wissen, wer die Tote ist.«

Breschnows Müdigkeit verflog augenblicklich.

»Luise Schömtich.«

»Die Frau vom Studioboss?«

Schmitti nickte.

»Wieso sagst du mir das erst jetzt?«

»Dein Handy war aus.«

»Und warum rufst du mich dann nicht zu Hause an?«

»Am Feierabend? Ich dachte, das hat Zeit bis heute Morgen. Oder hättest du in der Nacht noch die Leute befragt?«

Breschnow nickte, zog das Handy aus der Jackentasche und verschwand in seinem Büro.

»Du brauchst dringend einen neuen Akku«, rief Schmitti ihm hinterher. Delego trat neben ihn und winkte mit einer großen Papiertüte mit frischen Croissants. »Kochst du uns Kaffee?«

Schmitti versuchte eine Ausrede, aber sie schob ihn unerbittlich in den Besprechungsraum hinein. Drass saß bereits mit seinem Laptop am Tisch und surfte im Internet. Kurz danach erschien Regina und warf wütend eine Zeitung auf den Tisch. Auf der Titelseite prangte ein Bild von Luise Schömtich und Breschnow im Schnee.

»Bluttat im Düppeler Forst«, las Drass laut. »Die Polizei tappt im Dunkeln.«

»Die haben doch gar nicht mit uns gesprochen«, wunderte sich Delego und griff sich das Blatt. »Und wie haben sie das Foto gemacht?«

»Mit einem Teleobjektiv«, brummte Breschnow, der sich neben sie gestellt hatte. »Ich hoffe nur, dass Schömtich nicht dieses Schundblatt liest. Wir müssen sofort zu ihm. Hast du noch einen Akku?«

Schmitti nickte und verließ den Besprechungsraum. Delego riss die Tüte mit den Croissants auf und legte sie in die Mitte. Breschnow griff sich eins mit Schokolade und biss hinein.

»Wir wissen jetzt also, wer unsere zweite Tote ist«, nuschelte er mit vollem Mund, »Luise Schömtich, die Frau des Studioleiters. Gleiches Studio, die Männer kennen sich. Da muss es einen Zusammenhang geben.«

Er leckte sich die Schokolade von den Fingern, griff nach dem Stift und schrieb den Namen des zweiten Opfers in den Kreis am Whiteboard.

»Und Nadine Movara hat sich die Pulsader aufgeschnitten«, ergänzte Delego.

»Lag sie schon im Krankenhaus, als die zweite Frau getötet wurde?«, fragte Regina.

Breschnow schob sich den Rest des Croissants in den Mund. »Das müssen wir überprüfen.«

Drass deutete auf seinen Laptop. Ich habe nach Luise Schömtich im Netz gesucht. Sie hat eine eigene Homepage, fertigt Schmuck und verkauft ihn über einen Onlineversand. Besondere Stücke kann man sich auch bei ihr zu Hause ansehen.«

»Sie hat also Hinz und Kunz in ihre Wohnung gelassen«, empörte sich Delego und schüttelte verständnislos den Kopf.

»Zum Glück sind nicht alle Menschen so misstrauisch wie wir«, lachte Regina. »Aber das bedeutet, dass der Täter auch aus ihrer Kundschaft kommen könnte.«

»Schmitti, überprüf die Kundenkartei und vergleich sie mit den Kontakten von Nina Sebastian«, sagte Breschnow und ging zurück zum Whiteboard. Neben den Kreis von Luise Schömtich schrieb er das Wort »Kunde?«.

Dann brachte er sein Team über die Obduktionsergebnisse auf den neusten Stand und Schmitti berichtete über ihren Besuch in den Studios.

»Und was ist mit der Bank?«

»Die arbeiten dran, Breschnow. Sind nicht alle so schnell wie wir.«

»Wir waren auch nicht besonders erfolgreich«, sagte Drass und sah Regina an. »Die Anderson war nicht zu Hause und telefonisch nicht zu erreichen.«

»Wieso warst du bei ihr?«, erkundigte sich Breschnow.

»Weil ich unbedingt in die Studios wollte«, erklärte Delego mit glänzenden Augen.

»Wir haben die Herren Stars zwar nicht getroffen, aber ihr hättet sie sehen sollen …«, flachste Schmitti. Delego trat ihm wütend gegen das Schienbein.

Breschnow wandte sich wieder dem Whiteboard zu. »Movaras Geliebte ist ermordet worden und seine Frau liegt im Krankenhaus. Er scheint zumindest an ihren inneren Verletzungen schuld zu sein.«

»Ob er auch ein Verhältnis mit Frau Schömtich hatte?«, fragte Regina.

»Zu dick und zu alt«, antwortete Schmitti.

»Aber vielleicht vorteilhaft für seine Karriere.«

»Die beiden Männer sind angeblich seit ihren Kindertagen miteinander befreundet«, sagte Delego.

»Es gibt immer wieder Männer, die heimlich die Frauen ihrer besten Freunde vögeln«, behauptete Drass.

»Wir müssen mit Nadine Movara reden. Delego und ich fahren raus zum Wannsee. Drass und Regina, ihr informiert Schömtich über den Tod seiner Frau und, Schmitti, du klemmst dich an den Computer. Versuch alles herauszufinden, was Movara und Schömtich verbindet. Kindergarten, Schule, Ausbildung. Wo haben die Männer sich kennengelernt? Hatten die Frauen untereinander Kontakt? Such nach Presseartikeln.«

Schmitti schrieb eifrig in seiner Kinderhandschrift mit, Breschnow wandte sich Drass zu.

»Und du such weiter nach der Anderson. Sie soll sich im Studio ein bisschen umhören, ob die Schömtich und die Sebastian sich kannten.«

Drass antwortete mit einem finsteren Blick.

»Ich kann auch selber mit ihr reden. Aber du weißt, dass sie mich nicht besonders mag«, erinnerte ihn Breschnow.

»Ich werde mit ihr reden, aber ich werde sie nicht bitten, sich weiter umzuhören.«

»Ich finde auch, dass wir keine Privatpersonen in unsere Ermittlungen einbeziehen sollten«, unterstützte ihn Regina. »Und erst recht nicht, nachdem Movara sie mit Drass gesehen hat.«

»Du hast die Anderson als Spitzel rekrutiert«, empörte sich Delego. »Wie bei ›Spezialeinheit Göteborg‹? Da hatten sie eine Lisa.«

Schmitti verdrehte die Augen.

»Wir müssen auch schnellstens mit Movara und noch mal mit Polen reden und am besten auch gleich mit seiner Mutter«, fuhr Breschnow unbeirrt fort. »Heute Abend um sechs wieder hier.«

Er eilte aus dem Raum.

Regina folgte ihm und hielt ihn am Ärmel fest. »Du kannst die Anderson da nicht mit reinziehen!«

»Ich weiß«, brummte Breschnow. »Aber ich will diesen Mistkerl schnappen, bevor noch eine tote Frau im Schnee liegt. Sie soll aufpassen. Sag ihr das.«

»Mit einem Gruß von dir?«

Breschnow nickte und verschwand in seinem Büro.

***

Er hasste die Frühstücke am Samstagmorgen. Aber seine Mutter bestand darauf, nannte es »ihre Lagebesprechung« und er fügte sich. Peter Polen parkte den Wagen vor einem großen schmiedeeisernen Tor und winkte in die Kamera. Das Tor glitt lautlos zur Seite und er fuhr auf den Hof. Nachdem er ausgestiegen war, hielt er kurz inne und ließ die weiße Stille auf sich wirken. Der Schnee im Garten war noch jungfräulich und die weiße Ligusterhecke verdeckte verträumt die große Terrasse dahinter. Es widerstrebte ihm, diese Jungfräulichkeit zu zertreten, aber seine Mutter wartete bereits ungeduldig an der Terrassentür. Kurz bevor er sie erreichte, drehte er sich noch einmal um und sah seine Spuren im Schnee. Dann hielt er der Mutter die linke Wange hin. Wie immer griff sie sein Kinn, drehte seinen Kopf und begrüßte ihn mit einem Kuss auf den Mund. Demonstrativ wischte er sich mit dem Ärmel über die

Lippen und folgte ihr in das Esszimmer. Der Frühstückstisch war festlich gedeckt, es fehlte an nichts, was er gerne aß.

Seine Mutter strahlte ihn an, wie immer, wenn sie gute Neuigkeiten hatte. Sie trug ein grünes Kostüm, das ihr dezent blondiertes Haar betonte. Ihre Fingernägel waren burgunderrot lackiert und die Finger mit zwei Ringen geschmückt. Sie rief nach dem Hausmädchen, damit es ihnen Kaffee einschenkte, und bat ihn, sich zu bedienen. Er griff sich ein Brötchen und beschmierte es mit Butter, während seine Mutter ihm von ihrer Woche berichtete.

»Es hat geklappt, mein Schatz. Wir haben in der nächsten Woche zwei wichtige Termine.«

Ihr Gesichtsausdruck wechselte von freudig zu traurig. »Das mit dem armen Mädchen tut mir ja so leid, Schatz. Wer tut denn so etwas?«

Sie wollte nach seiner Hand greifen. Polen zog sie reflexartig zurück und legte sie auf seinen Oberschenkel.

»Sie war kein armes Mädchen. Sie war meine Lebensgefährtin«, widersprach er.

»Aber natürlich, mein Schatz. Aber ich war immer schon der Meinung, dass sie nicht die Richtige für dich war.«

Sie schob einen blumenverzierten Teller vor ihn hin. »Ach, nimm doch bitte noch ein bisschen von diesem Käse. Jürgen hat ihn extra aus Spanien mitgebracht. Er ist hervorragend.«

Gehorsam schnitt er sich eine Scheibe ab, stopfte sie in den Mund und hätte sie am liebsten sofort wieder ausgespuckt. Der Käse schmeckte trocken und verbrannt. Er spülte ihn mit Kaffee herunter.

Sein Handy klingelte. Er ignorierte es. Der Anrufer hinterließ eine Nachricht.

»Kannst du dieses Gerät nicht wenigstens ausstellen, wenn du bei mir bist?«, nörgelte seine Mutter und deutete mit den spitzen Nägeln auf seinen braunen Lieblingspullover. »Dieses Ding ist nicht mehr schön, mein Schatz. Du solltest es wirklich nicht mehr tragen.«

»Ich mag meinen Pullover«, sagte er trotzig und war überrascht, ihr zum zweiten Mal zu widersprechen.

Sie hielt inne, kniff kurz die Augen zusammen und musterte ihn. Dann fuhr sie sich mit der linken Hand über ihr Haar und erzählte von Jürgens Reise. Er berichtete im Gegenzug von dem Patzer der Maskenbildnerin, die ihm versehentlich Kaffee über die Hose geschüttet hatte. Von den Spannungen im Studio erzählte er nichts, auch nichts von der Befragung bei der Polizei und wie er sich dabei gefühlt hatte. Nach einer Weile schob ihm seine Mutter stolz eine graue Mappe hin.

»Was ist das?«

»Der Vertrag. Hörst du denn nie zu. Wir haben eine Gastshow in Österreich. Oh, mein Schatz, ist das nicht aufregend?«

»Wann?«

»In drei Monaten.«

Er unterschrieb, ohne zu lesen und goss sich Kaffee nach.

»Und wie geht es der Konkurrenz?«, erkundigte sie sich.

Polen zuckte die Schultern und dachte an Movara, stellte sich Nina mit ihm in der Kienitzer vor, verbannte den Gedanken mit aller Kraft und widmete sich wieder dem Geplapper seiner Mutter.

»Du bist nicht wachsam genug, mein Schatz. Sei froh, dass du mich hast.« Sie strahlte ihn an. »Augen und Ohren überall. Movaras Frau ist im Krankenhaus.«

»Was hat sie?«

»Es sieht so aus, als ob er sie misshandelt hat. Kannst du dir den Skandal vorstellen, wenn das herauskommt?« Sie lächelte. »Ich finde, man sollte ruhig etwas nachhelfen. Findest du nicht auch?«

»Ich etwa?«

»Nein, natürlich nicht, Peter-Schatz. Das würde doch deinem Ruf schaden. Ich habe bereits alles in die Wege geleitet. Die richtige Zeitung am richtigen Ort. Aber hast du das über Schömtichs Frau gelesen?«

Sie deutete auf das Zeitungstischchen hinter ihm. Er drehte sich um und überflog die Schlagzeile, sprang hastig auf und griff sich das Blatt. Luise Schömtichs Gesicht prangte ihm entgegen.

»Zuerst Nina und nun Luise. Was bedeutet das?«

Seine Mutter seufzte. »Das kann ich dir nicht sagen, mein Schatz, aber du musst auf dich aufpassen. Versprichst du mir das?«

Peter Polen nickte mechanisch. Seine Mutter lächelte zufrieden. Er wusste, sie würde in den beiden Todesfällen herumstochern wie ein Specht am Baum.

Er legte die Zeitung zur Seite und setzte sich wieder an den Tisch.

Seine Mutter deutete mit dem Zeigefinger auf das geflochtene Brotkörbchen. »Iss doch noch ein Brötchen. Jürgen hat auch eine hervorragende Kaktusmarmelade mitgebracht.«

Polen dachte an den Käse und verzichtete. »Ich muss leider los«, murmelte er.

»Aber du bist doch gerade erst gekommen«, protestierte seine Mutter.

»Nächsten Samstag bleibe ich länger. Versprochen. Ich fühle mich heute nicht so gut.«

»Oh, mein armer Schatz. Nimm dir das bloß nicht zu sehr zu Herzen, hörst du? Bald ist alles wieder gut.«

Polen ließ den Abschiedskuss seiner Mutter über sich ergehen und verließ das Haus auf dem gleichen Weg, wie er gekommen war.

***

Es war ruhig um sie herum. Schummeriges Licht fiel durch ein Fenster. Cosma stöhnte und griff sich an den Kopf. Vorsichtig drehte sie ihn zur Seite. Schemenhaft erkannte sie einen Tisch und einen Sessel. Ihre Augen fielen zu und sie kämpfte mit dem Bedürfnis, einfach wieder einzuschlafen. Irgendwo in der hintersten Ecke ihres Gehirns setzte ein Erinnern ein. Sie war irgendwo hingegangen, um irgendetwas zu suchen. Und es war jemand da gewesen. Sie erinnerte sich nicht mehr an das Gesicht, nur noch an die Angst, die sie durchflutet hatte.

Sie zwang sich, wieder die Augen zu öffnen. Ein Lichtschein glitt durch den schmalen Spalt ihrer Lider. Sie vergrößerte ihn und hatte den Eindruck, dass es im Raum heller geworden war. Ihr Blick glitt zur Wand.

Der erste Versuch, sich aufzusetzen, misslang, und sie fiel zurück auf die Unterlage. Sie fror, versuchte es erneut. Der Raum drehte sich und ihr wurde übel. Sie schaffte es, sich aufzusetzen und übergab sich. Ein bitterer Geschmack breitete sich in ihrem Mund aus und verstärkte den Schwindel. Dann spürte sie, dass sie nicht alleine im Raum war.

***

»Er wohnt gar nicht in Berlin.«

»Wo dann?«

Regina sah noch einmal auf den Zettel und stöhnte.

»In Tornow.«

»Und wo ist das?«

»Bei Teupitz.«

»Was weiß ich, wo Teupitz ist?«

Regina deutete auf den Navigator. »In Brandenburg. Schalt das Ding ein.«

»Fehlanzeige. Das sagt gar nichts mehr. Also zeig, was du kannst.«

Regina griff sich den Autoatlas aus der Seitentasche und Drass startete den Wagen.

»Wir müssen auf die Autobahn Richtung Dresden, am neuen Flughafen vorbei und dann immer weiter auf der A13 bis zur Abfahrt Teupitz.«

»Wie weit ungefähr?«

»Halbe Stunde.«

Drass lächelte. »Weißt du, dass Frauen meistens die Entfernung in Zeit ansagen statt in Kilometern?«

»Ist doch auch praktischer, kann man sich besser vorstellen.«

Der Wagen rollte langsam vom Hof. Die Kollegen an der Schranke grüßten freundlich. Drass schaltete das Radio ein, Regina ließ die unberührte Schneelandschaft an sich vorbeiziehen.

»Hier draußen ist der Winter viel schöner«, sagte sie, nachdem sie den Flughafen Schönefeld hinter sich gelassen hatten.

Drass verkniff sich eine Antwort. Er liebte die Stadt und

konnte nicht verstehen, was Menschen an endlosen Wiesen oder Wäldern schön finden konnten.

Die Autobahn war gestreut und leer und sie kamen gut voran. Nach zwanzig Minuten zog Regina noch einmal die Karte aus der Seitentasche und ließ den Zeigefinger über die Strecke gleiten.

»An der nächsten Ausfahrt musst du raus.«

Nachdem sie die Autobahn verlassen hatten, bogen sie rechts auf die schmale Landstraße in Richtung Teupitz ab. Kurz danach erreichten sie den Ort.

»Wo ist hier die Stadt?«, fragte Drass.

Regina zeigte auf die alten, teils verfallenen Häuser und Speicher auf der linken und die neuen Einfamilienhäuser auf der rechten Seite der Straße und deutete auf den obligatorischen Discounter.

»Ein Discounter macht doch noch keine Stadt«, stellte Drass fest.

»Hier schon.«

Die ausgebaute Strecke endete abrupt und mündete in ein altertümliches, teils mit Teer geflicktes Kopfsteinpflaster. Drass bremste scharf und der Wagen rutschte bedrohlich nach rechts. Sekundenschnell steuerte er gegen und brachte ihn zurück in die Straßenmitte. Langsam hoppelten sie den kleinen Hügel hinunter, passierten einen See und bogen links nach Tornow ab. Nachdem sie sich einmal verfahren hatten, erreichten sie schließlich die zwei umgebauten Bauernhäuser. Beide waren weiß gestrichen, hatten ochsenblutfarbene Fensterrahmen und fachwerkverzierte Gauben.

»Sie sehen sich ähnlich«, stellte Drass fest. »In welchem wohnt Schömtich?«

»Im rechten.«

Er parkte den Wagen direkt vor den Häusern und sie stiegen aus. Am schmiedeeisernen Tor zum Hof blieb Regina stehen.

»Warum gehst du nicht weiter?«

»Ich hab Angst, dass irgend so ein Köter angerannt kommt.«

Drass schob sich an ihr vorbei und ging voraus. Sie gelangten auf einen kopfsteingepflasterten Hof und steuerten die Haustür an. Aus dem Inneren hörten sie schnelle Schritte. Kurz danach wurde die Tür aufgerissen. Vor ihnen stand ein kleiner dicker Mann, der sich nervös über seine Halbglatze strich und sie misstrauisch musterte. An seinem Hals baumelte ein überdimensionales schwarzes Holzkreuz. Drass wies sich aus und trug sein Anliegen vor. Der Mann strich sich wieder über den Kopf, kontrollierte auch Reginas Dienstausweis gründlich, stellte sich als Gerd Schömtich vor und bat sie zögernd herein. Der Geruch von frisch verbranntem Holz erfüllte eine große Diele, von der mehrere Türen abgingen. Er öffnete die rechte und deutete auf den schlafenden Mann in einem alten Ohrensessel.

»Mein Bruder war die ganze Nacht wach und hat sich um seine Frau gesorgt«, flüsterte er und trat ein.

»Wissen Sie es schon?«

Der Mann nickte. »Ein Bekannter hat es mir vorhin gesagt. Aber ich …«

Er deutete mit dem Zeigefinger auf seinen Bruder.

»Sie haben es ihm noch nicht erzählt«, beendete Regina den Satz.

»Haben Sie heute Morgen schon die Zeitung gelesen?«, erkundigte sich Regina.

Der Mann schüttelte den Kopf, beugte sich zu der schlafenden Gestalt herunter und stieß sie leicht an der Schulter an. David Schömtich war sofort wach und sprang auf.

»Ist sie da?«

Sein Bruder deutete auf die beiden Polizisten hinter ihm.

»Meine Frau ist verschwunden«, sagte David Schömtich und richtete sich auf.

»Deswegen sind wir hier«, sagte Regina. »Können wir uns setzen?«

Schömtich deutete auf die kleine Sitzgruppe neben sich. Sein Bruder murmelte etwas von Kaffee und verließ eilig den Raum.

»Haben Sie sie gefunden?«, fragte der Studioleiter.

Regina nickte. »Es tut mir leid, Ihnen mitteilen zu müssen, dass Ihre Frau tot ist.«

Schömtich sackte wortlos in sich zusammen. Regina ging neben dem Sessel in die Hocke und legte eine Hand auf seinen Arm. Er schien es nicht zu bemerken.

»Das ist ein großes Unglück und er wird es nicht überwinden. Sie haben sich sehr geliebt«, sagte Gerd Schömtich.

Er stand im Türrahmen, faltete die Hände und begann laut zu beten. Als er fertig war, bekreuzigte er sich und rief einen Arzt.

Der Studioleiter saß weiterhin wie versteinert auf der Kante des Sessels und fixierte einen Punkt außerhalb ihrer Welt. Regina hätte ihn gerne befragt, brach aber nach zwei Sätzen ab und konzentrierte sich stattdessen auf seinen Bruder. Gerd Schömtich beantwortete ihre Fragen wortkarg, aber höflich und behauptete, seine Schwägerin kaum gekannt zu haben.

»Aber Sie wohnen doch Tür an Tür«, wunderte sich Regina.

Die Ankunft der Sanitäter unterbrach die Befragung. Sie prüften die Vitalfunktionen des Studioleiters, schienen zufrieden, spritzten ihm etwas und legten ihn auf das Sofa. Sein Bruder brachte eine Decke.

»Schockstarre«, sagte der Arzt, als Drass ihn zur Tür begleitete. »In fünf bis sechs Stunden könnt ihr wiederkommen und mit ihm reden. So lange wird er wohl schlafen.«

Er hielt Drass ein Klemmbrett mit einem Formular hin und bat ihn um eine Unterschrift. Regina trat zu ihnen an die Haustür.

»Schömtichs Bruder will jetzt auch nicht weiter mit uns reden«, seufzte sie, »wir sollen nachher noch mal wiederkommen. Also lass uns gehen.«

Gemeinsam verließen sie das Haus. Auf der Straße sah Regina unschlüssig nach rechts und links. »Wollen wir ein paar Schritte laufen?«

Drass willigte zögernd ein. »Was hältst du von den beiden?«

»Der Bruder ist äußerst wortkarg und ich verstehe nicht, warum er nicht mit uns über seine Schwägerin reden will. Mir kann er nicht weismachen, dass er sie kaum kannte.«

»Wieso? Nicht jede Familie muss sich lieben. Vielleicht sind die Brüder zerstritten?«, widersprach Drass.

»Um das zu erfahren, werden wir wohl warten müssen, bis der Studioleiter wieder zu sich kommt. Gerd Schömtich behauptet, die ganze Nacht mit seinem Bruder gewartet zu haben.«

»Das wäre ein Alibi.«

»Zumindest ein halbes«, gab Regina ihm recht.

Dann schüttelte sie den Kopf. »Es war sogar mühsam von ihm zu erfahren, wie lange er und sein Bruder hier schon wohnen. Fast hätte ich ihn gefragt, was er heute Morgen gefrühstückt hat, um überhaupt mal eine flüssige Antwort zu bekommen.«

Drass lachte.

Ein schmaler Weg kreuzte die Straße und Regina folgte ihm mit großen Schritten. Drass fand mit seinen Stadtschuhen auf dem Schnee keinen Halt und hatte Schwierigkeiten, ihr zu folgen. Er schimpfte leise. Seine Kollegin drehte sich um und lachte. »Natur ist nicht so dein Ding, oder?«

Drass schüttelte den Kopf.

»Geh ruhig zurück zum Auto. Ich will nur kurz den See sehen, dann komme ich nach.«

Ohne eine Antwort abzuwarten, ging sie weiter. Drass starrte ihr hinterher, bis ein leises Hämmern ihn aufhorchen ließ. Kurz danach war er in Schnee gehüllt. Fluchend trat er einen Schritt zur Seite. Der Buntspecht hoch oben in der Krone unterbrach kurz seine Arbeit, sah zu ihm herab und setzte dann sein Gehämmer fort. Drass drehte sich entschlossen um und eilte zurück zum Auto.

***

Schon von Weitem sah er die Meute und parkte den Wagen im größtmöglichen Abstand.

»Irgendjemand hat sie informiert«, brummte Breschnow und deutete auf die Journalisten, die den Eingang der Wannseer Privatklinik belagert hatten.

»Peter Polen?«

»Dafür, dass er seine Freundin gevögelt hat, würde er Movara bestimmt gern eins auswischen. Aber der Showmann hat wahrscheinlich auch noch andere Feinde.«

Sie stiegen so unauffällig wie möglich aus. Er hielt Delego am Ärmel fest. »Wir gehen durch die Notaufnahme.«

Auch hier hatten zwei Presseleute Stellung bezogen, ein gelangweilter Wachmann ging vor ihnen auf und ab. Breschnow zog ihn zur Seite und wies sich aus. Der Wachmann ließ sie eintreten. Als die Presseleute versuchten, ihnen zu folgen, wusste der Wachmann dies lautstark zu verhindern.

Breschnow ließ den Blick durch die menschenleere Notaufnahme schweifen. Ganz anders als im Urbankrankenhaus, wo sich die Leute stapeln, dachte er und öffnete eine Glastür. Sie führte in einen frisch gestrichenen Flur, der in der Eingangshalle endete. Breschnow linste vorsichtig um die Ecke.

»Wenn wir bei der Rezeption offiziell nach dem Zimmer fragen, werden sie uns bestimmt nicht zu ihr lassen«, flüsterte er.

Auf sein Zeichen hin hasteten die beiden durch den hinteren Eingangsbereich, dann noch einen Gang entlang und erreichten ungesehen die Intensivstation. Delego klingelte. Kurz danach erschien eine junge Krankenschwester.

»Ich möchte zu meiner Schwester«, sagte Breschnow freundlich. »Nadine Movara.«

»Und wer ist das?«

Sie deutete mit dem Zeigefinger auf Delego.

»Meine Frau«, antwortete er.

Zögernd ließ die Krankenschwester die beiden herein, deutete auf das Zimmer schräg gegenüber und folgte ihnen.

»Sie liegt immer noch im Koma«, sagte sie. »Die Verletzungen sind schwerer, als wir anfangs gedacht haben. Und durch den Selbstmordversuch hat sie viel Blut verloren. Ihre Schwägerin hat sich die Pulsadern aufgeschnitten, aber das wissen Sie ja wahrscheinlich schon.«

»Und es ist ein tiefer Schnitt«, mutmaßte Breschnow.

Die Krankenschwester musterte ihn. »Haben Sie schon mit dem Arzt geprochen?«

Breschnow nickte und riss die Tür zum Krankenzimmer auf. Nadine Movara lag auf dem Rücken und schlief. Sie war sehr blass. Die Beatmungsmaschine pumpte rhythmisch Luft in ihre Lungen. Breschnow dachte an seinen Kollegen Subat, der sich ins Koma gesoffen hatte und lange nicht aufgewacht war. Delego stupste ihn leicht in die Seite.

»Sie dürfen eigentlich nicht hier sein, die Patientin braucht absolute Ruhe«, sagte die Schwester. Breschnows Blick glitt über das Informationsblatt am Fußende des Bettes.

»Am besten, ich hole jetzt den Arzt.«

Eilig verließ die Schwester das Krankenzimmer.

Breschnow trat an das Bett und hob die Bettdecke hoch. Das rechte Handgelenk war verbunden und er begann, vorsichtig die Klammern zu lösen. Nadine stöhne leise.

»Sieh dir das an. Sie hat ...« Breschnow hielt in der Bewegung inne und betrachtete den Zweimetermann, der hinter Delego das Zimmer betreten hatte.

»Sie gehen jetzt besser«, befahl der Arzt. Seine Stimme war erstaunlich hell und wollte nicht zu der Statur passen.

Breschnow hielt ihm seinen Dienstausweis hin.

»Vor Ihnen gab es schon einige, die sich in die Stationen geschlichen und als Polizisten ausgewiesen haben. Und am nächsten Tag stand alles in der Zeitung oder im Netz mit Foto. Ich würde der Polizei gerne helfen, aber ich bin misstrauisch geworden. Schließlich arbeite ich in einer Privatklinik. Und diese Patientin hier braucht wirklich dringend Ruhe.«

Breschnow legte Nadine Movaras Handgelenk vorsichtig zurück auf die Matratze und zog die Bettdecke darüber. Der Mediziner wies die Krankenschwester an, die ungebetenen Besucher zum Ausgang zu begleiten. Schweigend verließen sie die Station und gingen zurück zur Lobby. Dort teilte Breschnow der Schwester mit, wegen der Presse das Gebäude nicht durch den Vorderausgang verlassen zu können.

Sie runzelte die Stirn. »Das müssen Sie aber. Aber Sie können wählen, entweder mit mir oder mit einem Wachdienst.«

Breschnow ersparte sich jede weitere Diskussion und ging weiter. Die Pressemeute erkannte ihn sofort, rannte auf ihn zu und forderte Informationen. Breschnow blickte sich um und sah die Wachmänner am hinteren Ende des Parkplatzes eine rauchen. Er hob die Hände und verlangte Ruhe. Die Journalisten verstummten augenblicklich. Er ließ sie wissen, dass das Krankenhaus extra eine Mitarbeiterin freigestellt hatte, um ihnen alle Fragen zu beantworten, und deutete auf die Krankenschwester hinter der Glasscheibe. Sofort setzten sich die ersten Reporter in Bewegung und zogen die anderen mit. Breschnow sah ihnen hinterher und steckte sich eine Zigarette an. Aus den Augenwinkeln sah er die Wachmänner auf ihn zueilen, griff Delegos Arm und zog sie zum Auto.

»Jetzt hast du es dir endgültig verscherzt«, kicherte sie. »Wenn du mal als Patient in die Notaufnahme kommst, schmeißen sie dich gleich wieder raus. Und mit Nadine Movara lassen sie dich bestimmt nicht mehr sprechen.«

Breschnow startete den Wagen.

»Aber die Nummer eben war wirklich gut!«

»Vielleicht sollte Nadine Movara das dritte Opfer werden und hat ganz einfach Glück gehabt.«

»Sie wurde am Donnerstag eingeliefert. Das könnte passen.«

»Ich will, dass sich Monika die Wunden ansieht und dafür besorgen wir uns einen Beschluss. So wie die sich anstellen, scheinen wir den zu brauchen.«

»Es ist Samstag«, sagte Delego. »Da arbeiten die Staatsanwälte nicht.«

»Aber der Notdienst.«

Delego zuckte die Schultern. »Ist das denn hier ein Notfall?«

»Aber immer«, antwortete Breschnow. »Und du wirst deinen ganzen Charme spielen lassen.«

Bevor er vom Parkplatz rollte, sah er noch einmal zum Krankenhaus hinüber. Die Pressemeute stand wieder draußen vor der Tür und die zwei Wachmänner in dunkelblauen Uniformen versperrten ihnen grimmig den Eingang.

***

Die Tür wurde aufgerissen und eine kleine Gruppe polterte herein. Johanna erschrak und drängte die zwei Pressemänner zurück in den Flur. Movara schob sich an ihr vorbei und schlenderte auf Cosma zu, die auf dem weißen Sofa lag.

Er beugte sich zu ihr herunter und flüsterte. »Wo waren denn deine Freunde von der Polizei heute Nacht? Ich hoffe, es wird dir eine Lehre sein.«

Dann drehte er sich zu Johanna um und setzte ein besorgtes Gesicht auf.

Cosma sah auf ihre Beine. Sie waren nackt. Sie wunderte sich darüber und auch über das kurze weiße Kleid, das sie trug. Dann fielen ihr wieder die Augen zu.

Die Maskenbildnerin löste sich von der Tür, griff die Decke vom Sessel und hüllte ihre Kollegin darin ein. Cosma erkannte ihre Stimme und schluchzte. Johanna strich ihr tröstend über das Haar.

Movara ging zurück zur Tür und ließ die anderen herein. Ein Mann mit einem Mikrofon in der Hand kam neugierig näher und musterte Cosma unverwandt, der andere mit einer kleinen Kamera in der Hand drehte sich diskret weg.

»Könnt ihr nicht erst mal woanders anfangen?«, bat Johanna.

Der Kameramann winkte seinen Kollegen zu sich heran und sie flüsterten miteinander. Movara gesellte sich zu ihnen.

»Wir starten draußen vor der Tür«, schlug der Kameramann vor, »und gehen dann mit Ihnen gemeinsam ins Gebäude hinein, steigen die Treppen herauf zu Ihrem eigenen Studio und Sie beschreiben uns Ihren ersten Tag hier.«

Movara nickte und deutete auf Johanna. »Aber in die Maske muss ich trotzdem vorher.«

Das Kamerateam verließ den Raum und Movara steuerte das Sofa an. Johanna sprang auf und eilte ihm entgegen.

»Kommen Sie, wir stellen lieber einen Stuhl ans Fenster. Da habe ich mehr Licht«, dirigierte sie den Showmaster geschickt so weit wie möglich vom Sofa weg.

Cosma wimmerte leise. Ihr Körper fühlte sich an, als ob man ihn über Nacht in einer zu kleinen Kiste zusammengepresst und den Kopf mit Schraubzwingen zerquetscht hatte. Sie versuchte aufzustehen, um zu ihren Kleidungsstücken zu gelangen, stürzte und erbrach sich. Johanna eilte zu ihr herüber.

Cosma rollte sich auf die Seite und zog die Decke enger um sich. Endlich verließ Movara das Studio und Johanna half ihr auf. Die beiden Frauen wankten gemeinsam zur Spüle. Cosma hielt sich am Spültisch fest und Johanna half ihr, den Kopf unter den Wasserhahn zu halten. Das kühle Wasser beruhigte den Schwindel. Die Maskenbildnerin reichte Cosma ein Glas Saft.

Cosma trank vorsichtig in kleinen Schlucken und hatte das Gefühl, von innen aufzuschwemmen. Johanna schob sie von der Spüle weg und zog ihr das weiße Kleid über den Kopf.

»Wo hast du das her?«

»Weiß nicht. Nie gesehen«, stammelte Cosma.

Johanna runzelte die Stirn. »Es ist ein Kleid aus unserem Fundus.«

Sie hängte es über die Stuhllehne und half ihrer Kollegin, die eigenen Sachen anzuziehen. Danach brühte sie einen Kaffee auf, den sie gemeinsam tranken.

»Was ist passiert?«, erkundigte sich Johanna.

»Ich weiß es nicht«, antwortete Cosma.

»Du liegst hier nackt und weißt nicht, was mit dir passiert ist? Hast du gekokst?«

Cosma verneinte und bat Johanna, ihr ein Taxi zu rufen.

Dann sah sie sich nach ihrem Rucksack um. Johannas Handy klingelte und sie versprach, sofort zu kommen.

»Sie warten unten auf mich«, seufzte sie.

Konzentriert und den Blick fest auf den Boden gerichtet, setzte Cosma vorsichtig einen Fuß vor den anderen, bis sie erleichtert das Treppengeländer erreichte. Sie hielt sich daran fest und stieg die Stufen hinab. Johanna blieb dich hinter ihr. Die Presseleute standen geduldig am Treppenabsatz und beobachteten sie. Der Kameramann lächelte Cosma zum Abschied freundlich zu.

***

Breschnow bog in die Herrfurthstraße ein. Er hatte Delego mit der Aufgabe, einen richterlichen Beschluss zu organisieren, in der Dienststelle abgesetzt und parkte nun wieder am Eingang zu der kleinen Laubenkolonie. Von der Arbeit der Polizei zeugte nur noch ein Reststück Absperrband, das sich im Tor verhakt hatte. Es flatterte im Wind, der kalt vom Flughafen herüberwehte und neue Schneewolken mit sich brachte. Breschnow stellte den Motor ab, stieg aus und ging zum Tor. Es war verschlossen. Er befreite das verhedderte Stück Band und ließ es auf den Boden fallen. Es war der einzige Hinweis darauf, dass hier vor vier Tagen eine Tote gelegen hatte.

So schnell ist alles vergessen, dachte er und spielte einen Moment lang mit dem Gedanken, über den Zaun zu steigen. Er wollte noch einmal in die Laube, wollte Nina Sebastian noch einmal nahe sein und die Atmosphäre des Ortes auf sich wirken lassen.

Langsam drehte er sich im Kreis. Was braucht man, um eine Leiche ungesehen hierher zu transportieren?

Ein Auto? Die Spurensicherung hatte jede Menge Reifenspuren im Schnee gefunden.

Dunkelheit? Die Gegend war seit Neuestem auch nachts sehr belebt.

Sicherheit! Der Täter musste sich hier auskennen.

Breschnows Blick kletterte langsam an der Hauswand empor und blieb an einem Fenster hängen. Ein kleiner Junge winkte ihm zu. Er winkte zurück und ging wieder zum Auto.

Eine Stunde später stand er auf dem Parkplatz im Wald im Forst Düppel. Als er aussteigen wollte, schoss ein Dobermann auf ihn zu. Der Besitzer brüllte ihn mit heiserer Stimme zurück, was das Tier nicht zu interessieren schien. Breschnow schlug eilig die Tür wieder zu. Der Hund baute sich davor auf und bellte durchs Fenster. Ein schwarz gekleideter junger Mann kam eilig angerannt und riss ihn am Halsband zurück.

»Es tut mir leid«, sagte er, nachdem Breschnow ausgestiegen war. »Sie hat sich losgerissen.« Er zeigte ihm die zerrissene Hundeleine.

»Aber sie hätte Ihnen nichts getan, es reicht ihr, die Leute in Schach zu halten.«

»Sehr beruhigend«, brummte Breschnow. »Sind Sie öfter hier?«

Der Hundebesitzer nickte.

»Sie ist noch jung und braucht viel Bewegung und weil ich sie noch nicht frei laufen lassen kann, joggen wir fünfmal am Tag hier entlang.«

»Zu festen Zeiten?«

Der Mann nickte wieder und nannte sie ihm freimütig. Sein Hund fing wieder an zu bellen. Von Weitem sah Breschnow ein Paar mit einem Labrador auf sie zukommen. Das Dobermannweibchen jaulte vor Freude und der junge Mann hatte Schwierigkeiten, sie im Zaum zu halten. Er deutete auf einen silbergrauen amerikanischen Station Wagon. Auf der Fahrerseite prangte die Visitenkarte für ein Filmstudio für Spezialeffekte.

»Ist gut fürs Business«, sagte er, nachdem er den Hund im hinteren Teil des Wagens verstaut hatte. Der Dobermann bellte und kratzte mit den Vorderpfoten an der Heckscheibe.

»Waren Sie vorgestern auch hier?«

»Ja, und gestern war alles abgesperrt. Man hat eine Leiche gefunden.«

»Ist Ihnen irgendetwas aufgefallen?«

»Warum wollen Sie das wissen? Spielen Sie Detektiv?«

Breschnow grinste und hielt ihm seinen Dienstausweis vor die Nase.

»Sie sind mir gleich bekannt vorgekommen«, sagte der Mann. »Sie haben gestern den ganzen Tag da hinten auf der Lichtung gestanden, oder?«

»Eine meiner Lieblingsbeschäftigungen«, brummte Breschnow.

Das Paar mit dem Labrador machte einen großen Bogen um sie herum. Der Hund ignorierte das wilde Treiben seines Artgenossen. Breschnow eilte zu ihnen herüber, winkte den Jogger dazu und befragte die kleine Gruppe. Aber keiner hatte etwas Auffälliges bemerkt.

Er notierte sich die Namen und die Nummernschilder der zwei Fahrzeuge. Dann ging er in Richtung Hütte und ließ die Umgebung auf sich einwirken.

Hierfür braucht man auch ein Auto, dachte er. Er hat es auf dem Parkplatz abgestellt und ist mit der Frau hierhergelaufen.

War sie bei Bewusstsein? Hatte sie ihn gekannt?

Warum hatte er sie hierher gebracht?

Er ging wieder zurück zum Parkplatz, drehte dort um und lief den breiten Weg ein zweites Mal entlang. Dann stapfte er den hohen Schnee zur Hütte und umrundete sie mehrmals.

Die Spurensicherung hatte die Tür versiegelt und das wackelige Gebäude mit Absperrband umwickelt.

Er zündete sich eine Zigarette an und ging weiter zu der kleinen Lichtung.

Vor seinem inneren Auge materialisierte sich Luise Schömtich. Eine blonde Frau im Schnee.

Er trat zurück und ging auf Abstand, umrundete die Lichtung weiträumig. Hier musste der Fotograf gestanden haben. Wieso war er niemandem aufgefallen? Hatte er Schutzkleidung getragen, als er das Bild für die Zeitung schoss?

Er trat in den Ring zurück, den das Absperrband um den Fundort herum bildete. Der Schnee war hier festgetrampelt und schmutzig. Die Spurensicherung hatte jeden Zentimeter sorgfältig abgesucht, aber nichts gefunden. Keine Zigarettenstummel, keine Asche, keine Haare, keine DNA. Nur die letzten Tropfen Blut, die auf dem Weg von der Hütte zur Lichtung aus dem Opfer herausgetropft waren.

Sie sollte es sauber und schön haben, dachte Breschnow. Der Täter wollte sie nicht in ihrem Blut liegen lassen.

Und kalt? Wollte er sie konservieren? Hatte der Schnee eine Bedeutung?

Ein Schuss zerriss die Stille. Breschnow drehte sich blitzschnell in die Richtung, aus der er das Geräusch vermutete. Ein zweiter Schuss fiel. Dann heulte ein Motor auf.

»Fehlzündung«, brummte er, entspannte sich und drang tiefer in den Wald vor. Hier war der Schnee fast unberührt. Nur die Tiere hatten ihre Spuren hinterlassen, Hunde und Rehe. Breschnow folgte ihnen, stolperte und stürzte. Wütend rappelte er sich wieder auf, klopfte sich den nassen Schnee von der Kleidung, drehte sich noch einmal um seine eigene Achse und als er sich sicher war, hier nichts mehr zu finden, trat er den Rückweg an.

Der silbergraue Station Wagon parkte noch an derselben Stelle. Der junge Mann saß auf dem Beifahrersitz und starrte abwechselnd auf den Bildschirm seines Laptops und auf den Parkplatz. Als er Breschnow sah, stieg er aus und ging auf ihn zu.

»Mir ist doch noch etwas eingefallen«, sagte er. »Vielleicht bedeutet es nichts ...«

Breschnow ermunterte ihn, weiterzureden.

»Weil ich doch jeden Tag hierherkomme, kenne ich auch die Autos auf dem Parkplatz. Und vorgestern Abend war da ein Wagen, den ich vorher noch nie gesehen hatte. Ein weißer Kombi.«

»Welche Marke?«

»Ich glaube, es war ein Peugeot. Aber nageln Sie mich bitte nicht fest. Es war ja schon dunkel. Aber ich erinnere mich, dass ich gedacht habe, der Wagen ist so weiß wie der Schnee und fällt gar nicht auf. Ich achte auf so etwas beruflich.« Er deutete auf die Visitenkarte auf seiner Autotür. »Ich suche immer nach Bildern.«

***

Er trat einen Schritt zurück und suchte Schutz hinter einem Lkw. Cosma Anderson wankte an ihm vorbei und stolperte auf ein Taxi zu. Als sie außer Sichtweite war, verließ er seine Deckung und eilte zum Verwaltungsgebäude. Movaras Stimme, halb scherzend und halb arrogant, drang leise durch die halbgeöffnete Tür. Er riss sie auf und stand im hell ausgeleuchteten Treppenhaus. Ein Mann mit einem Mikrofon drehte sich zu ihm und legte den Zeigefinger auf den Mund. Movara sah flüchtig zu ihm herüber und begab sich wieder in Position.

»Ton ab«, rief der Kameramann.

»Ton läuft«, bestätigte der Tonmann.

»Guten Abend, meine Damen und Herren. Heute sind wir bei einem ganz besonderen Menschen zu Gast in den UFA-Studios. Sie kennen ihn alle. Ob alleine vor dem heimischen Fernseher oder im Kreise Ihrer Familie und Ihrer Freunde, seine wunderbare Show versüßt Ihnen die Donnerstagabende. Heute, hier, bei Karsten Movara«, er zog den letzten Buchstaben in die Länge.

Peter Polen wandte sich angewidert ab und verließ das Gebäude. Draußen pfiff ein kalter Wind. Er wollte ihm so schnell wie möglich entfliehen, wusste aber nicht, wohin, wusste nicht, was er mit diesem freien Tag anfangen sollte. Seine Nina war nicht mehr bei ihm und Movara war schuld daran. Er hatte sie verführt und gevögelt und dann musste sie sterben. Er dachte an das Foto mit dem Hochzeitskleid. Er dachte an ihre nackte Haut darunter und ihm wurde heiß.

»Hey Peter, was geht ab? Hast du eine Show heute?«, rief Mathias über den Hof und kam auf ihn zu. Er zog sich die schweren Arbeitshandschuhe von den Händen und klopfte ihm freundschaftlich auf die Schulter. Polens Wut verrauchte etwas.

»Nö, hab frei. Und du?«

»Vorbereitung für morgen, aber der Laster ist leer und ich bin fast fertig. Nur noch diese da.« Er deutete auf die drei großen Holzkabelrollen, die hinter ihm auf dem Asphalt lagen. »Hast du schon was vor? Wollen wir was trinken?«

»Gute Idee. Ich warte im Auto auf dich.«

Mathias klopfte ihm noch einmal auf die Schulter, zog sich die Handschuhe wieder an und pfiff einen Praktikanten heran. Gemeinsam stemmten sie eine der Rollen vom Boden hoch, brachten sie in die Senkrechte und rollten sie in Richtung Studiohalle. Als sie im Inneren verschwanden, eilte Polen zu seinem Auto, ließ sich auf den Fahrersitz fallen und stellte die Standheizung auf volle Leistung. Dann drehte er die Anlage auf. Die Bässe dröhnten aus dem Dolby-Surround-System. Er folgte dem Takt durch wütende Schläge auf das Lenkrad und fantasierte dabei, auf Movara einzuschlagen. Rechts, links, mittig auf den Kopf. Dann ins Auge. Blut, Erleichterung.

Mathias klopfte im Vorübergehen an die Scheibe, grinste und hielt sich die Ohren zu. Der Praktikant hob anerkennend den Daumen.

Peter Polen versank in den Bässen, sah in Gedanken Nina und Movara, die weiße Haut seiner Freundin, das schwarze Haar, der verträumte Blick und dann die dreckige alte Hand, die sie anfasst, Movaras anzügliches Grinsen.

Er bebte vor Wut und riss die Augen auf. Movara stand an der Tür zum Verwaltungsgebäude und sah zu ihm herüber. Ohne nachzudenken sprang Peter Polen aus dem Auto, rannte über den Hof und schrie: »Was hast du mit Nina gemacht, du Schwein?«

Movara legte den Zeigefinger auf den Mund und sah an ihm vorbei.

»Du verdammtes Arschloch«, brüllte Polen und schlug zu.

Der erste Schlag traf Movara auf die Nase und er stöhnte. Dann trat Polen ihm in den Schritt und er sackte zusammen. Bevor Polen wieder zuschlagen konnte, wurde sein Arm nach hinten gedreht und sein Körper mit Kraft zurückgezogen. Mit dem freien Arm wild um sich schlagend, versuchte er, sich aus dem Klammergriff zu befreien.

»Seien Sie vernünftig!«, herrschte Regina ihn an und verstärkte den Griff.

Polen ging in die Knie. Movara klopfte sich den Schmutz von der Hose und starrte den Jüngeren an.

»Jugendliches Temperament«, sagte er abfällig. »Lassen Sie ihn los. Er wird mir nichts mehr tun.«

Regina ließ den verdrehten Arm los, griff beide Oberarme und drehte den hitzigen Mann zu sich um. »Werden Sie jetzt vernünftig sein?«

Polen nickte kaum merklich. Sie ließ ihn los, reichte Movara ein Papiertaschentuch und blickte von einem zum anderen.

»Was für ein Glücksfall, dass wir Sie gemeinsam antreffen. Wir haben noch einige Fragen. Können wir vielleicht reingehen?«, fragte sie.

Movara drehte sich um und stieg die Treppen zu seinem Studio hinauf. Polen folgte widerstrebend. Drass griff vorsorglich seinen Oberarm. Regina ging zu dem dröhnenden Auto hinüber, stellte die Anlage ab und eilte zurück zum Verwaltungsgebäude.

Als sie Movaras Studio betrat, schlug ihr der Geruch von verbrauchter Luft und Erbrochenem entgegen. Die Maskenbildnerin packte gerade die letzten Sachen zusammen und wollte sich verabschieden. Regina bat sie, noch zu bleiben und schob zwei Stühle zu der kleinen Männergruppe, die auf dem Sofa Platz genommen hatte. Drass saß zwischen Movara und Polen und überwachte jede Bewegung. Regina zog das Foto von Luise Schömtich aus der Tasche und legte es vor sich auf den Beistelltisch. Movara warf einen kurzen Blick darauf und reichte es an Drass weiter, der es Peter Polen hinhielt. Der Quizmaster griff danach und schleuderte es blitzschnell zurück auf den Tisch.

»Das ist Luise Schömtich«, sagte Movara.

»Wann haben Sie sie zuletzt gesehen?«, erkundigte sich Regina.

»Was ist mit ihr?«

»Meine Frage zuerst«, lächelte sie charmant.

»Das ist bestimmt schon vierzehn Tage her. Ich habe David zu Hause aufgesucht. Wir haben die Show besprochen.«

»David Schömtich?«

Movara nickte.

»Machen Sie das oft privat zu Hause?«

»Nein, nur wenn wir mal Ruhe brauchen. Hier kommt man ja zu nichts. Davids Telefon klingelt ständig.«

»Ist David Schömtich Ihr Freund?«

Movara lehnte sich zurück und lächelte. »Manchmal schon.«

»Woher kennen Sie sich?«

»Wir sind zusammen zur Schule gegangen.«

»In Teupitz?«, fragte Drass.

Der Showmaster sah ihn überrascht an. »Sie kennen das Kaff?«

Drass nickte.

»Wir waren gerade da«, übernahm Regina, »wir mussten Herrn Schömtich die Todesnachricht überbringen.«

Movaras Lächeln erstarb. »Luise ist tot?«

»Liest du keine Zeitung?«, fauchte Polen.

»Heute noch nicht«, blaffte Movara.

»Luise Schömtich wurde ermordet«, erklärte Drass.

Movara sprang auf und eilte zur Pantryküche. Er öffnete den Kühlschrank, griff nach der Rotweinflasche, goss sich ein Glas voll und leerte es im Stehen.

Drass drehte sich Polen zu. »Kannten Sie Luise Schömtich?«

»Vom Sehen«, antwortete der Quizmaster. »Sie hat ab und zu ihren Mann abgeholt.«

»Wann zum letzten Mal?«

»Das kann ich Ihnen nicht mehr sagen ..., irgendwann vor Wochen.«

»Und sonst hatten Sie nichts mit ihr zu tun.«

Polen schüttelte den Kopf.

»Kann ich jetzt gehen?«, fragte Johanna. »Ich muss weiterarbeiten.«

Regina begleitete sie zur Studiotür. »Kannten Sie Luise Schömtich?«

»Sie war die Frau des Chefs. Das ist nicht unsere Kragenweite, wenn Sie verstehen, was ich meine.«

»Wissen Sie etwas über die Freundschaft zwischen Movara und Schömtich?«

Johanna schüttelte den Kopf.

»Und über die Feindschaft zwischen Polen und Movara?«

»Was soll ich Ihnen sagen? Movara war scharf auf Nina, aber nicht, weil er sie unbedingt wollte, sondern weil er sie noch nicht gehabt hatte. Er versucht es bei allen.«

»War er erfolgreich bei Nina Sebastian?«

Johanna zuckte die Schultern. »Sie hat es uns nicht gesagt, aber ich vermute schon. Die Kleine war ehrgeizig und Movara ist berühmter und einflussreicher als Polen.«

Sie nestelte an ihrer Tasche. »Hat einer von den beiden sie umgebracht?«

»Wir ermitteln noch«, antwortete Regina und reichte ihr eine Visitenkarte.

Johanna ließ sie in ihrer großen Tasche verschwinden und verabschiedete sich. Regina schloss die Tür und ging zurück zur Sitzecke. Drass hatte sich neben Movara gestellt und überragte ihn fast um Kopfeslänge. Unwillkürlich musste Regina schmunzeln und senkte den Kopf. Peter Polen wirkte allein auf dem Sofa etwas verloren. Sie setzte sich neben ihn. »Wo waren Sie in der Nacht von Donnerstag auf Freitag?«

»Ich rede mit Ihnen nur noch, wenn mein Anwalt dabei ist.«

»Das ist eine reine Routinefrage«, beschwichtigte Regina. »Sie wollen uns doch bestimmt helfen.«

»Ich war zu Hause.«

»Irgendwelche Zeugen?«

Er schüttelte den Kopf.

Reginas Blick wanderte zu Movara.

»Und Sie?«

»Ich war bei meiner Frau im Krankenhaus.«

»Die ganze Nacht?«

Movara nickte.

»Wir werden das überprüfen.«

Er bedachte sie mit einem abfälligen Blick.

»War's das jetzt?«, nörgelte Polen.

Drass durchquerte den Raum und stellte sich neben das Sofa.

»Ich glaube, ich nehme Sie lieber mit runter«, sagte er.

Polen sprang auf, rempelte den Kommissar zur Seite und verließ wutschnaubend das Studio. Drass folgte ihm mit schnellen Schritten.

Movara goss sich Wein nach und setzte sich aufs Sofa. »Wir haben uns gestern bei David getroffen. Luise war nicht zu Hause und er sorgte sich. Er sagte, sie sei das Beste, was ihm in seinem Leben je passiert sei. Erst Nina und jetzt Luise.« Er deutete zur Tür. »Sie sollten sich Polen genauer ansehen. Er konnte Luise nicht ausstehen.«

»Warum das?«

Movara zuckte mit den Schultern. »Fragen Sie ihn.«

Regina setzte sich in den Stuhl ihm gegenüber und beugte sich zu ihm hin.

»Ich frage jetzt aber Sie.«

»Polen ist ein Produkt seiner Mutter und Luise hat immer versucht, ihn dazu zu bewegen, selber Entscheidungen zu treffen. Ich glaube, damit hat sie ihm den Spiegel vors Gesicht gehalten und das hat ihm bestimmt nicht gepasst.«

»Bei welchen Anlässen hatten die beiden Kontakt?«

Movara lachte. »Liebe Frau Kriminalkommissarin. Berlin ist ein Dorf. Die Prominenz dieser Stadt trifft sich auf dem Presseball, beim Empfang von sowieso, bei den Filmfestspielen et cetera, et cetera. Und es ist notwendig für die Karriere, sich dort zu zeigen.«

»Und David Schömtich hat Luise immer mitgenommen?«

»Und Polen seine Nina. Eine Assistentin ..., ein Affront in unserer Glitzerwelt.«

»Ihre Frau liegt ja nun schwer verletzt im Krankenhaus«, wechselte Regina das Thema, »wollen Sie mir vielleicht sagen, wie es dazu kam?«

Movaras Redseligkeit verflog augenblicklich. »Das geht Sie gar nichts an und wenn Sie jetzt gehen wollen, werde ich Sie nicht aufhalten«, zischte er. »Und falls Sie noch weitere Fragen haben, vereinbaren Sie bitte einen Termin mit meinem Anwalt.«

Regina erhob sich. »Ich werde Ihnen keinen Grund geben, sich wieder über Ihren Anwalt bei unserem Obersten zu beschweren, aber wir werden bestimmt wiederkommen.«

Dann verließ sie wütend das Studio.

***

Schmitti starrte auf den Bildschirm und stopfte sich ein Stück Pizza in den Mund. Delego saß am Schreibtisch und beobachtete ihn. »Sieh lieber mich an und nicht den Bildschirm. Ist nicht gut beim Essen.«

Schmitti musterte sie erstaunt. »Seit wann hast du es mit der Gesundheit?«

Delego lächelte und hielt ihr Stück Pizza in die Höhe. »Kein Fleisch, nur Gemüse.«

Er betrachtete sein Fünftel. »Pilze aus der Dose. Das nennst du Gemüse?«

»Stimmt nicht, die sind frisch«, triumphierte Delego.

Schmitti starrte wieder auf den Bildschirm und schob sich den letzten Bissen in den Mund.

»Movara und Schömtich waren nicht nur gemeinsam in der Schule, sondern auch im Kindergarten oder wie das damals im Osten hieß. Sie sind beide in Königs Wusterhausen geboren und in Tornow aufgewachsen.«

»Friends for life«, sagte Delego.

Schmitti grinste. »Kindergarten, Grundschule und Gymnasium.«

»Und jetzt im selben Studio. Vielleicht sind sie in Wirklichkeit ein Paar und wissen es selber noch nicht, oder sie wissen es und ihre Frauen sind nur Alibi.«

»Deine Fantasie«, stöhnte Schmitti, »müssen alle befreundeten Männer gleich schwul sein?«

»Hast du einen Freund aus der Kindergartenzeit, der jetzt in derselben Dienststelle arbeitet?«

Er schüttelte den Kopf. »Hast du noch Pizza?«

Delego wedelte mit dem leeren Karton. »Vielleicht hat Frau Schömtich alles herausgefunden und die Männer erpresst? Oder Nadine Movara.«

»Schon vergessen, dass Movara ein Verhältnis mit der Sebastian hatte? Der ist bestimmt nicht schwul.«

Schmitti widmete sich wieder seinem Bildschirm. »Beide sind sauber, keine Vorstrafen. Schömtich hat drei Punkte in Flensburg.«

»Das macht ihn natürlich verdächtig. Wer hat zuerst Karriere gemacht?«

»In den Studios?«

Delego stand auf und stellte sich hinter ihren Kollegen, was Schmitti hasste. Aber er traute sich nicht, etwas dagegen zu sagen. Er mochte sie und wollte sie nicht verstimmen.

»Schömtich war zuerst Studioleiter. Movara kam später.«

»Was ist das?« Delego deutete mit dem Finger auf einen Link. Schmitti starrte auf den kleinen Fettfleck, den sie hinterlassen hatte und atmete tief ein.

»Ein Verweis zur Staatssicherheit.«

»Und?«

»Kein Ergebnis. Die Stasiakten sind zwar einsehbar, aber noch nicht digitalisiert und vernetzt.«

»Heißt das, wir müssen dorthin und Stasiakten sichten?«

Schmitti zuckte mit den Schultern. »Eigentlich hat doch jeder jeden bespitzelt, was bedeutet, dass jeder eine Akte hat. Vielleicht können wir das unter den Tisch fallen lassen.«

Delego warf ihm einen skeptischen Blick zu.

»Oder hinten anstellen?«

Sie nickte und ließ sich wieder auf den Stuhl fallen. Als sie die eiligen Schritte auf dem Gang hörte, setzte sie sich aufrecht hin und griff nach einem Stück Papier.

Breschnow stürmte ins Zimmer. »Ein weißer Peugeot.«

Schmitti und Delego sahen ihn fragend an.

»Wir suchen nach einem weißen Peugeot.«

Er deutete auf den Bildschirm. Schmitti stöhnte. »Weißt du, wie viele weiße Peugeots in Berlin angemeldet sind?«

»Berlin und Brandenburg«, korrigierte Breschnow und verließ eilig das Büro.

»Kleinmachnow–Berlin«, sinnierte Delego. »Der Täter aus dem Osten, das Opfer aus dem Westen. Spione und Staatssicherheit. Hat er die Leiche mit einem weißen Peugeot von West nach Ost gefahren?«

»Er hat sie getragen, Delego, schon vergessen? Von West nach Ost getragen.«

»Von Berlin nach Kleinmachnow. Aber sie sind mit dem Peugeot dahin gefahren.«

»Wahrscheinlich«, lachte Schmitti. »Delego und der Spion, der aus der Kälte kam.«

»Er fährt mit ihr in einem weißen Peugeot in den Wald, tötet sie in einer Wanderhütte und legt sie auf eine Lichtung«,

Breschnow lehnte im Türrahmen, »wieso, verdammt noch mal? Es wäre doch viel einfacher gewesen, sie in der Hütte zu lassen. So wie die Sebastian in der Laube. Die hatte er ja auch nicht auf das Tempelhofer Feld gelegt.«

»Aber woanders getötet«, wandte Delego ein.

Das Diensttelefon und Breschnows Handy klingelten gleichzeitig. Wütend nahm er das Gespräch an.

»Du musst kommen«, flüsterte Iris. »Mona geht es wieder schlechter.«

Breschnow versprach es und wandte sich wieder seinen Kollegen zu. Delego hielt ihm das Diensttelefon hin.

Nina Sebastian und Luise Schömtich gegen Mona und Iris, dachte er und nahm ihr den Hörer ab.

»Wachdienst. Bei mir an der Schranke ist jemand, der behauptet, Informationen für Sie zu haben, aber nur für Sie.«

Breschnow zögerte.

»Herr Hauptkommissar?«

»Ich komme runter.«

***

Das heiße Wasser verbrannte ihre Haut. Sie hatte geduscht und geschlafen und wieder geduscht, hatte sich die Haut rot geschrubbt und schrubbte sie wieder und wieder. Es brannte und es half nichts. Sie fühlte sich nicht sauber und sie konnte sich nicht erinnern, was in der Nacht im Studio geschehen war.

Cosma beobachtete das Kondenswasser, das in feinen Rinnen an den Plastikwänden der Duschkabine herunterrann. Das Bad war in Nebel gehüllt und heiß. Sie stellte das Wasser ab.

Wieso hatte sie ein weißes Kleid getragen?

Am unteren Rand der Duschwand verdichteten sich die Rinnen zu Tropfen und fielen schwer in die Wanne zurück.

Hatte Movara es ihr angezogen?

Sie drehte die Dusche wieder auf und ließ das heiße Wasser erneut über ihren roten Körper prasseln. Dann drehte sie es kalt und schrie auf, als der eisige Strahl sie traf. Sie japste nach Luft. Das kalte Wasser hatte die Duschwand freigespült. Ein Tropfen fiel aus ihren Haaren auf die linke Schulter. Sie zuckte zusammen, als er ihre Haut berührte, und öffnete die Duschtür, um sich ein Handtuch zu greifen.

Sie hatte die Wahl, konnte sich tot stellen und nie erfahren, was in dieser Nacht geschehen war, oder ins Krankenhaus gehen.

Sie wusste nicht, ob sie wirklich wissen wollte, was vor dem weißen Kleid geschehen war. Oder danach?

Cosma trocknete sich sorgfältig ab und suchte ihren Körper nach Spuren ab. Kein Bluterguss, kein fester Griff, kein Schmerz im Unterleib. Nur diese bleierne Müdigkeit.

Sie fröstelte und stellte sich vor den beschlagenen Spiegel. Sorgfältig rieb sie ihn mit dem Handtuch trocken und nach und nach tauchte ihr Gesicht darin auf. Dasselbe Gesicht wie gestern und doch war heute alles anders. Ihr Leben hatte sich wieder verändert, ohne dass sie es gewollt hätte.

Benommen taumelte sie aus dem Bad in ihr Schlafzimmer und warf sich auf das Bett. Die Übelkeit kehrte zurück. Sie konzentrierte sich auf das kleine Stück Himmel im Hinterhof, das durch das Fenster zu sehen war. Ein beruhigend grauer Schneehimmel. Ihr fielen die Augen zu. Kurz danach war sie eingeschlafen, träumte schwer und erwachte durch ihren Schrei.

Ein wütendes Gesicht, verzerrt, hasserfüllt. Sie konnte es nicht zuordnen. Ihre Brust zog sich zusammen. Das Atmen fiel schwer. Sie wusste, was das bedeutete, und griff nach dem Telefon.

***

Leise glitt die Limousine durch das abendliche Berlin. Von Dahlem nach Wannsee, für die Presse ein kurzer Besuch bei seiner Frau, dann stadtauswärts.

Der Fahrer beschleunigte und Movara blickte aus dem Fenster. Endloses Weiß, kalt und tot. So tot wie Nina und Luise. Ihn fröstelte und er drehte die Heizung im Fond höher, bis er schwitzte, zog sich die Jacke aus und krempelte die Hemdsärmel hoch. Die Krawatte warf er auf die Sitzbank gegenüber.

Der Wagen bremste abrupt und schlingerte ein wenig. Movara konnte noch den Hirsch sehen, der über die Autobahn gelaufen war. Er starrte auf den Nacken seines Chauffeurs, auf die Mütze und den Kragen seiner Uniform. Dann sah er wieder aus dem Fenster und dachte an seine Frau.

Nadine war noch im künstlichen Koma und er wünschte, er hätte die Maschinen ausgeschaltet. Nun würde er sie verlassen müssen und das würde ihn einiges kosten. Nadine war keine Frau, die einfach ihre Sachen packte und ging.

Er seufzte und lehnte sich tiefer in die Lederbank zurück. Im Wagen war es stickig und er ließ die Scheibe einige Zentimeter herunter. Kalte Winterluft schlug ihm entgegen, frisch und eisig. Er atmete tief durch, schloss das Fenster und drehte die Heizung zurück. Dann öffnete er den Aktenkoffer und griff sich den Ablaufplan für die nächste Show.

Die Limousine verließ die Autobahn und glitt die Landstraße entlang. Als sie durch Teupitz fuhren, sahen ihnen einige Neugierige hinterher.

Heute Abend in der Stammkneipe sind wir das Dorfgespräch, dachte er. Wie armselig. Hier hatte sich wirklich nichts verändert.

Sie erreichten die Häuser in Tornow bei Anbruch der Dunkelheit. Movara klingelte bei David Schömtich. Niemand öffnete. Langsam ging er um das dunkle Haus herum und dann zurück zur Straße. Davids Bruder stand im Eingang des Nachbarhauses und beobachtete ihn. Er trug einen schäbigen grauen Jogginganzug und in der rechten Hand eine Flasche Bier. Movara fragte ihn nach David und bat um den Schlüssel. Dann ging er zurück zum Haus seines Freundes, den Blick des Bruders fest im Rücken.

Schale Wärme schlug ihm entgegen, als er die Tür zur Diele öffnete. Er knipste das Licht an. Der Platz unter der Garderobe war leer. Dort hatten immer Luises Schuhe gestanden. Nur die, die sie gerade trug. Die anderen waren im Schuhschrank oder im Keller, immer sorgfältig geputzt. David hatte darauf bestanden, seine Straßenschuhe anzubehalten. Ein Dauerstreitthema in dieser Ehe, aber wahrscheinlich auch das einzige. Sie waren sprichwörtlich ein Herz und eine Seele gewesen und Movara hatte sich immer gefragt, wie sie das hinbekommen hatten.

Leise ging er weiter und öffnete die Tür zum Essraum. Auf dem Tisch standen noch die Reste einer Mahlzeit. Er ging daran vorbei und warf einen Blick ins Wohnzimmer. Der große Raum lag im Dunkeln, das Sofa nur schemenhaft im Licht der Straßenlaterne zu erkennen. Auch in der Küche war niemand. Eine Flasche Whiskey stand auf dem leeren Tisch, daneben ein

Glas. Er roch daran, füllte es auf und ließ sich auf einem der sechs Stühle nieder. Er nippte an dem Glas, ließ die Flüssigkeit einen Moment lang im Mund zergehen und schluckte sie dann hinunter. Es brannte angenehm in seiner Kehle. Er betrachtete das Etikett und schenkte sich nach. Den zweiten Schluck trank er schnell.

Zurück in der Diele, öffnete er leise die Schlafzimmertür und horchte in den dunklen Raum hinein. Ein leises Schnarchen. Dann Stille. Ein Atemzug, ein Seufzen, und dann die regelmäßigen Atemzüge eines Schläfers.

Er hätte gerne mit ihm geredet, über Luise und über Nadine, und blieb noch eine Weile an der Tür stehen. Dann verließ er enttäuscht das Haus und schob den Schlüssel unter den Blumenkübel am Eingang.

Sein Chauffeur stieg aus und öffnete die Tür zum Fond. Movara winkte ab und ging ohne Erklärung an ihm vorbei.

Die Fußwege des kleinen Ortes waren sauber geräumt oder gestreut. Der Showmaster schlenderte zum Dorfplatz, umrundete das Kriegerdenkmal und starrte auf die Häuserreihe dahinter. Hier hatte einst sein Elternhaus gestanden. Nachdem sein Stiefvater gestorben war, hatte er seine Mutter gegen ihren Willen in ein Heim gebracht. Heute bereute er das. Aber damals hatte er das Haus verkaufen wollen. Der Käufer hatte das alte Kleinod abgerissen und einen charakterlosen Neubau hingestellt. Er passte nicht in das Dorf.

Ein Jahr später war seine Mutter gestorben. Er hatte sie manchmal besucht, aber sie hatte sich nicht darüber gefreut.

Ein Auto kreuzte seinen Weg und riss ihn aus den Gedanken. Er schlenderte noch fünf Häuser weiter. Hier war früher der *Konsum* gewesen, später dann ein Kiosk. Heute war es ein

Wohnhaus. Die Rollläden waren geschlossen, genauso wie beim ehemaligen Friseur daneben, der kurz nach der Wende dichtgemacht hatte. Movara sah zu der bröckelnden Fassade herüber und drehte dann um. Als er in Sichtweite der Limousine kam, stieg der Chauffeur wieder aus und öffnete ihm die hintere Tür. Movara ließ sich auf das Polster sinken und verlangte, zurück in die Stadt gefahren zu werden.

***

»Wo ist Breschnow?«, erkundigte sich Regina und sah auf die Uhr.

»Die Schranke hat ihn gerufen«, antwortete Delego und nahm die Füße vom Tisch.

Drass kam zehn Minuten später und schob sich einen Stuhl neben Schmitti, der weiter unentwegt Anfragen in den Computer hackte.

»Bist du mit dem Mietkonto weitergekommen?«, erkundigte er sich.

»Die Hausverwaltung rückt die Daten nicht raus. Wir brauchen mal wieder einen Beschluss.«

»Aber du könntest doch an deren Konten rankommen, oder?«

»Klar«, sagte Schmitti, »aber das darf ich nicht.«

»Und wenn du eine Ausnahme machst ...?«

Schmitti drehte den Kopf zur Seite und musterte seinen Kollegen. Dann breitete sich ein Lächeln auf seinem Gesicht aus und er deutete mit dem Kopf auf die Frauen am Nachbartisch.

»Wollen wir die Dienstbesprechung vorbereiten?«, schlug Drass vor und eilte zur Tür.

Regina folgte ihm. Delego blieb sitzen.

»Das gilt auch für dich«, stellte Schmitti klar.

Delego hob beschwichtigend die Hände, verließ den Raum und der Computerfachmann widmete sich freudig der neuen Aufgabe, die ihn endlich einmal fordern würde.

»Was macht er da drin?«, erkundigte sich Regina, nachdem sie am Besprechungstisch Platz genommen hatten.

»Geheimmission«, murmelte Drass.

Delegos Handy klingelte. Ein Mieter aus der Herrfurthstraße rief zurück. Auch die anderen telefonierten potenzielle Zeugen ab, bis Schmitti eine Viertelstunde später in den Raum stürmte.

»Die Miete für die Kienitzer kommt von Movaras Konto bei der Sparkasse«, strahlte er.

Drass klopfte ihm anerkennend auf die Schulter.

Regina beendete ihr Gespräch. »Wieso hat er die Miete bezahlt? Laut Angaben der Frauen im Studio war Movara doch hinter jedem Rock her. Warum dann der Aufwand?«

»Besondere Dienstleistung«, schlug Schmitti vor. »Die Sebastian hat vielleicht Sachen mitgemacht, die andere nicht tun würden.«

»Wieso vermutest du das?«

»Weil seine Frau mit Unterleibsverletzungen in der Wannseeklinik liegt«, antwortete Delego für ihren Kollegen. »Und die Pulsadern? Denkt ihr, das gehört für ihn zum Akt? Wenn ja, dann hätten wir ja unseren Täter.«

Es wurde still im Raum. In der Ferne heulte eine Sirene.

»Wir sollten das im Kopf behalten«, sagte Drass.

Regina nickte. »Wir haben mittlerweile alle Freunde und Bekannten von Nina Sebastian abtelefoniert. Niemand wusste etwas über ein Verhältnis, alle behaupteten, dass sie mit Peter Polen glücklich war.«

»Und die Mieter in der Herrfurthstraße?«

»Die sind wir auch durch, bis auf einen, der im Winterurlaub ist. Keiner hat irgendetwas Verdächtiges bemerkt.«

»Und die Kundendatei von Luise Schömtich?«

»Keine Übereinstimmung mit den Kontakten von Nina Sebastian«, antwortete Schmitti.

Regina stand auf und kochte Kaffee.

Eine Stunde später betrat Breschnow den Raum und stellte sich an das Whiteboard.

»Ich vermute, wir haben den Ort gefunden, an dem Nina Sebastian getötet wurde. Vorhin hat sich ein Zeuge gemeldet. Er wollte anonym bleiben.«

»Warum?«, erkundigte sich Schmitti.

»Der Junge ist ein Sprayer und wollte sich gerade an einem der Cubes künstlerisch verewigen, als er auf dem Boden Blut gesehen hat. Er hat ziemlich mit sich gerungen, uns zu informieren. Ich habe ihm versichert, ihn nie gesehen zu haben und werde im Bericht seine Aussage als einen anonymen Anruf aufführen.«

»War es wirklich Blut?«

Breschnow nickte. »Ich habe es mir vorhin angesehen. Die Tür von dem Cube war nur angelehnt. Unser Mann hat sie in der Hütte auf dem Tisch ausbluten lassen.«

»So wie Luise Schömtich«, sagte Drass. »Und von den Cubes ist es nicht weit bis zur Kolonie.«

»Was sind die Cubes und wo sind die?«, erkundigte sich Delego.

»Kennst du das Schwimmbad am Columbiadamm?«

Sie nickte.

»Direkt nebendran ist eine Art Campingplatz mit kleinen Holzkästen, Cubes genannt, die an Touristen vermietet werden.«

»Für horrendes Geld«, ergänzte Schmitti und schob ihr sein Notebook hin. »Hier, schau. Ich hab vorher auch noch nie von diesen Dingern gehört.«

»Ich habe einen Uniformierten zur Sicherung des Tatorts bekommen. Manfred kann frühestens in einer Stunde mit seinem Team dort sein«, fuhr Breschnow fort. »Ich fahre später noch mal hin. Habt ihr was Neues?«

Sie berichteten ihm von den telefonischen Zeugenbefragungen.

Breschnow seufzte.

»Peter Polen und Karsten Movara haben sich gekloppt und sich gegenseitig beschuldigt«, begann Drass und schilderte den Besuch in den Studios.

Breschnow lachte, stand auf und stellte sich an das Whiteboard. »Haben die beiden ein Alibi für die Nacht, in der Luise Schömtich starb?«

»Polen war allein zu Hause und Movara bei seiner Frau im Krankenhaus«, antwortete Regina.

»Habt ihr das überprüft?«

Sie nickte. »Die im Krankenhaus sagen, dass er da war, aber wann und wie lange, daran kann sich niemand genau erinnern.«

»Dann sind beide Alibis nichts wert«, sagte Schmitti.

»Wir bestellen beide ins Revier und befragen sie noch einmal«, entschied Breschnow.

»Auf welcher Grundlage? Ohne seinen Anwalt redet Movara nicht und Polen hat auch bereits so etwas angedeutet.«

Breschnow fluchte und ging im Raum hin und her.

»Wir haben nichts in der Hand, Stefan. Einem Anwalt brauchen wir damit gar nicht zu kommen.«

»Wir werden mit ihnen reden, so oder so«, beharrte Breschnow und stellte sich wieder vor das Board.

»Karsten Movara und David Schömtich haben eine lange gemeinsame Vergangenheit und jetzt ist die Geliebte des einen und die Ehefrau des anderen tot und Nadine Movara im Krankenhaus.«

»Mit einem offenen Handgelenk«, ergänzte Delego.

»Wann wurde Movara dort gesehen?«

»Die Krankenschwester kam morgens um sechs Uhr zur Übergabe. Ihre neue Kollegin war ganz aufgeregt und teilte ihr mit, dass Karsten Movara da sei. Daraus schloss sie, dass er die ganze Nacht bei seiner Frau gewesen sein musste, aber sicher war sie nicht.«

»Wir reden noch mal mit der Neuen. Kommen die Ehefrauen auch aus dem Kaff oder dort aus der Gegend?«

Schmitti schüttelte den Kopf. »Nadine Movara ist aus Riga in Lettland und Nina Sebastian aus Schildow ...«

»Das war früher auch Osten«, unterbrach ihn Delego.

»... und Luise Schömtich kommt aus Hagen.«

»Wo ist das?«

»Am Rand des Ruhrgebiets«, antwortete Regina. »David Schömtich hat einen Bruder, der das Haus nebenan bewohnt. Er hat gebetet, als er vom Tod seiner Schwägerin erfuhr. Er wirkte irgendwie verwahrlost.«

»Hat er ein Alibi?«, erkundigte sich Breschnow.

»Er wohnt allein und war an den Abenden zu Hause.«

»Also kein Alibi. Kannte er Nina Sebastian?«

»Das wissen wir noch nicht«, übernahm Drass.

»Der Mann war nicht gerade gesprächig«, erklärte Regina.

»Wir werden noch mal mit ihm reden und auch mit David Schömtich. Der war nach der Nachricht vom Tod seiner Frau nicht mehr ansprechbar. Wir haben einen Notarzt gerufen und der hat ihn ins Traumland geschickt. Wir versuchen morgen Mittag noch mal unser Glück.«

Breschnow nickte und berichtete von seinem Ausflug an den Stadtrand.

»Schmitti, du recherchierst die Nummernschilder und, Regina, du telefonierst sie ab. Wenn etwas Ungewöhnliches dabei herauskommt, dann fahrt persönlich hin.«

»Heute?«, fragte Schmitti.

»Gleich. Gibt es sonst noch was?«

Alle Augen am Tisch richteten sich auf Schmitti.

»Wir wissen, wer die Miete für die Kienitzer bezahlt hat.«

»Wer?«, fragte Breschnow ungeduldig.

»Karsten Movara. Von einem Konto bei der Sparkasse.«

»Wie hast du so schnell einen Beschluss gekriegt?«

Die Kollegen schwiegen, Breschnow grinste und stellte sich ans Fenster.

»Gute Arbeit. Was ist mit den Bekannten und Freunden der Sebastian?«

»Wir haben niemanden gefunden, der irgendwie auffällig wäre oder uns weiterhelfen könnte«, antwortete Regina.

»Und der weiße Peugeot?«

»Ich suche noch«, brummelte Schmitti.

Breschnow löste sich vom Fensterbrett und stellte sich wieder an das Whiteboard. »Und der Beschluss für die Wannseeklinik?«

»Noch nicht entschieden«, antwortete Delego.

Breschnow verließ fluchend den Raum und eilte in sein Büro. Er kramte den Flachmann aus seiner Schreibtischschublade und zündete sich eine Zigarette an.

Vorhin hatte seine Schwester noch einmal angerufen. Mona fieberte wieder und die Ärzte rieten zu einer Verlegung in die Kinderspezialklinik für Immunkrankheiten in Hamburg.

Er drückte die Kippe auf der Untertasse aus und trank noch einen Schluck. Dann griff er zum Telefonhörer.

»Hallo, hier ist das *Hauptstadtblatt*. Zurzeit wird auf allen Leitungen gesprochen, aber der nächste freie Platz ist für Sie reserviert. Bitte haben Sie noch einen Moment Geduld.«

Breschnow zündete sich die nächste Zigarette an. Es klopfte. Blitzschnell ließ er den Flachmann wieder in der Schreibtischschublade verschwinden. Regina steckte den Kopf rein. Breschnow ignorierte sie.

»*Hauptstadtblatt*. Was kann ich für Sie tun?«

Er stellte sich vor und verlangte eine Auskunft über das Foto im Forst Düppel.

»Oh, ich fürchte, solche Auskünfte können wir telefonisch nicht geben. Da müssten Sie schon vorbeikommen.«

Breschnow knallte den Hörer auf.

»Lass mich raten«, sagte Regina. »Du musst persönlich erscheinen. Komm rüber, wir haben was.«

Breschnow folgte ihr zum Büro seines Teams. Schmitti und Drass starrten regungslos auf den Bildschirm. Breschnow blieb im Türrahmen stehen.

»Die Kollegen von der Spurensicherung haben uns die Festplatte der Sebastian aufs Netzwerk gestellt. Es sieht so aus, als ob sie ein privates Fotostudio auf ihrem Laptop hatte«, sagte Schmitti.

Breschnow trat hinter ihn und pfiff durch die Zähne. »Damit kann man ja richtig Geld verdienen.«

Das erste Foto zeigte Nina im Hochzeitskleid. Sie saß auf dem Bett. Neben ihr Movara im Frack. Er hatte das Kleid an einem Bein hochgezogen und eine Hand zwischen ihre Oberschenkel gelegt. Auf dem zweiten Bild hatte er ihr das Hochzeitskleid bis zur Taille hochgezogen und zerschnitt mit einer Schere ihren Tanga. Das dritte Bild gab den Blick auf ihre Scham frei und auf dem vierten drang Movara in sie ein.

»Wieso haben wir keine Kamera gefunden?«, fragte Breschnow.

»Weil wir nicht danach gesucht haben? Oder vielleicht hat die Sebastian sie auch schon entfernt?«, antwortete Drass.

»Denkst du, sie hat Movara mit den Fotos erpresst?«, fragte Regina.

»Wenn man schnell Karriere machen will, sind solche Fotos bestimmt hilfreich.«

Breschnow warf einen letzten Blick auf den Bildschirm. »Aber wie passt Luise Schömtich dazu?«

»Die beiden haben gemeinsame Sache gemacht?«, schlug Delego vor.

»Warum?«

»Die Schömtich konnte Movara nicht ausstehen ...«

»... und fährt mit ihm in den Wald, um ihm die Fotos zu überreichen«, ergänzte Regina. »Sie wusste nicht, dass Nina Sebastian tot war.«

Breschnow nickte und entschied: »Wir fahren zur Zeitung und zu Movara.«

»Er redet nicht mit uns ohne Anwalt«, warf Regina ein.

»Das werden wir noch sehen. Jetzt haben wir die Aufnahmen.«

»Lass es, Stefan! Du bekommst Ärger. Wir sollten lieber mit den neuen Indizien noch einmal unser Glück bei der Staatsanwältin versuchen und dann laden wir ihn offiziell vor.«

»Das dauert mir zu lange! Schmitti, mach mir Ausdrucke von den Fotos.«

Regina seufzte. »Mach, wie du denkst. Die Zeitung übernehme ich.«

Breschnow nickte und ging zum Drucker. Nina Sebastian im Hochzeitkleid wurde im DIN-A4-Format wieder lebendig.

***

Viele Jahre später hatte er es seiner Mutter gebeichtet. Sie hatte bereits graue Haare und er wohnte schon lange nicht mehr zu Hause. Sie verbrachten den ganzen Sonntag miteinander, frühstückten, tranken Sekt, spazierten durch den Park, tranken Kaffee und aßen Kuchen in einem kleinen Café. Zum Ausklang am Abend gab es ein gemütliches Feuer vor dem künstlichen Kamin und sie schauten sich Dias von früher an. Mutter und Sohn, ein vertrautes Paar.

Er hatte sich schon lange nicht mehr so geborgen gefühlt.

»Sieh dir das an. Du warst wirklich ein schöner Junge«, sagte sie und strahlte ihn an. Das Foto war im Dorf aufgenommen. Im Hintergrund war das Mädchen zu sehen. Er schluckte. Seine Mutter plapperte fröhlich weiter.

***

Auf der Hermannstraße war wie immer Stau. Die Baustellen verschoben sich jeden Monat um ein paar Meter, aber sie verschwanden nie. Peter Polen hupte. Das Auto vor ihm schob sich eine Autolänge weiter. Haarscharf fuhr er rechts daran vorbei, bog in die Kienitzer Straße ein, schoss trotz der Glätte über das Kopfsteinpflaster und nahm an der Weisestraße einem anderen Fahrer die Vorfahrt. Das empörte Hupen begleitete ihn bis zu seinem Ziel. Polen stieg aus und ging zum Haus. An der Eingangstür sah er sich nervös um. Fast rechnete er damit, den schlaksigen Kommissar mit dem zerfurchten Gesicht um die Ecke kommen zu sehen. Ein letzter Rundumblick versicherte ihm, dass es nicht so war. Erleichtert drückte er die schwere Eingangstür auf und hetzte die Treppen hoch.

Die Wohnung war versiegelt und Polen zog sein Pfadfindermesser aus der Hosentasche. Als er den kleinen Flur betrat, schlug ihm ein leerer und schaler Geruch entgegen und vermischte sich mit den Chemikalien der Spurensicherung im Zimmer. Ein Hauch von Ninas Parfüm lag noch in der Luft. Zögernd betrat er den kalten Raum, ließ sich auf das nackte Bett fallen und sah sich um. Die Spurensicherung hatte alles mitgenommen, was ihr relevant erschien, aber das Wichtigste hatten sie nicht gefunden. Sein Blick glitt zur Decke. Dieses Mal wusste er, wo er suchen musste. Er hatte die Zeit genutzt und die Gespräche mit Nina Revue passieren lassen.

»Ich werde berühmt werden«, hatte sie gesagt, und dass sie ihn liebe und heiraten wolle. Und dass bald alles anders werden würde und er sich nur noch ein wenig gedulden müsse. Aber das war vor ihrem Streit gewesen.

Trotz der Kälte in der Wohnung war ihm jetzt heiß und er zog seine Jacke aus. Dann holte er sich den einzigen Stuhl aus der Küche, stellte ihn unter die Wohnzimmerlampe und versuchte, an die Glühbirne zu gelangen. Der Stuhl war zu niedrig. Frustriert stieg er wieder herunter und sah sich nach einem Tritt oder einer Leiter um. Als er nichts Brauchbares fand, klingelte er an der Wohnungstür nebenan. Niemand antwortete. Ein Stockwerk höher war er erfolgreicher. Seinem Klingeln folgte lautes Hundegebell und kurz darauf öffnete ein hagerer freundlicher Mann die Wohnungstür. Polen stellte sich als der neue Mieter vor und hoffte, dass der Mann ihn nicht erkannte. Während er auf die Leiter wartete, schnupperte der Hund immer wieder an seinen Hosen und wedelte freudig mit dem Schwanz. Kurz danach kehrte der Mann mit einer hohen Aluminiumleiter zurück und bot seine Hilfe an. Polen wimmelte ihn freundlich ab.

Wieder zurück in der Wohnung, schloss er die Tür ab und prüfte zweimal, ob sie auch wirklich verschlossen war. Dann stellte er die Leiter unter die Lampe und stieg hinauf. Er schraubte die Glühbirne heraus und löste den Lampenschirm. Ein kleines schwarzes Kästchen wurde sichtbar. Vorsichtig kniff er die Kabel durch und ließ den Kasten in die Seitentasche seiner Cargohose gleiten. Dann befestigte er alles wieder und schaltete das Licht ein. Es funktionierte. Zufrieden klappte er die Leiter zusammen und stellte sie unbemerkt vor die Tür im vierten Stock. Dann rannte er die Treppe herunter, rempelte im Hausflur einen Kinderwagen an und versetzte ihm einen Tritt. Draußen sprang er in seinen Wagen, fuhr zwei Querstraßen weiter und parkte. Er griff nach der Tasche vom Rücksitz, zog einen Laptop und verschiedene Kabel heraus und steckte sie in das schwarze Kästchen. Dann nahm er den kleinen Computer auf die Knie und verband ihn mit der

Kamera. Auf dem Bildschirm erschien seine Nina in einem Hochzeitskleid.

Er ließ die Bilder immer und immer wieder durchlaufen, bis er den Schmerz nicht mehr aushalten konnte. Das also hatte sie gemeint. Movara sollte ihre Karriereleiter sein. Und jetzt war sie tot.

Er atmete tief durch, löste sorgfältig die Kabel von der Kamera, fuhr den Computer herunter, verstaute alles wieder in der Tasche und schaltete den CD-Spieler an. Aus den Lautsprechern schrie ihm AC/DC entgegen, die Bässe schmerzten im Bauch. Polen schlug, den Blick starr geradeaus gerichtet, im Takt auf das Lenkrad ein, während er langsam zurück zur Hermannstraße und weiter zur Stadtautobahn fuhr.

Eine halbe Stunde später hielt er vor dem Haus seines Freundes. Mathias stellte keine Fragen und ging zügig an die Arbeit. Kurz danach überreichte er Polen einen Packen Ausdrucke. Die beiden tranken noch ein Bier und verabredeten sich für den Abend im Irish Pub. Dann machte sich Polen mit seiner kostbaren Beute wieder auf den Weg.

Schon von Weitem sah er den Streifenwagen und parkte in sicherer Entfernung. Kurz danach sah er den hochgewachsenen Kommissar und seine schwarzhaarige Kollegin aus dem Tor kommen. Movara hatten sie in ihre Mitte genommen. Er wirkte wie ein Zwerg. Polen lachte hämisch und ließ sich tiefer in den Autositz sinken, wartete, bis der Streifenwagen an ihm vorbeigefahren war, und stieg aus.

***

Regina betrat die Einkaufspassage durch den Eingang von der Rudi-Dutschke-Straße. Über ihr wölbte sich eine hohe Glaskuppel, vor ihr bot ein modernes und teures Restaurant seine Speisen an. Das Lokal hatte keine Wände und war mit schwarzen Stühlen und Tischen ausgestattet. In der Raummitte thronten große Aquarien mit bunten Fischen und Pflanzen. Regina trat interessiert ein paar Schritte näher, bog dann nach rechts in einen Gang, passierte die grauweiße Fensterfassade von TV-Berlin und gelangte zu einer Glasfront. Dahinter der Sicherheitsbereich des *Hauptstadtblatts.* Drei Tresen, mit drei Wachleuten. Sie entschied sich für die Frau in dem dunkelblauen Kostüm. Ihre brünetten Haare waren tadellos zu einem Dutt zusammengesteckt und ihre Lippen dezent geschminkt. Regina wies sich aus und gab ihre Dienstwaffe ab. Die Sicherheitsfrau reichte ihr lächelnd einen Besucherausweis. Dann durchquerte die Kommissarin den Scanner und gelangte in einen großen leeren Raum, der sich über die gesamte Breite des Gebäudes von der Rudi-Dutschke-Straße bis zur Zimmerstraße zog. Journalisten eilten hin und her. Regina ließ sich mitziehen, fuhr hoch in den sechsten Stock und betrat das Großraumbüro. Das Stimmengewirr und der Lärm, der ihr entgegenschlug, überwältigten sie. Unentwegt klingelten Telefone, die Redakteure redeten in unterschiedlichen Sprachen laut in die Hörer oder unterhielten sich, andere hackten hektisch auf den Tastaturen ihrer Computer herum. Über alldem lag ein elektronisches Summen und an der rechten Wand prangte eine riesengroße Digitaluhr, die unbarmherzig vorwärts rückte. Regina ging zu dem nächstgelegenen Schreibtisch und trug ihr Anliegen vor.

»Mord sind die Tische achtzehn und neunzehn. Sie haben Glück, sie sind beide da.«

Die junge Frau deutete kurz mit langen bunten Fingernägeln in das hintere Ende des Raumes und wandte sich dann wieder ihrem Bildschirm zu. Regina entdeckte einen schwarzen und einen roten Haarschopf, durchquerte den Gang, vorbei an den Schreibtischreihen, schnappte mal hier, mal dort ein paar Wortfetzen auf und war froh, nicht hier arbeiten zu müssen.

Als Erstes sprach sie mit dem Schwarzschopf, der ihr nicht weiterhelfen konnte und sie an seinen Kollegen verwies. Der Rotschopf telefonierte und stieß wütende Flüche in den Hörer. Regina starrte ihn so lange an, bis er den Blick hob, mit der freien Hand einen kleinen Schemel unter dem Schreibtisch hervorholte und ihn ihr hinschob.

»Nein, das kannst du nicht machen«, blaffte er in den Hörer. »Wir hatten eine Abmachung!«

Regina tat so, als ob sie nicht hinhörte.

Der Schwarzhaarige lächelte sie an. »Er ist nicht immer so.«

»Zehntausend Euro und keinen Cent mehr. Das ist der Deal, dafür bekomme ich die Story als Erster ... Nein, verdammt! Mehr ist nicht drin.«

Der Rothaarige knallte den Hörer auf. »Madonna, der Chef bringt mich um. Und was wollen Sie?«

»Eine Auskunft«, sagte Regina und hielt ihm ihren Dienstausweis hin.

»Was kriege ich dafür?«

»Einen warmen Händedruck und ein Dankeschön.«

»Das reicht nicht.«

»Hören Sie, ich ermittele in einem Mordfall, und wenn Sie mir jetzt nicht weiterhelfen, muss ich Sie mit aufs Revier nehmen.«

»Oh«, sagte er schnodderig. »Soll ich jetzt Angst bekommen?«

Regina seufzte und schüttelte den Kopf. »Woher stammen die Fotos vom Mord im Forst Düppel?«

»Frau Polizistin, irgendetwas muss doch für mich dabei rausspringen. So sind die Regeln.«

Regina widerstand dem Bedürfnis, ihn anzuschreien, und schenkte ihm stattdessen ein zuckersüßes Lächeln. »Vielleicht wenden Sie sich an meinen Chef und sagen ihm, dass Sie ohne eine Gegenleistung nicht bereit sind, der Polizei weiterzuhelfen.«

»Wer ist Ihr Chef?«

»Kriminalhauptkommissar Breschnow.«

Der Rothaarige dachte kurz nach.

»Okay, überzeugt. Der Anruf kam von außen. Anonym.«

»Mann oder Frau?«

»Mann. Und als wir Zweifel anmeldeten, mailte er uns das Foto.«

»Und haben Sie die Quelle zurückverfolgt?«

»Nein, natürlich nicht. Das würde doch nach hinten losgehen. Seitdem es Smartphones gibt, erreichen uns auf diesem Weg immer wieder interessante Storys. Also habe ich mich gleich darangemacht und den Artikel geschrieben.«

»Ohne nachzuprüfen, ob es sich wirklich um einen Leichenfund und nicht um einen schlechten Scherz handelt?«

Der Rothaarige zuckte mit den Schultern. »Na ja, sie sah schon ziemlich tot aus.«

Sein Telefon klingelte wieder. Er sah die Nummer auf dem Display und griff schnell nach dem Hörer.

»Okay, wohin sollen wir das Geld überweisen und wie kommen die Infos zu uns?«

Seiner Stimme war die Erleichterung anzumerken.

»Ich muss los«, sagte er und stand auf.

Regina drückte ihn entschlossen zurück in den Schreibtischstuhl.

»Zeigen Sie mir erst die E-Mail.«

Unter Protest scrollte der Rothaarige seine Korrespondenz durch. Regina überflog die anonyme Nachricht und ließ sie an Schmitti weiterleiten.

»Jetzt habe ich Ihnen aber genug geholfen. Hoffentlich geht das für mich nicht nach hinten los.«

Er sprang auf und eilte davon.

***

Das grelle Licht blendete sie. Die Krankenschwester verstellte die Lampe und stocherte dann mit einem Holzspatel weiter in Cosmas Mund herum. Die Ergebnisse trug sie in eine Tabelle ein.

Das hier war Cosmas vierte Station und sie wusste, dass auf jeden Fall noch eine folgen würde. Die Notaufnahme hatte sie kurz durchgecheckt und sofort weitergereicht. Man hatte ihr ein Beruhigungsmittel gegen die Angstattacke gespritzt, dann einen Lungenfunktionstest wegen der Atemnot gemacht, es folgte ein großes Blutbild und eine Schilddrüsenuntersuchung.

Cosmas Blick glitt zu der kahlen weißen Decke. Trotz der Wärme fröstelte sie und sie zog die Strickjacke enger um ihren Körper. Das Sedativum hatte sie zwar beruhigt, aber nicht die Angst vertrieben. Sie dachte an das Gefängniskrankenhaus, in das sie der verknitterte Kommissar damals hatte einsperren lassen. Ein kurzer Aufenthalt, der ihr heute noch Albträume bereitete.

Eine Ärztin betrat den Raum und führte sie zwei Türen weiter in den gynäkologischen Behandlungsraum. Sie stellte sich freundlich als Dr. Januschka vor. In der Umkleidekabine fragte sich Cosma ein letztes Mal, ob sie wirklich die Wahrheit wissen wollte, fasste dann allen Mut zusammen und ließ sich von der Medizinerin auf den Behandlungsstuhl helfen. Mit einer Hand auf dem Bauch ihrer Patientin und ruhiger Stimme erläuterte die Ärztin die einzelnen Schritte der Untersuchung. Cosma spürte das kalte Metall in sie eindringen und verkrampfte sich. Dann war alles vorbei und sie konnte sich wieder anziehen.

»Ich kann Sie erst mal beruhigen. Es sieht nicht so aus, als ob Sie vergewaltigt worden sind. Es gibt weder äußere noch innere Verletzungen, die dafür typisch sind. Und Sperma gibt es auch keins.« Sie hielt kurz inne. »Allerdings könnte der Täter auch ein Kondom getragen haben. Ich habe einen Abstrich gemacht, aber der muss im Labor ausgewertet werden. In ein, zwei Tagen haben Sie Gewissheit.«

»Kann ich hierbleiben? Nur für ein paar Tage, vielleicht, bis ich Bescheid weiß?«

»Es spricht nichts dagegen. Sie haben wegen Ihrer Angststörung Hilfe gesucht und die sollen Sie auch bekommen.«

Die Ärztin beugte sich über den Schreibtisch und griff Cosmas Hand. »Ruhen Sie sich ein paar Tage oben auf der Krisenstation aus und sprechen Sie mit jemandem darüber.«

Cosmas Herz begann zu rasen. »Hat die Station Gitter vor den Fenstern?«

Die Ärztin sah sie überrascht an und schüttelte den Kopf.

»Die Krisenstation ist eine freiwillige Station, offen wie alle anderen auch. Sie können jederzeit gehen. Hört sich das gut für Sie an?«

Cosma nickte.

Es klopfte und ein junger Pfleger mit krausem Haar steckte den Kopf herein. »Sie werden in der Notaufnahme gebraucht.«

Die Ärztin winkte ihn ins Zimmer und bat ihn, ihre Patientin in die Station zu begleiten. Cosma folgte ihm durch die hellen Gänge zum nächsten Aufzug, dessen Türen sich bereits öffneten.

»Ich kann da nicht rein. Gibt es keine Treppe?«

»Aber wir müssen in den neunten Stock«, beschwerte sich der Pfleger.

»Wir können uns auch oben treffen«, schlug Cosma vor.

Der junge Mann schüttelte den Kopf und ging voran zum Treppenhaus. Langsam stiegen sie die endlosen Stufen hinauf. Als der Pfleger die Glastür zur Station öffnete, stand ihm eine alte Frau mit einem Rollator im Weg und starrte ihn mit weit aufgerissenen Augen an. Dann begann sie laut zu lachen. Kurz danach kam eine Schwester, legte einen Arm um die Schultern der Frau und redete sanft auf sie ein. Die Alte strahlte sie an und sie schoben gemeinsam davon.

Cosma starrte ihnen hinterher.

»Willkommen in der Krise«, grinste der Pfleger. »Das ist Frau Özdemir. Sie kommt ab und zu zur Beobachtung hierher.«

Cosma folgte ihm zu ihrem Zimmer.

»Sogar mit Fensterbett«, sagte er und schob sie sanft hinein.

Im Raum standen drei Betten. Wie im Flur hingen auch hier bunte Zeichnungen und Bilder an den Wänden. Der Fußboden war hellgrau und die Zimmerdecke in einem zarten Grün gestrichen. Cosma stellte sich ans Fenster und genoss den Ausblick auf die winterliche Stadt. Sie sah hinunter in den Urbanhafen mit den Schiffen und den winzigen Spaziergängern.

Da unten ist die Welt und ich bin hier oben, dachte sie.

Es fühlte sich richtig an.

***

»Fahr noch eine weiter«, befahl Breschnow.

Drass setzte den Blinker zurück und verließ die Autobahn an der Oberlandstraße. Sie ließen die Studios links liegen, bogen in die Hermannstraße und später in die Kienitzer ein. Vor der 118 stoppte Drass den Wagen.

»Was wollen wir hier?«, erkundigte sich Movara.

»Nina Sebastian besuchen«, antwortete Breschnow und hielt dem Showmaster die hintere Tür auf.

Drass ging voran zur Haustür und hielt sie ihnen auf. Im Haus war es ruhig. Als sie die Wohnungstür erreichten, deutete Breschnow auf das zerschnittene Siegel.

Movara bemerkte es nicht. »Ich gebe Ihnen noch fünf Minuten, dann konsultiere ich meinen Anwalt.«

»Zehn«, entschied Breschnow.

Sie hatten den Showmaster in seinem Haus aufgesucht und ihm die Computerausdrucke aus Nina Sebastians Wohnung unter die Nase gehalten. Als er nicht kooperieren wollte, hatte Breschnow ihm gedroht, die Aufnahmen der Presse zuzuspielen. Movara hatte sich zunächst empört verweigert. Aber nachdem Breschnow ihm die letzte Aufnahme gezeigt hatte, auf dem er seine Geliebte vögelte, lenkte der Showmaster ein.

Drass zog einen Dietrich aus der Hosentasche, öffnete die Tür und trat als Erster ein, um die Wohnung zu sichern. Aber wer immer das Siegel zerschnitten hatte, war nicht mehr da.

Breschnow bemerkte den Küchenstuhl unter der Lampe sofort und zeigte zur Decke. Drass bat Movara um seine Krawatte, schwang sie um die Lampe und riss sie aus der Verankerung. Nackte Kabel hingen heraus, eine Kamera fanden sie nicht.

»Jemand hat sie geholt«, brummte Breschnow und schob Movara den Stuhl hin. Die Polizisten setzten sich aufs Bett.

»Sagen Sie mir nach dieser Zirkusnummer nun, warum Sie mich hierhergebracht haben?«, fragte Movara.

Breschnow deutete zur Decke. »Von dort aus sind die Fotos gemacht worden.«

»Verdammte kleine Schlampe«, zischte der Showmaster.

»Hat Frau Sebastian Ihnen diese Fotos geschickt?«

Movara schüttelte den Kopf.

»Sie hat Sie nicht erpresst?«

Wieder Kopfschütteln.

»Sie haben die Miete für die Wohnung bezahlt. Warum?«

»Ich habe die Miete nicht ...« Movara fing den Blick zwischen den Kommissaren auf. »Okay, ich habe die Miete bezahlt. Ich wollte ihr was Gutes tun, Nina war ein liebes Mädchen.«

Movara sah an die Decke. »Zumindest dachte ich das.«

»Und sie hat Ihnen nicht mit den Aufnahmen gedroht?«

»So wie es aussieht, ist sie nicht mehr dazu gekommen. Ein Glück für mich, oder?«

»Wie man's nimmt.«

Movara musterte die beiden Polizisten und sprang auf. »Ach, ich verstehe, Sie wollen mir den Mord in die Schuhe schieben.«

Er stellte sich ans Fenster. »Wissen Sie«, sagte er in Richtung Scheibe, »ich habe Nina wirklich gemocht. Sie war jung und schön und sie wollte Karriere machen. Das lässt einem viele Freiheiten und ich habe sie bestimmt nicht immer zart angefasst. Ich war mit unserem Arrangement sehr zufrieden. Warum hätte ich sie töten sollen?«

Er drehte sich um. »Und jetzt werde ich ohne meinen Anwalt nichts weiter sagen. Egal, ob Sie mich erpressen.«

Breschnow stand auf, schlenderte in Richtung Fenster und stellte sich vor den Showmaster.

»Haben Sie Ihre Frau auch ›nicht immer zart angefasst‹? Er malte die Anführungsstriche in die Luft.

»Das geht Sie gar nichts an. Soviel mir bekannt ist, lebt Nadine noch und fällt damit nicht in Ihren Zuständigkeitsbereich.«

»Ihre Frau liegt schwer verletzt im Krankenhaus.« Er fixierte sein Gegenüber. »Ihre sexuellen Vorlieben scheinen mir sehr gewalttätig zu sein, Herr Movara.«

»Das Gespräch ist hiermit beendet!«

Movara knöpfte sich den Mantel zu und verließ langsam den Raum.

Drass schloss die Tür hinter ihm. »Soll ich ihm folgen?«

Breschnow schüttelte den Kopf.

»Haben wir ihn wenigstens erschreckt?«

»Ich fürchte, nicht. Ich glaube, er ist froh, noch mal mit einem blauen Auge davongekommen zu sein. So oder so.«

»Wie meinst du das?«

»Wenn er die Sebastian getötet hat, können wir es ihm noch nicht nachweisen. Und wenn nicht, dann ist er sie trotzdem los.«

»Eine Win-win-Situation?«

»Zurzeit schon«, brummte Breschnow und bückte sich

nach der Lampe. »Die Kamera war hier drin eingebaut. Das zeigt der Aufnahmewinkel deutlich. Hat die Sebastian sie dort oben selber hingehängt oder hatte sie einen Komplizen?«

»Oder eine Komplizin? Denken wir an dieselbe Person?«

Breschnow nickte. »Und die war vor uns hier.«

Fluchend schleuderte er den Lampenschirm auf das kahle Bett. Drass ging in die Küche und kehrte mit einer mittelgroßen Mülltüte zurück. Vorsichtig wickelte er den Schirm darin ein und hielt ihn hoch.

»Vielleicht gibt es Fingerabdrücke.«

»Ich glaube nicht mehr an Weihnachten. Wieso habe ich die verdammte Kamera übersehen?«

»Eigentlich haben wir sie nicht übersehen. Es ist einfach nur niemand darauf gekommen, die Deckenlampe zu untersuchen.«

»Auch nicht besser«, brummte Breschnow und ließ sich auf das Bett fallen. »Weißt du, irgendwie glaube ich dem Mistkerl. Er ist zwar ein perverses Arschloch, aber die Fotos schienen ihm wirklich neu zu sein. Und welchen Grund hätte er, die Frau seines Freundes zu töten?«

»Ich finde, wir wissen noch zu wenig über sein Verhältnis zu Luise Schömtich, um diese Frage beantworten zu können. Und vergiss nicht, er ist ein Schauspieler. Mich hat er noch nicht davon überzeugt, dass Nina Sebastian ihn mit den Aufnahmen nicht erpresst hat. Und vielleicht war die Schömtich tatsächlich mit im Boot?«

»Die Verschwörung der Frauen?«

»Eben weil er ein Perverser ist. Vielleicht ist seine Frau die Dritte im Bunde und er ist jetzt auf dem Weg zu ihr. Wie hat er vorhin gesagt, soviel er weiß, lebt sie noch.«

»Vielleicht sollten wir auf sie aufpassen«, schlug Breschnow vor und stand auf.

Sie eilten die Treppe hinunter.

»Mit Blaulicht?«, fragte Drass.

»Ausnahmsweise, weil heute Samstag ist«, grinste Breschnow.

Drass setzte das Blaulicht auf das Autodach und raste los. Immer wieder schlingerte der Wagen auf dem vereisten Kopfsteinpflaster. Auf der Hermannstraße staute sich der Verkehr und die Autofahrer bildeten nur widerwillig eine Gasse. An der Baustelle steckten sie fest. Breschnow ließ sich per Funk die Telefonnummer der Klinik geben und fragte sich zur Station durch. Eine gestresste Krankenschwester gab ihm zu verstehen, dass sie sich im Moment nicht um sein Anliegen kümmern könne, sie hätten gerade einen Notfall, aber sie würde ihm die Nummer der Zentrale geben. Bevor sie dazu kam, brach die Leitung zusammen.

Breschnow fluchte. »Scheißakku!«

Drass raste die Stadtautobahn entlang, immer näher an die roten Bremslichter, die den Stau schon von Weitem ankündigten. Langsam fuhr er auf der Standspur rechts daran vorbei. Ein Motorradfahrer scherte aus und hätte sie fast gerammt. Der Wagen brach aus und schlitterte in Richtung Leitplanke. Breschnow stöhnte. Drass drosselte das Tempo und steuerte dagegen. Kurz danach hatte er das Auto wieder im Griff und sie bogen auf die Westtangente ab. Hier floss der Verkehr wieder und Drass steigerte das Tempo. Vor der Ausfahrt Filandastraße durchfuhren sie einen Tunnel.

»Vorsicht!«, schrie Breschnow.

Vor ihnen hatte sich ein Lastwagen quer gestellt. Drass stieg in die Bremsen und schlitterte gekonnt zwischen Leitplanke und Fahrzeug vorbei. Breschnow krallte sich in den Sitz und bewunderte insgeheim die Fahrkünste seines Kollegen.

Als sie endlich die Klinik erreicht hatten, sprang Breschnow aus dem Wagen und zündete sich eine Zigarette an. Hastig sog er das Nikotin in seine Lungen, eilte zum Eingang und durch die Gänge. Drass rannte ihm hinterher. Ungeduldig warteten sie vor der verschlossenen Glastür an der Intensivstation. Eine schwarzhaarige Krankenschwester erschien und schüttelte den Kopf. Breschnow trommelte gegen die Scheibe. Sie zuckte mit den Schultern und entfernte sich. Eine Ewigkeit später kehrte sie mit dem Arzt im Schlepptau zurück.

»Was wollen Sie wieder hier. Ich dachte, ich hätte mich klar ausgedrückt.«

»Geht es ihr gut? Lebt sie noch?«

Der Arzt warf ihm einen verständnislosen Blick zu.

»Hören Sie, Nadine Movara ist vielleicht in Gefahr. Ich muss sie sehen. Begleiten Sie mich meinetwegen.«

Der Mediziner wies die Schwester an, die Tür zu öffnen. Er begleitete die Kommissare bis vor die Tür. Breschnow betrat das dämmrige Zimmer und hörte das regelmäßige Pumpen des Sauerstoffgeräts. Ein Blick auf den Monitor gab ihm Gewissheit, dass Nadine Movaras Herz noch regelmäßig schlug. Erleichtert verließ er das Zimmer und schloss die Tür. Drass wartete im Gang neben der Schwarzhaarigen.

»Ich bleibe erst mal hier«, entschied Breschnow. »Und du organisierst einen Uniformierten.«

Drass zog sein Telefon aus der Tasche. Die Schwester griff seinen Arm. »Sie müssen draußen telefonieren. Die Funkwellen stören die Apparate.«

Drass nickte und verabschiedete sich. Die Krankenschwester rief den Arzt und Breschnow teilte ihm mit, persönlich für die Sicherheit der Patientin sorgen zu wollen. Nach anfänglichem Zögern willigte der Arzt schließlich ein. Breschnow ging zurück ins Krankenzimmer.

Nadine Movara stöhnte leise. Er stellte sich an ihr Bett, griff nach einem Einmaltuch und tupfte ihr den Schweiß von der blassen Stirn. Sein Blick glitt das Laken entlang und dann noch einmal kurz zur Tür. Entschlossen griff er nach dem Arm der Frau und zog ihn unter der Zudecke hervor. Der weiße Verband stach nur wenig von der hellen Haut ab. Er knipste die Nachttischbeleuchtung an und fokussierte den Strahl auf das Handgelenk. Vorsichtig löste er die Klammern, die den Verband befestigten und rollte ihn behutsam ab. Der dunkelrote verkrustete Schnitt stach ihm in die Augen. Die Wunden der beiden Mordopfer schoben sich daneben und er verglich die Verletzungen. Auch Nadine Movaras Wunde war auffallend breit und der Schnitt sehr tief. Behutsam legte er die Hand wieder ab, verband den Puls so gut er konnte und schob den kalten Arm zurück unter das Laken. Einen Moment lang spielte er mit dem Gedanken, Monika anzurufen und sie herzubitten, um die Schnitte zu vergleichen, entschied sich aber dagegen und hoffte, dass Nadine Movara aus ihrer Ohnmacht erwachte.

Noch diese Nacht, dachte er, setzte sich auf den Besucherstuhl und wartete.

***

Regina sah ihre Kollegin schon von Weitem. Sie überquerte gerade die Hasenheide und schleppte eine schwere Sporttasche. Regina setzte den Blinker, fuhr rechts ran und stieg aus. Delego lief an ihr vorbei.

»Hey!«

Ihre Kollegin drehte sich blitzschnell um und schrie. »Hau ab, du Spast!« Dann hielt sie erstaunt inne und fing an zu lachen. »Was machst du denn hier?«

»Ich hab dich über die Straße laufen sehen.« Regina deutete auf die Tasche. »Wo warst du?«

Delego berichtete von ihrem Probetraining im Fitnesscenter.

»Du gibst dir ja wirklich alle Mühe, die deutsche Anita van Buren zu werden«, lachte Regina.

Delego sah an sich herab. »Na ja, ein bisschen Bewegung kann mir nicht schaden. Und wo kommst du her?«

»Ich war bei der Zeitung und ich glaube, unser Täter war gleichzeitig mit Breschnow am Tatort.«

»Aber es kann ja auch ein Spaziergänger gewesen sein. Oder ein Breschnow-Paparazzo. Wie sind die Aufnahmen in die Redaktion gelangt?«

»Anonym über ein unangemeldetes Prepaid-Smartphone und die Zeitung hat nichts dafür bezahlt. Das behauptet zumindest der Journalist.«

»Vielleicht war es jemand, der sich wichtigmachen wollte?«

»Kann sein.«

»Oder er will der Polizei eins auswischen und findet, dass wir die Menschen nicht ausreichend über unsere Arbeit informieren.«

Regina schüttelte den Kopf. »Das halte ich für unwahrscheinlich.«

Delego hielt inne. »Oder es war tatsächlich der Täter.«

Sie zog die dicke Winterjacke fester um ihren Körper. »Wollen wir was trinken?«

»Gute Idee«, stimmte Regina zu. »Ich weiß auch schon wo.«

Sie stiegen in den Wagen, bogen an der nächsten Ecke ab, fuhren einen kleinen Hügel hinauf und dann wieder rechts und erreichten die Hasenheide. »Willst du etwa mit unserem Chef und den Pennern bei dieser Kälte im Park saufen?«, fragte Delego.

Regina lachte und deutete auf eine Café-Kneipe an der Ecke. Es waren nur wenige Gäste da. Die meisten saßen am Tresen und unterhielten sich mit dem Barkeeper. Regina deutete auf einen Tisch im hinteren Teil des Raumes. Sie bestellten sich ein Bier und beschlossen, den Rest des Abends nicht mehr über den Fall zu sprechen. Als sie um Mitternacht zur U-Bahn wankten, hatten sie ihn dennoch aufgeklärt.

***

Movara stieg aus und betrat den leuchtenden Schnee. Ein satter Vollmond schien auf ihn herab. Es war ruhig hier draußen in Dahlem. Zu ruhig für Nadine, dachte er. Sie hätte am liebsten in der Innenstadt gewohnt, in Mitte oder in Charlottenburg. Aber diese Nacht hier draußen würde sie lieben, kalt und klar, der Himmel voller Sterne, so wie die Nächte ihrer Kindheit.

Vor einer Stunde hatten ihm die Ärzte telefonisch mitgeteilt, dass sie die kritische Phase überstanden hatte. Vorbei seine Chance, in jeder Hinsicht, denn Nadine wurde nun auch noch von der Polizei bewacht.

Seufzend schloss er die Haustür auf. Seine Finger glitten automatisch über das Tastenfeld der Alarmanlage und es wunderte ihn, dass sie ausgeschaltet war. War er vorhin so wütend gewesen, dass er vergessen hatte, sie zu aktivieren? Vorhin, als die Polizei ihm aufgelauert und ihn abgeholt hatte wie einen Schwerverbrecher.

Der Mond warf sein sanftes Licht in die Eingangshalle und Movara verzichtete darauf, die Beleuchtung einzuschalten. Er hängte seinen Mantel an die Garderobe und schlenderte ins Wohnzimmer. Noch ein gepflegtes Getränk, bevor er sich unter der Dusche den Dreck von Ninas Verrat aus den Poren reiben wollte. Whiskey oder Scotch?

Er stolperte, fiel fast über die Schwelle der Zimmertür und hielt sich am Rahmen fest. Seine Finger ertasteten den Lichtschalter. Augenblicklich erhellte das grelle Kunstlicht ein Chaos von Büchern, Porzellan- und Glasscherben vor ihm auf dem Fußboden. Sein Blick raste durch den Raum. Der Schrank, das Tischchen und die Sessel waren umgeworfen worden, die Bücher aus dem Regal gerissen und im Raum verteilt. Nur das Sofa war der Verwüstung entgangen. Eine hellgelbe Flüssigkeit hatte sich auf dem Boden davor ausgebreitet. Jemand hatte den Inhalt der Hausbar auf dem Teppich verteilt und die leeren Flaschen im Kreis drum herum aufgestellt. Movaras Blick glitt zu der gegenüberliegenden Wand. Über den Kamin war ein Strick gespannt, vier DIN-A4 große Fotos mit Wäscheklammern daran befestigt. Es waren dieselben, die ihm die Polizisten vorhin gezeigt hatten.

Sie waren nicht mit Ninas Tod verschwunden.

Jemand machte weiter.

Angewidert wandte er den Blick ab und ging in die Küche.

Auf dem Tisch stand noch die angebrochene Flasche Rotwein von gestern. Er schenkte sich ein und trank im Stehen. Dann stieg er die Freitreppe hinauf und betrat sein Arbeitszimmer. Der Computer stand an seinem Platz, ebenso der Laptop. Er warf einen Blick in den Ankleideraum. An den Kleiderstangen hingen seine Anzüge, Hemden und Mäntel, die Regale darunter waren aufgeräumt wie immer. Auch Nadines Zimmer, das er nur sehr selten betrat, war unberührt. Er hatte ihr gerne die kleinen Wünsche erfüllt und ihr den Schminktisch mit dem goldenen Spiegel, den kleinen grünen samtenen Hocker davor und den Holzschrank mit dem Relief gekauft. Den hellblauen Sessel hatte Nadine aus Lettland mitgebracht. Er setzte sich hinein und genoss den Geruch seiner Frau, der noch im Zimmer hing.

Warum war nicht alles so geblieben wie am Anfang? Sie hatten es gut gehabt, Nadine und er.

Dann stand er auf und ging weiter in ihren Ankleidebereich. Der begehbare Kleiderschrank war ebenso aufgeräumt wie seiner. Er riss die Tür zu dem gemeinsamen Schlafzimmer auf und schaltete das Licht an.

Fotokonfetti, dachte er wütend.

Der Teppich des Raums und das große Bett waren mit kleinen Papierschnipseln bedeckt. Er nahm eine Handvoll auf und ahnte ein Hochzeitskleid. Die gleichen Fotos wie unten. Um die vier Pfosten des Bettes herum war eine Wäscheleine gespannt und auf ihr hingen, mit Holzklammern befestigt, immer die gleichen Aufnahmen im Wechsel und erzählten eine endlose Geschichte von einer Begebenheit, die doch so kurz und letztlich unbedeutend gewesen war.

Movara wunderte sich, wie das möglich war. Er fegte einige

Schnipsel vom Bett und ließ sich hineinfallen. Sein Blick traf den Spiegel an der Zimmerdecke und er sah sich darin, eingebettet in Fragmenten, die nichts Gutes verhießen.

Er war verheiratet und hatte eine junge Assistentin gefickt. Wenigstens war sie volljährig gewesen. Würden seine Zuschauer ihm verzeihen?

Er drehte sich zur Seite und spürte eine große Leere in sich. Nina war tot, Luise war tot und Nadine war fort. Und es war noch nicht zu Ende.

***

SONNTAG

Kurz bevor er vom Stuhl rutschte, wachte er auf und war einen Moment lang orientierungslos. Ein weißes Zimmer, es roch nach Desinfektionsmitteln. Breschnow rieb sich die Augen und blickte auf das leise wimmernde Kind. Er hielt den Atem an. Mona verstummte und atmete wieder tief und ruhig. Breschnow griff sich ein Papiertuch und tupfte behutsam den Schweiß von der Stirn seiner Nichte.

»Ich will nicht, dass du stirbst«, flüsterte er.

Die Kleine wimmerte. Er strich ihr sanft über die heiße Wange. Sein Blick glitt über ihr Gesicht, folgte dem Schlauch, der den kleinen Mund mit dem Beatmungsgerät verband, und blieb beim Wecker auf dem Nachttisch hängen. Es war fünf Uhr am Morgen. Er streckte sich.

Gegen Mitternacht hatte ihn der Uniformierte bei Nadine Movara abgelöst. Als er den Gerichtsbeschluss sehen wollte, hatte Breschnow bedauert, ihn im Revier liegen gelassen zu haben, und der Kollege hatte sich damit zufriedengegeben. Breschnow war sofort hierher gefahren und hatte seine Schwester abgelöst. Nun wunderte er sich, wo sie blieb und lauschte in die Stille. Das Atemgerät pumpte zuverlässig Sauerstoff in Monas Lungen. Bald würde die Nacht vorbei sein und die Tagesschicht die Nachtschicht ablösen. Sie würden die Kinder waschen und ihnen Essen und Medikamente bringen und wenn sie damit fertig wären, würden sie mit den Kindern spielen, so gut es in einem Krankenhausbetrieb eben ging.

Würde Mona eines Tages wieder spielen können?

Er betrachtete ihr kleines, eingefallenes Gesicht. Die künstliche Ernährung hatte ihre Spuren hinterlassen. Einen Moment lang schoben sich die Bilder von Nina Sebastian und Luise Schömtich in seinen Kopf. Die eine in der Laube, die andere im Schnee. Dann war er wieder zurück am Krankenbett. Seine Schwester betrat das Zimmer, in jeder Hand einen Becher Kaffee.

»Du hast geschlafen«, stellte sie fest und reichte ihm einen. »Du hast von einer Nina geredet. Dein Fall?«

Breschnow nickte und nahm dankbar einen Schluck von dem warmen Getränk. Es löste ein wenig den Knoten in seinem Bauch. Iris setzte sich ihm gegenüber, das Kind zwischen ihnen, so wie es manchmal an Sonntagen gewesen war, wenn er sich mit frischen Croissants zu den beiden ins Bett gefläzt hatte.

Viel zu selten, dachte er.

»Soll ich sie nach Hamburg bringen?«, fragte Iris in die Stille hinein.

»Vielleicht ist es einen Versuch wert. Hier scheinen sie ja nicht weiterzukommen.«

»Begleitest du uns?«

Breschnow schüttelte den Kopf und stellte sich ans Fenster. Der Parkplatz lag grau und leer im Licht der Straßenlaternen, eingegrenzt von schmutzigen Schneewällen, nur der Eingang zur Straße und der Zugang zum Krankenhaus waren offen.

Zwei Zugänge, dachte er. Der Parkplatz im Wald hatte nur

einen. Und die Laubenkolonie? Hatten die Techniker das überprüft?

»Ich muss los«, sagte er, griff sich die Jacke von der Stuhllehne, strich Mona noch einmal sanft über die Wange. Er umrundete das Bett und legte eine Hand auf die Schulter seiner Schwester. Iris hielt sich einen Moment lang daran fest. Dann ließ sie ihn gehen.

»Halte mich auf dem Laufenden«, flüsterte er zum Abschied.

Die Kühle der eisigen Winternacht ließ seine Gedanken klarer werden. Die beiden sollten auf jeden Fall in die Spezialklinik nach Hamburg fahren. Er wollte zurückgehen und es seiner Schwester sagen, besann sich aber anders, zog sein Handy aus der Tasche und schaltete es ein.

»Sie haben vier neue Nachrichten. Erste neue Nachricht: Manfred hier. Wieso ist dein Telefon ausgestellt? Wir sind jetzt in den Cubes.«

Zweite neue Nachricht: »Noch mal Manfred. Ich hoffe, du hast einen guten Grund, nicht ranzugehen. Wenn ich in zehn Minuten nichts von dir gehört habe, fahre ich zurück ins Labor.«

Dritte neue Nachricht: »Sind jetzt zurück. Ich habe den Cube versiegelt und den Uniformierten davor stehen lassen. Das Blut ist eindeutig menschlich. Außerdem habe ich schwarze Haare gefunden und einige hellere. Ich schmeiße gleich die DNA-Maschine an, dann haben wir bald Gewissheit. Und wenn's hell ist, untersuchen wir den Weg zur Kolonie.«

Vierte neue Nachricht: »Herzlichen Glückwunsch, Herr Breschnow. Sie haben eine Reise …«

Er drückte die Nachricht weg und wählte Manfreds Privatnummer. Als niemand abhob, rief er sich ein Taxi und ließ sich zu den Cubes fahren. Er bat den Fahrer, einen Moment lang zu warten und stieg über das Absperrband. Das Tor war nicht verschlossen und er drückte es auf. Ein Uniformierter schoss auf ihn zu, die rechte Hand am Holster seiner Waffe. Breschnow griff nach seinem Dienstausweis und schwenkte ihn in der linken Hand. Als ihn der Uniformierte erkannte, ließ er erleichtert seine Hand von der Waffe gleiten.

»Warum ist das Tor nicht abgeschlossen?«, fragte Breschnow.

»Das Türschloss ist kaputt, wahrscheinlich aufgebrochen. Aber mein Kollege besorgt gerade eine Kette und ein Vorhängeschloss.«

Der Uniformierte deutete fragend in die Richtung des Tatorts. Breschnow nickte und ließ sich die Taschenlampe geben. Dann ging er in Richtung Tempelhofer Feld.

Nina Sebastian war im hinteren Teil der Anlage getötet worden. Die dünne silberfarbene Plane, die das Blut vor der Tür des Cubes bedeckte, leuchtete in der Dämmerung. Breschnow fischte sein Taschenmesser aus der Jackentasche, durchtrennte das Siegel und öffnete vorsichtig die Glastür. Im Raum war es dämmerig. Der Vollmond meinte es gut mit ihm, aber der intensive Geruch nach Blut drehte ihm den Magen um. Er schluckte und knipste die Taschenlampe an. Die einfache Holzhütte mit einem schmalen Bett im hinteren Teil und einem Tisch mit zwei Stühlen im vorderen wirkte in dem harten weißen Licht verloren. Breschnow sah die Spuren der Techniker, die den Boden unter und neben dem Tisch Zentimeter für Zentimeter abgesucht hatten. An drei Stellen waren Zahlen auf den Holzboden gezeichnet, rechts und links vom Tisch steckten weiße Fähnchen in den getrockneten Blutlachen. Er trat näher heran und besah sich den Tisch. Einige Blutspritzer, sonst war nichts zu sehen.

Er leuchtete noch einmal gründlich den Raum ab, ließ den Strahl der Taschenlampe über den Boden, die Möbel, die Wände und die Ecken gleiten. Keine Blutspritzer, keine blutigen Abdrücke. Nichts.

Er hat sie kontrolliert auslaufen lassen, sauber und gründlich, dachte er. In der Waldhütte war er nachlässiger, irgendwie nervöser. Eine andere Beziehung? War ihm das zweite Opfer näher gewesen? Oder war es umgekehrt?

Breschnow knipste die Taschenlampe aus. Langsam holte sich das Mondlicht den Raum zurück. Es war ruhig. Nur ab und zu rauschte auf dem Columbiadamm ein Auto vorbei.

Ein guter Platz zum Töten, dachte er und verließ die Hütte. Am Tor gab er dem Uniformierten die Taschenlampe zurück, stieg ins Taxi und nannte sein nächstes Ziel. Fünf Minuten später bogen sie in die Kreuzbergstraße ein. Breschnow bezahlte und stieg aus. Der Taxifahrer wünschte ihm einen guten Morgen.

Überraschenderweise sprang der Bewegungsmelder an der Haustür an und spendete ihm Licht für das Schlüsselloch. Aber die Treppenhausbeleuchtung brannte immer noch nicht. Auch der Fahrstuhl war seit Tagen außer Betrieb. Leise fluchend tastete sich Breschnow die Treppen hinauf und atmete schwer, als er seine Wohnungstür aufschloss. Kalter Wind schlug ihm entgegen. Er ging ins Wohnzimmer und schloss das Fenster. Auf dem kleinen Holztisch stand noch die angebrochene Flasche Bier von gestern. Er leerte sie in einem Zug und ließ sich in den Sessel fallen.

Worte kreisten in seinem Kopf: Schnee, Sterne, Kind, weiß und Fragen, weiße Fragen.

Eine Frau draußen im Schnee, eine im Schutz einer Laube?

Rosen, Kälte, Berg, Fluss, Gletscher, zusammenziehen.

Breschnow zog seine Jacke enger um den Körper und griff nach dem Bleistift. Aber die Worte wollten sich nicht ordnen, flogen in seinem Kopf herum wie aufgescheuchte Tauben.

Tauben im Schnee und dazwischen immer wieder Nina Sebastian und Luise Schömtich.

Seufzend ließ er den Stift wieder fallen, ging in die Küche und sah in den Kühlschrank. Leer wie immer. Sogar der Schnaps war ihm ausgegangen. Er schenkte sich ein Glas Leitungswasser ein, setzte sich auf den Küchenstuhl und zog sich die Schuhe aus. Die Jacke hängte er über die Lehne. Sein Blick blieb am Küchenschrank hängen. Er öffnete die Tür und fand hinter den Dosensuppen ein Fläschchen Magenbitter. Monika hatte es ihm bei einer unangenehmen Leichenschau in die Hand gedrückt. Der Kerl auf der Bahre war bereits sehr lange tot gewesen und weiße Maden waren aus allen Körperöffnungen gekrochen. Diesen Gestank würde er nie vergessen.

Er drehte den Schraubverschluss auf, prostete in Gedanken der Rechtsmedizinerin zu und trank. Der Schnaps beruhigte seinen Kopf. Die Worte verflüchtigten sich und mit ihnen auch die Fragen. Er trank noch ein Glas Wasser, ging ins Schlafzimmer und warf sich aufs Bett. Kurz danach war er eingeschlafen.

***

Rechtsherum, linksherum, rechtsherum, linksherum. Wie ein Kreisel drehte sich Peter Polen, nachdem er auch noch die zweite Dosis Amphetamine eingenommen hatte.

Rechtsherum, linksherum.

Die Musik wummerte in dem schallisolierten Zimmer.

Er hatte es ihm gezeigt und er würde weitermachen. Niemand vögelt ungestraft die Freundin von Peter Polen. Auch kein Movara.

Rechtsherum, linksherum.

Und geradeaus. Ab heute würde er geradeaus gehen.

Sein Herz hämmerte im Takt der Bässe. Er strich sich über das kurze Haar. Es fühlte sich an wie Nägel. Seine Hände bluteten. Er hielt sie fragend in die Höhe in Richtung Mathias.

Rechtsherum, linksherum.

Ihm blieb der Atem weg, aber er konnte nicht aufhören. Sein Freund kam auf ihn zu, legte ihm die Hände auf die Schultern und drückte ihn in den Boden. Er wehrte sich, schlug zu. Immer und immer wieder, bis Mathias zu Boden ging. Dann trat er nach.

Rechtsherum, linksherum.

Er war Peter Polen, unbesiegbar. Niemand stampfte ihn in den Boden.

Rechtsherum, linksherum.

Ihm wurde schwindelig. Er kippte, schlug auf den Boden auf und sah in ein blutiges Gesicht, das sprach. Seine Brust schmerzte. Die Bässe wummerten. Er fühlte sein Herz nicht mehr. Dann nahm ihn die Schwärze auf.

***

Auf einmal war die Stimme da, klar und hell, so wie die des Mädchens.

Du musst es ihr sagen, verlangte sie.

Der Raum veränderte sich. Es wurde kalt. Er beobachtete seine Mutter und ertrug ihre Freude nicht mehr. Er wollte ihr das Lachen aus dem Gesicht reißen, wollte ihr wehtun.

Und dann erzählte er ihr alles, jedes kleine Detail, schroff und kalt. Nichts ließ er aus, während der Diaprojektor weiter die Bilder seiner Kindheit zeigte.

Die Stimme verstummte.

Seine Mutter sah ihn nicht an, starrte nur auf die sich automatisch wechselnden Bilder an der Wand. Er sah ihre Tränen und schämte sich.

Dann schaltete sie den Projektor aus und bat ihn zu gehen.

***

Zwei Stunden später wachte Breschnow erstaunlich ausgeschlafen auf. Er rief den Uniformierten an, erfuhr, dass bei den Cubes alles in Ordnung war, telefonierte kurz mit seiner Schwester und teilte ihr mit, dass er in Hamburg eine Chance für das Kind sah, und fuhr dann zum Revier. Als er den Flur seiner Abteilung betrat, bestürmte Schmitti ihn mit einem Fax.

»Die Uniformierten im Krankenhaus machen uns die Hölle heiß. Sie wollen irgendeinen Beschluss sehen. Was meinen die damit?«

»Die Überwachung von Nadine Movara.«

»Du hast sie ohne Beschluss angeordnet?«

Breschnow nickte und verschwand in seinem Büro. Er zündete sich eine Zigarette an und griff nach dem Hörer. Nach zweimaliger Vermittlung war er am richtigen Mann. Der Polizist schuldete ihm noch einen Gefallen. Nach kurzem Verhandeln versprach sein Gesprächspartner, die Männer auch ohne richterliche Anordnung bis zum Abend vor Ort zu lassen. Breschnow dankte ihm und ging in den Besprechungsraum. Delego sah ihn müde aus dicken Augenrändern an.

»Ich war gestern noch einmal bei der Anderson«, begann Drass. »Die Wohnungstür war beschädigt, aber verschlossen. Sie war nicht zu Hause.«

»Bist du reingegangen?«

Drass schüttelte den Kopf.

»Dann mach es jetzt.«

»Ich kann dir helfen«, bot Delego an und schob sich einen Kaugummi in den Mund.

Drass nickte und griff nach seiner Tasse.

»Movaras Chauffeur bestätigt die Aussagen des Showmasters«, fuhr Regina fort. »Er hat ihn am Dienstagabend um 18:30 Uhr vor seinem Haus abgesetzt und am Donnerstag nach der Show gegen Mitternacht. Das Restalibi kommt von seiner Frau.«

»Wir müssen unbedingt mit ihr reden!«, sagte Breschnow.

»Sie liegt noch immer im künstlichen Koma.«

»Aber wahrscheinlich nicht mehr lange und vielleicht überdenkt sie das Alibi noch mal.«

»Wieso sollte sie das tun?«, fragte Delego.

»Weil er sie schwer verletzt hat«, antwortete Breschnow.

»Das hat er vorher auch schon getan«, sagte Regina.

Breschnow goss sich Kaffee ein, trank einen Schluck und sah in die Runde.

»Wir konzentrieren uns zu sehr auf Movara. Wir müssen auch Polen im Blick behalten. Eifersucht? Imageverlust? Das sind gute Tatmotive.«

»Aber wieso tötet er die Schömtich?«, fragte Drass.

»Polen hat gegen die Etikette verstoßen, indem er ein Verhältnis mit seiner Assistentin hatte. Vielleicht wollte die Schömtich ihren Mann dazu bringen, Polen abzuservieren?«

Regina stand auf und schaltete den Wasserkocher an.

»Warum hat niemand etwas gesehen?«, fragte Breschnow in die Runde. »Der Täter hat die Sebastian in der Nacht von den Cubes in die Kolonie transportiert und das sind ungefähr fünf bis zehn Minuten Fußmarsch.«

»In Neukölln ist zwar viel mehr los als früher, aber um den Flughafen herum ist es nachts wahrscheinlich recht ruhig«, antwortete Drass.

»Und das Feld ist nachts geschlossen«, ergänzte Delego.

Schmitti deutete auf seinen Laptop. »Ich habe hier den Stadtplan. Der Weg verbindet den Kiez mit der Hasenheide, geht an der Kolonie vorbei, am Schwimmbad und an einem Sportplatz. Was soll man da nachts?«

»Und der weiße Peugeot?«, erkundigte sich Breschnow.

Schmitti schüttelte den Kopf. »Wenn der Kerl sich wenigstens an die ersten Buchstaben auf dem Nummernschild erinnern könnte, aber so ...«

»Movara bekommt für den ersten Mord ein Alibi von der Ehefrau und in der Nacht, als Luise Schömtich getötet wird, kommt er zwar spät nach Hause, aber auch hier ist seine Frau sein Alibi für die Nacht«, fasste Breschnow zusammen und drehte sich zum Whiteboard.

»Aber er fährt eine amerikanische Limousine und keinen Franzosen«, wandte Schmitti ein.

»Lässt sich fahren«, korrigierte ihn Delego.

»Das ist richtig, aber er wird ja wohl kaum seinen Fahrer bitten, ihn zu einem Tatort zu fahren. Vielleicht ein Mietwagen? Versuch es bei den Autovermietungen, Berlin und angrenzendes Brandenburg.«

»Die berühmte Nadel im Heuhaufen«, maulte Schmitti.

Breschnow ignorierte ihn und fuhr fort.

»Bei Peter Polen sieht es ähnlich aus, er hat ebenfalls kein überzeugendes Alibi, hat die Nächte alleine zu Hause verbracht.«

»Aber er hat seine Freundin nicht getötet«, widersprach Delego. »Das weiß ich.«

»Weibliche Intuition?«, spottete Schmitti.

»Ich vermute, dass Polen die Kamera gefunden und abgebaut hat«, sagte Drass.

Der Wasserkocher stellte sich ab und Regina hängte zwei Teebeutel in die Kanne. »Woher hat er davon gewusst?«

»Vielleicht hat ihm Nina von ihren Plänen erzählt?«

»Das ist total unwahrscheinlich!«, empörte sich Delego. »Du sagst doch nicht zu deinem Liebsten ›Hallo Schatz, ich vögel deinen Kollegen und filme das. Dann kann ich ihn erpressen und die Karriereleiter raufsteigen.‹«

Breschnow grinste. »Ich glaube, sie hat recht.«

»Aber Polen könnte sich seinen Teil zusammengereimt haben, weil er sein Mädchen kennt«, sagte Drass.

»Viele offene Fragen«, stellte Breschnow fest. »Kommen wir erst mal wieder zu den Tatsachen zurück. Manfred hat den Cube auf den Kopf gestellt, Blut und Haare gefunden und jetzt untersucht er den Weg zur Kolonie. Er wollte sich zwar noch nicht festlegen, bevor die DNA-Probe vorliegt, aber ich bin sicher, dass der Cube der Tatort ist.

Regina, wir beide fahren erst zu Manfred und dann noch mal raus nach Tornow und reden mit den Schömtich-Brüdern. Drass und Delego, ihr kümmert euch um Polen und um die Anderson und du, Schmitti, suchst weiter nach dem Auto. Wir treffen uns heute Nachmittag um vier wieder hier.«

Breschnow eilte in sein Büro und telefonierte noch einmal mit seiner Schwester. Regina wartete vor der Tür auf ihn. Zehn Minuten später erreichten sie ihr erstes Ziel.

Der Spurensicherer diskutierte gerade mit einem älteren Herrn. In der Hand hielt er eine Rolle Absperrband und winkte Breschnow und Regina heran.

»Er will nicht gehen, sagt, dass man ihm nicht einfach den Weg versperren darf.«

Regina lächelte, stellte sich neben den Mann und flüsterte ihm etwas ins Ohr. Seine Miene hellte sich auf und er ließ sich bereitwillig von ihr zum Columbiadamm begleiten.

»Wie hast du das gemacht?«, erkundigte sich Manfred.

»Ich habe ihn gefragt, wohin er denn eigentlich will.«

»Und?«

»Er will zu Karstadt und danach mit seinem Fahrrad wieder hier durchfahren. Ich habe ihm versprochen, dass du für ihn eine Ausnahme machst und ihn durchlässt.«

Manfred hob anerkennend den Daumen.

»Hast du schon was für mich?«, erkundigte sich Breschnow.

»Mann, ich hab doch noch nicht mal abgesperrt.« Er reichte einem Kollegen das Band. »Aber ich habe trotzdem schon was für dich.«

Manfred ging ein Stück weiter in Richtung Kolonie und deutete mit dem Finger nach unten. Breschnow ging in die Hocke und sah auf dem Asphalt kleine, dunkle Spritzer.

»Blut?«

»Sehr wahrscheinlich. Vielleicht aber auch nur irgendein Getränk.«

»Hat er sie getragen? Geschleift?«

»Darauf habe ich noch keine sichere Antwort. Ich würde auf geschleift tippen.«

Breschnow und Regina eilten zurück zum Auto.

»Versprecht euch nicht zu viel«, rief Manfred ihnen hinterher. »Hier sind mittlerweile tausend Leute durchgetrampelt.«

»Wir hätten bei den Schömtichs anrufen sollen«, sagte Regina, als sie die Stadtautobahn erreichten.

Breschnow schüttelte den Kopf. »Ich will beide unvorbereitet.«

»Den Bruder fand ich irgendwie merkwürdig mit seinem großen Kreuz um den Hals«, sagte Regina nach einer Weile und blickte über die schneebedeckte Landschaft. »Was denkst du über den Fotografen?«

»Ich ärgere mich, dass er mir nicht aufgefallen ist.«

»Er stand zu weit weg.«

»Irgendjemand hätte ihn sehen müssen. Der Ort wimmelte von Polizisten und den Männern der Spurensicherung. Und niemand hat ihn gesehen.«

»Gerade deswegen. Er war ja nicht der Einzige mit einem Fotoapparat. Die Spurensicherung hat fotografiert, die Rechtsmedizin, du ...«

»Und vielleicht der Täter«, brummte Breschnow.

Eine halbe Stunde später verließen sie die Autobahn und

fuhren durch Teupitz. Überall parkten Autos und Menschenmassen schoben sich durch die Straßen.

»Von wegen, auf dem Land ist nichts los«, lachte Regina und drehte sich nach dem Transparent um, das über die Hauptstraße gespannt war. »Winterflohmarkt.«

An der nächsten Querstraße erhaschte sie einen Blick auf eine Reihe von Marktständen und Tischen. »Luise Schömtich war bestimmt auch immer hier und hat ihren Schmuck verkauft.«

»Wahrscheinlich.«

In Tornow war es so ruhig wie am Tag zuvor. Sie hielten direkt vor dem Haus, klingelten bei David Schömtich und hörten ein Schlurfen langsam näher kommen. Der Studioleiter trug einen blauen Morgenmantel, der nur bis zu seinen Knien reichte, darunter eine karierte Schlafanzughose und schwarze Hausschuhe. Er drehte sich wortlos um und verschwand wieder in der Diele. Sie folgten ihm unaufgefordert. Im Halbdunkel sahen sie, dass er sich im Wohnzimmer auf das Sofa gesetzt hatte. Regina nahm ihm gegenüber im Sessel Platz, Breschnow blieb an der Tür stehen.

»Sie haben mir ein Beruhigungsmittel gegeben«, nuschelte Schömtich. »Aber es hilft nicht.«

Er sah Regina an. »Sind Sie so nett, und kochen mir einen Kaffee? Ich kriege das im Moment nicht hin.«

Die Kommissarin nickte und ließ sich den Weg zur Küche erklären. Breschnow löste sich von der Tür und setzte sich in den frei gewordenen Sessel.

»Sind Sie verheiratet?«

Breschnow schüttelte den Kopf und dachte an seine Exfreundin aus Norddeutschland.

»Dann wissen Sie auch nicht, wie das ist, wenn man einen geliebten Menschen verliert. Wir haben unser Leben zusammen verbracht und jetzt ist sie nicht mehr da. Ich versuche mir einzureden, dass sie nur verreist ist. Aber das bringt nichts.«

»Nein, wahrscheinlich nicht«, antwortete Breschnow.

Regina brachte den Kaffee für Schömtich und auch einen für sich und ihren Chef.

»Ich will sie sehen«, sagte der Studioleiter.

»Morgen.«

»Nein. Jetzt!«

Schömtich sah die beiden fordernd an. Regina versuchte ihn umzustimmen.

»Jetzt«, wiederholte der Studioleiter und erhob sich mühsam.

Breschnow griff nach seinem Handy. Die Rechtsmedizinerin erklärte sich bereit, sofort ins Institut zu fahren.

»Ich gehe duschen«, sagte Schömtich und schlurfte hinaus. Kurz danach hörten sie Wasser rauschen. Regina schenkte sich noch eine Tasse Kaffee ein. Das Wasserrauschen verstummte, eine Tür quietschte, danach das leise Surren eines Rasierapparates.

Breschnow stand auf und sah sich um. Ein Sofa, zwei Sessel und ein Couchtisch mit Frauenzeitschriften und Autokatalogen, die von einem gemeinsamen Leben zeugten. An der Wand eine Eichenholzvitrine voller Porzellanfiguren. Breschnow betrachtete sie neugierig.

»Wenn man zusammenwohnt, muss man viele Kompromisse machen«, stellte Regina fest, die sich neben ihn gestellt hatte.

»Seine oder ihre Figuren?«

»Ihre natürlich.«

»Nein, meine«, sagte Schömtich, der plötzlich in der Tür stand. Er ging zum Regal und griff eine der filigranen Figuren. »Die ist noch von meiner Großmutter. Von ihr habe ich auch die Sammelleidenschaft. Meine Frau hat sich aber nie deswegen beschwert. Wir können fahren.«

Der Studioleiter sah erstaunlich frisch aus. Das Wasser schien die Müdigkeit von ihm abgespült zu haben. Er trug einen schwarzen Anzug mit einer grauen Krawatte und duftete leicht nach Rasierwasser. An den Füßen glänzten schwarze Schuhe und in der rechten Hand hielt er einen Autoschlüssel.

»Sie fahren mit mir«, befahl Breschnow. Sein Ton duldete keinen Widerspruch.

Die zwei Männer taxierten sich, bis Schömtich den Blick abwandte, nach seinem Mantel griff und die Autoschlüssel auf die Garderobe legte. Er winkte die Kommissare an sich vorbei und verschloss die Haustür. Auf der Straße blieb er kurz stehen und sah zum Haus seines Bruders.

»Wollen Sie ihm Bescheid sagen?«, fragte Regina.

Schömtich schüttelte den Kopf und stieg ins Auto.

»Diesen Flohmarkt gibt es schon seit meiner Kindheit«, erklärte er, als sie wieder durch Teupitz fuhren. »Ich habe mich immer gefragt, warum sie ihn nicht im Sommer machen. Luise ging jedes Jahr hierher. Ich hatte immer Ausreden, um sie nicht begleiten zu müssen. Heute würde ich mein Leben hergeben, um mit ihr hier zu sein.«

Er verstummte und sah aus dem Fenster. Regina legte ihm eine Hand auf die Schulter. Er ließ sie gewähren.

»Hatte Ihre Frau Feinde?«, erkundigte sich Breschnow.

Der Studioleiter schüttelte den Kopf. »Sie war sehr beliebt. Es war leicht, mit ihr auszukommen.«

»Wie war Luises Verhältnis zu Karsten Movara?«

»Distanziert. Sie hat versucht, es sich nicht anmerken zu lassen, aber sie mochte ihn nicht besonders.«

»Weswegen?«

Schömtich zuckte mit den Schultern.

»Haben Sie nie mit ihr darüber geredet?«, fragte Regina. »Immerhin sind Sie mit Movara befreundet.«

Der Studioleiter drehte sich zu ihr um. »Luise mochte ihn einfach nicht und ich habe das akzeptiert.«

»Und Ihren Bruder?«

»Was ist mit meinem Bruder?«

»Mochte Ihre Frau Ihren Bruder?«

Schömtich seufzte und sah aus dem Seitenfenster. »Müssen wir jetzt darüber reden?«

»Ja, das müssen wir«, sagte Breschnow streng.

»Mein Bruder und ich mögen uns nicht und gehen uns aus dem Weg. Deswegen haben Luise und er sich kaum gekannt.«

Sie hatten die Autobahn erreicht. Breschnow gab Gas. »Und zu Peter Polen?«

»Die beiden kannten sich eigentlich nur flüchtig vom Sehen. Luise hat mich ab und zu von der Arbeit abgeholt. Und da sind sie sich manchmal über den Weg gelaufen. Sie waren immer freundlich zueinander.«

»Hatte Ihre Frau …?«

»Bitte«, unterbrach ihn Schömtich. Seine Stimme brach. »Bitte geben Sie mir noch etwas Zeit.«

Eine Stunde später erreichten sie das Rechtsmedizinische Institut. Die Schranke stand offen und Breschnow fuhr auf den Mitarbeiterparkplatz. Dort stellte er den Wagen neben den von Monika. Die Rechtsmedizinerin wartete bereits an der Tür des Hintereingangs. Sie sprach Schömtich ihr Beileid aus und führte ihn durch die langen Gänge des Instituts zum Besucherraum. Dort bat sie ihn, einen Moment zu warten, verschwand durch eine kleine Seitentür und öffnete von innen.

Breschnow und Regina blieben in angemessenem Abstand stehen. Schömtich betrat den Raum, ging langsam mit wackeligen Schritten auf die Bahre zu. Monika stellte sich diskret in die Ecke neben den Leichnam. Ein weißes Laken verhüllte den Körper und die Verletzungen, nur der Kopf lag frei. Schömtich strich seiner Frau über das Haar und küsste sie auf die Stirn. Bevor die Rechtsmedizinerin ihn daran hindern konnte, hob er das Laken an und starrte auf den Schnitt. Er begann zu weinen, erst zögerlich, dann hemmungslos. Monika legte ihm tröstend ihre Hand auf den Rücken. Er stieß sie weg, strich seiner Frau über das kalte Haar, küsste sie noch einmal zum Abschied und verließ wortlos das Totenzimmer.

Breschnow bot an, ihn zurück nach Tornow zu fahren. Schömtich winkte ab und bat um ein Taxi. Der Kommissar begleitete ihn nach draußen, zündete sich eine Zigarette an und wartete, bis der Wagen kam. Die beiden Männer verabschiedeten sich mit Händedruck und Breschnow ging zurück ins Institut. Monika und Regina saßen in der Teeküche und studierten den toxikologischen Laborbericht von Nina Sebastian.

»Sie hatte Spuren von Barbituraten im Blut«, sagte die Rechtsmedizinerin.

Breschnow blieb im Türrahmen stehen. »Er hat sie betäubt, bevor er ihr die Pulsadern aufgeschnitten hat. Wie gnädig. Deswegen gibt es keine Blutspritzer an den Tatorten.«

Monika nickte. »Und er hat ihnen zusätzlich ein Handtuch um die Wunde gelegt. Ich habe Fasern gefunden.«

»Bringen die uns weiter?«

Die Rechtsmedizinerin schüttelte den Kopf. »Allerweltsfrotteetücher.«

»Ich finde es gut, dass er sie betäubt hat«, sagte Regina und sah ihren Chef an. »Stellt dir mal vor, jemand schneidet dir die Pulsadern auf und du musst hilflos zusehen, wie dein Blut aus dir herausläuft ...« Ihre Stimme zitterte leicht.

Breschnow brummte etwas Unverständliches, ging zurück zum Totenzimmer und stellte sich neben die Bahre.

»Er hat dich wirklich geliebt«, flüsterte er Luise Schömtich zu.

Dann griff er nach dem Laken und zog es der Toten über den Kopf. Als er sich umdrehte, standen Monika und Regina in der Tür. Er räusperte sich. »Hast du sonst noch was für mich?«

Die Rechtsmedizinerin schüttelte den Kopf.

»Das Krankenhaus hat sich gemeldet«, sagte Regina.

»Welches?«, fragte Breschnow.

»Frau Pasulke ist wieder ansprechbar und will mit uns reden.«

***

Nach dem fünften Versuch knallte Drass den Hörer auf die Gabel und schnappte sich seine Jacke. »Auf geht's, Delego.«

Eilig verließen sie das Revier. Delego sog genussvoll die kalte Luft ein. Ihr Kopf hämmerte.

Die Welt ist ungerecht, dachte sie. Regina trinkt den ganzen

Abend und ist am nächsten Tag das blühende Leben, und ich fühle mich wie ausgekotzt.

Dann trottete sie ihrem Kollegen hinterher und ließ sich auf den Beifahrersitz fallen. Drass raste los. Kurz danach standen sie am Maybachufer. Delego klingelte pro forma und hielt die Haustür für ihren Kollegen auf. Drass eilte an ihr vorbei die Treppe hinauf. Als Delego schweren Schrittes endlich den dritten Stock erreichte, stand die Wohnungstür bereits offen. Sie ging hinein und fand Drass in der Küche. Er hielt einen gelben DIN-A4-Bogen hoch. »Die Notfallrettung hat sie ins Urban gebracht«, informierte er sie und ließ das Papier zurück auf den Küchentisch gleiten.

»Fahr du hin«, sagte Delego. »Ich fahr dann mit der U-Bahn zurück zum Revier.«

»Warum kommst du nicht mit?«, erkundigte sich Drass verwundert.

Delego lächelte. »Verliebte soll man nicht stören.«

Bevor er etwas erwidern konnte, drehte sie sich um und verließ die Wohnung.

Kurz danach raste Drass an ihr vorbei, hupte und zeigte ihr einen Vogel.

Manchmal merken es andere schneller als man selbst, dachte Delego und wechselte die Straßenseite. Bei ihr war es auch so gewesen. Vielleicht waren deswegen ihre Sinne besonders geschärft.

Delego spürte, dass die kalte Luft ihrem Kopf guttat und beschloss, bis zum Hermannplatz zu laufen. Dort überquerte sie den kleinen Wochenmarkt und stieg hinunter zur U-Bahn. Am Treppenabgang stand wie immer derselbe Bettler. Schwarze Haare, schwarzer Bart, verlebtes Gesicht. Delego fischte eine

Münze aus der Jackentasche und reichte sie ihm. Der Mann bedankte sich freundlich. Als sie die untere Plattform erreichte, fuhr ihre U-Bahn ein und ihr Handy klingelte.

»Die Maskenbildnerin hat mich angerufen«, sagte Schmitti.

»Und?«, fragte Delego und hielt sich mit der Hand das andere Ohr zu.

Die Bremsen der U-Bahn quietschten.

»Sie sagt, dass sie die Anderson gestern Morgen nur mit einem leichten Kleid bekleidet in Movaras Studio gefunden hat. Sie sei ziemlich durch den Wind gewesen, wusste nicht, was passiert war. Seitdem ist die Anderson nicht mehr aufgetaucht. Seid ihr schon bei ihr?«

»Wir waren in der Wohnung. Die Notfallrettung hat sie ins Urban gebracht. Drass ist hingefahren.«

»Na ja, so wie sich das anhörte«, mutmaßte Schmitti, »glaube ich, dass es besser wäre, wenn du mit ihr redest. So von Frau zu Frau.«

»Ist gut«, sagte Delego, stieg die Treppen wieder hinauf und versuchte, ihren Kollegen zu erreichen.

In dem Moment sah sie den Bus und rannte los.

***

Frau Pasulke erwartete sie bereits. Sie saß aufrecht im Krankenbett, durch zwei Kissen im Rücken gestützt, und lächelte sie an. Breschnow wunderte sich über ihre Freundlichkeit und stutzte. Etwas in dem Gesichtsausdruck der Frau stimmte nicht. Regina schüttelte der Patientin die Hand, Breschnow stellte sich auf die andere Seite des Bettes.

»Wie geht es Ihnen?«, erkundigte er sich.

»Besser, und ich hoffe, Sie bringen mir nicht noch so eine schreckliche Nachricht wie beim letzten Mal.«

Regina setzte sich auf den Stuhl. »Seit wann sind Sie hier?«

»Seit gestern Morgen. Das hier ist die Reha-Abteilung.«

»Können wir anfangen?«, drängte Breschnow.

Die alte Frau nickte und Regina zog ein Foto von Nina Sebastian aus der Tasche. »Kennen Sie sie?«

Frau Pasulke schüttelte den Kopf.

Regina legte das Foto auf das Laken in Sichtweite der Patientin und griff nach ihrer Hand. »Das ist das Mädchen, das wir in Ihrer Laube gefunden haben.«

Die alte Frau kniff die Augen zusammen und betrachtete das Foto genauer.

»Sie ist schön«, sagte sie nach einer Weile.

Breschnow stöhnte leise und zog eine Aufnahme von Movara aus der Tasche. »Und ihn?«

Die Hand der alten Frau zitterte kaum merklich, als sie nach dem Foto griff. »Ist er auch tot?«

Breschnow verneinte. Frau Pasulke behauptete, den Mann noch nie gesehen zu haben.

»Sehen Sie kein Fernsehen?«, erkundigte sich Regina.

»Doch, ab und zu.« Frau Pasulke deutete auf das Foto. »Ist er Schauspieler?«

»Er macht die ›Donnerstag-Abend-Talent-Show‹, erklärte Regina.

Frau Pasulke lächelte und dachte »Talentshow?« Eigentlich hatte Karsten doch immer ein Schauspieler sein wollen. Schon als Kind hatte er Rollen gespielt, für die Erwachsenen den braven Jungen und für seine Mitschüler den kleinen Rebellen. Er konnte sich gut verstellen und die anderen hatten für seine

Taten büßen müssen. Aber das würde sie den Polizisten nicht erzählen. Das hatte nichts mit dem Mädchen in ihrer Laube zu tun.

Frau Pasulke schüttelte noch einmal den Kopf. »Nie gesehen. Ich schaue lieber alte Heimatfilme«, erklärte sie.

Regina hielt ihr ein weiteres Foto hin.

»Den kenne ich«, sagte sie. »Aus'm Fernsehen. Den habe ich mal mit Johannes gesehen. Er wollte unbedingt diese Quizsendung …«

»Peter Polen«, unterbrach Breschnow und legte die Aufnahme zu den anderen auf das Laken.

Frau Pasulke wandte sich Regina zu. »Johannes und ich, wir wohnen im selben Haus und im Sommer sind wir meistens im Garten.«

Und er ist mein Freund, dachte sie. Der Einzige, den ich noch habe.

»Gibt es außer Johannes noch andere Leute, die Ihre Laube kennen? Vielleicht haben Sie mal jemanden mit dorthin genommen?«

Frau Pasulke kniff die Augen zusammen. Karsten und David hatte sie nie mehr gesehen, seit sie das Dorf verlassen hatte, und Maik war schon als Kind weggezogen. Nur den Kleinen, den hatte sie manchmal getroffen. Und sie hatte ihm von ihrem neuen Leben in Berlin erzählt.

»Nein«, antwortete sie. »Ich bin noch nicht so lange in Berlin und körperlich nicht so gut beieinander. Die Hüfte, wissen Sie. Außer Johannes kenne ich hier fast niemanden.«

Breschnow hielt ihr das Foto einer blassen Luise Schömtich unter die Nase.

Frau Pasulke erschrak. »Was ist …?«

Sie stockte und korrigierte sich. »Wer ist das?«

»Sagen Sie es mir«, sagte Breschnow und lehnte sich vor. »Sie kennen diese Frau.«

Die Alte schüttelte heftig den Kopf und sah Regina Hilfe suchend an.

»Warum lügen Sie?«, fragte Breschnow und beugte sich zu ihr herunter.

Frau Pasulke drückte sich tiefer in die Kissen. Sie roch seinen Atem, eine Mischung aus Kräuterlikör und Nikotin und sah den entschlossenen Blick in den klaren grünen Augen, der ihr Angst machte. Ihr Atem stockte und sie lief rot an.

Regina griff Breschnows Schultern und zog ihn zurück. Er strafte sie mit einem wütenden Blick und musterte die alte Frau. »Ich habe Zeit. Ich kann den ganzen Tag hierbleiben. So lange, bis Sie uns die Wahrheit sagen.«

»Bedaure, das können Sie nicht«, verkündete die Ärztin, die unbemerkt das Zimmer betreten hatte. »Ich muss Ihnen die Patientin jetzt leider entführen. In ein bis zwei Stunden bringe ich sie zurück.«

Breschnow machte ihr nur widerstrebend Platz. Die Medizinerin lächelte ihn an und schob sich an ihm vorbei. Dann erklärte sie Frau Pasulke den anstehenden Teil der Reha. Die alte Frau strahlte sie erleichtert an. Kurz danach schoben zwei Krankenpfleger die Patientin in einem Rollstuhl aus dem Zimmer. Breschnow begleitete sie bis zur Tür und sah dem Trio hinterher.

»Hoffentlich kommen die nie wieder«, murmelte die alte Frau, als sich endlich die Aufzugstür hinter ihr schloss.

***

Movara starrte auf das blinkende Signal, das mit der Haustürklingel verbunden war, verwünschte zuerst die Haushälterin und dann seine Frau. Er wickelte sich das Handtuch um die Hüften und verließ die Sauna. Im Vorraum schlüpfte er in die Badelatschen, griff nach dem Frotteemantel und sah auf den Monitor. Dann ließ er das Tor aufgleiten und beobachtete, wie David Schömtich sich langsam dem Haus näherte.

Ein alter gramgebeugter Mann, dachte Movara und wunderte sich, wie jemand aus Liebe so leiden konnte.

Er öffnete die Haustür und lächelte. David Schömtich lächelte bemüht zurück. Movara klopfte ihm zur Begrüßung auf die Schulter. David steuerte das Wohnzimmer an und blieb entsetzt in der Tür stehen. »Was ist denn hier passiert?«

Movara zuckte so gleichgültig wie möglich die Schultern.

»Komm, wir setzen uns in die Küche.«

Schömtich ließ sich auf einen Küchenstuhl fallen, beugte sich vor und stützte sich mit den Ellbogen auf dem großen Eichentisch ab. »Hast du etwas zu trinken für mich?«

Movara nickte und öffnete eine alte Holztür im hinteren Teil des Raums. Sie quietschte leise. Kurz danach kehrte er mit einer verstaubten Flasche aus dem Weinkeller zurück.

»Für besondere Anlässe«, sagte er.

»Du hast wirklich einen eigentümlichen Humor, Karsten. Ist Luises Tod für dich ein besonderer Anlass? Oder das Chaos im Wohnzimmer?«

Movara schüttelte den Kopf und schenkte ein. Die blutrote Farbe des alten Weins leuchtete im Schein der Küchenlampe.

»Auf Luise«, flüsterte er.

David griff nach dem Glas. »Ich konnte nicht nach Hause gehen, nicht, nachdem ich sie gesehen habe. So kalt und blass.«

Movara schenkte ihm nach. Im Haus klingelte ein Telefon.

»Wo ist Nadine?«, erkundigte sich David nach einer Weile.

»Im Krankenhaus.«

Schömtich sprang überraschend auf und packte seinen Freund am Kragen.

»Kannst du nicht endlich aufhören?«, schrie er. »Luise hat recht gehabt.«

»Womit?«, erkundigte sich Movara ruhig.

David ließ von ihm ab und setzte sich wieder. »Dass du ein Teufel bist«, flüsterte er. »Hast du sie getötet?«

Movara schwieg.

Schömtich hob den Blick. »Hast du? Aber wahrscheinlich würdest du mir sowieso nicht die Wahrheit sagen.«

Movara ging zur Spüle und füllte sein Glas mit Leitungswasser. »Ich habe weder Luise noch Nina getötet. Wieso sollte ich ihnen etwas antun?«

»Vielleicht hat Nina dich erpresst? Oder hast du die Fotos im Wohnzimmer selber gemacht und aufgehängt?«

»Sie hat mich nicht erpresst. Die Polizei hat mich das auch schon gefragt.«

»Dieser Breschnow?«

Movara nickte. »Die Fotos hängen erst seit gestern da.«

»Dann hast du ein Problem«, stellte Schömtich fest und hielt sein leeres Glas hoch.

Movara schenkte nach, setzte sich ihm gegenüber und schob die Weinflasche in die Mitte.

»Das war Peter Polen«, sagte er.

»Woher weißt du das?«

Der Showmaster zuckte mit den Schultern. »Ich weiß es eben. Im Schlafzimmer hat er auch gewütet.«

»Es ist alles wegen damals«, sagte Schömtich. »Wenn du sie nicht getötet hast, wer war es dann?«

»Peter Polen, unser Doktor, ein Verrückter? Was weiß ich.«

»Aber warum Frauen, mit denen wir beide was zu tun gehabt haben?«

Movara zuckte mit den Schultern. »Komm, wir gehen in die Sauna und betrinken uns.«

Schömtich schüttelte den Kopf. »Ich glaube, ich fahre besser nach Hause.«

»Was willst du da? Das Haus ist leer.« Er beugte sich vor. »Es ist niemand mehr da, David.«

Movara sah die Tränen in den Augen seines Freundes und wandte sich ab. Obwohl es erst früher Nachmittag war, dämmerte es bereits. Eine neue lange Winternacht würde folgen und er wollte sie ungern alleine in diesem Haus verbringen.

Schömtich wischte sich mit dem Hemdsärmel verstohlen über die Augen. Dann sah auch er aus dem Fenster. »Es wird schon wieder dunkel«, stellte er fest. »Vielleicht ist es wirklich besser, wenn ich heute nicht mehr fahre. Aber keine Sauna.« Er griff nach der Flasche. »Ich bleibe lieber hier sitzen und betrinke mich.«

Ein greller Lichtschein erhellte plötzlich das Fenster. Movara sprang auf und spähte hinaus. Der Lichtkegel beleuchtete ein Stück Rasen und einen kleinen Baum. Sonst war nichts zu sehen.

»Der Bewegungsmelder«, stellte Movara fest und setzte sich wieder an den Tisch. »Wahrscheinlich nur ein Tier.«

David starrte auf das nun wieder dunkle Viereck. »Willst du nicht nachsehen?«

Movara schüttelte den Kopf und schenkte sich nach. Seine Hand zitterte kaum merklich. »Also keine Sauna. Dann geh ich jetzt duschen und zieh mir schnell was an. Nimm dir noch was zu trinken. Ich bin gleich wieder da.«

***

Der Kreisel in ihrem Kopf drehte sich immer schneller.

Ein weißes Kleid. Haare an einer Bürste. Movaras Worte in ihrem Ohr.

Sie rang nach Luft. Schrie und setzte sich auf.

Dann realisierte sie, wo sie war und entspannte sich. Schutzzone. Sicherheit. Die Bettnachbarin beobachtete Cosma argwöhnisch und murmelte etwas, das sie nicht verstand. Erschöpft drehte sie sich auf die Seite und sah aus dem Fenster. Draußen gingen die ersten Lichter an. Cosma spürte die Tränen über ihre Wangen fließen, sehnte sich nach der Frau, die sie mal gewesen war. Vor der Vergewaltigung. Vor dem Leichenfund in der Hasenheide.

Eine Hand legte sich auf ihre Schulter. Cosma zuckte zusammen, hörte das beruhigende Gemurmel ihrer Bettnachbarin und drehte langsam den Kopf. Die andere lächelte sie aufmunternd an, strich ihr unbeholfen über die Haare und schlurfte dann zurück zu ihrem Bett. Cosma sah ihr hinterher und entspannte sich. Die Berührung hatte sie in die Sicherheit der Station zurückgeholt. Die andere Patientin legte sich wieder auf ihr Bett und starrte an die Decke.

Es klopfte. Die Tür öffnete sich langsam und gab den Blick auf einen Mann frei. Cosma strich sich automatisch über ihre kurzen blonden Haare.

»Darf ich reinkommen?«, erkundigte sich Hauptkommissar Drass.

Cosma schüttelte den Kopf.

»Jetzt komm schon rin«, befahl die Bettnachbarin. »Und wenn sie dich nich will, dann komm zu mir.«

Drass lachte, trat zwei Schritte vor und blieb erneut stehen.

»Jetze sind wir een Dreieck«, stellte die Bettnachbarin fest und deutete auf den Kommissar und die zwei Betten.

»Wie geht es Ihnen, Frau Anderson?«

»Gut«, antwortete Cosma.

»Jar nich. Traurich is se. Eben hat se noch jeweint«, verkündete die Bettnachbarin.

Drass trat zögernd näher. Cosma deutete auf einen Stuhl. Er schob ihn ans Bett und setzte sich.

»Schöne Aussicht«, sagte er mit Blick zum Fenster.

Cosma nickte.

In dem Moment summte sein Handy. Er entschuldigte sich und zog es aus der Jackentasche.

»Dette sollste hier drinne nich anhaben«, kommentierte die Bettnachbarin.

»Bin im Krankenhaus. Welches Zimmer? Delego«.

Er tippte die Raumnummer auf das Display.

Drass hielt das Handy hoch und schaltete es aus. Die Bettnachbarin schnaufte zufrieden. Kurz danach stand Delego in der Tür und winkte ihn hinaus.

»Wieso so geheimnisvoll?«, flüsterte Drass.

Delego zog ihn ein Stück vom Zimmer weg.

»Und was machst du eigentlich hier? Du wolltest doch ins Präsidium fahren.«

»Schmitti hat mich angerufen. Die Anderson ist gestern

Morgen von der Maskenbildnerin in Movaras Studio gefunden worden. Sie war ziemlich verwirrt und konnte sich an nichts erinnern.«

»Ach du Scheiße«, stöhnte Drass. »Und Movara?«

»War vor versammelter Mannschaft überrascht, sie dort zu sehen.«

»Tat überrascht, passt wohl besser«, zischte Drass. »Den schnapp ich mir.«

Er drehte sich blitzschnell um. Delego erwischte einen Zipfel seiner Jacke und hielt ihn fest.

»Was?«, blaffte er.

»Keine Entscheidung ohne Breschnow und keine hitzige Aktion. Wir versuchen erst einmal, mit ihr zu reden.«

»Und wenn sie nicht reden will?«

»Dann entscheiden wir neu.«

»Okay. Aber ich glaube, es ist besser, wenn du alleine mit ihr redest.«

»Nur wenn du versprichst, hier im Flur auf mich zu warten.«

Drass nickte und Delego betrat das Krankenzimmer.

»Was machen Sie denn hier? Wo ist Ihr Kollege?«, fragte Cosma verwundert.

»Er muss etwas Dringendes erledigen. Wie geht es Ihnen, Frau Anderson?«

Cosma ignorierte die Frage. »Was wollen Sie hier?«

»Mit Ihnen reden. Johanna hat uns über die Ereignisse im Studio informiert. Sie dachte, dass es wichtig sei.«

Cosma stöhnte und ließ sich auf die Kissen sinken. »Das geht Sie gar nichts an.«

»Da bin ich anderer Meinung. Wir haben zwei Mordfälle,

die wir mit den Studios in Verbindung bringen, und Ihr Chef ... Wenn Sie in seinem Studio aufwachen, ist das nicht nur Ihre Privatsache. Wir sind ja auch in gewisser Weise für Sie verantwortlich. Schließlich sind Sie doch unsere Lisa«, lächelte Delego.

»Wer bin ich?«

»Kennen Sie ›Spezialeinheit Göteborg‹?«

Cosma schüttelte den Kopf.

»Da hatten die Ermittler auch jemanden, der ihnen geholfen hat, so wie Sie uns mit der Haarbürste. Und der hatte den Decknamen Lisa.«

Delego setzte sich.

»Ich kann mich an nichts erinnern«, seufzte Cosma.

»Vielleicht kann ich nachhelfen. Wir haben Sie mit in die Stadt genommen und nachdem wir Sie abgesetzt haben, sind Sie zum Studio gefahren. Was wollten Sie dort?«

»Ich glaube, ich wollte mich noch einmal umsehen.«

»Und Sie haben nicht damit gerechnet, dass Movara in seinem Studio ist?«

»Um die Zeit ist er nie dort!«

»Aber an dem Abend war er da?«

»Ich weiß es nicht. Ich bin die Treppe raufgegangen und habe die Tür aufgemacht ...« Cosma setzte sich auf. »Sie war nicht verschlossen. Also muss er da gewesen sein.«

»Erinnern Sie sich, was danach passierte?«

Cosma schüttelte den Kopf.

Delego griff ihre Hand. »Wann setzen Ihre Erinnerungen wieder ein?«

»Am nächsten Morgen«, flüsterte Cosma. »Ich habe mich so geschämt. Wieso hatte ich dieses Kleid an?«

»Das weiß ich nicht. Noch nicht. Wie hat sich Ihr Chef verhalten, als er Sie sah?«

»Er hat mich mit diesem überheblichen Gesichtsausdruck angelächelt und den anderen gegenüber überrascht getan.«

»Den anderen?«

Cosma zählte sie auf und Delego notierte sich die Namen. »Haben die anderen ihm das abgekauft?«

»Ich glaube schon. Vielleicht Johanna nicht. Sie dachte wahrscheinlich, dass ich die Nacht mit ihm verbracht habe, um etwas rauszukriegen.«

»Sie haben sie eingeweiht?«

»Ich brauchte doch die Bürste«, antwortete Cosma. »Movara hat mir etwas ins Ohr geflüstert. Er hat mich gefragt, wo denn meine Freunde von der Polizei waren.«

Delego seufzte. »Es tut mir leid, was Ihnen passiert ist. Versprechen Sie mir, dass Sie von jetzt an keine Lisa mehr für uns sind?«

»Ich bin hier in der Krisenstation«, antwortete Cosma. »Angstattacken, Albträume, Atemnot, das ganze Programm! Ich hasse meinen Job und werde dieses Studio wahrscheinlich nie mehr betreten.« Sie hielt inne. »Aber ich muss wissen, ob dieser schmierige Mistkerl Nina getötet hat.«

Cosma ließ sich zurück in die Kissen sinken. »Ich bin müde.«

Delego nickte und stand auf. »Ist es okay, wenn Drass Sie morgen noch mal besucht?«

Cosma nickte. Ihre Wangen röteten sich leicht. Delego verabschiedete sich lächelnd.

Drass hatte sein Versprechen gehalten und wartete ungeduldig am Ende des Ganges. Delego hakte sich bei ihm unter und berichtete ihm von dem Gespräch. Auf dem Weg nach draußen kaufte sie sich im Krankenhauskiosk eine Tafel Schokolade und schob sich ein großes Stück in den Mund.

»Sie wird weitermachen«, nuschelte sie und hielt Drass die Süßigkeit hin.

Er schüttelte den Kopf. »Wir müssen zurück zur Dienststelle.«

***

Missmutig wippte er von einem Fuß auf den anderen. Sein Chef hatte ihn aus dem Bett geklingelt und hierher bestellt. Nun stand er bereits seit zehn Minuten in der Kälte. Er näherte sich der Klingel am Tor, wagte aber nicht, sie zu betätigen. Dann hörte er Schritte, die sich zügig näherten, und öffnete eilfertig die Hintertür der Limousine. Das Tor glitt auf und Karsten Movara ließ sich wortlos in die Polster sinken. Der Fahrer ging hinten um den Wagen herum und beobachtete, wie sich das Tor wieder schloss. Als er am Steuer saß, fragte er nach dem Ziel und ließ die Trennscheibe hinaufgleiten.

***

»Lasst uns anfangen«, sagte Breschnow und blickte in die Runde.

»Ich habe alle Autovermietungen abtelefoniert«, begann Schmitti und sah seinen Chef an, als erwarte er ein Lob.

»Und?«, drängelte Breschnow.

»Nichts. Nada. Kein weißer Peugeot«, fuhr Schmitti verstimmt fort.

»Heißt das, so ein Wagen wurde nicht vermietet oder gibt es keine weißen Peugeots als Mietwagen?«

»Letzteres, zumindest in Berlin und Brandenburg.«

Breschnow stand auf und begann im Raum hin und her zu laufen. »Schade. Hast du sonst noch was?«

Schmitti sah zu seinem Kollegen.

»Es gab einen Notfall bei Peter Polen«, übernahm Drass.

»Sag mir nicht, er ist auch im Krankenhaus«, stöhnte Breschnow.

»Er war, aber sie haben ihn am Nachmittag wieder entlassen.«

»Woher wisst ihr das?«, fragte Delego und beugte sich vor.

»Ich habe seine Mutter angerufen und sie gefragt, was für Autos sie und ihr Sohn fahren«, antwortete Schmitti.

»Und das hat sie dir einfach so erzählt?«

»Ich habe ihr gesagt, dass es nur eine Formalität ist, um sie und ihren Sohn endgültig als Verdächtige auszuschließen.«

»Und welche Wagen fahren die beiden?«, erkundigte sich Breschnow.

»Sie fährt einen weißen Porsche und ihr Sohn einen roten.«

»Die Porsche-Family«, lächelte Regina. »Das passt zu ihnen.«

»Wieso?«, erkundigte sich Delego neugierig.

»Weil ...«

»Das könnt ihr später ausdiskutieren«, unterbrach Breschnow die beiden und setzte sich wieder an den Tisch.

Delego sah ihn verwundert an.

»Polen hat sich mit seinem Freund Mathias geprügelt und der liegt im Krankenhaus«, fuhr Schmitti fort.

»Fahr hin und versuch, mit diesem Mathias zu reden und später mit Polen. Ich will wissen, warum sie gestritten haben.«

»Genau das hatte ich vor.«

»Sonst noch was?«

»Oh ja! Frau Pasulke hat eine interessante Vergangenheit. Sie hieß nicht immer Pasulke.«

Schmitti legte eine Kunstpause ein und blickte in die Runde.

»Sie ist eine geborene Schömtich aus Tornow!«

Regina pfiff durch die Zähne. Breschnow sprang wieder auf und setzte seinen Gang durch den Besprechungsraum fort.

»Ist sie mit den Schömtich-Brüdern verwandt?«

»Das konnte ich noch nicht herausfinden. Aber in dem winzigen Kaff ist neben David und seinem Bruder noch eine Ruth Schömtich gemeldet.«

»Verwandt?«

Schmitti schüttelte den Kopf. »Wenn, dann in prähistorischer Zeit. Aktenkundig auf jeden Fall nicht. Sie kommt aus Leipzig und lebt seit zwanzig Jahren im Dorf.«

»Telefonier mit ihr«, befahl Breschnow. Dann sah er zu Regina. »Wir beide fahren noch mal zur Pasulke.«

»Heute noch?«

Breschnow nickte.

Sein Handy klingelte. Er fischte es aus der Hosentasche und stellte sich ans Fenster.

Eine Frauenstimme informierte ihn sachlich über die letzten Geschehnisse im Krankenhaus. Breschnow dachte an einen Roboter.

»Verdammt, wie konnte das passieren?«, rief er.

Seine Kollegen sahen ihn fragend an.

»Wir kommen sofort!«

Er beendete das Gespräch und eilte in Richtung Tür.

***

Der Kopf dröhnte und das Herz hämmerte. Die Zunge war mit Schmirgelpapier belegt und der Mund trocken.

Peter Polen versuchte zu schlucken. Es gelang ihm nicht. Aus der Ferne hörte er die vertraute Stimme seiner Mutter und wünschte sie zum Teufel. Er versuchte, die Augen zu öffnen. Es gelang ihm nur links. Verschwommen sah er seine Mutter sich über ihn beugen. Sie lächelte und sagte etwas, was er nicht verstand. Das Blut rauschte zu laut in seinen Ohren. Er fühlte sich wie unter Wasser, versuchte noch einmal zu schlucken. Diesmal gelang es.

»... Beruhigungsmittel gegeben«, hörte er seine Mutter sagen, bevor ihn sein Gehör wieder verließ.

Es ließ das funktionierende Auge nach rechts gleiten und kam zu dem Ergebnis, dass er zu Hause war.

Aber wo war dann Mathias?

Seine Lippen versuchten den Namen zu formen. Sie gehorchten ihm nicht. Entnervt gab er auf.

Movara hatte ihm diesen ganzen Schlamassel eingebrockt. Er würde ihn vernichten, sobald er wieder auf den Beinen war.

»Trinken?«, hörte er seine Mutter fragen.

Verschwommen sah er, dass sie ihm eine Schnabeltasse hinhielt. Er nickte kaum merklich. Es schmerzte im Nacken.

Seine Mutter versuchte ihm aufzuhelfen. Es misslang. Dann verschwand sie und kam kurz danach mit einem frischen Gästehandtuch zurück. Sie öffnete den Deckel der Schnabeltasse, tunkte das Handtuch ein und legte es ihrem Sohn auf den Mund. Gierig sog Peter Polen die Feuchtigkeit auf und schlief wieder ein.

***

»Dieser Fall wird in die Annalen eingehen«, brummte Breschnow.

Regina sah ihn fragend an.

»Als der Krankenhaus-Fall! Zuerst kommt Frau Pasulke zur Hüft-OP, dann Nadine Movara, weil ihr Mann sich nicht im Griff hat, danach weist sich Cosma Anderson selbst in die Krise ein und zuletzt schlägt Peter Polen diesen Mathias krankenhausreif.«

Breschnow stellte den Wagen auf einem reservierten Arztparkplatz der Wannseeklinik ab und eilte zum Hintereingang. Regina hatte Mühe, mit ihm Schritt zu halten. Der Wachmann winkte ihn durch, sie musste sich ausweisen.

Die Tür zur Intensivstation war offen. Kurz dahinter standen drei Uniformierte im Gang. Einer von ihnen löste sich aus der Gruppe und kam auf sie zu. »Jetzt haben wir den Schlamassel«, schimpfte er. »Hast du wenigstens jetzt den Beschluss dabei?«

Breschnow hob beschwichtigend die Hände und lächelte.

»Ich fass es nicht! Du Mistkerl hast gar keinen!«, rief der Polizist und raufte sich die Haare.

Seine Kollegen drehten sich zu ihnen um.

»Jetzt hab ich richtig was bei dir gut«, zischte er leise.

Breschnow nickte und gab ihm die Hand drauf.

Regina beobachtete das Ganze mit Interesse. Dann folgte sie ihrem Chef zum Krankenzimmer. Die Rothaarige kam ihnen entgegen.

»Wir haben Frau Movara in das Zimmer daneben verlegt und den Raum so gelassen, wie wir ihn vorgefunden haben.«

»Sie lebt?«, fragte Breschnow.

»Mehr schlecht als recht«, antwortete die Schwester und

entschuldigte sich umgehend. »Ich wollte natürlich sagen, die Patientin ist in einem kritischen Zustand. Sie hat viel Blut verloren.«

Breschnow griff in seine Jackentasche und kramte eine verknitterte Visitenkarte heraus. »Rufen Sie mich sofort an, wenn sie aufwacht?«

Die Krankenschwester versprach es und eilte weiter.

»Wie konnte das passieren?«, fragte Regina.

»Woher soll ich das wissen«, brummte Breschnow. »Seh ich aus wie ein Hellseher?«

Die Tür von Nadine Movaras altem Krankenzimmer stand offen, der Durchgang war mit einem Absperrband über Kreuz verklebt. Ein junger Uniformierter kauerte auf dem Stuhl im Flur davor.

»Hatten Sie Wache?«

Der Polizist nickte und starrte weiter auf den Boden.

»Sehen Sie mich an, Mann! Was ist passiert?«

Der junge Mann hob mühsam den Kopf und sah an Breschnow vorbei. »Ich habe hier Wache gehalten. Es war alles ruhig. Zweimal kam eine Schwester, zuerst die Rothaarige und dann noch eine Ältere, die ich vorher noch nicht gesehen hatte. Ich bin mit ihr gemeinsam rein, um zu kontrollieren, was sie tut.«

Er holte tief Luft und räusperte sich. »Dann kam der Arzt. Er hat sich vorgestellt und mich gebeten, Kaffee für ihn zu holen.« Der Uniformierte ließ den Kopf wieder sinken und murmelte. »Und als ich zurückkam, war die Tür zu. Ich habe sie einen Spalt weit geöffnet und hineingesehen. Alles war in Ordnung, bis dann der Alarm losbrach.«

Breschnow starrte ihn wütend an. »Der älteste Trick der Welt und du bist drauf reingefallen!«

Er schlug mit der Faust gegen den Türrahmen. Der Uniformierte zuckte zusammen. Regina griff den Arm ihres Chefs. Breschnow schlug sie weg, riss wütend das Absperrband ab und trat in den Raum. Auf dem weißen Bettlaken waren nur winzige hellrote Spritzer zu sehen, ein paar weiße Plastikschläuche lagen unbenutzt herum. Der Fußboden aber erzählte eine andere Geschichte. Der Täter hatte die Bettdecke vom Bett gerissen, sie über die Pfütze gelegt und so verhindert, dass sich das Blut im Raum verteilte. Mehrere Fußspuren führten zur Tür.

»War die Spurensicherung schon da?«, fragte Breschnow.

»Nein«, antwortete der Polizist, den Blick weiterhin auf den Boden gerichtet.

»Habt ihr sie verständigt?«

Der junge Mann sah kurz hoch und schüttelte den Kopf. Regina griff nach ihrem Handy.

Breschnow baute sich mit verschränkten Armen breitbeinig vor dem Polizisten auf. »Beschreib den Arzt!«

»Er war ungefähr so groß wie sie.« Der junge Mann deutete auf Regina.

»Augenfarbe?«

Der Polizist schüttelte den Kopf.

»Bart?«

»Keinen.«

»Dick, dünn, Mann, lass dir nicht alles aus der Nase ziehen.«

»Normal.«

»Normal?«, zischte Breschnow.

Der Uniformierte atmete tief ein, richtete sich ein wenig auf und sah ihm in die Augen. »Ich habe ihn mir nicht besonders gründlich angesehen, weil ich ja dachte, es ist nicht wichtig«, erklärte er fast trotzig.

Breschnow stöhnte. »So viel zum Thema Polizistenausbildung. Merk dir für die Zukunft. Bei einer Wache ist immer alles wichtig!« Dann klopfte er ihm versöhnlich auf die Schulter. »Das kann am Anfang jedem mal passieren«, und drehte sich zu Regina um. »Warte auf die Spurensicherung. Ich hör mich hier um.«

Regina holte einen zweiten Stuhl und setzte sich neben den Polizisten. Breschnow ging eine Tür weiter und öffnete sie vorsichtig. Nadine Movara lag in dem schneeweißen Bettzeug wie aufgebahrt. Ihre Arme waren über den Bauch ausgestreckt, ihre Handgelenke in dicke weiße Binden gehüllt. Das schwarze Haar, das ausgebreitet den Kopf einrahmte, verstärkte die Blässe ihres Gesichts.

Sie hat Ähnlichkeit mit Nina Sebastian, dachte er. Beide Frauen schlank, schwarzhaarig und blass.

Aber Luise Schömtich war mollig und blond. Wie passte sie in das Schema? Hatte der Täter überhaupt ein Schema?

Er trat hinein und sah Nadine Movara beim Atmen zu. Er war froh, dass sie noch am Leben war und schwor sich, besser auf sie aufzupassen. Dann ging er zurück in den Flur und rief Regina zu, einen Eilbeschluss auf Personenschutz zu organisieren.

Im nächsten Krankenzimmer lagen zwei alte Männer. Sie sahen aus wie Zwillinge. Im Raum daneben fand er eine dicke Frau, die am Bett zu kleben schien. Keiner von ihnen konnte mit ihm reden. Er verließ das Zimmer und suchte nach der Krankenschwester. Sie bedauerte, den Arzt nur flüchtig gesehen zu haben und bestätigte im Großen und Ganzen die dürftige Beschreibung des jungen Polizisten.

»Wie kommt ein fremder Arzt einfach so in die Station?«, fragte Breschnow.

»Vertretungen. Es gibt oft Engpässe und dann springen Ärzte, Schwestern und Krankenpfleger von anderen Stationen und manchmal sogar aus anderen Häusern ein.«

»Und wie legitimieren die sich?«

»Einfach indem sie einen weißen Kittel mit einem Namensschild tragen und sagen, wer sie sind.«

»Werden die Namen irgendwo registriert?«

»Normalerweise schon. Kommen Sie.«

Breschnow folgte ihr zum Schwesternzimmer. Hinter dem Glas sah er einen geöffneten Medikamentenschrank und zwei Schreibtische. An einem saß eine junge Frau und telefonierte.

»War sie vorhin auch hier?«

Die Rothaarige schüttelte den Kopf. »Hat gerade erst ihren Dienst begonnen.«

Sie betraten den verglasten Raum und die Schwester schlug eine graue DIN-A4-Kladde auf. In einer Tabelle waren alle an dem Tag tätigen Mitarbeiter verzeichnet. Sie deutete mit dem Zeigefinger auf eine Spalte. »Hier. Dr. Lange von der Inneren.«

»Den kenn ich, hab auf der Station mal ausgeholfen«, sagte die Junge.

»Beschreiben Sie mir den Mann«, bat Breschnow.

»Dr. Lange ist wie sein Name. Sehr lang. Vielleicht sogar noch größer als Sie. Und blond.« Sie betrachtete ihn eindringlich. »Und jünger als Sie, nicht so verlebt.« Sie kicherte leise.

Die Rothaarige warf ihr einen strengen Blick zu und sackte auf den Stuhl neben sie. »Es ist alles meine Schuld. Ich habe ihn reingelassen.«

Breschnow schüttelte den Kopf. »Sie sind nicht schuld an dem, was passiert ist. Sie haben alles so gemacht, wie Sie es kennen. Vielleicht sollte man das System mal überdenken?« Dann bedankte er sich bei den beiden und verließ das Schwesternzimmer. Als er zurückkam, saß Regina immer noch neben dem Polizisten.

»Sie faxen uns einen Eilbeschluss für heute. Aber morgen müssen wir zur Staatsanwältin. Und die Spurensicherung ist auf dem Weg.«

Sie deutete auf den jungen Mann neben ihr.

»Kann er gehen?«

Breschnow nickte. »Einer von den anderen soll Wache schieben.«

Der junge Mann eilte wortlos davon. Breschnow setzte sich auf den frei gewordenen Stuhl und sah ihm hinterher.

»Was denkst du, was passiert ist?«, erkundigte sich Regina.

»Ich denke, unser Täter hat versucht, sein Werk zu vollenden. Nadine Movara ist die Dritte im Bunde. Danach gibt es in der kleinen Männerrunde Schömtich-Movara-Polen keine Frauen mehr. Es sei denn, er zählt auch die Mütter dazu. Wir müssen überprüfen, welche davon noch am Leben sind.«

Regina nickte, griff nach dem Handy und gab den Auftrag an Schmitti weiter. »Und was denkst du über Peter Polen?«

»Er ist ein großer verzogener Junge und ich glaube, er hat Nina Sebastian wirklich geliebt.«

»Aber er hat ein ziemliches Gewaltpotenzial«, erinnerte Regina.

»Im Affekt. Die Morde wurden aber genau geplant und vorbereitet.«

»Und der Studioleiter?«

»Er macht auf mich nicht den Eindruck, dass er seine Luise los sein wollte«, sagte Breschnow.

»Dann sind wir wieder bei Movara.«

»Der Kerl ist eitel, überheblich und wahrscheinlich auch pervers, aber als Mörder taugt er irgendwie nicht.«

Breschnow sprang auf und lief den Gang auf und ab. »Selbst wenn die Frauen ihn erpresst haben, kann ich mir nicht vorstellen, dass er sie hintereinander auf so eine aufwendige Art umbringt. Erwürgen, erstechen, vielleicht sogar erschießen. Das könnte funktionieren.« Er blieb vor Regina stehen und sah zu ihr herunter. »Aber ihnen auf diese Art und Weise das Leben abzuschneiden und sie so zu drapieren ... Das passt nicht in mein Bild von ihm.«

Breschnow setzte sich wieder auf den Stuhl neben sie, verschränkte die Arme und streckte die Beine aus.

»Wahrscheinlich müssen wir noch in eine ganz andere Richtung denken«, murmelte er.

***

Nachdem ich meine Mutter verlassen hatte, wusste ich nicht mehr, wohin.

Ich will dich nie mehr sehen, hatte sie gesagt. Ihre Worte schmerzten mehr als erwartet.

Stundenlang fuhr ich ziellos durch die Stadt.

Dann führte mich die Stimme zu Nina.

***

Weiße Männer in einem weißen Raum. Wie ein Gedicht, dachte er, und sah vor seinem inneren Auge die weißen Männer im weißen Schnee und Luise Schömtich.

Sein Blick glitt zur Uhr. Fast Mitternacht. Die Spurensicherung würde noch Stunden brauchen, um den Raum zu untersuchen.

Breschnow verabschiedete sich von Manfred und verließ die Intensivstation. Sein Auto stand im gelben Licht einer Straßenlaterne. Eine leichte Schneedecke hatte es eingehüllt. Er sah zum Himmel hinauf.

Es ist so leicht

Vom Himmel zu fallen, dachte er, öffnete die Wagentür und griff nach dem Notizheft.

Weiß und ...

Gütig?

Gütig und weiß.

Dann startete er den Wagen und parkte aus. Die Stadt war ruhig, wie so oft an Sonntagabenden.

Schnee verhüllt.

Sanft.

Sanft zu verhüllen.

Er wollte sich die Worte merken und fuhr weiter stadteinwärts. Eine halbe Stunde später hatte er sie vergessen und die Kinderklinik erreicht. Er stieg aus und zündete sich eine Zigarette an, die er auf dem Weg zum Eingang gierig rauchte. Eine Frau in einem weinroten Mantel kam ihm entgegen.

»Guten Abend, Herr Breschnow. Haben Sie etwas vergessen?«, erkundigte sich die Kinderärztin im Vorübergehen.

Er warf die Zigarette in den Schnee. »Ich will nur Mona sehen. Ich werde sie nicht wecken.«

Die Medizinerin blieb stehen und sah ihn erstaunt an. »Aber sie ist doch heute nach Hamburg verlegt worden. Hat man Ihnen nicht Bescheid gesagt?«

Breschnow fluchte leise und nickte. Die Ärztin wünschte ihm noch einen schönen Abend und ging weiter.

Er sah ihr hinterher. Das Geräusch ihres startenden Motors störte die Stille. Schneeflocken legten sich auf seine Jacke. Er steckte sich eine neue Zigarette an und schlenderte zurück zum Auto. An der nächsten Tankstelle kaufte er Kekse, Zigaretten, Wein und Bier und fuhr nach Tempelhof.

Als er die Klinik betrat, klirrten die Flaschen leise in der Tüte. Der Eingangsbereich war menschenleer und er folgte dem Flur zur Rehastation, hoffte, dass die alte Frau noch immer alleine im Zimmer lag. Vorsichtig öffnete er die Tür. Die kleine Nachttischlampe warf einen fahlen Lichtkegel auf Frau Pasulke, die ihn erschrocken ansah. Neben ihrem Bett saß Johannes Schulze und lächelte zur Begrüßung.

»Guten Abend, Herr Hauptkommissar. Kommen Sie doch herein.«

Frau Pasulkes Gesicht verfinsterte sich. Der Rentner schien es nicht zu bemerken, erhob sich und bot seinen Stuhl an. Breschnow winkte ab und begrüßte die beiden.

»Haben Sie uns was mitgebracht?«, fragte Schulze und deutete auf die Plastiktüte.

Breschnow zog die Kekse und die Getränke hervor und stellte sie auf den Nachttisch.

»Was soll das werden?«, erkundigte sich Frau Pasulke misstrauisch.

»Ich dachte mir, ich seh noch mal nach Ihnen.« Breschnow sah, dass sie ihm kein Wort glaubte, zog den zweiten

Besucherstuhl an das Bett heran und setzte sich neben den Rentner.

Johannes Schulze griff in seine Hosentasche und zauberte ein Schweizermesser hervor. Breschnow reichte ihm die Weinflasche.

»Gläser sind im Badezimmer«, sagte Frau Pasulke. »Ich hab meins hier.«

Sie deutete auf das Nachttischchen. Breschnow spülte die Zahnputzgläser aus und schenkte ein. Der Rotwein schmeckte vollmundig, aber er hätte jetzt lieber einen Schnaps gehabt.

»Ich wollte gerade gehen, aber jetzt wird's ja richtig gemütlich«, freute sich der Rentner. »Eigentlich dürfen wir gar nicht mehr hier sein.«

Während sie die Flasche Wein leerten, gab Schulze Anekdoten aus seinem langen Leben zum Besten. Frau Pasulke hielt sich bedeckt. Erst nach der zweiten Flasche fragte sie mit leicht verwaschener Stimme: »Also, was wollen Sie wirklich hier?«

»Wissen, wen Sie jetzt kennen, den Sie vorhin noch nicht gekannt haben.«

»Oho, ein Philosoph«, rief der Rentner.

Frau Pasulke kniff die Augen zusammen. »Bloß weil ich jetzt leicht beschwipst bin, soll ich andere Leute kennen als heute Morgen?«

Der Rentner verschränkte die Arme vor der Brust und beobachtete die beiden amüsiert.

Breschnow schüttelte den Kopf. »Nicht deswegen, sondern weil Sie eine geborene Schömtich sind und in Tornow gelebt haben.« Er reichte ihr ein Bier.

»Wo ist Tornow?«, erkundigte sich Johannes Schulze.

Frau Pasulke ignorierte die Frage und griff die Flasche.

Ihr Blick klebte an Breschnow. »Ich wollte nichts mehr mit der Vergangenheit zu tun haben«, sagte sie. »Das ist alles schon so lange her.«

Breschnow hielt ihrem Blick stand und trank. Es war sehr still im Zimmer geworden. Johannes Schulze hatte sich vorgebeugt und hing an den Lippen seiner Freundin, als sie mit leiser Stimme zu erzählen begann.

»Wir hatten es gut in Tornow«, sagte sie. »Ich war damals frisch geschieden und lebte mit meiner Mutter zusammen, die damals schon sehr alt war. Alle passten auf sie auf, wenn sie mal wieder verwirrt durch die vier Straßen irrte. Wir Dörfler waren eine Gemeinschaft.«

Sie sah den Rentner an. »Diese Gemeinschaft hat mir sehr gefehlt, aber als ich dich und deine Frau kennengelernt habe, war es, als ob ein Stück davon wieder zurückgekommen war.«

Johannes Schulze tätschelte verlegen ihre Hand.

»Was ist damals passiert?«, fragte Breschnow.

»Das Leben war einfach in Tornow. Aber dann kam dieses Mädchen ins Dorf. Man sagte, sie käme aus Berlin und man habe sie mit ihrer Mutter quasi strafversetzt. Ich weiß bis heute nicht, ob das stimmt. Das Mädchen war sehr rebellisch und hatte Schwierigkeiten in der Schule. Und das Amt dachte wohl, dass das Leben auf dem Land sie beruhigen würde.«

Frau Pasulke trank einen Schluck und hob den Blick. »Sie war sehr hübsch. Alle Jungs waren verrückt nach ihr und ich glaube, sie genoss es, ihnen die Köpfe zu verdrehen.«

Sie hielt einen Moment inne. »Die Eltern der Jungs mochten das Mädchen nicht, hatten wohl Angst um ihre Sprösslinge. Sie mieden die Mutter und die Tochter und verboten ihren Söhnen den Umgang mit ihr.«

Frau Pasulke lachte auf. »Natürlich hielten sich die jungen Leute nicht daran und trafen sich heimlich.«

»Und Karsten Movara und David Schömtich waren da keine Ausnahmen«, stellte Breschnow fest.

»Sie waren auch jung«, bestätigte Frau Pasulke.

Johannes Schulze stand auf und schlurfte in Richtung Nasszelle. Sein Gang war bereits etwas eierig. Die beiden sahen ihm schweigend hinterher. Frau Pasulke trank einen großen Schluck Bier und ließ sich die Kekse geben. Als ihr Freund wieder saß, fuhr sie fort.

»An einem Nachmittag kam das Mädchen völlig aufgelöst und mit zerrissenen Kleidern nach Hause. Sie wollte nicht sagen, was geschehen war, und deshalb ging ihre Mutter von Haustür zu Haustür und fragte jeden, ob er etwas wisse. Eine mutige Frau. Aber keiner konnte oder wollte ihr etwas sagen. Danach wollte sie wegziehen, aber die Mühlen der Behörden mahlen bekanntlich langsam. Das Mädchen blieb ein paar Tage zu Hause und dann tat jeder so, als ob nichts geschehen war. Außer der Mutter natürlich. Aber sie prallte auf eine Wand der Ablehnung und des Schweigens.«

Frau Pasulke atmete tief ein. »Kurz danach fand man das Mädchen auf einer Wiese am Dorfrand. Sie hatte sich die Pulsadern aufgeschnitten.«

»Die Pulsadern?«, wiederholte Breschnow und sprang auf. »Wie sah das Mädchen aus?«

»Sie war ein bisschen mollig und schwarzhaarig.«

»Wie hieß sie?«

»Susanne Ahrenz.«

»Und der Vorname der Mutter?«

Frau Pasulke zuckte die Schultern.

»Movara und Schömtich hatten mit ihr zu tun. Wer noch?«

»Alle jungen Leute aus dem Dorf.«

Breschnow ging im Zimmer auf und ab.

»Setzen Sie sich«, bat Johannes Schulze. »Von Ihrer Lauferei wird mir ganz schwindelig.«

Breschnow ließ sich wieder auf den Schemel fallen und lehnte sich vor. »Namen, Frau Pasulke.«

»Maik.« Und der Kleine, dachte sie. Aber über ihn würde sie mit dem Kommissar nicht sprechen.

»Maik wie?«

»Maik Schröder. Die drei Jungs waren unzertrennlich.«

»Ist das Mädchen vergewaltigt worden?«

Frau Pasulke nickte.

»Und waren es die drei?«

»Dem wurde nie wirklich nachgegangen. Kurz nach der Beerdigung verließ die Mutter den Ort. Wir haben uns gewundert, dass sie so schnell eine neue Wohnung zugewiesen bekam. Und dann war im Dorf wieder Ruhe.«

»Wieder Ruhe«, murmelte Breschnow. »Nina Sebastian wurde in Ihre Laube gebracht. Was hat das zu bedeuten?«

Frau Pasulke schüttelte den Kopf. »Ich weiß es nicht, Herr Kommissar. Ich habe keinen Kontakt mehr mit den Leuten von damals.«

»Sind Sie mit Gerd und David Schömtich verwandt?«

»Ihr Vater war mein Bruder. Er ist vor sechs Jahren gestorben.«

»Kennen Sie Nina Sebastian?«

Frau Pasulke schüttelte den Kopf.

»Und Luise Schömtich?«

»Ich habe keinen Kontakt mehr zu meiner Verwandtschaft. Nach dieser Geschichte in Tornow habe ich mit allen gebrochen.«

»Weil Sie vermuten, dass Ihre Neffen das Mädchen vergewaltigt haben?«

Die Tür wurde aufgerissen und die Nachtschwester stürmte herein. »Die ganze Zeit habe ich ein Auge zugedrückt. Aber jetzt müssen Sie endlich gehen!«

***

Er hatte noch einen Spaziergang machen wollen an diesem kalten Winterabend, brauchte Bewegung, brauchte einen klaren Kopf. Er war vom Revier durch den Chamissokiez gelaufen, dann weiter zum Landwehrkanal. Trotz der beißenden Kälte feierten einige junge Leute auf der Admiralsbrücke. Einer spielte Gitarre, andere sangen dazu. Es floss reichlich Bier und Schnaps. Drass ging weiter am Urbanhafen entlang, beobachtete die Schwäne, die ihr Schlafquartier bezogen, stoppte am Krankenhaus und starrte die graue Fassade hinauf. Er dachte an Cosma Anderson, hoffte, dass sie dort oben etwas Ruhe und Sicherheit fand. Und morgen würde er mit Breschnow streiten und jede weitere Mitarbeit von ihr an dem Fall unterbinden.

Hatte Delego recht? War er in Cosma Anderson verliebt?

Er seufzte. Wie sollte das funktionieren? Er hatte immer nur Affären gehabt, nie eine lange Beziehung. Die Frauen waren ihm nach kurzer Zeit langweilig geworden und sein Job ließ ihm auch nicht viel Zeit. Er dachte an Regina. Wusste nicht, ob sie in einer Beziehung lebte oder nicht. Und Breschnow? Der war der geborene Einzelgänger, auch wenn er es immer mal wieder mit der Liebe versuchte. Delego allerdings war schon länger verheiratet und Schmitti hatte sogar eine große Familie. Bei einigen ging es also doch.

Er zog die Daunenjacke enger zusammen, ließ den Blick noch einmal die Fassade zu dem Fenster hinauf gleiten, hinter dem er Cosma Anderson vermutete, und dann weiter in den Himmel.

Warum fühlte er sich gerade zu ihr hingezogen? Sie war schwierig und seelisch instabil und das konnte er eigentlich nicht wirklich in seinem Leben gebrauchen.

Leise Flocken rieselten herunter und breiteten sich auf den Uferwiesen aus, der Landwehrkanal war schon seit Tagen zugefroren. Eine kleine Gruppe Menschen ging lachend an ihm vorüber. Die *Van Blomen* hatte Feierabend gemacht. Das Restaurantschiff lag jetzt im Dunkeln.

Das sollte er auch tun. Feierabend machen, nach Hause fahren, ein Bier trinken, Musik hören und schlafen.

Er drehte sich vom Urbankrankenhaus weg und ging in Richtung Straße.

***

MONTAG

Breschnow stöhnte und hielt sich den Rücken. Vorsichtig richtete er sich auf und betrachtete Nadine Movara. Sie atmete ruhig und gleichmäßig. Sie hatte die Nacht überlebt. Erleichtert fasste er nach ihrer Hand. Sie hing schlaff und warm in seiner. Ihre Lider flackerten ein wenig, aber ihre Augen blieben geschlossen. Er griff nach seinen Zigaretten und ging zum Fenster. Es ließ sich nicht öffnen. Leise fluchend ging er in die Nasszelle und spritzte sich kaltes Wasser ins Gesicht. Dann öffnete er die Krankenzimmertür und bat den Uniformierten, der auf dem Flur Wache hielt, ihm und sich einen Kaffee zu holen. Der Polizist schüttelte den Kopf und erklärte ihm, dass er strenge Order habe, diesen Platz nicht zu verlassen. Breschnow grinste, klopfte ihm auf die Schulter und eilte zum Automaten. Er drückte dem Kollegen einen Becher in die Hand und setzte sich neben ihn.

»Was haben Sie die ganze Nacht da drin gemacht?«, wollte der Uniformierte wissen.

»Geschlafen.«

Der Polizist musterte ihn skeptisch. Breschnow kippte den Rest des Kaffees herunter, streckte seine langen Beine aus und verschränkte die Arme vor der Brust.

»Eigentlich habe ich nachgedacht«, sagte er.

Er sah noch einmal nach Nadine Movara und verabschiedete sich von dem Polizisten, der gerade abgelöst wurde. Er hoffte, dass der neue genauso auf Zack war.

Auf den Straßen herrschte der typische Montagmorgen-Hochbetrieb. Als er endlich auf den Revierparkplatz einbog, empfing ihn auch hier reges Treiben. Die Nachtschicht vom Kriminaldauerdienst hatte Feierabend und zehn überdrehte Männer überquerten den Hof, um zu ihren Autos zu gelangen. Er hörte Flüche und Gelächter und laute Abschiedsgrüße. Am Abend würden sich diese Männer wieder treffen und eine weitere Nacht miteinander verbringen und am nächsten wieder und wieder, bis sie in Pension gingen. Ein wunderbar verlässlicher Rhythmus. Breschnow zündete sich eine Zigarette an und sah den Autos nach, die eins nach dem anderen den Hof verließen. Eine Hand schlug ihm auf die Schulter.

»Was machst du denn schon hier?«, erkundigte sich Manfred.

»Ich denke über den Lauf der Dinge nach«, antwortete Breschnow.

»Denk lieber über die Ergebnisse der Spurensicherung nach. Da hast du was Handfestes.«

Manfred drückte ihm einen kurzen Bericht in die Hand und hielt einen kleinen Plastikbeutel hoch.

»Was ist das?«

»Haare.«

»Vom Täter?«

»Dieselben Haare bei Nina Sebastian und Luise Schömtich.«

»Und bei Nadine Movara?«

»Negativ. Jetzt müsst ihr nur noch den passenden Kopf

dazu finden«, sagte Manfred und gähnte. »Ich fahr jetzt heim und leg mich aufs Ohr.«

Breschnow steckte sich noch eine Zigarette an. »Vergleich nachher das Haar mit dem von Movara«, rief er dem Spurensicherer hinterher.

Manfred hielt, ohne sich umzudrehen, den Daumen hoch.

Breschnow ging zum Eingang. Als er die Halle durchquerte, quietschten seine schweren Winterschuhe auf dem Steinboden. Die Wachhabende grüßte ihn freundlich. Langsam stieg er die Treppen hinauf und öffnete die Glastür zu seiner Abteilung. Im hinteren Büro brannte Licht. Breschnow ging darauf zu und sah Drass am Schreibtisch sitzen. Er stellte sich in den Türrahmen. Sein Kollege hob den Blick.

»Ich seh mir noch mal die Aussagen der Waldparkplatzbenutzer an. Wir haben alle Nummernschilder der Fahrzeuge überprüft und die Besitzer telefonisch befragt. Niemandem außer dem, mit dem du gesprochen hast, ist ein weißer Peugeot aufgefallen und keiner hat irgendetwas Ungewohntes bemerkt. Die meisten kennen sich, gehen schon seit Jahren dort in dem Wald mit ihren Hunden spazieren.«

»Wann kommen die anderen?«

Drass sah auf die Wanduhr rechts neben dem Schreibtisch. »In einer halben Stunde.«

»Gut, dann setzen wir uns zusammen.«

Breschnow ging in sein Büro und griff nach dem Hörer. Seine Schwester meldete sich sofort und er erzählte ihr von dem nächtlichen Treffen mit der Kinderärztin. Sie lachten über seine Schusseligkeit. Er versuchte sich zu erinnern, wann sie das letzte Mal so fröhlich gewesen waren. Iris berichtete, dass Mona den Transport gut überstanden hatte und in einer halben

Stunde die ersten Untersuchungen beginnen würden. Er wünschte ihnen viel Glück und legte auf.

Als Nächstes rief er im Gericht an. Die Staatsanwältin war eine Frühaufsteherin. Nach dreimaligem Klingeln auf der Direktleitung nahm sie den Hörer ab.

»Wir brauchen Personenschutz für Nadine Movara.«

»Ihnen auch einen guten Morgen, Herr Breschnow«, sagte sie verstimmt und ließ sich den Sachverhalt erläutern.

Breschnow verschwieg den unerlaubten Personenschutz durch die Uniformierten. Falls sie es erfahren würde, müsste er die Konsequenzen tragen, aber auf die Nase binden würde er es ihr nicht. Zu seiner Verwunderung stimmte sie dem Beschluss ohne weitere Diskussion zu.

Breschnow legte auf, trank einen Schluck aus dem Flachmann, steckte sich eine Zigarette an und sah dem grauen Rauch hinterher. Dann blies er ein paar Ringe in die Luft, die Mona so liebte. Ein Klopfen unterbrach seine Gedanken. Regina informierte ihn, dass alle da waren. Er folgte ihr in den Besprechungsraum.

Delego hatte Kaffee gekocht, Schmitti saß vor einer dampfenden Tasse und schien bester Laune.

»Sie hat es geschafft«, strahlte er und sah in die Runde.

»Wer? Was?«, erkundigte sich Regina.

»Seine Tochter hat die Aufnahmeprüfung geschafft«, klärte Delego sie auf.

Glückwünsche wurden ausgesprochen. Breschnow stellte sich an das Whiteboard. »Es gibt Neuigkeiten.«

»Heute Nacht?«, fragte Regina.

Er nickte und berichtete von seinem Besuch bei der alten Dame.

»Du hast sie doch nicht mehr alle«, platzte Regina heraus.

»Wieso? Hat sich doch gelohnt«, verteidigte Delego ihren Chef.

Drass schwieg und betrachtete Breschnow und wusste mal wieder, warum er sein Vorbild war und warum er trotzdem nicht so werden wollte wie er.

Breschnow setzte sich an den Besprechungstisch. Er trank einen Schluck Kaffee und erzählte mit leiser Stimme die Geschichte des Mädchens aus Tornow. Delego kaute an ihrem Kugelschreiber und hing an seinen Lippen. Regina und Drass hatten den Blick gesenkt und Schmitti sah aus dem Fenster.

»Was für eine Schweinerei«, murmelte er, nachdem sein Chef geendet hatte.

Breschnow griff wieder nach seinem Kaffeebecher und trank den Rest des mittlerweile lauwarmen Getränks. Er hätte jetzt lieber einen Schnaps gehabt.

»Schmitti, du suchst uns die Adresse von Maik Schröder raus und dann die von der Mutter des Mädchens aus Tornow.«

»Vielleicht will sie sich rächen?«, sagte Delego.

»Das können wir nicht ausschließen. Wir sollten sie schnell finden.«

Schmitti traktierte seinen Laptop und schob Breschnow einen Zettel rüber. Die zweite Anfrage ergab kein Ergebnis.

»Such weiter!«, ordnete Breschnow an. »Drass und ich werden erst mal Maik Schröder einen Besuch abstatten. Und …«

Er hielt den Beutel der Spurensicherung hoch. »Unsere Freunde haben mal wieder Wunder vollbracht! Es gibt dieselben Haare an zwei Tatorten, in der Laube und in der Hütte.«

»Welche Farbe?«, erkundigte sich Delego.

»Dunkelblond.«

»Dann ist Schömtich aus dem Rennen«, stellte Regina fest, »er ist rothaarig.«

»Und Polen und Movara bleiben drin«, ergänzte Drass.

»Wir brauchen einen DNA-Abgleich«, sagte Breschnow. »Fahrt zu Polen und fragt, ob er freiwillig einen Test macht. Wenn nicht, dann holen wir uns einen Beschluss.«

»Von Movara haben wir die Proben, die Cosma Anderson uns besorgt hat«, sagte Regina. »Aber die sind illegal.«

»Wir sehen uns trotzdem erst mal das Ergebnis an. Wenn Movara aus dem Rennen ist, brauchen wir keinen Beschluss mehr und wenn der Vergleich positiv ausfällt, schalten wir die Staatsanwaltschaft für eine legale Probe ein.«

»Hoffentlich geht das gut«, seufzte Schmitti.

»Was meinst du damit?«

»Na ja, die Herren sind ja nicht irgendwer. Sie sind berühmt. Und wenn die Presse davon Wind bekommt, ist die Hölle los.«

»Und die Staatsanwaltschaft ist in solchen Fällen auch immer sehr vorsichtig«, ergänzte Delego.

»Dann müssen wir eben ganz diskret sein«, flötete Breschnow und sprang auf.

***

Nina und ich redeten und tranken. Ich gab ihr ein Beruhigungsmittel in ihren Wein, wusste dann aber nicht mehr, was ich mit ihr tun sollte. Die Stimme schwieg.

Endlose Stunden vergingen, bis ich begriff, was zu tun war. Ich fuhr zu den Cubes und legte Nina auf einen Holztisch. Vorsichtig schnitt ich ihr die Pulsadern auf. Ich wollte nichts verspritzen.

Das pulsierende Blut erregte mich. Ich öffnete ihre Beine. Sie war rasiert, ihr Schoß sah aus wie der des Mädchens.

Nach einer Weile setzte ich mich auf einen Stuhl und sah zu, wie langsam das Leben aus ihr herausrann.

***

»Wie geht es Ihnen, Frau Anderson?«, fragte eine gut gelaunte Krankenschwester im weißen Kittel und einem fliederfarbenen Kopftuch. Ihr Teint war bronzefarben, ihre Augen fast schwarz. Cosma starrte sie an und wunderte sich, dass ein Mensch so schön sein konnte. Die Schöne schwebte durch den Raum und trat neben das Bett. Ihr Blick ruhte warm und freundlich auf Cosmas Gesicht. »Frau Doktor kommt gleich. Wollen Sie sich noch ein bisschen frisch machen?«

Cosma nickte und setzte sich auf. Nach einer kurzen Schwindelattacke ging sie ins Bad und duschte. Das heiße Wasser entspannte ihre verkrampften Muskeln. Als sie die Nasszelle verließ, stand die Ärztin bereits im Zimmer und sprach mit der Krankenschwester.

»Ich habe die Ergebnisse des Abstrichs«, sagte sie. »Kein Sperma und kein Latex. Sie hatten keinen Sex oder besser gesagt, es hatte niemand Sex mit Ihnen.«

»Sicher?«, flüsterte Cosma.

»Hundert Prozent!«, bestätigte die Ärztin.

»Und die Betäubung?«

»Keine Spuren im Blut. Wahrscheinlich K.o.-Tropfen. Die kann man schon Stunden danach nicht mehr nachweisen.«

Cosma kämpfte mit dem Impuls, der Ärztin um den Hals zu fallen. Stattdessen ließ sie sich auf das Bett sinken. Wogen der Erleichterung durchzogen ihren Körper. Sie hätte nicht sagen können, ob sie eine zweite Vergewaltigung überlebt hätte. Die Ärztin griff ihre Hand zum Abschied und wünschte ihr alles Gute.

Cosma legte sich auf das frisch gemachte Bett und sah aus dem Fenster.

Movara hatte sie nicht vergewaltigt, aber warum war sie in einem fremden weißen Kleid aufgewacht? Und was würde er tun, wenn sie weiter herumschnüffelte?

Die Schöne unterbrach ihre Gedanken und brachte das Frühstück. Cosma griff sich eine Scheibe Graubrot und bestrich sie mit Butter. Dann starrte sie auf ihren Teller, konnte sich nicht zwischen Marmelade oder Käse entscheiden.

»Nimm die Marmelade«, riet ihr eine vertraute Stimme. »Süß macht glücklich.«

Cosma hob den Blick und sah in das lachende Gesicht ihres Freundes Robert, der mit einem riesigen Strauß lilafarbener Tulpen winkte. Er küsste Cosma rechts und links auf die Wange und dann auf den Mund und setzte sich auf den Stuhl am Bett.

»Aber Schätzchen, was machst du denn hier?«

»Wie hast du mich gefunden?«

Robert beugte sich zu ihr vor, sah nach rechts und links und flüsterte. »Die Polizei hat mir einen Hinweis gegeben.«

»Die Polizei?«

»Psst«, er hob den Zeigefinger zum Mund. »Du weißt doch, mein Schatz, als Kriminalreporter gibt man seine Informanten nicht preis.«

Er lehnte sich wieder zurück und griff nach dem Frühstückstablett. »Und jetzt schmiert dir Mama erst mal dein Brot.

Schau dich doch mal an, du bist doch nur noch Haut und Knochen.«

Er nahm ihr das Messer aus der Hand und verteilte dick Marmelade auf der Graubrotscheibe. Dann griff er mit spitzen Fingern ein Stück Käse, legte es oben drauf und überreichte ihr die Schnitte auf einer Serviette.

»Wie damals in unserer WG«, sagte Cosma und biss beherzt ab.

»Ja, wie damals, mein Herzblatt. Das waren noch Zeiten ...«

»Gute Zeiten!«

In Windeseile verschwand das Brot in ihrem Mund. »Schmierst du mir noch eins?«

Freudig machte sich Robert wieder an die Arbeit.

»Wer ist dein Informant?«, fragte Cosma mit vollem Mund.

Der Reporter schüttelte den Kopf. »Dräng mich nicht, Schätzchen. Das ist nicht fair.«

»Dein Schweigen auch nicht«, konterte Cosma und griff nach der zweiten Stulle.

Robert nötigte ihr noch eine dritte Scheibe Brot auf. Nachdem sie gegessen hatte, stellte er das Tablett zurück auf den Nachttisch, griff ihre Hand und ließ sich von ihrem Besuch im Studio und dem nächsten Morgen berichten.

»Du hast ihn nervös gemacht«, stellte er fest.

Cosma drehte den Kopf und sah aus dem Fenster.

»Ich glaube, ich gehe wieder nach Hause«, sagte sie nach einer Weile.

»Gleich?«, fragte Robert.

»Jetzt«, antwortete Cosma entschieden und stand auf, um ihre Sachen zusammenzupacken.

Kurz danach traten sie hinaus auf den Gang und sahen sich

nach der Krankenschwester um. Nach einem Telefonat mit der zuständigen Ärztin wurden sie in die Verwaltung geschickt. Eine Stunde später war alles erledigt und sie verließen gemeinsam das Krankenhaus. Nachdem sie eine Weile am Landwehrkanal entlangspaziert waren, schlug Robert vor, noch einen Kaffee trinken zu gehen. Cosma nahm das Angebot dankend an und freute sich, noch nicht alleine sein zu müssen.

***

Langsam glitt er aus dem Traum hinüber in den Tag. Seine Augen suchten orientierungslos den Raum ab. Dann kam die Erinnerung zurück und die Wucht der Trauer nahm ihm den Atem.

Luise war tot und sein Leben auch.

David Schömtich drehte sich auf die Seite und starrte auf den roten Vorhang, den er gestern Abend zugezogen hatte, um dem hellen Mondlicht zu entkommen.

Hatte Karsten sie getötet?

Er konnte es sich vorstellen und doch wieder nicht. Seit damals hatte er immer ein wenig Angst vor ihm gehabt.

Es war ihm gut gegangen in Tornow, viel Wald und Möglichkeiten, seine Abenteuerfantasien zu leben. Und er hatte Freunde. Karsten und Maik, sie waren eine richtige Clique gewesen. Aber dann zog das Mädchen in das Dorf.

Nachdem man sie auf der Wiese tot aufgefunden hatte, war er zu Movara gelaufen.

»Na und?«, hatte Karsten gesagt. »Sei doch froh. Dann kann sie uns nicht mehr verpfeifen und ihre Mutter hört auf, durchs Dorf zu rennen und Leuten Löcher in den Bauch zu fragen.«

Entsetzt war er wieder nach Hause gerannt. Wäre seine Mutter zu Hause gewesen, hätte er ihr alles erzählt.

Schömtich hievte sich hoch und zog den Vorhang zur Seite. Der weiße Schnee im Garten blendete ihn.

Später am Tag war er zu Maik gegangen. Obwohl es bereits Nachmittag war, hatte er noch im Bett gelegen, die Augen vom Weinen geschwollen.

»Wir sind schuld«, hatte er geflüstert.

Er fühlte genauso, aber in diesem Moment hatte ihn die Angst gepackt, dass Maik sie verraten würde. Und er hatte ihm gedroht, dass er genauso enden würde wie das Mädchen. Maik hatte ihn verängstigt angesehen und ihm dann wortlos den Rücken zugedreht.

Damals bin ich innerlich erstarrt, dachte Schömtich, und Luise hat mich erlöst.

Er stand auf und ging in das kleine Gästebad. Die Ausstattung war perfekt wie alles in Movaras Haus. Zahnbürste und Paste, Seife, Aftershave und Deo. Karsten Movara, der perfekte Gastgeber. Im Spiegel betrachtete Schömtich sein müdes Gesicht und die wirr vom Kopf abstehenden roten Haare. Er ließ kaltes Wasser in seine Handfläche laufen und strich sie damit glatt.

Damals hatte er geglaubt, Karsten habe das Mädchen getötet. Auch nachdem die Polizei von einem eindeutigen Selbstmord gesprochen hatte, war immer ein kleiner Zweifel geblieben. Bis heute.

Er formte seine Handflächen zu einer flachen Schale, ließ kaltes Wasser hinein laufen und tauchte sein Gesicht darin ein. Dann trocknete er sich ab, ging zurück ins Gästezimmer und zog sich an.

Er lauschte in das Haus hinein, bevor er langsam die Marmorstufen zum Parterre hinaufstieg und in die Küche ging. Auf dem Tisch standen eine Thermoskanne und eine Tasse. Auf der Untertasse haftete ein gelber Zettel.

»Bin schon unterwegs. Kaffee ist in der Kanne. Karsten.«

Er faltete die Notiz zusammen und steckte den Zettel gedankenverloren in die Hosentasche. Dann setzte er sich an den Tisch und goss sich Kaffee ein. Das Getränk war lauwarm und schmeckte alt. Karsten musste schon länger weg sein. Er trank es trotzdem und schenkte sich nach. Mit der Tasse in der Hand ging er ins Wohnzimmer und betrachtete die Fotokopien. Karsten und Nina. Eine schmutzige Affäre. Sie würde Movara den Kopf kosten.

Er ließ sich auf das Sofa sinken. Wut stieg in ihm hoch, Wut über Karsten, der sein Leben lang nur Unheil angerichtet hatte. Wie oft hatte er ihm den Rücken freigehalten, ihn vor seinen Geliebten oder den eifersüchtigen Ehemännern verleugnet und vor der Presse Unschuldige öffentlich der Lüge bezichtigt. Luise hatte immer gewollt, dass er damit aufhörte, wollte, dass er sich von Karsten lossagte. Aber das hatte er nicht gekonnt.

Das Band der Schuld hielt sie fest zusammen.

Vielleicht war es jetzt an der Zeit, es zu zerreißen. Für Luise. Und dann wäre er frei, ihr zu folgen.

Er stellte die Tasse auf den Beistelltisch und ließ den Blick noch einmal durch den Raum gleiten, erinnerte sich an Nadine und Luise, wie sie im Gespräch versunken am Kamin saßen, während er und Karsten mit einem Whiskey in der Hand hier auf dem Sofa die nächste Show planten.

So würde es nie mehr sein.

Er stand auf, ging in die Diele hinaus und öffnete die Eingangstür. Frischer Schnee hatte sich auf die Einfahrt gelegt, nur durchbrochen von den Reifenspuren von Karstens Limousine. Er schlitterte zu seinem Wagen, wischte den Schnee mit dem Jackenärmel von der Windschutzscheibe und folgte den Spuren langsam die Einfahrt hinunter.

***

Endlich war sie gegangen. Er hasste seine Mutter und Peter Polen fragte sich, ob er es jemals schaffen würde, sich von ihr zu lösen. Vollgepumpt mit Schmerzmitteln, drehte er sich langsam aus dem Bett, schleppte sich unter die Dusche und zog sich an. Das Kokain, das er im Toilettenschrank gebunkert hatte, brachte seine Lebensgeister zurück. Nun stand er am Fenster und sah gedankenverloren hinaus auf die Straße. Ein roter Golf hielt vor dem Haus im Parkverbot. Zwei Frauen stiegen aus, eine sah zu ihm hoch. Peter Polen erkannte die Kommissarin aus den Studios und zuckte zurück. Kurz darauf schellte es. Er beschloss, das Klingeln zu ignorieren und kam sich gleichzeitig albern vor, weil die Polizistinnen ihn bereits gesehen hatten.

Es klingelte und klopfte gleichzeitig. »Herr Polen, wir wissen, dass Sie da sind. Machen Sie auf!«

Er warf noch einen Blick durch das Fenster. Eine Politesse steckte gerade einen Strafzettel unter den linken Scheibenwischer des Golfs. Polen lächelte und öffnete die Tür. Ein farbiges Gesicht mit krausem schwarzem Haar erschien im Türrahmen. Braune Augen musterten ihn interessiert. »Können wir reinkommen?«

Er nickte und trat einen Schritt zurück. Hinter der runden

schwarzen Frau schob sich die schlanke Kommissarin herein und schloss die Tür. Er deutete mit dem Kopf in Richtung Wohnzimmer und die drei marschierten im Gänsemarsch den langen Flur entlang.

Regina zog ein Plastikröhrchen aus der Handtasche und hielt es ihm hin. »Wir brauchen eine Speichelprobe von Ihnen.«

»Wozu?«

»Um Sie im Mordfall Nina Sebastian und Luise Schömtich ausschließen zu können.«

Der Mordfall Nina Sebastian, dachte er. Seine Nina.

Ein Schlüssel drehte sich im Schloss der Wohnungstür, dann Schritte im Flur und kurz danach stand Frau Polen im Raum. Sie hatte Brot und Croissants besorgt. Ausnahmsweise freute er sich, sie zu sehen und ließ sich erleichtert in den Sessel sinken.

Frau Polen beäugte die Kommissarinnen misstrauisch und erfragte den Grund ihres Besuches. Dann schüttelte sie empört den Kopf. »Mein Sohn wird keine Proben abgeben. Er hat diese Frauen nicht getötet!«

»Umso besser. Dann kann er doch reinen Gewissens einem DNA-Test zustimmen«, lächelte Delego.

Frau Polen starrte sie angriffslustig an. Regina wartete ab, ob ihre Kollegin noch etwas sagen wollte und lehnte sich dann vor. »Unsere Aufgabe ist es, einen potenziell Verdächtigen nach dem anderen auszuschließen und so den Täter oder die Täterin zu finden.«

»Dann gehen Sie doch gleich zu dem Richtigen«, zischte Frau Polen. »Das spart Ihnen viel Arbeit und uns Steuergelder.«

»Und wer ist Ihrer Meinung nach der Richtige?«

»Karsten Movara natürlich!«

»Herr Movara hat bereits eine Speichelprobe abgegeben«, log Regina und lächelte freundlich.

Peter Polen zuckte kurz zusammen. Seine Mutter betrachtete ihre tadellos manikürten Fingernägel und strich sich über das blonde Haar. »Peter-Schätzchen, kochst du mir bitte einen Kaffee?«

Polen erhob sich widerstrebend und blieb in der Tür stehen.

Regina zog ein weiteres Röhrchen aus ihrer Tasche.

»Ich würde auch gerne eine Probe von Ihnen nehmen.«

Empört sprang Frau Polen auf und verlangte nach einem Anwalt.

Regina seufzte und schüttelte den Kopf. »Wenn Sie sich weigern, ist das nicht gut für Sie beide.«

»Was wollen Sie damit sagen?«, blaffte Frau Polen.

»Sobald wir einen der Verdächtigen ausschließen können, wird es natürlich eine Pressekonferenz geben. Immerhin sind Sie alle Menschen der Öffentlichkeit«, erklärte Regina. »Aber ohne DNA keinen Ausschluss ...«

»Das ist doch wohl die Höhe! Was sind das für erpresserische Methoden! Ich werde ...«

Peter Polen unterbrach sie barsch. »Wir machen jetzt diesen Test, damit dieses Affentheater endlich ein Ende hat, und basta!«

Frau Polen schwieg verblüfft und musterte ihren Sohn. Peter Polen öffnete den Mund, ließ sich von Delego eine Probe nehmen und sah seine Mutter erwartungsvoll an. Sie schüttelte den Kopf und verließ empört den Raum. Er sah ihr triumphierend hinterher.

Delego steckte den Spatel zurück in das Reagenzglas, beschriftete die Probe und ließ sie in ihrem großen Rucksack verschwinden.

»Wieso haben Sie sich mit Ihrem Freund geprügelt?«

»Wie geht es ihm denn?«, fragte Polen.

»Er wird es überleben«, sagte Delego.

»Gut, dann geht Sie das nichts an. Sie sind ja von der Mordkommission. Und wenn Sie keine Fragen mehr haben …« Er deutete auf die Zimmertür.

Regina und Delego tauschten einen kurzen Blick und verließen dann wortlos den Raum. Peter Polen hörte die Wohnungstür ins Schloss fallen und ließ sich erschöpft auf das Sofa sinken.

»Dieses kleine Arschloch«, schimpfte Delego und hämmerte auf den Rufknopf vom Fahrstuhl ein.

Regina legte ihr beschwichtigend eine Hand auf die Schulter. Die Aufzugstüren öffneten sich und gaben den Blick auf einen jungen Mann mit einem Rehpinscher auf dem Arm frei. Er lächelte sie freundlich an und winkte sie herein. Gemeinsam fuhren sie hinunter in das Erdgeschoss. In der Eingangshalle setzte der Mann den Hund vorsichtig auf den Marmorboden und legte ihm ein goldenes Halsband an. Delego kicherte und sah dem Duo hinterher. Die Krallen des Tiers klickerten leise auf dem Stein. An der Haustür blieb der Mann stehen, drehte sich zu ihnen um und hielt ihnen die Tür auf. Die Kommissarinnen gingen erstaunt an ihm vorbei und bedankten sich lächelnd.

***

Maik Schröder wohnte in einem weißen Bungalow im Bauhaus-Stil in der Spandauer Vorstadt. Er trug einen grauen Anzug und eine rote Krawatte. Das Hemd war taubenblau und betonte seine fast identische Augenfarbe. Er führte die beiden Männer in ein Wohnzimmer, das trotz der Wärme im Raum kalt wirkte.

Singlehaushalt, alles funktional, dachte Breschnow, und erkundigte sich, ob Schröder alleine lebte.

Der Mann nickte und bot ihnen Kaffee an. Sie lehnten ab.

»Haben Sie eine Freundin?«, fragte Breschnow.

Schröder schüttelte den Kopf.

»Gut«, sagte der Kommissar erleichtert und ließ sich in einen weißen Sessel fallen.

Der Arzt betrachtete ihn irritiert. »Was ist daran gut und warum fragen Sie danach?«

»Ihre Freunde Karsten Movara und David Schömtich hatten Geliebte und Ehefrauen, die jetzt tot sind«, antwortete Breschnow.

Schröder war blass geworden. »Warum sind Sie hier?«

»Frau Pasulke, ehemals Schömtich, hat uns eine Geschichte aus Tornow erzählt. Von drei Halbwüchsigen, die ein Mädchen vergewaltigen.«

Schröder ließ sich auf das Sofa sinken und schwieg. Drass setzte sich neben ihn. Nach einer Weile beugte sich Breschnow zu ihm vor. »Wir sind hier, um zu retten, was zu retten ist, Herr Schröder.«

Die taubenblauen Augen fixierten den Kommissar.

»Ich wollte das alles nicht«, jammerte Schröder.

Gleich sagst du bestimmt, sie haben dich dazu gezwungen, dachte Breschnow.

»Sie haben mich dazu gezwungen, glauben Sie mir«, sagte der Arzt.

Breschnow stöhnte.

»Wir waren eine Clique. Da musste man mitmachen, sonst … und danach, als …« Er stockte.

»Als das Mädchen tot war …«, half Breschnow nach.

Der Arzt senkte seinen Kopf und flüsterte. »Ich konnte nicht die Wahrheit sagen. Er hat mir gedroht.«

»Wer hat Ihnen gedroht?«, mischte sich Drass ein, dem nicht entgangen war, dass sein Chef kurz vor einem Wutausbruch stand.

»David. Er hat gesagt, dass sie mit mir dasselbe machen wie mit dem Mädchen.«

»Ich dachte, es war ein Selbstmord«, schnaubte Breschnow.

Der Arzt hob wieder den Kopf. »Das hat die Volkspolizei eindeutig festgestellt. Aber ich habe damals geglaubt, dass Karsten das Mädchen getötet hat.«

»Und was glauben Sie heute?«

Schröder zuckte mit den Schultern.

»Wie ging es damals weiter?«, fragte Drass.

»Ich war krank vor Schuld, konnte nicht mehr essen oder schlafen …«

Breschnow krallte sich in die Sessellehne.

»… meine Eltern haben sich große Sorgen gemacht und sind dann mit mir weggezogen. Hierher nach Berlin, nach Ostberlin natürlich.«

»Und dann ging es Ihnen wieder ganz schnell besser«, stellte Breschnow fest.

Schröder bemerkte die Ironie nicht, lächelte ihn freundlich an und nickte.

»Ich ging auf eine neue Schule, machte mein Abitur und bekam einen Studienplatz für Medizin. Vor drei Jahren erbte ich ein bisschen Geld und konnte mir dieses Haus kaufen.«

»Und Ihre Freunde von damals?«

»Ich brauche jetzt etwas zu trinken«, sagte der Arzt und griff nach der Fernbedienung auf dem Beistelltisch.

In der eisgrauen Schrankwand öffnete sich eine fast unsichtbare Tür. Dahinter trat eine gut ausgestattete Bar zutage. Schröder stand auf, Breschnow stellte sich neben ihn.

»Ich werde mir einen Cognac genehmigen und Sie?«

»Einen Wodka«, brummte Breschnow.

Der Arzt reichte ihm ein viereckiges Schnapsglas, zog die gekühlte Flasche aus dem Eis und schenkte ein. Breschnow kippte den Wodka in einem Zug herunter. Er brannte in seiner Kehle und beruhigte ihn etwas. Am liebsten hätte er die Flasche gegriffen und sich betrunken. Stattdessen stellte er das Glas zurück in die Bar. Schröder schenkte sich ein, hielt den Cognacschwenker mit der bernsteinfarbenen Flüssigkeit gegen das Licht, betrachtete ihn einen Moment lang versonnen und setzte sich dann wieder auf das Sofa. Breschnows Blick streifte den seines Kollegen, der kaum merklich den Kopf schüttelte.

»Er hat mich angerufen«, fuhr Schröder fort.

»Wer hat Sie angerufen?«, fragte Drass.

»Karsten Movara. Vor ungefähr fünf Jahren. Er brauchte meine Hilfe.«

Schröder ließ den Blick von einem Kommissar zum anderen wandern. »Medizinische Hilfe. Er hatte eine Frau verletzt.« Er senkte die Stimme. »Bei ... na ja, Sie wissen schon ...«

»Beim Geschlechtsverkehr«, beendete Breschnow den Satz.

»Ich konnte der Frau helfen.«

»Aber sonst haben Sie nichts weiter unternommen.«

»Doch, natürlich! Ich habe mit Karsten geredet und er hat mir versprochen, in Zukunft besser aufzupassen.«

»Aber er hat sich nicht daran gehalten«, warf Drass ein.

»Nein. Er wurde immer brutaler, bis er endlich Nadine kennenlernte. Dann hörte es auf.«

»Sie wollen mir sagen, dass Karsten Movara mehrere Frauen verletzt hat und Sie ihm dabei zugesehen haben«, zischte Breschnow.

»Nein, ich habe ihm nicht dabei zugesehen«, verteidigte sich der Arzt. »Ich habe den Frauen immer geholfen!«

Noch bevor Drass eingreifen konnte, schoss sein Chef wie ein Pfeil aus dem Sessel hoch, verpasste dem Mann eine kräftige Backpfeife und verließ wutschnaubend den Raum.

Schröder hielt sich die Wange und lächelte verlegen.

»Eigentlich hat er recht. Es war nicht richtig, was ich getan habe, aber irgendwie hatte mich Karsten noch in der Hand.«

»Sie haben gesagt, der Missbrauch an den Frauen hörte auf, als Movara heiratete?«

»Ja, danach hat er eine Zeitlang nicht mehr angerufen.«

»Aber irgendwann hat er Sie wieder um Hilfe gebeten?«

Schröder nahm die Hand von der Wange und trank noch einen Schluck von dem Cognac. »Er hat sie auch verletzt, wollte nicht, dass Nadine zu einem anderen Arzt oder ins Krankenhaus geht.«

»Warum?«

»Er hatte Angst um seine Karriere.«

Er sah Drass an. »Nadine Movara war erwachsen! Sie konnte für sich selber sorgen. Da trifft mich keine Schuld. Aber vor ein paar Tagen habe ich ihm gesagt, dass ich aussteige.«

»Nachdem er seine Frau so schwer verletzt hatte, dass sie in ein Krankenhaus eingeliefert werden musste?«

Schröder sah den Kommissar erstaunt an. »Sie wissen davon?«

Drass nickte.

»Er wollte nicht, dass ich einen Krankenwagen rufe ... Wenn die Sache von damals aufgeflogen wäre ...«

»Die gemeinschaftliche Vergewaltigung eines jungen Mädchens! Wollen wir die Dinge doch beim Namen nennen.« Breschnow lehnte im Türrahmen und funkelte den Arzt wütend an. Schröder drehte sich zu ihm um.

»Es hätte uns alle unser Leben gekostet«, verteidigte er sich. »Und warum? Es hätte doch nichts mehr geändert. Das hätte das Mädchen auch nicht mehr lebendig gemacht.«

Und die Tat war verjährt, dachte Breschnow resigniert.

Er trat ins Zimmer und ging auf Schröder zu. Der Mann duckte sich. Drass machte Anstalten, aufzuspringen. Breschnow deutete ihm mit der rechten Hand, sitzen zu bleiben und ließ sich wieder in den Sessel fallen. Schröder atmete erleichtert aus.

»Wollen Sie noch einen Wodka, Herr Kommissar?«

Breschnow verlangte einen doppelten. Schröder ging zum Barschrank und schenkte ihnen beiden ein. Breschnow zündete sich eine Zigarette an. Der Arzt reichte ihm einen Aschenbecher.

»Und David Schömtich?«, fragte Drass.

»David habe ich in den ganzen Jahren nur ein paar Mal gesehen. Manchmal haben wir uns zu dritt getroffen.«

»Um sich gemeinsam an die schöne alte Zeit zu erinnern?«, fragte Breschnow scharf.

»Es war nicht alles schlecht«, verteidigte sich Schröder.

»Wo waren Sie in der Nacht von Dienstag auf Mittwoch?«

»In der Schweiz.«

»Beweise?«

Schröder erhob sich und verließ das Zimmer. Kurz danach kehrte er mit einem Flugticket zurück und reichte es Breschnow.

»Ich war bei einem Ärztekongress in Bern.«

»Wir brauchen den Namen des Hotels und des Veranstalters.«

Schröder nannte sie ihnen, Drass notierte.

»Kennen Sie Peter Polen?«

»Ich habe ihn manchmal in den Studios gesehen, wenn ich Karsten oder David getroffen habe.«

»Fahren Sie einen schwarzen Mercedes?«, erkundigte sich Drass und dachte an die Beobachtung von Cosma Anderson.

Schröder nickte.

»Hat Polen Sie erpresst?«

»Nein, was hat Peter Polen damit zu tun? Woher sollte er von der Sache in Tornow wissen?«

»Und Nina Sebastian?«

»Nein, auch nicht. Niemand erpresst mich«, widersprach Schröder und stand auf, um sich einen weiteren Cognac einzuschenken. Breschnow hielt ihn am Arm fest.

»Sie haben genug getrunken! Setzen Sie sich wieder.«

Schröder gehorchte.

»Wussten Sie, dass Ihr Freund ein Verhältnis mit Nina Sebastian hatte?«

»Ich würde Karsten nicht als Freund bezeichnen, er ...«

»Wussten Sie es?«, unterbrach Breschnow barsch.

Schröder nickte.

»Haben Sie Nina Sebastian jemals untersucht?«

»Nein.«

Breschnow stand auf. »Wie sah es in Movaras Wohnung aus, als Sie seine Frau untersucht haben?«

»Nadine lag hinter dem Sofa. Das Zimmer sah aus wie immer.«

»Wussten Sie, dass Movara für Nina Sebastian eine Wohnung angemietet hatte?«

Schröder schüttelte den Kopf.

»Wusste Nadine Movara von der Affäre ihres Mannes?«

»Das kann ich Ihnen nicht beantworten. Sie hätte mir so etwas nie erzählt. Nadine mochte mich nicht besonders.«

»Und Luise Schömtich? Mochte die Sie?«

»Ich habe sie nur selten gesehen. Aber ja, sie mochte mich. Eigentlich mochte Luise alle Menschen. Sie war eine sehr freundliche Frau.«

Breschnow reichte Schröder eine Visitenkarte.

»Haben Sie enge Freundinnen oder weibliche Verwandte?«

Schröder erhob sich ebenfalls.

»Nur meine Mutter.«

»Wo wohnt sie?«

»In der Gropiusstadt. Fritz-Erler-Allee 120.«

»Rufen Sie sie an und sagen Sie ihr, sie soll niemandem aufmachen. Wir schicken sofort jemanden hin.«

***

Cosma drückte sich den Hörer fester ans Ohr und hielt sich mit der freien Hand das andere zu. »Hallo? Babs? Gott sei Dank. Gut, dass du anrufst. Warte kurz. Ich gehe schnell vor die Tür.«

Als sie aufstand, sah Robert sie neugierig an und griff dann selbst zum Handy.

»Wo steckst du?«, erkundigte sich Cosma.

Ein Mann stellte sich neben sie und zündete sich eine Zigarette an. Cosma ging einige Schritte auf Abstand.

»Meine Nachbarin hat mir gesagt, dass die Polizei nach mir sucht«, sagte Barbara Knöller. »Ist es wegen der Drogen?«

»Nein, es ist wegen Nina.«

»Was ist mit Nina?«

»Wo bist du?«

»Nicht in der Stadt. Was ist mit Nina?«

Cosma erzählte es ihr. Am anderen Ende wurde es ruhig. Cosma hörte das Quietschen eines Zuges und Vogelgezwitscher. »Babs?«

»Ja«, schniefte sie.

»Wo bist du?«

»Weit weg und ich komme so bald auch nicht wieder zurück. Und jetzt, wo Nina nicht mehr da ist…«

Sie brach ab. Cosma hörte wieder das Zwitschern. Ein heller hoher Ton, gemischt mit einem Bariton. Babs schnaubte sich die Nase.

»Was weißt du über Nina und Movara?«, fragte Cosma.

»Ich, ähm. Nina, mmhh«, stammelte Babs. Dann holte sie Luft und redete wie ein Wasserfall. Cosma hatte Mühe, ihren wirren Erzählungen zu folgen, wollte sie aber nicht unterbrechen. Bevor sie auflegten, versprachen die beiden Frauen, sich zu treffen, falls Babs jemals zurückkommen würde, und sie erlaubte Cosma, die Informationen an die Polizei weiterzugeben.

Cosma bat den Mann neben sich um eine Zigarette, rauchte

drei Züge, bis ihr übel wurde und eilte zurück ins Café. Zähneklappernd bestellte sie sich einen Ingwertee. Sie hatte nicht bemerkt, wie kalt ihr geworden war.

Robert sah sie erwartungsvoll an.

»Babs sagt, dass ich ihre Infos an die Polizei weitergeben darf… Und du bist nicht die Polizei.«

Robert griff sich ans Herz und sank auf den Tisch.

»Oh Schätzchen, das ist mein Ende!«, stöhnte er.

Obwohl ihr eher zum Weinen zumute war, musste Cosma lachen.

Die Bedienung sah Robert sorgenvoll an und warf ihr einen tadelnden Blick zu. Cosma stupste ihren Freund leicht auf den Kopf, woraufhin er sich laut stöhnend wieder aufsetzte.

»Das ist Körperverletzung, junge Frau. Dafür gibt es Haftstrafen. Aber wenn Sie sich geständig zeigen und mir den Inhalt des Telefonats wortgetreu wiedergeben, werde ich von einer Anzeige absehen.«

»Es ist keine schöne Geschichte«, sagte sie, »und Babs will bestimmt nicht, dass sie breitgetreten wird.«

»Komm schon. Wir entscheiden gemeinsam, was wir damit machen. Okay?«

»Ehrenwort?«

Robert nickte und Cosma berichtete ihm von Tornow. Als sie geendet hatte, saßen sie noch eine Weile schweigend am Tisch.

»Und das hat dein Chef seiner Geliebten erzählt?«, fragte Robert mit belegter Stimme.

»Scheint so.«

»Aber wieso?«

»Babs sagt, dass es ein Übereinkommen gab. Er beichtet ihr

seine Geheimnisse und bekommt dafür einen besonderen sexuellen Dienst.«

»Hat sie gesagt, wie der Dienst aussah?«

Cosma schüttelte den Kopf.

»Hast du sie danach gefragt?«

»Nein.«

»Wir haben also drei Männer, die ein Mädchen vergewaltigen, und einen Jungen, der dabei zusieht. Hat Movara Nina erzählt, wer die anderen waren?«

»Nein, das hat er nicht. Außerdem, damals waren sie alle Jungen und keine Männer«, stellte Cosma fest.

»Du Erbsenzählerin. Wir haben also wahrscheinlich drei große Jungs, schwer in der Pubertät, und ein Kind.«

»Es war den Großen gefolgt, wollte mit ihnen spielen.«

»Wollte nicht ausgeschlossen sein.«

»Hat sich vielleicht gelangweilt.«

»Meistens sind es die kleinen Geschwister, die an den großen kleben«, sagte Robert und dachte an seinen älteren Bruder, der ihn oft wie eine lästige Fliege verscheucht hatte.

»Haben Movara oder Schömtich einen Bruder?«

Cosma zuckte die Schultern. »Wir könnten die Polizei fragen.«

»Hoho, höre ich da eine Bereitschaft, mit Hauptkommissar Breschnow zusammenzuarbeiten?«

»Mit dem nicht«, grummelte Cosma, »aber mit seinem Kollegen.«

»Dem gut aussehenden schwarzhaarigen Bodyguard? Und du bist seine Whitney Houston?«

Cosma trat ihn heftig gegen das Schienbein.

Er beugte sich vor. »Hör zu, Schätzchen. Das bittere Los

eines Kriminalreporters ist, dass er immer erst dann ans Ziel kommt, wenn alle anderen schon da sind.« Er griff ihre Hand.

»Gib uns die Chance, mal vor der Polizei da zu sein.«

»Und wie kommen wir an die Infos, die wir brauchen?«

»Das lass mal meine Sorge sein. Komm, Sherlock.«

Er hielt ihr seine Hand hin. Cosma griff sie und ließ sich auf die Beine ziehen. Robert deutete auf den leeren Teller auf dem Tisch.

»Du bist schwer geworden. Vielleicht hätte ich dir doch nicht den Kuchen bestellen sollen.«

Lachend verließen sie das Café.

***

»Was machst du denn hier?«

Pauls Gesicht reckte sich durch das kleine Fenster neben der Eingangstür. Breschnow hasste solche Begrüßungen. Sie weckten in ihm das Verlangen, sich auf der Stelle umzudrehen und zu gehen. Er hatte sich von Drass am Bahnhof Spandau absetzen lassen und war an der Havel entlang zum Literaturclub spaziert, brauchte etwas Abstand zu der Befragung von Maik Schröder.

»Schön dich zu sehen, Stefan«, sagte Paul und klopfte ihm auf die Schulter.

Er ließ seinen Freund eintreten und folgte ihm. Breschnow setzte sich auf einen der Holzhocker an die kleine Theke und zündete sich eine Zigarette an. Paul schob ihm eine Untertasse hin. »Was führt dich her?«

»Deine Worte«, antwortete Breschnow.

»Meine Worte? Sonst sind es doch immer deine. Lesungen, Gedichte. Was meinst du mit meine Worte?«

»Du hast gesagt, dass es Zeit wäre, die Maske fallen zu lassen.«

Paul lehnte sich an den Tresen und hielt die Luft an. So hatte er seinen Freund noch nie reden gehört.

»Kurz gesagt, ich werde ohne Burka lesen. Aber Eike A. bleibe ich trotzdem!«

Paul umrundete die Theke. Breschnow steckte sich an der noch glimmenden Zigarette eine neue an. Paul stellte eine Flasche Sekt und zwei Gläser auf den Tresen.

»Was soll ich sagen, Stefan. Deine Entscheidung macht mich glücklich. Mir fehlen die Worte.«

Nicht nur dir, dachte Breschnow.

Paul ließ den Korken heftig knallen. Er sprang wie ein Flummi von der Decke zurück zum Boden und von dort an die Wand. Sie lachten. Paul füllte die Gläser, der Schaum überspülte Breschnows Pullover, bevor er auf den Boden tropfte.

»Auf dich«, sagte Paul feierlich.

»Auf uns und die Worte«, sagte Breschnow.

Sein Handy klingelte. Schmitti teilte ihm mit, dass die Mutter des Ahrenz-Mädchens aus Tornow 2001 an einem Herzinfarkt gestorben sei.

Schade, dachte Breschnow. Dann läutete sein Mobiltelefon erneut.

***

Ich fühlte mich gut danach, schwebte fast durch den Tag. Aber in der Nacht kamen die Träume. Das Mädchen lag auf der Wiese, die

Beine gespreizt, ein Lächeln auf den blutroten Lippen. Sie zog ein Messer aus ihrer Handtasche. Ich erwachte mit einem Schrei, draußen noch tiefe Nacht. Ich ging in die Küche und trank ein Glas Wasser. Als es dämmerte, legte ich mich wieder hin.

Es ist noch nicht genug, flüsterte das Mädchen mir ins Ohr.

***

»Movara ist nicht zu Hause«, stellte Delego fest.

»Läute noch mal«, sagte Regina aus dem Auto heraus.

Delego klingelte Sturm, wartete noch einen Moment lang und setzte sich dann zurück in den Wagen.

»Wir fahren ins Studio.«

»Aber da haben wir doch schon dreimal angerufen«, wandte Delego ein. »Und er ist nicht da.«

»Und was machen wir stattdessen?«

»Wir fahren zurück aufs Revier, oder nein, noch besser, wir gehen schön frühstücken und versuchen es dann noch einmal.«

Regina startete den Wagen und ließ ihn zurück auf die Straße rollen. Sie pfiff durch die Zähne.

»Was ist?«, erkundigte sich Delego.

»Peter Polen im Anmarsch.«

Delego wollte sich umdrehen, aber ihre Kollegin hielt sie zurück.

»Er kennt uns und er kennt mein Auto.«

Sie blickte noch einmal in den Rückspiegel und gab Gas. An der nächsten Querstraße bog sie links ab und parkte. Die beiden Frauen verließen den Wagen und Delego linste um die Ecke.

»Siehst du was?«

»Er steht am Tor.«

»Und jetzt?«

»Er klettert hoch. Sollen wir ihn uns schnappen?«

Regina zog ihre Kollegin ein Stück zurück.

»Wir warten noch einen Moment.«

Kurz danach eilten sie zum Tor. Regina zog ihre Kamera aus der Tasche und benutzte das Zoom als Fernglas.

»Kannst du was sehen?«

»Ich glaub's nicht«, sagte Regina und kicherte.

Sie schoss mehrere Aufnahmen und zog dann ihre Kollegin schnell weg.

»Was ist?«, fragte Delego ungeduldig, als sie wieder im Auto saßen.

Regina zeigte ihr die Fotos. Peter Polen saß mit heruntergelassenen Hosen vor Movaras Haustür.

»Auch eine Möglichkeit, jemandem mitzuteilen, was man von ihm hält«, sagte Delego ernst. »Zeig noch mal.«

Dann prustete sie los. Die beiden Frauen bogen sich vor Lachen.

»Vergiss das Frühstück«, keuchte Delego, »lass uns gleich ins Revier fahren. Das muss ich Schmitti erzählen.«

***

Sie schlurfte ins Bad, um sich die Hände zu waschen und sah in den Spiegel. Eine alte Frau war sie geworden und das Leben hatte nicht nur freudige Spuren auf ihrem Gesicht hinterlassen. Aber alles in allem war es gut zu ihr gewesen. Sie griff nach der weichen Bürste und strich sich durch ihr feines graues Haar. Vielleicht würde sie nachher noch einen kleinen Spaziergang durch das Rudower Wäldchen machen.

In der Wohnung gab es keine Schwellen und Frau Schröder konnte sich gut mit dem Rollator bewegen. Als Maik alt genug gewesen war, um auf eigenen Füßen zu stehen, war sie in die damals neu gebaute Gropiusstadt gezogen. Zwei Zimmer, Küche, ein richtiges Bad, Zentralheizung und warmes Wasser aus der Leitung, eine Luxuswohnung. Sie hatte ihren Entschluss nie bereut und kannte mittlerweile viele Leute im Haus. Man feierte die Geburtstage gemeinsam in der Gaststätte nebenan und lud sich ein paar Mal im Jahr zum Kaffeetrinken ein.

Es läutete an der Wohnungstür. Sie schob sich langsam durch den Flur. Im Wohnzimmer klingelte das Telefon. Unschlüssig blieb sie stehen, eingerahmt von Klingeltönen.

Diese moderne Zeit, dachte sie und dass sie es ohnehin nicht mehr rechtzeitig zum Telefon schaffen würde und schlurfte weiter zur Wohnungstür.

***

Drei Männer, schwer bepackt mit Paketen, schleppten sich durch den Gang. Einer von ihnen rempelte ihn an und schimpfte. David Schömtich verkniff sich einen Kommentar und eilte weiter zum Büro. Seine Sekretärin legte ihm augenblicklich zahlreiche Schriftstücke auf den Schreibtisch und informierte ihn über seine Termine. Er freute sich über ihren Eifer. Sie einzustellen war eine gute Entscheidung gewesen. Nach einer Viertelstunde hatte er alles unterschrieben, rief sie herein und bat sie, alle Termine für den Tag wieder abzusagen.

Er lehnte sich zurück und betrachtete das Foto von Luise und ihm auf Lesbos. Jung waren sie gewesen und verliebt. Mit feuchten Haaren lächelten sie glücklich in die Kamera. Als er den Anblick nicht mehr ertrug, drehte er den Rahmen mit der Fotoseite nach unten auf den Tisch. Nebenan klingelte ein Telefon. Seine Sekretärin verleugnete ihn professionell. Er beschloss, nach Hause zu fahren und wies sie an, ihn bis Ende der Woche nicht zu kontaktieren, und verließ das Gebäude.

An der nächsten Seitenstraße bog er links ab und parkte notgedrungen vor einem Einfamilienhaus. Tränen rannen ihm über die Wangen. Er beherrschte sie nicht mehr. Die Trauer überwältigte ihn, riss an seinem Herzen und er hätte am liebsten laut geschrien. Stattdessen krallte er sich am Lenker fest. Als der Anfall vorüber war, öffnete er das Handschuhfach. Luise hatte dort immer Papiertaschentücher deponiert und gewissenhaft darüber gewacht. Heute war er ihr dankbar dafür. Er griff nach dem Päckchen und sah etwas aufblitzen. Es war ihr Lippenstift für Notfälle. Er nahm ihn heraus, zog die Kappe ab und ließ ihn dann vorsichtig über den Handrücken seiner linken Hand gleiten. Dann zog er den Stift über seinen Puls. Er hinterließ einen hässlichen weinroten Strich.

David Schömtich starrte einige Minuten auf sein Handgelenk, verstaute dann Stift und Taschentücher wieder im Handschuhfach und startete den Wagen. Er fuhr zur Autobahn und bald darauf hatte er die Stadt hinter sich gelassen. Er mochte sie nicht, diese Großstadt.

Als er Teupitz durchfuhr, fing es wieder an zu schneien. Schwere Flocken legten sich auf die Windschutzscheibe und er wartete, bis sie ihm fast die Sicht verdeckten. Erst dann betätigte er den Scheibenwischer. Kurz danach hielt er vor seinem Haus und parkte hinter dem weißen Peugeot seines Bruders. Er blieb noch eine Weile im Auto sitzen und sah den wirbelnden Flocken zu. Dann ging er zu seinem Haus.

Die Leere, die ihm entgegenschlug, raubte ihm den Atem. Ohne den Mantel und die Schuhe auszuziehen, schleppte er sich ins Wohnzimmer, ließ sich auf das Sofa fallen und starrte aus dem Fenster. Der graue Himmel spendete nur wenig Licht. Bald würde es wieder dunkel werden. Er hatte Angst vor einer weiteren Nacht ohne Luise und war erleichtert, als eine Stunde später Karsten Movara vor der Tür stand. Der Showmaster drängte sich wortlos an ihm vorbei und er folgte ihm in die Küche. Karsten griff sich ein Bier und hielt es David hin. Er schüttelte den Kopf.

»Solltest du aber. Was ich dir zu sagen habe, ist nicht schön.«

Schömtich nahm das Bier und stellte sich ans Fenster. Draußen startete ein Auto. Er sah seinen Bruder davonfahren. Die Reifen hinterließen Spuren im frisch gefallenen Schnee. Unwillig drehte er sich um.

»Also, was willst du mir sagen?«

»Als wir damals mit dem Mädchen …«, begann Karsten, »na, du weißt schon.«

David nickte.

»Dein Bruder, diese kleine Nervensäge, ist uns damals gefolgt. Ich habe ihn im Gebüsch stehen sehen. Er hat uns die ganze Zeit beobachtet.«

»Wieso hast du mir das nie erzählt?«

»Weil ich mein Wort gehalten habe. Damals habe ich ihm damit gedroht, dir alles zu sagen, wenn er nicht die Klappe hält. Du hättest sein Gesicht sehen sollen. Der Kleine hatte richtig Angst vor dir.«

»Ich habe ihm nie etwas getan«, widersprach Schömtich.

Movara zuckte mit den Achseln. »Und woher hatte er immer die blauen Flecken?«

Schömtich ließ sich auf den Stuhl sinken. »Das war ich nicht. Das war mein Vater.«

»Aber dein Bruder hatte trotzdem Angst vor dir. Er hat geschwiegen und ich auch, genauso wie ich es ihm versprochen hatte.«

Er hielt kurz inne. »Niemand hat danach mehr darüber gesprochen. Passiert, zu Ende, ausradiert.«

»Aber das war es nie«, sagte Schömtich, stand auf und stellte sich wieder ans Fenster.

Movara atmete tief ein und sagte mit fester Stimme: »David, ich glaube, dein Bruder hat die Frauen getötet.«

Der Schlag traf ihn völlig unvorbereitet. Movara griff sich an den Hinterkopf. Dann traf ihn ein zweiter Schlag an der Stirn.

***

Breschnow ließ sich von Paul ein Taxi rufen und eilte aus dem Haus. Er hielt dem Fahrer seinen Dienstausweis hin, nannte sein Ziel und beorderte Drass telefonisch zum Ideal-Hochhaus, fünfzehnter Stock, Wohnung von Frau Schröder.

Zügig verließen sie Spandau, auf der Heerstraße grüne Welle, auch die Stadtautobahn gut passierbar. Dann fuhren sie am Britzer Damm ab und standen im Stau. Der Taxifahrer hupte, obwohl er wusste, dass es ihm nichts nützen würde. Der Verkehr stand still. Die Feuerwehr hatte die Straße abgesperrt und arbeitete gleichzeitig an zwei gegenüberliegenden Hausdächern. Breschnow stieg aus, zündete sich eine Zigarette an und eilte zu den Schaulustigen. Eisteile waren von den Dächern gerutscht und auf den Bürgersteigen gelandet. Das Hupkonzert schwoll an, die ersten Fahrer beschimpften sich gegenseitig. Einer stieg aus und stapfte grimmig zu dem jungen Feuerwehrmann, der Wache hielt. Breschnow folgte ihm, wies sich aus und erkundigte sich, wie lange die Straße noch gesperrt bleiben würde.

Der junge Feuerwehrmann schüttelte den Kopf. »Kann ich Ihnen nicht sagen. Aber wenn Sie eine Chance haben, da durchzukommen ...«

Er deutete mit dem Finger auf die Feuerwehrfahrzeuge hinter ihm. Sie standen dicht beieinander und quer über der Straße.

»Wir versuchen es«, entschied Breschnow und eilte zurück zum Taxi.

Der Fahrer scherte vorsichtig aus und kroch im Schritttempo an der Autoschlange vorbei zur Absperrung. Er deutete mit dem Daumen hinter sich. Breschnow drehte sich um. Ein Mercedes hatte sich hinter sie geklemmt. An der Absperrung stieg er wütend aus und stapfte zu dem hinteren Fahrzeug.

»Ich hoffe, Sie haben einen guten Grund für Ihr Verhalten?«, bellte er.

Der junge Mann am Steuer war sehr bleich und schwitzte trotz der Kälte. Hastig deutete er auf die Rückbank. Breschnow steckte den Kopf durch das Fahrerfenster und sah eine junge Frau. Auch sie schwitzte heftig und schrie immer wieder laut auf. Sie warf ihm einen gehetzten Blick zu.

»Sie bekommt ein Baby!«, stammelte der werdende Vater.

»In Ordnung«, nickte Breschnow. »Hängen Sie sich einfach dran.«

Der Fahrer bedankte sich und Breschnow rief dem Feuerwehrmann zu, auch den Wagen hinter ihm durchzulassen. Der Taxifahrer schob sich langsam durch die parkenden Feuerwehrwagen. Nach dem zweiten Nadelöhr gab er Gas. Der Mercedes hinter ihnen bog am Neuköllner Krankenhaus ab und Breschnow drängelte den Taxifahrer, schneller zu fahren, versprach, die Kosten für die Geschwindigkeitsüberschreitung zu übernehmen.

Endlich hielt der Wagen vor dem Ideal-Hochhaus in der Fritz-Erler-Allee. Breschnow sprang heraus und eilte durch die offene Eingangstür zu den Fahrstühlen. Der Taxifahrer folgte ihm und sie sprangen in den Aufzug, der schon bereitstand. Während der Fahrt beglich Breschnow die Rechnung und gab dem Mann ein reichliches Trinkgeld. Der Aufzug stoppte im fünfzehnten Stock und federte ab. Drass kam um die Ecke und lotste Breschnow zur Wohnung. Der Taxifahrer folgte den beiden mit etwas Abstand.

»Sie ist nicht zu Hause«, informierte ihn Drass.

»Warst du drin?«

Er schüttelte den Kopf. »Ich habe Sturm geklingelt. Das hört jede Schwerhörige.«

Breschnow blieb vor der Wohnungstür stehen und läutete.

»Such den Hausmeister. Ich frag hier mal rum.«

Drass zog sein Smartphone aus der Tasche und googelte die Hausverwaltung. Breschnow klingelte vergebens an der Wohnungstür nebenan, erst bei der dritten war er erfolgreich. Eine hübsche junge Frau erklärte ihm etwas in einer Sprache, die er nicht verstand. Dann schloss sie freundlich lächelnd wieder die Tür.

»Kacke, wa?«

Breschnow drehte sich um und betrachtete den pickeligen Halbwüchsigen. »Kann keen Deutsch. Is noch nich lange hier.«

»Wohnst du auch auf diesem Flur?«

Der Halbwüchsige nickte.

»Kennst du die alte Frau Schröder?«

»Klar, kenn ick die. Det is die Freundin von meenem Opa.«

»Und wo wohnt dein Opa?«

Der Junge deutete nach oben. »Zwei Stockwerke höher. Is aber ooch nich da.«

»Sind die beiden vielleicht zusammen weg?«, fragte Breschnow hoffnungsfroh.

»Nö. Meener is beim Arzt.« Er sah auf sein Handy. »Und jetzte muss ick los, ihn abholen. Man sieht sich.«

Breschnow hielt ihn am Arm fest, ließ sich den Namen der beiden geben und bat ihn, nachher mit seinem Großvater zu ihm zu kommen. Der Pickelige versprach es. Breschnow drehte eine weitere Runde über den Flur, klingelte überall noch einmal und stellte sich dann vor Frau Schröders Wohnungstür. Er lauschte. Es war still in der Wohnung.

Zu still, dachte Breschnow und hämmerte an die Tür.

Kurz danach stieg Drass gemeinsam mit einer Frau in einem blauen Kittel aus dem Aufzug. Ungeduldig bat Breschnow die Hausmeisterin, aufzuschließen.

»So einfach geht das nicht, Herr Wachtmeister«, sagte sie. »Dazu muss ich erst das Okay der Verwaltung haben.«

Breschnow verdrehte die Augen. Drass trat zwischen sie und bat die Hausmeisterin freundlich, dort anzurufen.

»Hab ich schon vorhin. Geht keiner ran.«

»Dann versuchen Sie es jetzt noch mal«, befahl Breschnow.

Drass reichte der Frau sein Telefon. Die Hausmeisterin wählte und hatte Glück. Sie begrüßte die Kollegin freundlich, fragte nach ihrem Befinden und den Kindern und trug dann ihr Anliegen vor. Die Bürokraft bedauerte, das nicht entscheiden zu können und versprach, so bald wie möglich den Vorstand zu informieren. Breschnow riss der Hausmeisterin das Handy aus der Hand, drohte der Bürokraft, die Hausverwaltung zu verklagen, falls der Mieterin etwas zugestoßen sei. Dann gab er das Mobiltelefon zurück. Die Hausmeisterin hielt es sich wieder ans Ohr, nickte dreimal und legte auf. Ohne ein weiteres Wort zog sie die Schlüssel aus ihrem Kittel und öffnete die Tür. Zögernd betrat sie den kleinen Flur und Breschnow schob sich an ihr vorbei. Drass folgte, drängte die Frau sanft aus der Wohnung, schloss die Tür und griff nach der Waffe. Breschnow ging vorsichtig voran und rief nach der alten Dame. Drass sicherte das kleine Bad. Dann deutete er mit dem Kolben auf die rechte Tür. Breschnow riss sie mit einem Ruck auf, Drass mit der Waffe direkt hinter ihm. Die Küche war leer. Auf dem Tisch standen noch zwei Tassen und eine Teekanne. Breschnow berührte das Geschirr und dann die Kanne. Der Tee war noch lauwarm. Er ging zurück in den Flur und deutete mit dem Kopf auf die nächste Tür. Dieses Mal ging Drass voran und öffnete sie. Auch im Wohnzimmer war niemand. Breschnow durchquerte den Raum und öffnete die Balkontür. Kalte Luft strömte herein. Er schloss sie wieder. Dann schlichen sie zur letzten Tür. Sie war nur angelehnt. Breschnow ließ sie vorsichtig aufgleiten. Vor dem Bett stand ein Rollator. Drass sicherte den Raum und öffnete die Schranktüren. Es klingelte. Breschnow zuckte zusammen. Die beiden Kommissare wechselten einen Blick und verließen den Raum. Drass stellte sich hinter seinen Chef, die Waffe im Anschlag, Breschnow öffnete langsam die Tür und atmete erleichtert aus.

»Wo ist sie?«, fragte Maik Schröder.

Breschnow bat ihn herein und führte ihn zum Schlafzimmer.

Schröder deutete auf den Rollator und ließ sich auf das Bett sinken. »Sie würde niemals ohne ihn die Wohnung verlassen.«

»Auch nicht, wenn sie nur hier im Haus unterwegs wäre?«, fragte Breschnow.

Schröder schüttelte den Kopf. »Sie hat große Schmerzen in der Hüfte und würde nach wenigen Schritten wegknicken.«

»Haben Sie eine Idee, wo sie sonst noch sein könnte?«

Der Arzt zuckte mit den Schultern. »Ich weiß nur wenig über das Leben meiner Mutter. Wenn ich sie besuche, will sie immer, dass ich erzähle. Es ist ihr doch nichts passiert, oder?«

Schröder sah besorgt von einem zum anderen und sprang auf.

»Ich muss sie suchen!«

Breschnow hielt ihn am Ärmel fest. »Wo wollen Sie sie suchen? Haben Sie doch eine Ahnung, wo sie sein könnte?«

»Vielleicht hier in der Gegend«, antwortete Schröder und riss sich los.

»Sie haben eben gesagt, sie verlässt nie ohne Rollator die Wohnung. Mit wem hatte Ihre Mutter Kontakt?«

»Ich weiß es nicht. Ich habe nie jemanden hier getroffen.«

»Wie oft waren Sie hier?«

»Ungefähr einmal im Monat. Was stehen Sie hier noch rum? Sie müssen sie suchen.«

»Das werden wir«, versicherte Drass.

Breschnow zog das Handy aus der Tasche und rief die Spurensicherung. Dann rief er Schmitti an und bat ihn, eine Fahndung herauszugeben. »Warte mal kurz ... Wissen Sie, wo Ihre Mutter ihre Fotos aufbewahrt?«

Schröder löste sich vom Fensterbrett und zog die zweite Kommodenschublade auf.

»Das ist das Einzige, das ich kenne. Als wir damals aus Tornow weggezogen sind, hat sie mit allem gebrochen.«

Das Foto zeigte Frau Schröder als Kind auf dem Arm ihrer Mutter.

»... hol dir erst mal ein Foto aus der Meldestelle.«

Drass bat Schröder hinaus in den Hausflur. Vor der Wohnungstür hatte sich eine kleine Gruppe Neugieriger versammelt, die die Hausmeisterin mit Fragen bestürmten. Der pickelige Junge kam mit einem alten Mann mit Rollator um die Ecke.

»Da sind wir«, sagte er.

Drass betrachtete die beiden irritiert.

»Ich bin mit Anna Schröder befreundet«, verkündete der alte Mann stolz. »Wir fahren einmal in der Woche gemeinsam zu Karstadt zum Mittagessen. Immer am Mittwoch, da ist es billiger.«

Breschnow trat hinaus auf den Flur, klopfte dem Pickeligen auf die Schulter, fragte den Alten nach einem Foto und folgte ihm dann in seine Wohnung.

»Ich bin vor zwei Tagen neunzig Jahre alt geworden«, verkündete er. »Wir haben schön gefeiert, die Anna und ich und auch noch andere aus dem Haus. Wir haben oft etwas gemeinsam unternommen, die Anna und ich. Im letzten Jahr waren wir sogar gemeinsam beim Jubiläumsfest hier in der Gropiusstadt. Musik im Gemeinschaftshaus, nur für uns Alte. Das war schön.«

»Und haben Sie ein Foto von Anna Schröder?«, fragte Breschnow ungeduldig.

Der Alte zog einen schwarz-weiß gestreiften Pappkarton aus dem Regal und stellte ihn auf den Tisch. Dann setzte er sich langsam auf einen Stuhl und fingerte an dem Deckel herum. Breschnow schob seine Hand weg und riss den Karton auf. Nach einigem Kramen fand der Alte endlich, was er suchte. Das Foto zeigte ihn mit Anna Schröder beim Jubiläumsfest. Beide hielten einen blauen Luftballon in der Hand und lachten glücklich in die Kamera.

»Sie müssen versprechen, es mir wiederzubringen«, sagte der alte Mann.

Breschnow versprach es, nahm ihm die Aufnahme aus der Hand und verabschiedete sich.

Als er wieder unten ankam, hatte sich die Traube der Schaulustigen gelichtet. Niemand hatte etwas gesehen.

***

Der Aschenbecher fiel zu Boden. Movara war aufgesprungen und hatte David Schömtichs Arm gegriffen. Der Studioleiter versuchte, sich zu befreien und schnaubte. »Du hast dein Leben lang anderen geschadet und jetzt wagst du es, hierherzukommen und meinen Bruder zu beschuldigen. Verlass sofort mein Haus und komm mir nie wieder unter die Augen!«

Movara blickte in das hassverzerrte Gesicht seines Freundes und sprang auf.

»Was zum Teufel soll das?«, brüllte er. »Bist du jetzt völlig durchgedreht?«

Schömtich ballte die Faust und trat einen Schritt näher. Movara rannte an ihm vorbei zur Tür. Ein Glas knallte an den Rahmen und zersplitterte.

Draußen auf der Straße blieb Movara atemlos stehen und stellte erleichtert fest, dass David ihm nicht gefolgt war. Zögernd ging er auf das Haus von Gerd Schömtich zu und läutete. Als niemand ihm öffnete, trat er gegen die Tür. Innen blieb es ruhig. Er drehte sich zur Straße und sah, dass der weiße Peugeot nicht mehr dort stand. Wütend schlug er mit der Faust gegen die Haustür und eilte zurück zur Limousine. Der Fahrer wartete bereits an der Fondtür und verzog keine Miene, als sein blutüberströmter Chef einstieg.

***

Cosma tippte ungeduldig mit der Bleistiftspitze auf den Schreibtisch, an dem Robert saß. Sie starrten gebannt auf den Bildschirm, auf dem einige Anekdoten aus dem öffentlichen Leben von Karsten Movara und David Schömtich sichtbar geworden waren. Die Presse hatte sie sensationsheischend ausgeschlachtet und man erfuhr, wer wann in welcher Show aufgetreten war und alles über Pannen und Peinlichkeiten. Aus den kläglichen Informationen zwischen den Zeilen las Cosma, dass Karsten Movara ein Einzelkind war, David Schömtich aber einen jüngeren Bruder hatte, dessen Vorname nie genannt wurde. Er hieß immer nur der Bruder. Von Maik Schröder gab es nichts, bis auf die Adresse seiner Gemeinschaftspraxis.

»Hör auf, den Bleistift zu quälen«, meckerte Robert.

Cosma ließ den Stift fallen und sah sich um.

Sie waren vom Café aus sofort zum *Tagesspiegel* gefahren und hatten sich hinter Roberts Schreibtisch im Großraumbüro verschanzt. Als Cosma für einen Moment die Augen schloss und die Redaktionsgeräusche auf sich einwirken ließ, wurde ihr bewusst, wie sehr sie das Journalistendasein vermisste. Vielleicht bekomme ich eine zweite Chance, dachte sie und hoffte, dass Robert sein Versprechen, den Artikel mit ihr gemeinsam zu schreiben, halten würde.

Als das Telefon klingelte, nahm Robert sofort ab. Er griff sich den Bleistift und kritzelte unleserliche Schriftzeichen auf einen Block. Sein Gesichtsausdruck wurde immer freudiger. Am Ende bedankte er sich überschwänglich und versprach dem Informanten ein Abendessen seiner Wahl.

»Wir haben ihn! Der Bruder heißt Gerd Schömtich und lebt in dem Haus neben dem Studioleiter. Es gab mal einen Artikel in der *Psychologie heute* über die Geschwister zum Monatsthema Brüder.«

»Wer hat dich informiert?«

»Ein Fotojournalist. Er hat damals mit einer Kollegin ein Feature über Tornow und die Alteingesessenen gemacht und konnte sich noch gut an die Schömtichs erinnern.«

Robert suchte im Netz nach dem Artikel. Kurze Zeit später erschienen zwei Männer auf dem Bildschirm. Die Brüder waren sehr verschieden. David Schömtich wirkte fröhlich mit seinen Sommersprossen und fast hellroten Haaren, sein Bruder hingegen ernst, fast mürrisch. Cosma hätte wetten können, dass sein Schädel bereits von einer Tonsur gezeichnet war, so fitzelig und dünn waren die aschblonden Haare.

»Und was machen wir jetzt?«, fragte sie.

Robert hatte bereits wieder den Hörer in der Hand. Eine füllige Brünette trat an den Schreibtisch und nickte Cosma zu. »Na, wieder im Geschäft?«

Sie kannten sich aus alten Zeiten und Cosma wusste nicht, was sie antworten sollte. Neugierig lauschte die Brünette dem Telefonat, bis Robert sie wütend anfunkelte. Lächelnd kritzelte sie eine Notiz auf einen Zettel und zog ab.

Cosma sah ihr hinterher, wie sie zum nächsten Schreibtisch schlenderte. Der Reporter las die Nachricht und zischte etwas, das Cosma nicht verstehen wollte. Dann zog er die unterste Schreibtischschublade auf, griff nach der Kamera und drückte sie ihr in die Hand.

»Auf in den Kampf, Schätzchen!«

***

Ich mochte Luise nicht, obwohl sie immer freundlich zu mir war, so wie sie zu jedem freundlich war. Früher hatte ich mich davon einlullen lassen, aber die Stimme hatte mir die Augen geöffnet.

Ich wartete, bis sie allein zu Hause war und rief sie an. Ich täuschte eine Autopanne vor. Sie war überrascht, aber wie immer bereit, zu helfen, und machte sich unverzüglich auf den Weg nach Berlin. Wir trafen uns auf dem Parkplatz. Es war schon spät und sehr dunkel in dieser Nacht. Als sie ausstieg, rammte ich ihr eine Spritze in den Arm und schleifte sie zu der kleinen Hütte. Sie war schwer. Ich legte sie auf den Holztisch und betrachtete sie noch eine Weile.

Dann schnitt ich ihr die Adern auf.

Ein kleiner, tiefer Schnitt. Sie stöhnte leise.

Mit dem Blut kam die Erregung. Ich genoss jeden Augenblick und zerrte ihr den Wollrock vom Leib.

Plötzlich schmatzte es leise unter meinen Füßen. Das Blut hatte sich in einer kleinen Mulde im Boden gesammelt. Es erinnerte mich an das Schweineblut beim Metzger auf dem Hof, an das Lachen der anderen Jungs und das Kichern der Mädchen, als ich damals aus Unachtsamkeit barfüßig mittendrin stand.

Die Scham der Erinnerung tötete alle Lust in mir.

Die Wände der Hütte schienen sich zusammenzuziehen. Ich griff Luise und schleifte sie zu einer Lichtung. Dort legte ich sie in den jungfräulichen Schnee und betrachtete sie noch eine Weile. Die blasse Haut, die roten Schnitte an ihren Handgelenken. Ich spürte das Kribbeln zwischen meinen Beinen zurückkehren. Den Blick fest auf die Handgelenke geheftet, ließ ich die Lust langsam wieder wachsen.

***

»Ins Wannseekrankenhaus«, befahl Movara, nachdem er auf den Rücksitz gesackt war. Einen Moment lang sah er wieder das hasserfüllte Gesicht seines Freundes. Er schüttelte es ab, griff nach den Papiertüchern in der rechten Wagentür und hielt sich einige auf die Wunde. Sein Kopf hämmerte und die Übelkeit stieg in Wellen hoch. Er wusste nicht, ob er in der Notaufnahme verpflichtet sein würde, die Ursache seiner Verletzungen offenzulegen, aber er wusste, dass er David nicht anzeigen würde.

Der Wagen ratterte über das Kopfsteinpflaster in Teupitz. Trotz der Federung schoss der Schmerz stoßartig in sein Gehirn. Er hielt den Atem an und griff vorsichtshalber nach einer Kotztüte in der anderen Tür. Dann war es geschafft. Die Limousine beschleunigte und raste über die glatte Autobahn. Movara lehnte sich zurück und schloss die Augen. Dachte an David und sich als Kinder, dachte an Maik und Gerd und spielte einen Moment lang mit dem Gedanken, diesem Breschnow einen anonymen Hinweis zu geben. Aber natürlich konnte er das nicht tun. Gerd würde wie ein Wasserfall reden, wenn man ihn erwischte. Um das Geheimnis zu schützen, musste er ihn schon selber finden.

Die Limousine verlangsamte das Tempo. Movara öffnete die Augen einen Spaltbreit und stöhnte. Obwohl der Tag trüb war und die Schneeflocken das Licht für sich beanspruchten, schmerzte ihn die Helligkeit. Der Fahrer bog in eine einspurige Baustelle ein und kroch mit den anderen im Schneckentempo dahin.

Wenigstens bleibt er nicht stehen, dachte Movara, schloss wieder die Augen und öffnete sie erst, als sie die Wannseeklinik erreicht hatten. Noch bevor der Fahrer ihm die Tür öffnen konnte, rannten zwei Pressefotografen auf den Wagen zu. Der Chauffeur schirmte seinen Chef beim Aussteigen ab und stützte ihn auf dem Weg zur Notaufnahme. Ein Wachmann eilte herbei und hielt die Fotografen in Schach. Movara war die Berührung seines Fahrers unangenehm und er atmete auf, als endlich zwei Pfleger herauskamen, ihn in einen Rollstuhl setzten und in das Innere der Klinik schoben.

Nachdem man seinen Kopf durchleuchtet, die Wunden gereinigt und verbunden und ihn mit Schmerzmitteln versorgt hatte, ging Movara zu seiner Frau und setzte sich kurz an ihr Bett. Die rothaarige Schwester brachte ihm einen Kaffee. Sein Blick war auf ihren Hintern geheftet, als sie das Krankenzimmer verließ.

***

Der Kriminaltechniker erschien mit zwei jungen Frauen im Schlepptau, die die schweren grauen Koffer der Spurensicherung trugen. Bevor Breschnow lästern konnte, legte Manfred beschwörend seinen rechten Zeigefinger an den Mund. Nach einer kurzen Instruktion zogen sich die beiden Frauen Schutzkleidung über und verschwanden in der Wohnung. Manfred zog Breschnow zur Seite. »Wir sind zur Ausbildung verpflichtet worden«, sagte er, »und die da drinnen sind im zweiten Jahr und verstehen gar keinen Spaß. Also halt die Klappe und spar dir die Sprüche.«

»Wo ist dein Team?«

»In Charlottenburg. Ein Hochhaussuizid, aber es ist nicht auszuschließen, dass man ihn geschubst hat.«

Manfred betrat die Wohnung. Breschnow folgte ihm. Eine der Auszubildenden reichte ihm blaue Überschuhe und zupfte an seiner Kleidung, um Fasern abzunehmen. Im Schlafzimmer deutete der Spurensicherer auf den Rollator und auf die Kuhle in der Tagesdecke. »Ich vermute, sie ist hierhergelaufen und hat sich hingelegt.«

»Bestimmt nicht freiwillig«, brummte Breschnow.

Manfred ging zurück in den Flur und holte sich einen Pinsel und Puder. Sorgfältig bestrich er damit die Griffe des Rollators und sicherte mit einem Klebestreifen einige Fingerabdrücke.

»Auf den ersten Blick sind sie verschieden«, stellte er fest.

Brechnow ging in die Küche und suchte zur Missbilligung der Auszubildenden nach einem Glas. Er drehte den Wasserhahn auf und ließ es volllaufen. Als er trinken wollte, klingelte sein Handy. Schmitti informierte ihn, dass die Suchanzeige an alle raus sei und dass zwei Kollegen die Gegend um das Hochhaus mit Hunden absuchten.

Breschnow trank. Ein weiterer Anruf. Regina berichtete von Peter Polens Aktion und dass seine Speichelprobe auf dem Weg ins Labor sei.

»Eigentlich sollst du hier nichts anfassen«, tadelte ihn Manfred.

»Er hat Movara vor die Tür geschissen?«, grinste Breschnow. »Das hätte ich diesem geschniegelten Jüngling gar nicht zugetraut.«

»Wir haben drei verschiedene Fingerabdrücke am Rollator«, fuhr Manfred unbeeindruckt fort. »Einer ist von ihr. Wir haben ihn mit denen an der Haarbürste verglichen. Die anderen beiden kennen wir nicht. Aber sie finden sich auch an weiteren Flächen in der Wohnung. Er hat was getan?«

»Vor seine Eingangstür geschissen!«

Manfred lachte.

»Frau Schröder hat einen Freund«, sagte Breschnow und goss sich noch ein Glas Wasser ein. »Und ihr Sohn sitzt noch vor der Tür.«

Sie eilten zurück in den Flur. Eine der Auszubildenden stoppte den Kriminaltechniker und zeigte ihm einen Fetzen Verpackungsplastik, den sie in der Kammer gefunden hatte. Manfred kratzte sich am Kinn. Breschnow eilte zur Wohnungstür und riss sie auf.

»Hat Ihre Mutter einen Rollstuhl?«, fragte er Maik Schröder.

Der Sohn nickte. »Seit letzter Woche.«

»Er hat sie mit einem Rollstuhl weggebracht«, sagte Breschnow.

Manfred schob ihn zur Seite und betrat mit einem Scanner den Flur. Er bat Maik Schröder um seine Fingerabdrücke und drehte sich zu Breschnow hin.

»Wenn er neu ist, finden wir vielleicht Abrieb.«

Breschnow fischte sein Handy aus der Tasche und bat Regina, ihn abzuholen.

»Wir fahren nach Tornow«, sagte er und eilte in Richtung Fahrstuhl.

***

Cosma drehte die Musik lauter und grölte lauthals mit. Robert hielt sich das rechte Ohr zu und stellte das Radio wieder leise.

»Nichts gegen deinen Gesang, Schätzchen, aber mir fallen die Ohren ab. Ich konnte Punk noch nie leiden.«

»Das macht das Alter«, lachte Cosma und stupste ihn sanft an der Schulter.

Robert spielte mit dem Lenkrad und der Wagen schlingerte leicht. Cosma sah in die Winterlandschaft und klopfte mit den Fingern den Takt der Musik mit.

»Wie lange brauchen wir noch?«

Robert stöhnte. »Du hörst dich an wie meine Tochter, damals, als ich noch nicht wusste, dass ich Männer liebte. Sobald wir im Auto saßen, wurden die Stullen herausgeholt und die Saftflaschen. Wenn das Picknick beendet war, meistens hatten wir noch nicht einmal die Stadt verlassen, begann meine Kleine zu nörgeln und fragte alle fünf Minuten, wann wir endlich da seien.«

»Klarer Fall von Trauma, armer Robert. Hast du noch Kontakt?«

»Aber natürlich!«, antwortete er leise kichernd. »Meine Tochter ist sechzehn und hat ihre erste feste Freundin und meine Exfrau gibt mir die Schuld daran.«

Vor ihnen winkte ein Mann mit einem roten Tuch. Er hatte das Warndreieck viel zu nah an das Auto gestellt. Robert scherte links aus und fuhr vorbei.

»Ich habe zwei linke Hände«, erklärte er entschuldigend.

»Es ist schön hier«, sagte Cosma, nachdem sie die Ausfahrt nach Teupitz genommen hatten.

Robert warf ihr einen ungläubigen Blick zu. »Hier möchte ich nicht tot überm Zaun hängen. Keine Kneipen, kein Kino …«

»Aber viel Natur«, unterbrach ihn Cosma. »Sind wir bald da?«

»Nervös?«

»So langsam schon.«

Sie zog die Straßenkarte aus der Seitentür, lotste Robert durch Teupitz nach Tornow und fragte dort einen einsamen Spaziergänger nach den Schömtichs. Kurz danach hatten sie ihr Ziel erreicht und Cosma sprang aus dem Wagen.

»Bei wem sollen wir zuerst klingeln?«

»Bei Gerd Schömtich«, entschied Robert.

Als ihnen niemand öffnete, deutete er mit dem Kopf zum Nachbarhaus. »Dann eben zuerst bei ihm.«

David Schömtich trug wieder den kurzen blauen Morgenmantel. Seine roten Haare standen wirr um seinen Kopf, die Augen waren verquollen. Cosma hätte ihn fast nicht erkannt.

»Entschuldigung, Herr Schömtich, dass wir Sie stören.«

Sie wusste nicht, was sie sonst noch sagen sollte und drehte sich Hilfe suchend zu Robert um. Der Studioleiter winkte ihnen, ihm zu folgen und sie gingen ins Wohnzimmer. Schömtich hüllte sich in eine karierte Wolldecke ein und setzte sich auf das Sofa.

Er musterte Cosma. »Was willst du?«

»Ich ... ähm, wir ...«

Robert trat neben sie. »Ich bin Robert Schubert, Kriminalreporter beim *Tagesspiegel*. Wir würden gerne mit Ihnen über Nina Sebastian und Ihre Frau reden.«

Wie von der Tarantel gestochen, schnellte der Studioleiter hoch und ging ihm an die Gurgel. Robert versuchte, die Hände des Mannes von seiner Kehle zu lösen. Cosma packte Schömtich von hinten bei den Schultern und zerrte an ihm.

»Du elender Schmierfink!«, schrie der Studioleiter, trat Robert in den Schritt und stieß ihn von sich. Der Reporter sackte wimmernd zusammen und Cosma eilte ihm zu Hilfe.

»Raus hier!«, zischte Schömtich. »Haut ab!« Seine Augen funkelten Cosma böse an. »Und du, lass dich nie mehr im Studio sehen!«

Robert richtete sich auf. »Ich ...«

Als er in das hasserfüllte Gesicht seines Gegenübers sah, brach er den Satz ab und verließ eilig den Raum. Cosma folgte ihm. An der Haustür hörte sie ein leises Wimmern, aber sie traute sich nicht zurück. Draußen sog Robert geräuschvoll die kalte Winterluft in die Lungen und ging zur Straße.

»Wollen wir nach dem Schreck ein paar Schritte laufen?«

Cosma willigte ein und ging voran. Sie hatte soeben ihren Job verloren und fühlte sich wunderbar.

»Vielleicht finden wir im Ort jemanden, der nicht gleich zutritt, wenn wir mit ihm reden wollen«, murmelte Robert.

Ein Auto fuhr vorbei. Menschen sahen sie keine. Am Ortsausgang drehten sie um. Im frischen Schnee kamen ihnen ihre Schritte entgegen. Robert eilte zielstrebig auf die Tür von Gerd Schömtich zu. Als keiner öffnete, ging er um das Haus herum. Cosma folgte ihm zögernd, blieb an einem kleinen Fenster an der Seite stehen und versuchte hineinzusehen. Weiße Scheibengardinen versperrten ihr die Sicht. Sie sah sich suchend um und entdeckte einen kleinen Schuppen am Zaun. Die morsche Holztür war nur angelehnt. Vorsichtig stieß sie sie auf. Langsam gewöhnten sich ihre Augen an das Dämmerlicht und sie entdeckte einen Holzstumpf in der hinteren Ecke. Sie wuchtete ihn hoch. Er war kalt und schwer. Mühsam bugsierte sie ihn aus dem Schuppen heraus und ließ ihn unter das Fenster fallen. Die Höhe reichte gerade, um einen Blick in den Raum werfen zu können. Direkt am Fenster stand ein alter Holztisch mit zwei Stühlen. Er war mit Zeitungen bedeckt. Cosma sah eine Schere und Klebeband, eine halb leere Flasche Korn, Verbandszeug und eine starke Brille. Hinten im Raum stand ein blauer Eimer mit einem Wischlappen über dem Rand.

Sie stieg wieder herunter und suchte Robert. Neben der Küche sah sie eine Rauchglasscheibe und vermutete, dass dahinter das Badezimmer lag. Das Fenster war gekippt. Die nächste Scheibe war mit schweren blickdichten Vorhängen verhangen. Sie klopfte an das Fenster. Als sich nichts tat, ging sie weiter und fand Robert an der Terrassentür. Er hatte die Hände zu einer Röhre geformt und spähte in den Raum.

»Es sieht aus wie nach einem Bombenangriff«, sagte er.

Cosma zuckte bei dem Wort zusammen und hielt ebenfalls die Hände gegen das Glas. Sie sah eine schmutzige beigefarbene Couch. Eine Sprungfeder lugte heraus. Der Sessel davor war umgestürzt, ebenso wie der kleine Beistelltisch. Der Teppich war mit Kippen und leeren Flaschen übersät. Ansonsten war der Raum, bis auf ein altes Holzregal mit einem kleinen Fernseher, das sie verschwommen im hinteren Teil des Zimmers ausmachen konnte, leer.

Sie nahm die Hände von der Scheibe.

»Wieso sind die Möbel umgestürzt?«

Robert zuckte mit den Schultern. »Wenn Gerd Schömtich wirklich hier lebt, dann geht es ihm nicht gut. Komm!«

Sie gingen noch ein paar Schritte weiter, bis sie die Grundstücksgrenze erreichten.

Cosma hielt Robert am Arm fest und deutete auf das Haus des Studioleiters.

»Ich glaube, da sollten wir nicht rübergehen. Ich möchte ihm heute nicht noch einmal begegnen.«

Robert nickte und drehte sich um. Cosma folgte ihm zögernd zurück zum Auto, suchte nach einer Idee, was jetzt zu tun sei, wollte ihm beweisen, dass sie eine gute Journalistin war. Aber ihr Kopf war leer.

Im Nebenhaus lüftete sich eine Gardine.

***

Nadine war überrascht, mich zu sehen. Sie war blass, sah krank aus. Wir setzten uns ins Wohnzimmer. Ich erkundigte mich nach ihrem Befinden, aber sie winkte nur lächelnd ab, wollte mir einen Kaffee kochen.

Auf einmal trieb mich die Stimme zur Eile an.

Ich zog das Messer aus der Tasche. Nadine reagierte nicht. Erst als ich ihr Handgelenk griff, schrie sie.

***

»Geht's nicht schneller?«, murrte Breschnow.

»Falls es dir entgangen sein sollte, mein Name ist Regina Monat und nicht Andreas Drass und außerdem ist dieser Wagen, genau wie deiner, ein älteres Modell.«

Regina streichelte demonstrativ das Lenkrad. Breschnow zeigte ihr einen Vogel. Sein Gehirn arbeitete auf Hochtouren. »Wenn unser Mörder die Alte hat, bleibt uns nicht mehr viel Zeit.«

Regina beschleunigte etwas.

»Verdammt, Regina, irgendetwas übersehen wir! Ich glaube immer noch nicht, dass Movara oder Polen etwas mit den Morden zu tun haben.«

»Was ist mit dem Arzt?«

»Der hat ein wasserdichtes Alibi. Außerdem ..., warum sollte er seine alte Mutter entführen?«

»Ist alles schon vorgekommen«, sagte Regina.

Es hatte wieder angefangen zu schneien und die Flocken hüllten die Autobahn wie Nebel ein.

Regina ging vom Gas. »Irgendwann ist doch mal gut, oder?«

»Brandenburgisch Sibirien«, brummte Breschnow und starrte auf die wilden Flocken. »Das optimale Unfallwetter. Und wir fahren ins Grüne.«

Regina schaltete den Scheibenwischer auf die höchste Stufe. Breschnow rutschte unruhig auf dem Beifahrersitz hin und her und hatte den Eindruck, dass sie mittlerweile im Schritttempo dahinkrochen. Als er einen Blick auf den Tacho warf, zeigte der fast sechzig Stundenkilometer an.

»Es könnte einer aus dem Dorf sein«, sagte er nach einer Weile und fummelte hektisch in seiner Jackentasche herum.

»Vergiss es! Im Auto wird nicht geraucht«, machte Regina deutlich, ohne den Blick von der Straße zu nehmen.

»Vielleicht hat sie damals jemand beobachtet?«

»Beim Vergewaltigen?«

»Kann doch sein.«

»Oder es hat doch jemand bei dem Tod des Mädchens nachgeholfen«, sagte Regina.

»Sozusagen als Auftaktveranstaltung? Aber warum dann die lange Pause?«

»Vielleicht war sie gar nicht so lang? Vielleicht hat er nicht hier in der Gegend getötet, sondern in anderen Bundesländern oder im Ausland.«

Reginas Handy klingelte. Sie stellte es auf Lautsprecher.

»Schömtich ist nicht hier«, hörten sie Drass sagen. »Seine Sekretärin sagt, er sei bis Ende der Woche nicht zu sprechen. Movara ist auch nicht im Studio, hat heute keine Termine. Nur Polen drückt sich hier rum, hat ein Fotoshooting und sieht total scheiße aus. Da muss diese Johanna lange dran rumschminken. Ach ja, und Delego kann gar nicht genug von diesem Glamour hier kriegen. Au! ... Mann, Delego, mach mal halblang«, lachte Drass. »Das war's. Ich muss mich hier dringend verteidigen.«

Die Straße nach Teupitz war nur einspurig befahrbar. Es hatte einen Unfall gegeben. Ein Uniformierter regelte den Verkehr. Breschnow stieg aus, zündete sich eine Zigarette an und sog gierig das Nikotin ein. Regina rollte langsam in der Autoschlange vorwärts. Breschnow lief neben dem Wagen her. Als Regina Gas gab, sprang er schnell hinein. Sie passierten die Unfallstelle. Ein Auto hatte ein Reh gerammt.

Kurz danach erreichten sie Tornow und parkten vor den

Häusern der Schömtichs. Breschnow stellte sich auf den Bürgersteig und betrachtete die Spuren im Schnee.

»Ziemlich viele Abdrücke«, sagte er. »Von der einen zur anderen Haustür und ...«, er folgte den Spuren mit den Augen, »an dem Haus entlang.«

Regina schloss den Wagen ab und trat neben ihn.

»Zwei Leute«, sagte Breschnow und folgte den Spuren. Regina klingelte an der Haustür. Als niemand öffnete, ging auch sie um das Haus herum. Sie fand Breschnow im Nachbargarten. Er war an die Terrassentür von David Schömtich getreten und klopfte. Der Studioleiter starrte sie durch die Glasscheibe an. Regina bat ihn zu öffnen.

»Was wollen Sie denn schon wieder«, blaffte er. »Haben Sie den Mörder meiner Frau gefunden, oder kommen Sie auch zur Leichenfledderei und Nestbeschmutzung.«

»Auch? Wer war denn schon hier?«, erkundigte sich Breschnow.

Schömtich murmelte etwas Unverständliches und wollte die Tür wieder zuschieben. Regina stellte einen Fuß in den Spalt und redete beruhigend auf ihn ein. Nach einer Weile ließ der Studioleiter resigniert den Griff los, drehte sich wortlos um und ging zurück zum Sofa. Regina schob die Tür auf.

»Was ist passiert?«

Schömtich zuckte mit den Schultern.

»Was meinten Sie eben mit Leichenfledderei? Jetzt reden Sie schon!«, verlangte Breschnow.

»Presse«, zischte der Studioleiter und betrachtete ihn finster.

»Wir haben die Presse nicht informiert, falls Sie das denken. Soviel ich weiß, hat die Polizei die Identitäten der Toten noch nicht herausgegeben.«

»Die Anderson hat diesen Reporter hier angeschleppt.«

Breschnow stöhnte, zog sich einen Sessel heran und setzte sich auf die Lehne. »Und wo sind sie jetzt?«

»Keine Ahnung. Ich habe sie rausgeschmissen.«

»Schade. Ich hätte gerne mit ihnen geredet.« Er hielt kurz inne. »Wir brauchen Ihre Fingerabdrücke.«

Der Studioleiter sprang auf und drückte Breschnow den Zeigefinger in die Brust. »Bloß weil Sie unfähig sind, den Mörder meiner Frau zu finden, wollen Sie mir jetzt die Schuld in die Schuhe schieben?«

Breschnow griff nach der Hand und drückte sie energisch nach unten. »Niemand will Ihnen die Schuld in die Schuhe schieben. Wir müssen aber allen Möglichkeiten nachgehen, und Sie wären nicht der Erste, der seine Frau umbringt.«

Breschnow ließ die Hand los und der Studioleiter sackte in sich zusammen. Regina sprang heran und stützte ihn.

»Das, was Ihnen passiert ist, tut mir leid«, sagte sie. Schömtich ließ sich wieder auf das Sofa sinken.

»Haben Sie diese Frauen umgebracht?«, fragte Breschnow.

Der Studioleiter schüttelte den Kopf. Regina setzte sich neben ihn.

»Wo ist Ihr Bruder?«, erkundigte sich Breschnow.

Der Studioleiter zuckte mit den Schultern.

»Wir wissen von der Vergewaltigung damals und jetzt sterben Ihre Frauen. Wir wissen von Ihnen, Movara und Schröder. Gibt es noch einen vierten?«

Schömtich starrte unbewegt auf einen imaginären Punkt in der Tiefe des Raumes.

»Wollen Sie ein Glas Wasser?«, fragte Regina.

»Der Mann braucht etwas Stärkeres«, entschied Breschnow und sprang auf.

Er öffnete die Türen der riesigen Schrankwand, fand Tischdecken, Geschirr, Gläser und Spiele, aber keine Bar. Dann eilte er weiter zur Küche, blieb ein paar Sekunden im Türrahmen stehen und prägte sich das Szenario ein. Einer der Stühle lag auf dem Boden, daneben ein Aschenbecher. Drum herum dunkle Spritzer. Er trat näher heran, ging in die Hocke und besah die roten Tropfen, die sich auf dem Fußboden verteilt hatten. Das Blut war noch nicht getrocknet. Am Rand des Aschenbechers klebten ein paar dunkelblonde Haare. Er folgte den Blutspuren hinaus in den Flur. Hier schluckte sie der dunkle Teppich. Breschnow zog sein Handy aus der Tasche und rief die Spurensicherung. Dann stürmte er zurück ins Wohnzimmer, griff Schömtichs Bademantelrevers und zog ihn auf die Füße.

»Schluss jetzt mit den Spielchen!«

***

Das Auto schlitterte über das glatte Kopfsteinpflaster. Cosma seufzte. »Ich habe keinen blassen Schimmer, was wir jetzt machen sollen.«

»Ich auch nicht, Schätzchen«, sagte Robert lächelnd. »Aber ich habe in Teupitz ein Lokal gesehen. Dort werden wir erst einmal etwas essen.«

»Essen? Hast du sie noch alle? Wir müssen herausfinden, was hier passiert ist!«

»Mit leerem Bauch denkt es sich schlecht.«

»Ich glaube, da verwechselst du was«, meinte Cosma und drehte die Musik an. Die Stimme einer ihr unbekannten Sängerin füllte das warme Auto. Cosma lehnte sich zurück und versuchte, sich zu entspannen. Robert starrte konzentriert auf die Straße.

»Erzähl mir noch mal von der Vergewaltigung«, sagte er nach einer Weile.

Cosma spürte Kälte in sich aufsteigen und versuchte sie abzuschütteln. Schnell griff sie mit dem Daumen und dem Zeigefinger der linken Hand in die Daumenkuhle der rechten. Das Gefühl verschwand genauso plötzlich, wie es gekommen war.

Robert drehte sich zu ihr hin. »Also was genau hat dir diese Babs erzählt?«

Wenigstens nannte er nicht mehr das fürchterliche Wort.

Cosma sammelte sich und gab sich Mühe, das Telefonat mit Barbara Knöller wortgetreu wiederzugeben. Es schauderte sie bei dem Gedanken, was Nina hatte mit anhören müssen, und noch mehr, was sie dafür hatte tun müssen. Aber letztendlich war es ihre eigene Entscheidung gewesen.

Sie ballte die linke Hand zur Faust und verfluchte ihren Chef. Roberts warme Hand auf ihrer riss sie aus den Gedanken.

»Sie war erwachsen, Schätzchen«, sagte er, als ob er ihre Gedanken lesen konnte. »Nina Sebastian war eine erwachsene junge Frau. Wahrscheinlich wusste sie, worauf sie sich eingelassen hat, und es war ihr die Sache wert.«

»Aber der Tod bestimmt nicht«, widersprach Cosma.

»Nein, der nicht.«

Er ließ ihre Hand los und deutete mit dem Finger durch die Windschutzscheibe.

»Da vorne ist es. Ein Haus am See.«

***

Die Limousine stoppte. Movara sah aus dem Fenster. Es hatte einen Unfall gegeben. Ein Wagen hatte ein Reh gerammt. Er trommelte mit den Fingern auf den Ledersitz. Die Schlange kroch zwei Wagenlängen vorwärts. Er musste Gerd Schömtich finden, bevor es die anderen taten. Aber zuerst würde er zu David fahren. Er musste ihn von der Schuld seines Bruders überzeugen. Er brauchte seine Hilfe. Und sein Schweigen. Noch ein einziges Mal.

***

»Was ist in Ihrer Küche passiert«, herrschte Breschnow ihn an, »und was bedeutet Nestbeschmutzer?«

»Lassen Sie mich los«, protestierte David Schömtich halbherzig.

»Erst wenn Sie mit mir reden.« Er zog den Kragen des Morgenmantels etwas fester zu. Schömtich starrte ihn aus weit aufgerissenen Augen an. Regina trat einen Schritt näher, aber Breschnows Blick hielt sie auf Abstand.

»Reden Sie!«, zischte er und zog Schömtich noch ein kleines Stückchen höher. Der Studioleiter folgte dem Zug mit den Zehenspitzen und röchelte. Breschnow ließ ihn los, schubste ihn zurück auf das Sofa und setzte sich dicht neben ihn. Regina blieb stehen.

»Hol uns einen Schnaps«, befahl er ihr.

»Im Kühlschrank«, krächzte Schömtich.

»Pass auf, wo du hintrittst«, rief Breschnow ihr hinterher und lehnte sich zurück.

Die beiden Männer fixierten sich schweigend. Regina kam mit einer Flasche Klaren und zwei Wassergläsern zurück und stellte sie auf den Beistelltisch. Breschnow griff die Flasche und goss großzügig ein. Ein Glas reichte er Schömtich, das zweite trank er. Dann steckte er sich eine Zigarette an und sog geräuschvoll den Rauch ein.

»Nestbeschmutzer?«, brummte er. »Was hat es damit auf sich?«

Schömtich kippte den Schnaps in einem Zug, stellte das Glas auf seinem Oberschenkel ab und drehte es nervös hin und her.

»Movara war hier. Er hat behauptet, dass mein Bruder uns damals gefolgt ist.«

»Verdammt«, sagte Breschnow und sah Regina an. »Das ist der vierte, den wir suchen!«

Er schenkte ihnen noch einmal ein.

»Und dafür haben Sie ihm den Aschenbecher über den Schädel geknallt?«

Schömtich nickte.

»Wo ist Movara jetzt?«

»Keine Ahnung. Er hat mein Haus auf jeden Fall lebendig verlassen.«

»Überprüf das«, sagte Breschnow. Regina verließ den Raum.

»Und Ihr Bruder?«

Der Studioleiter zuckte mit den Schultern.

»Denken Sie nach! Hat er Freunde, bei denen er sein könnte. Eine Geliebte, eine Lieblingskneipe ...?«

»Wohl eher Saufkumpanen«, brummte Schömtich.

»Wo hat er sich mit ihnen getroffen?«

»Im Dorfkrug, glaube ich.«

»Hier in Tornow?«

Schömtich nickte.

»Gut, dann fahren wir hin. Aber vorher sehen wir uns in seinem Haus um.«

Schömtich erhob sich müde. Breschnow begleitete ihn in den Flur, wo er einen Schlüssel aus dem Erste-Hilfe-Wandkasten nahm und ihn in seiner Hand hin und her drehte.

»Kann ich mir schnell noch etwas anziehen?«

Breschnow nickte und folgte ihm ins Schlafzimmer. Der Studioleiter griff die Sachen vom Boden und stieg in seine festen Schuhe.

»Sie können Movara nicht erreichen«, sagte Regina.

Breschnow nickte und deutete zur Tür. Eine Windböe wirbelte dickte Schneeflocken herein. Schömtich eilte davon. Breschnow folgte ihm. Auf der Straße hielt der Studioleiter kurz inne, sah nach rechts und links und auf die Spuren am Boden, eilte zum Haus seines Bruders und klingelte. Zögernd steckte er den Schlüssel ins Schloss und öffnete die Tür. Kalte abgestandene Luft schlug ihm entgegen und der durchdringende Geruch von Urin. Irritiert blieb er stehen.

Breschnow schob ihn zur Seite und gab Regina ein Zeichen, mit Schömtich zurück zu bleiben. Er legte den Lichtschalter um. Es blieb dunkel. Langsam tastete er sich den dämmerigen Flur entlang und öffnete die nächste Tür. Sie führte in ein Badezimmer. Er ließ sie offen stehen, damit das Licht in den Korridor fallen konnte. Die Tür gegenüber mündete in einer kleinen Küche. Klebeband und eine Schere lagen auf einem alten Holztisch. Breschnows Körper spannte sich an. Leise schlich er weiter. Der Raum vor ihm war offen und fahles Licht drang in den hinteren Teil des Korridors. Er betrat das Wohnzimmer und drehte sich blitzschnell im Kreis. Es war niemand da. Der Raum stank nach schalem Bier und kaltem Rauch. Er ging wieder zurück in den Flur und drückte die Klinke der letzten Tür. Sie war verschlossen. Breschnow holte Schwung und trat mit dem Fuß dagegen. Beim zweiten Mal knackte es und die Tür sprang auf. Der Uringeruch ließ ihn automatisch durch den Mund atmen. Im Zimmer war es dunkel, die schweren Vorhänge waren zugezogen. Breschnow horchte einen Moment lang in die Stille hinein. Als er sicher war, allein im Raum zu sein, tastete er sich zum Fenster vor und zog die Vorhänge auf. Fahles Licht fiel herein. Er ließ den Blick durch das Zimmer gleiten. Regina und Schömtich standen in der Tür.

»Ich glaube, sie war hier«, flüsterte Breschnow.

***

Ich spürte die Kälte in den Wagen ziehen, aber sie machte mir nichts mehr aus. Eine Limousine glitt vorbei und verließ den Ort. Ich war bereit zu empfangen. Stimmen blitzten durch meinen Kopf, manche schrill, manche verführerisch weich. Dann wurde es ganz still und ich hörte nur noch ihre Stimme. Sie nahm mich an die Hand.

***

»Halt an«, schrie Cosma.

Robert trat hart auf die Bremse. Der Wagen brach nach rechts aus und schrammte an einer niedrigen Hecke entlang, bevor er zum Stehen kam.

»Was ist los, Schätzchen?«

Cosma ließ sich tiefer in den Sitz sinken und deutete mit dem Zeigefinger durch die Windschutzscheibe. Robert beobachtete Breschnow auf Gerd Schömtichs Grundstück. Der Kommissar eilte in Richtung Garage, der Studioleiter dicht hinter ihm.

Es war Cosmas Idee gewesen, noch einmal hierherzukommen. Sie hatte sich in den Kopf gesetzt, ein zweites Mal in die Höhle des Löwen zu gehen, und war überzeugt, dass Schömtich ihr keine Gewalt antun würde. Nach einer hitzigen Diskussion bei Borschtsch und Cola hatte Robert klein beigegeben.

Sie beobachteten, wie der Studioleiter das Garagentor öffnete und in seinen blauen Saab stieg. Kurz danach rollte der Wagen heraus und nahm Breschnow auf.

»Wir folgen ihnen«, entschied Cosma.

***

Sie umrundeten nun schon zum zweiten Mal den Ort. Alles hatte sich verändert. Auf den Wiesen standen jetzt Bäume, kleine Wälder waren auf dem fruchtbaren Ackerland gewachsen. Die Straßen asphaltiert, die schmalen Wege überwuchert. Sosehr er es auch versuchte, er konnte sich nicht mehr erinnern.

Damals war er mit dem Rad hierhergekommen, war über die sandigen Pisten gerast. Er hatte ihn magisch angezogen, dieser Ort. Er hatte die Wiese sehen wollen, auf der das Mädchen gestorben war.

Heute war alles zugeschneit, Bäume und Wiesen, Straßen und Wege. Movara seufzte und bat den Fahrer, eine andere Straße auszuprobieren.

***

Der blaue Volvo stoppte zwei Querstraßen weiter. Breschnow ließ sich den Autoschlüssel geben und sprang aus dem Wagen. David Schömtich folgte ihm unwillig. An der Tür zum Gasthaus drehte sich Breschnow um und bedeutete dem Studioleiter, sich zu beeilen. Er hielt ihm die Tür auf und sie traten ein.

Der Gastraum war dunkel und leer. Hinter dem Tresen putzte ein Mann in grünen Hosen mit braunen Hosenträgern, die sich über seinen enormen Bauch spannten, die Gläser. Breschnow bestellte einen Doppelkorn. David erkundigte sich nach seinem Bruder.

»Der ist schon weg«, sagte der Wirt, stellte den Schnaps vor Breschnow und sah Schömtich an. »Willst du auch einen?«

Der Studioleiter schüttelte den Kopf.

»Hat er gesagt, wo er hinwollte?«, erkundigte sich Breschnow.

Der Wirt verneinte.

»Ist er allein weggegangen?«

Der Wirt sah David Schömtich an. »Ist das ein Freund von dir? Warum will er das alles wissen?«

»Antworten Sie einfach«, bellte Breschnow und zog seinen Dienstausweis aus der Tasche.

»Oho, die Polizei. Wollen Sie noch einen?« Er deutete auf das Glas.

Breschnow nickte. »Also?«

»Gerd ist ungefähr vor zwei Stunden gegangen. Er hat ziemlich viel getrunken und er hat eine Flasche Wodka mitgenommen, was mich gewundert hat.« Der Wirt sah Schömtich an. »Ich meine ... bei uns ist der Schnaps ja viel teurer als im Supermarkt. Und Gerd hat's ja nicht so dicke.«

Der Studioleiter erblasste und ließ sich auch einen Schnaps geben.

Breschnow stellte sich dicht neben ihn. »Was hat das zu bedeuten?«

»Die Wiese«, flüsterte David Schömtich und leerte sein Glas.

***

Ich liebe diese Wiese. Das Mädchen ist oft hier. Die Adern groß und rot, die Augen auf mich gerichtet. Ich nähere mich ihr lächelnd. Sie stöhnt leicht vor Erregung, wenn ich sie liebe, und umfasst mich warm und weich. Ihre blutverschmierten Handgelenke legen sich um meinen Hals und sie zieht mich tiefer zu sich herunter, öffnet ihren dunkelroten Mund und flüstert Liebesschwüre.

***

Unruhig tigerte sie von einem Zimmer zum anderen. Sie sah auf die Uhr. Weitere fünf Minuten waren vergangen. Sie ging zurück ins Schlafzimmer, stellte sich neben das Bett und betrachtete den nassen Fleck auf dem Laken. Die alte Frau musste eine Zeitlang hier gelegen haben.

Denk nach, befahl sie sich.

Er hat die Frauen in geschlossenen Räumen getötet, in einem Cube und in einer verfallenen Holzhütte. Es waren fremde Räume, das hier war sein Zuhause oder sollte es zumindest sein. Sie umrundete das Bett. Die Spurensicherung würde sie dafür hassen. Sie bückte sich.

Der Bodenbelag des Flurs war dreckverkrustet. Sosehr sie

sich auch bemühte, sie konnte die neuen Spuren nicht von den alten unterscheiden. In dieser Wohnung hatte schon lange niemand mehr geputzt. Die Küche roch feucht und schimmelig. Grüngelber Belag, gespickt mit kleinen Bröckchen, breitete sich auf der Ablage rund um die Spüle aus. Sie betrachtete die Schere und das Klebeband auf dem Küchentisch. Beides war sauber. Wahrscheinlich hatte er es erst gekauft. Das Wohnzimmer war genauso verdreckt. Überall leere Flaschen, verklebtes Geschirr, leere Pizzakartons, ein Schlafsack auf dem Sofa. Sie lief zurück ins Schlafzimmer. Die Bettwäsche war bis auf den Urinfleck sauber. Er hatte das Bett für sein Opfer frisch bezogen.

»Hallo«, rief eine unbekannte Männerstimme aus dem Flur.

Regina zuckte zusammen. Sie hatte wegen des Gestanks die Haustür offen stehen lassen. Sie griff nach ihrer Waffe und erinnerte sich, sie im Handschuhfach liegen gelassen zu haben.

***

Das nervöse Trommeln auf dem Armaturenbrett verstärkte sich. David Schömtich hielt sich den Kopf. »Halten Sie endlich Ihre Hände still!«

Breschnow hielt erstaunt inne und zog seine Hand zurück.

»Da vorne könnte es sein«, sagte der Studioleiter.

»Hoffentlich«, knurrte Breschnow.

Sie waren bereits zweimal in die falsche Richtung gefahren und er wurde das Gefühl nicht los, dass Schömtich ihn absichtlich in die Irre führte. Diesmal endeten sie in einer Sackgasse, vor ihnen ein kleines Waldstück.

Schömtich schüttelte den Kopf, ließ den Wagen ausrollen und schaltete den Motor aus.

»Was?«, fragte Breschnow entnervt.

»Ich bin nicht sicher, aber es könnte sein, dass da hinten die Wiese liegt. Sie hat zwei Zugänge. Ein Weg führt direkt bis an sie heran, der andere, dieser hier, geht durch den Wald und endet auf der Wiese.«

»Dann sehen wir nach«, entschied Breschnow und öffnete die Tür.

Schömtich rührte sich nicht.

»Ich habe keine Jacke«, erklärte er, nachdem der Kommissar um den Wagen herumgegangen war und die Fahrertür aufgerissen hatte.

»Ich auch nicht«, brummte Breschnow und stapfte los.

Schömtich folgte ihm widerwillig. Er fror sofort. Nach einer Viertelstunde murmelte er: »Wir … wir müssten schon längst auf der Wiese sein. Aber wir sind immer noch im Wald. Es tut mir wirklich leid.« Breschnow stoppte und zündete sich eine Zigarette an.

»Ach, hören Sie auf mit dem Theater. Sie wissen genau, wo die Wiese ist, und ich werde Sie so lange durch die Gegend scheuchen, bis wir sie gefunden haben. Ihrem Bruder tun Sie mit dieser Verzögerungstaktik bestimmt keinen Gefallen.«

Schweigend gingen sie zurück zum Auto. Dieses Mal eilte Schömtich voran. Als sie die kleine Straße erreichten, parkte ein weiteres Fahrzeug mit Berliner Kennzeichen hinter ihnen. Schömtich riss die Fahrertür auf, startete den Wagen und drehte die Heizung voll auf. Breschnow folgte den Fußspuren im Schnee, die von dem anderen Fahrzeug zu dem kleinen Wäldchen führten und sich dort verliefen. Währenddessen wendete

Schömtich geschickt den Wagen auf dem schmalen Weg, gab Gas und rollte langsam davon. Breschnow spurtete los. Aber der Studioleiter stoppte an der Straße und Breschnow ließ sich erleichtert auf den Beifahrersitz fallen.

Schömtich lächelte. »Dachten Sie, ich haue ab?«

Breschnow nickte und deutete auf den Berliner Wagen. »Kommen hier oft Spaziergänger aus der Stadt?«

»Im Sommer schon, im Winter eher weniger. Und bevor wir weitersuchen, würde ich gerne meine Jacke holen.«

Breschnow schüttelte den Kopf und deutete auf die Straße.

***

Er sah über die verschneite Fläche. Sie war viel größer, als er sie in Erinnerung hatte. Movara stieg aus und betrachtete seine Schuhe. Dann rutschte er vorsichtig den schmalen Weg entlang. Der Fahrer rief ihm etwas zu. Er wollte es nicht hören. Er wollte, dass das hier die richtige Wiese war, wollte der Vergangenheit endlich ein Ende machen.

Der Fahrer hatte zu ihm aufgeschlossen und hielt ihm sein Telefon hin. »Bitte, Herr Movara. Es ist das Krankenhaus, wegen Ihrer Frau.«

***

Der Mann trat in den Raum und deutete auf das Bett. »Hat sie hier gelegen?«

»Wer sind Sie?«, fragte Regina scharf.

»Maik Schröder, und Sie?«

»Kommissarin Monat. Wir haben vorhin telefoniert ...«

»... und ich habe Ihnen gesagt, dass ich bei der Suche nach meiner Mutter vielleicht helfen kann«, unterbrach Schröder sie und setzte sich auf die Bettkante.

Noch eine Rüge von der Spurensicherung, dachte Regina und trat näher.

»Als wir Kinder waren, haben wir viel draußen gespielt.« Sein Blick schweifte in die Ferne. »Im Winter haben wir uns Iglus gebaut ...«

»Meinen Sie, der Entführer hat Ihre Mutter in einem Iglu versteckt?«, fragte die Kommissarin.

Schröder schüttelte den Kopf. »Wir hatten noch andere Verstecke und die beiden Schömtich-Jungs hatten eine halbverfallene Scheune am Dorfrand entdeckt.«

»Wenn das Gebäude damals schon halb verfallen war, steht es heute vielleicht gar nicht mehr. Aber wir können nachsehen. Kommen Sie.«

Maik Schröder erhob sich und folgte Regina hinaus. Die Kommissarin zog ein Notizheft aus der Hosentasche, riss ein Blatt heraus und hinterließ eine Nachricht für die Spurensicherung.

Schröder stand bereits auf der Straße. Regina steuerte auf ihr Fahrzeug zu und forderte ihn auf, zu folgen. Sie nahm die Waffe aus dem Handschuhfach und steckte sie in die Tasche ihrer Winterjacke. Schröder ließ sich auf den Beifahrersitz fallen. »Zuerst ein Stück die Straße zurück nach Teupitz«, dirigierte er.

***

Gerd Schömtich breitete die große Wolldecke aus und sah sich nach dem Mädchen um. Er hoffte, dass sie kommen würde. Die Stimme hatte es ihm versprochen. Er schraubte den Verschluss der Wodkaflasche auf und nahm einen großen Schluck, so wie sie es damals getan hatte. Heute würde er nicht davonrennen. Heute würde er bei ihr bleiben. Er trank noch einmal und wunderte sich, wo sie blieb.

***

»Da vorne müsste es sein.«

Regina bog rechts in einen kleinen schneebedeckten Pfad ein. Kurz danach steckten sie fest.

»Es ist nicht mehr weit«, sagte Maik Schröder und stieg aus. Er versank knietief im Schnee und stapfte mühsam davon. Regina folgte ihm, so gut sie konnte. Kurz danach hatten sie die alte Scheune erreicht. Das Dach war eingestürzt, ebenso eine Seitenfront, aber drei Mauern hatten sich standhaft dem Verfall widersetzt. Sie betraten den Innenhof des Gemäuers. Reginas Blick wurde sofort von der großen Birke angezogen, die ihre kahlen Zweige in den Himmel streckte. Sie näherte sich vorsichtig. Der Baumstamm verdeckte fast eine kleinere Innenmauer. Maik Schröder ging an ihr vorbei und deutete auf ein wackeliges Gestell dahinter. Alles war alt und morsch an diesem Ort, nur die blaue Abdeckplane nicht, die darauf lag. Regina drehte sich noch einmal um ihre eigene Achse und als sie sicher war, dass außer Schröder und ihr niemand hier war, lüpfte sie eine Ecke der Plane. Eine Hand kam zum Vorschein, am Handgelenk ein Schnitt, an dessen Rändern das Blut bereits geronnen war. Hastig zogen sie die Plane ab. Maik Schröder fühlte den Puls, riss sich die Jacke vom Leib und deckte den Oberkörper seiner Mutter damit zu. Regina legte ihre auf die Beine.

»Sie lebt«, sagte er. »Aber ihr Puls ist ziemlich schwach.«

Die Kommissarin deutete auf den Schnitt. »Es sieht nicht so aus, als ob er sie töten wollte. Der Schnitt ist nur oberflächig. Wieso hat er sie verschont?«

»Gerd Schömtich und meine Mutter hatten ein ganz besonderes Verhältnis. Als Kind habe ich oft gedacht, dass man uns im Krankenhaus verwechselt hat und eigentlich er ihr Sohn ist. Ich glaube, sie hat ihn mehr geliebt als mich«, antwortete Schröder bitter.

»Und das haben Sie ihn spüren lassen, schätze ich. Soll ich einen Rettungswagen rufen?«

Schröder schüttelte den Kopf. »Ich bin Arzt, schon vergessen?«

***

Mühsam hangelte er sich von Fußabdruck zu Fußabdruck, rutschte aus und fing sich wieder, verwünschte das Dorf mit allem, was dazugehörte. Er hatte ihn fast erreicht und hörte das Wimmern. »Sie kommt nicht.«

Movara sah auf ihn herab. Es ekelte ihn.

Gerd Schömtich verstummte und rappelte sich auf. »Wenn du hier bist, kommt sie erst recht nicht. Hau ab!«

Er griff eine Handvoll Schnee und bewarf den Showmaster damit.

Movara trat näher. »Vielleicht kann ich dir helfen.«

Gerd Schömtich musterte ihn skeptisch. »Du? Helfen? Du hast doch alles kaputt gemacht!«

Dann hielt er sich die Hände vor das Gesicht und schluchzte. »Ich habe sie geliebt, nur sie geliebt und ihr habt mein ganzes Leben zerstört.«

Gerd Schömtich sackte wieder in sich zusammen und wimmerte. Movara setzte sich neben ihn.

»Ich kann dir helfen«, versprach er nach einer Weile. »Wenn du das Mädchen wiedersehen willst, kann ich dir wirklich dabei helfen.«

***

»Du hast sie verloren!«, schimpfte Cosma.

»Hab ich nicht, Schätzchen«, versprach Robert und bog um die nächste Kurve. Einen blauen Saab sahen sie nicht.

Cosma drehte die Musik lauter. Reinhard May sang von grenzenloser Freiheit über den Wolken.

»Was ist denn das für ein Mistsender«, beschwerte sich Robert.

Cosma drehte noch ein Stückchen auf und knallte fast gegen die Frontkonsole. »Bist du bescheuert, so hart zu bremsen!«

Robert deutete auf die Frontscheibe. Der blaue Saab war wieder in Sichtweite.

***

Sie fuhren erneut um das Dorf herum. Breschnow fluchte. Schömtich ging vom Gas und bog rechts ab. Das hatte er in den letzten zehn Minuten sechs Mal gemacht. Breschnow hatte mitgezählt. Sie bewegten sich im Kreis.

»Wissen Sie überhaupt noch, wo Sie hinfahren?«, fragte er genervt.

Der Studioleiter nickte und drosselte das Tempo. Der Wagen holperte über eine kleine Piste. Rechts und links standen Obstbäume. Schömtich deutete mit dem Finger nach links.

»Da hinten ist sie.«

»Sind wir jetzt auf der direkten Zufahrt?«

Schömtich nickte und umklammerte das Lenkrad so fest, dass seine Knöchel hervortraten. Als sie um die nächste Kurve bogen, entdeckte Breschnow den weißen Peugeot und trieb den Studioleiter zur Eile an.

Der bremste plötzlich hart.

»Ich kann das nicht«, sagte Schömtich. »Er ist mein Bruder.«

Breschnow riss die Tür auf und sprang aus dem Wagen. Mit langen Schritten eilte er zu der Wiese. Schon von Weitem sah er den Mann im Schnee liegen. Als er ihn erreicht hatte, stützte er sich auf die Beine und versuchte, wieder zu Atem zu kommen.

Gerd Schömtich lag auf dem Rücken, die Arme lang am Körper ausgestreckt, auf seiner Brust eine kleine Puppe mit schwarzen Haaren. Mit jedem Schlag pumpte sein Herz das Blut aus seinem Körper. Der Schnee um ihn herum hatte sich dunkelrot verfärbt.

Fast ein lyrischer Tod, dachte Breschnow. Aber nicht für dich!

Er riss sich den Gürtel aus der Hose und band das linke Handgelenk am Oberarm ab. Dann öffnete er die Jacke des Mannes, zog auch ihm den Gürtel aus und stoppte die Blutung am anderen Arm.

Als er sich wieder aufrichtete, stand Robert Schubert mit einem Fotoapparat neben ihm. Blitzschnell riss er ihm die Kamera aus der Hand und warf sie in hohem Bogen in den Schnee.

»Rufen Sie lieber einen Krankenwagen«, herrschte er ihn an.

Dann eilte er zurück zum Saab und zerrte den Studioleiter aus seinem Auto. »Ihr Bruder lebt noch und der Reporter ruft gerade einen Notarzt. Gehen Sie zu ihm hin und beschreiben Sie den Sanitätern den Weg.«

Wie in Trance setzte sich Schömtich in Bewegung. Robert eilte ihm entgegen.

Breschnow winkte Cosma Anderson heran. Sie näherte sich ihm zögernd.

»Was wollen Sie?«, fragte sie misstrauisch.

»Ihre Hilfe.«

»Aber ich weiß nicht, ob ich das ...«

Breschnow unterbrach sie. »Der Mann kühlt aus. Wir brauchen einen Druckverband und eine Überlebensdecke.«

Cosma zögerte noch einen Moment, öffnete dann den Kofferraum und suchte nach dem Erste-Hilfe-Kasten. Breschnow eilte zurück zu dem Verletzten. Gerd Schömtich atmete nur noch schwach, aber wenigstens war es gelungen, die Blutung zu stoppen. Cosma starrte auf den roten Schnee.

»Sehen Sie nicht auf das Blut«, riet Breschnow. »Frau Anderson, geben Sie mir die Überlebensdecke.«

Cosma wurde noch blasser und würgte.

»Frau Anderson, reißen Sie sich zusammen. Sie müssen mir jetzt helfen!«

Sie schluckte und atmete einmal tief durch, bevor sie sich

vorsichtig bückte und die Decke aus dem Erste-Hilfe-Kasten zog. Breschnow griff danach und breitete sie über dem Verletzten aus. Plötzlich reflektierte die silberne Oberfläche einen Blitz. Der Kommissar zuckte zusammen und hob den Blick. Robert Schubert ließ die Kamera sinken.

Breschnow schnellte hoch und holte aus. Der Reporter packte ihn blitzschnell am Handgelenk und hielt ihn eisern fest.

»Ich mache auch nur meinen Job«, sagte er. »Meine Zeitung wird das Foto veröffentlichen und Sie können gerne Ihre Version der Geschichte dazu beisteuern. So wäre allen gedient.«

Breschnow schnaubte, riss sich los und funkelte den Reporter wütend an. Dann griff er nach seinen Zigaretten und wandte sich wieder dem Verletzten zu. Cosma hielt ihm die zweite Notfalldecke hin und sie wickelten Gerd Schömtich behutsam darin ein.

»Der Mann lächelt«, stellte Cosma Anderson fest.

Breschnow kniete sich neben den Verletzten. »Vielleicht denkst du, dass du dein Ziel erreicht hast«, flüsterte er, »aber ich werde verhindern, dass du stirbst. Du wirst dich vor Gericht verantworten.«

Dann ließ er sich den dicken Mull geben, drückte ihn auf den klaffenden Schnitt und wickelte fest die Binde drum herum. Als er nach dem anderen Handgelenk griff, hörte er in der Ferne die Sirene und atmete erleichtert auf.

***

Es war bereits dunkel, als Breschnow den Stift zur Seite legte.

Eine leise dunkle Winternacht, dachte er und ging in die Küche, um sich noch ein Bier zu holen.

Das Bild von Gerd Schömtich im Schnee hatte sich in sein Gedächtnis gebrannt und er hatte stundenlang in seinem Lieblingssessel gesessen und ins Leere gestarrt. Erst als Drass ihn angerufen und ihm mitgeteilt hatte, dass Schömtich zwar weiterhin um sein Leben kämpfe, die Ärzte ihm aber eine gute Chance gaben, war er aus der Starre erwacht, hatte sich Papier und ein Bier geholt und eines der Gedichte für die Lesung überarbeitet.

Er schob die leeren Flaschen auf dem Beistelltisch zur Seite und stellte das frische Bier neben die frischen Seiten. Dann stand er auf und begann laut rezitierend seinen Rundgang durch den Raum.

WINTER

Es ist leicht
vom Himmel zu fallen
gütig und weiß
alles sanft zu verhüllen

erst leise schleichend
mit Wucht dann in der Nacht
am Morgen danach
ist nichts mehr wie es war

Formen verschwinden
keine Ecken und Kanten
legato die Welt

Sein Handy klingelte. Er versuchte, es zu ignorieren.

Es misslang. Missmutig nahm er das Gespräch entgegen.

»Hast du schon die Zeitung gelesen?«

Breschnow verneinte.

»Der Puppenmörder richtet sich selbst«, las Regina.

»Was für ein Müll!«, schimpfte Breschnow.

»Ich glaube nicht, dass die Anderson das geschrieben hat.«

»Wieso nicht?«

»Das ist nicht ihr Niveau.«

Breschnow schnaubte.

»Außerdem habe ich beim *Hauptstadtblatt* angerufen. Sie kennen dort keine Cosma Anderson.«

»Aber sie schreibt bestimmt noch was. Sie wird ihre Chance nutzen.«

»Wahrscheinlich. Kommst du heute noch mal zur Arbeit?«

Breschnow sah auf die Uhr.

»Gib mir noch eine Stunde«, sagte er und legte auf.

mit scharfem Kontrast
der blauschwarze Rabe
im grellweißen Schnee

aber die Sonne

es ist schwer
gehen zu müssen
dahinzuschmelzen
zu schmutzigem Grau

wenn er kommt ... der Frühling.

Breschnow stellte sich ans Fenster, ja, wenn er kommt, der Frühling. Zurzeit sah es so aus, als ob er noch lange würde warten müssen.

Sein Handy klingelte erneut.

»Das Krankenhaus hat eben noch mal angerufen«, informierte ihn Drass. »Gerd Schömtich wird überleben.«

»Und wann können wir mit ihm reden?«

»Keine Ahnung. Ich frage mich die ganze Zeit, warum er Nina Sebastian nicht auch auf einer Wiese abgelegt hat«, sagte Drass. »Das Tempelhofer Feld ist groß.«

»Ich glaube, die Orte hatten für ihn keine Bedeutung. Er kannte die Laube seiner Tante und Nina Sebastian wohnte in der Nähe. Vielleicht war er auch schon mal im Forst Düppel und Nadine Movara hätte er in ihrem Wohnzimmer getötet.«

»Aber danach vielleicht auf die Wiese in ihren Garten gebracht«, mutmaßte Drass.

Breschnow riss das Fenster weit auf und zündete sich eine Zigarette an.

»Wie geht es der alten Schröder?«

»Außer einem Schock, einigen Prellungen und Unterkühlung geht es ihr gut. Sie liegt noch auf der Station. Ihr Sohn sagt, dass sie danach zu ihm ziehen wird.«

»Hoffentlich gefällt ihr das«, sagte Breschnow.

Er nahm noch einen tiefen Zug und schnippte dann die Kippe aus dem Fenster.

***

SAMSTAG, EIN PAAR TAGE SPÄTER

Eine alte Schuld – von Cosma Anderson

Vor einer Woche fand eine jahrelange Tragödie in Tornow ihr Ende. Gerd Schömtich, der Bruder des bekannten UFA-Studioleiters David Schömtich, wurde auf einer Wiese in der Nähe des kleinen brandenburgischen Tornow mit offenen Pulsadern gefunden. Dank der schnellen Erste-Hilfe-Maßnahmen der Polizei überlebte er.

Vor dreißig Jahren war Gerd Schömtich Zeuge eines fürchterlichen Verbrechens geworden. Nach seiner eigenen Aussage hatten sein Bruder David, der Arzt Maik Schröder und der beliebte Showmaster Karsten Movara auf einer Wiese in der Nähe ihres Dorfes ein Mädchen brutal vergewaltigt. Nur einige Tage danach hatte sie sich das Leben genommen. Die Volkspolizei schloss damals den Fall als Selbstmord ab.

Der forensische Psychiater Antonius Kraft aus der Charité vermutet, dass Gerd Schömtich die Erlebnisse von damals niemals wirklich überwunden hat und deswegen im Leben nicht richtig ankommen konnte. Er war in seinem Beruf gescheitert und später auch in seiner Ehe. Der Psychiater vermutet, dass sich bei ihm schon früh eine Psychose entwickelt hat, die im Laufe der Jahre immer ausgeprägter wurde. Er fühlte sich von einer Stimme getrieben, die er dem toten Mädchen aus dem Dorf, seiner ersten großen Liebe, zuwies.

Unter ihrem Einfluss begann Gerd Schömtich, die damalige Szenerie immer wieder nachzustellen und sich gleichzeitig an den von ihm beschuldigten Vergewaltigern zu rächen. Er tötete ihre Frauen so, wie sich damals das Mädchen getötet hatte. Er schnitt ihnen die Pulsadern auf. Zuerst der jungen Nina Sebastian, die Karsten Movaras Geliebte war, und dann Luise Schömtich, der Ehefrau seines Bruders. Zweimal versuchte er auch Nadine Movara zu töten und am Ende entführte er die alte Mutter von Maik Schröder. Ob Karsten Movara, David Schömtich und Maik Schröder tatsächlich die Vergewaltiger von damals waren, wird wohl unbewiesen bleiben. Es gibt keine Spuren mehr, denen man nachgehen könnte, und laut Staatsanwaltschaft ist der Fall längst verjährt.

Maik Schröder und Karsten Movara beschuldigen Gerd Schömtich der Falschaussage und Verleumdung und streben eine Klage gegen ihn an. David Schömtich hüllt sich in Schweigen. Er hat sich vollends aus dem Studioleben zurückgezogen.

Auch Karsten Movara gab überraschenderweise seine Show ab und zog aus dem gemeinsamen Haus in Dahlem aus. Seine Ehefrau Nadine Movara behauptet, dass ihr Mann sie im Laufe ihrer Ehe immer wieder schwer verletzt hatte. Der Verdacht liegt nahe, dass der ehemalige Showmaster auch an den Verletzungen Gerd Schömtichs maßgeblich beteiligt war. Die Polizei fahndet mit Hochdruck nach ihm, bisher aber ohne Erfolg, wie von Hauptkommissar Breschnow zu erfahren war, der sich ansonsten wie immer bedeckt hielt.

Breschnow legte die Zeitung zur Seite und trank noch einen Schluck Kaffee. Dann zog er sich die schweren Winterschuhe und die warme Jacke an und machte sich auf den Weg nach Spandau. Es hatte die ganze Woche geschneit und Berlin lag unter einer zwanzig Zentimeter hohen Schneedecke. Breschnow entschied sich für die U-Bahn.

Schon von Weitem sah er das Gedränge am Eingang des Lyrikclubs und zögerte.

Er zündete sich noch eine Zigarette an und entschleunigte seine Schritte, aber der Club kam unausweichlich näher. Am Eingang begrüßte ihn ein junger Mann überschwänglich und teilte ihm aufgeregt mit, es ebenfalls in die engere Auswahl geschafft zu haben. Breschnow wünschte ihm viel Glück und trat dann seine Zigarette aus.

Als er eintrat, winkte Paul ihm zu und deutete mit dem Daumen der rechten Hand nach oben. Breschnow nickte und ließ den Blick durch die Menge meist schwarz gekleideter Menschen im Foyer gleiten. Dann drängelte er sich zu Paul durch und klopfte ihm zur Begrüßung auf die Schulter. Der Veranstalter drückte ihm ein Programm in die Hand und sie gingen gemeinsam in den Saal.

In der Mitte waren acht Stühle im Kreis aufgestellt. Vier Männer und zwei Frauen hatten bereits Platz genommen. Breschnow grüßte in die Runde und ließ sich neben einer dicken, in bunte Gewänder gehüllten Frau in seinem Alter nieder. Sie nickte ihm freundlich zu. Er erinnerte sich, sie schon einmal gehört zu haben. Ihre Gedichte waren so bunt wie sie. Sein Blick glitt weiter zu dem jungen Mann, der ihn vorher im Foyer angesprochen hatte. Er wippte vor Aufregung unentwegt mit beiden Beinen. Die anderen Teilnehmerinnen und Teilnehmer kannte er nicht. Breschnow streckte die Beine aus und wünschte sich ein Bier.

»Ich freue mich, dass ihr hier seid«, begann Paul. »Hat jeder den Ablaufplan?«

Die Runde nickte. Breschnow sah auf die wippenden Beine des jungen Mannes.

»In der Garderobe findet ihr Getränke und ich würde gerne mit euch allen nachher noch gemeinsam anstoßen. Lauft also nicht weg! Gibt's noch Fragen?«

Zwei Mitlesende hoben die Arme.

Wie in der Schule, dachte Breschnow, stand auf und eilte in die Garderobe, wo er sich ein Bier aus dem Kühlschrank nahm. Es lag frisch und kalt in seiner Hand. Er fischte nach seinen Zigaretten.

»Hier drin ist Rauchverbot«, sagte eine junge Frau und deutete auf das Schild. »An welcher Stelle sind Sie dran?«

»Zweiter«, brummte Breschnow und ließ die Schachtel wieder in seiner Hemdtasche verschwinden.

»Wissen Sie, wer Nummer eins ist?« Sie hielt einen großen Puderpinsel und einen weichen Schwamm hoch.

Breschnow schüttelte den Kopf und verließ den Raum. An der Hintertür traf er den jungen Mann wieder, der hastig an seiner Zigarette zog.

»Mann, ich glaub, ich sterbe«, stöhnte er. »So aufgeregt war ich in meinem Leben noch nie!«

Breschnow klopfte ihm auf den Rücken und ging weiter, wollte noch einen Moment alleine sein.

»Alles okay mit dir?«, fragte Paul, der plötzlich neben ihm stand.

»Ich höre sie immer wieder«, sagte Breschnow. »Die Stimmen aus unseren Kindertagen, die uns hänseln und verhöhnen.«

Paul legte ihm eine Hand auf die Schulter. »Sie werden verschwinden, wenn du auf der Bühne stehst. Das verspreche ich dir!«, sagte er und schob ihn sanft zurück zur Hintertür.

***

DANKSAGUNG

Zuerst möchte ich mich bei meinen Leserinnen und Lesern bedanken, bei allen, die wissen wollten, wie es mit Hauptkommissar Breschnow und seinem Team weitergegangen ist und bei allen, die neu dazugestoßen sind.

Für alle, die Lust haben, mit mir direkt in Kontakt zu treten und mir ihre Meinung zu dem Buch schreiben wollen, habe ich eine E-Mail-Adresse eingerichtet: Connie.Roters@berlin.de.

Neuigkeiten und Termine für die Lesungen gibt es auf meiner Facebookseite https://www.facebook.com/pages/Connie-Roters/796194950430800

Jeder Roman ist das Ende eines kreativen Prozesses, an dem viele Menschen beteiligt sind, und mein Krimi wäre lange nicht so gut ohne die Überarbeitung der Lektorinnen. Deshalb ein großes Dankeschön an Ilona Jäger, meine eifrige Literaturagentin und Erstlektorin von der *Wortunion* und Anja Mallmann, meine Verlagslektorin, die der Geschichte mit mir gemeinsam den letzten Schliff gegeben hat.

Vielen Dank auch an den Berlin Verlag für die Veröffentlichung meines zweiten Kriminalromans und Dank an alle, die daran mitgearbeitet haben, das Cover zu entwerfen, den Text in Form zu bringen und es der Öffentlichkeit vorzustellen.

Einen besonderen Dank an Eike Asen, meine treue Erstleserin, die für Breschnow die Gedichte geschrieben hat.

An diesem Buch waren wieder viele Menschen mit Rat und Tat beteiligt. Filmschaffende, Entertainer, Polizisten, Mediziner und Neuköllner. Euch allen ein großes Dankeschön.

Und tausend Dank an meine Freundinnen und Freunde, die an mich geglaubt und mich moralisch unterstützt haben.